公元787年，唐封疆大吏马总集诸子精华，编著成《意林》一书6卷，流传至今
意林：始于公元787年，距今1200余年

 意林幻青春
开 启 你 的 传 奇

蓝色狮 ◎ 著

吉林摄影出版社
· 长春 ·

图书在版编目（CIP）数据

灵犀.1 / 蓝色狮著.—— 长春：吉林摄影出版社，2017.9
（意林幻青春）
ISBN 978-7-5498-3323-8

Ⅰ.①灵… Ⅱ.①蓝… Ⅲ.①长篇小说－中国－当代Ⅳ.① I247.5

中国版本图书馆 CIP 数据核字(2017) 第 218836 号

灵犀 1
LINGXI 1

著　者	蓝色狮
项目出品	意林幻青春
出 版 人	孙洪军
主　编	顾　平　杜普洲
责任编辑	吴　晶
总策划	蔡　燕　李　岚
统筹策划	李　岚
设计总监	资　源
执行编辑	王天颖
封面设计	资　源
美术编辑	徐　丹　张　迪
发行总监	王俊杰
开　本	700mm × 1000mm 1/16
字　数	290千字
印　张	15.5
版　次	2017年9月第1版
印　次	2017年9月第1次印刷

出　版	吉林摄影出版社
发　行	吉林摄影出版社
地　址	长春市泰来街1825号
	邮　编：130062
电　话	总编办　0431-86012616
	发行科　0431-86012602
网　址	www.jlsycbs.net
经　销	全国各地新华书店
印　刷	北京嘉业印刷厂

书　号	ISBN 978-7-5498-3323-8	定　价：29.80 元	

版权所有　翻印必究

（如发现印装质量问题，请与承印厂联系退换）

目录

楔 子 001

第一章 「鲛人」灵犀 005

第二章 陷入圈套 020

第三章 来路生疑 037

第四章 追兵赶至 052

第五章 营救熊罴 067

第六章 险象环生 083

第七章 逆鳞线索 097

第八章	鹿蹄山行	113
第九章	妙计脱身	127
第十章	坦白身世	142
第十一章	决意相助	157
第十二章	暗自尾随	171
第十三章	天镜山庄	186
第十四章	借机入庄	201
第十五章	澜南上仙	215
番　外		229

楔子

长留山,此地原是白帝少昊所居之处,自少昊登仙境,沧海桑田,变化多端,再比不得昔日白帝治理之下那个井井有条、有规有矩的长留山,鱼龙混杂,却是繁华依旧。

沿着南曲桥往北越发热闹,馃子行、纸画店并各色杂货店,天上飞的、水里游的、地里长的,都能摆到铺面上来,林林总总,令人目不暇接。

"帝台石!帝台石!休与山的帝台石,佩戴可以不受蛊惑,宁心静气……"专营各色香药的店家殷勤地捧着沉甸甸如鹌鹑蛋的彩石,向往来行人叫卖着。

紧挨着的是一家专售花鸟的店铺,伙计拎着鸟笼,扯着嗓门吆喝着:"最后三只了!能预测火警的窃脂鸟,最后三只了!预购从速,机不可失,时不再来!"鸟笼里红羽白冠的窃脂鸟把头埋在羽翼之中,懒得搭理周遭的喧嚣。

也有不用叫卖的店家,门前高高挑着一蓝幡,上书三个大字"爬云术",旁边还有一行稍微小点儿的字"十五日包教包会"。一个小伙计老老实实地趴在柜台上等客上门,却被从旁边牛肉粉丝汤馆飘出的香味引得直流口水。

大街上来来往往的行人中,除寻常人外,还夹杂着不少尚未修成人形的兽精,如犄角赫赫,却是一副书生打扮的鹿精;状如孩童口齿不清的水獭精;还有毛皮油光水滑的狸猫一家,正其乐融融地踱步逛街。

鲁家珍珠行的大公子鲁庚急匆匆地穿街而过,险些撞着一位手捧桃花糕的蓝布小哥。亏得那小哥身手敏捷,手中稳稳托着桃花糕,腾挪轻跃,这才避闪开来。

"俩眼珠子长哪儿了?当摆设用的?信不信小爷我……"蓝布小哥在他身后骂道。

鲁庚连头都没回,更谈不上赔不是,皱着眉头往前头行去。鲁家珍珠行的伙计若是瞧见了他这般模样,必定腹诽这少东家心口不一。平日里鲁庚常常教导他们和气生财,见人常带七分笑,可现在他着实是笑不出来——自家珍珠行从东海进的一批珍珠于昨日在途中被劫!

东海珍珠品质上乘,价格昂贵暂且不提,最紧要之处是这批珍珠中有六颗绛珠,皆上佳之品,预备镶嵌在新娘凤冠之上,是长留城中彭生公为娶亲所定。彭生公在此地颇有势力，并且性情急躁，若误了他的事，只怕鲁家珍珠行今后的生意会举步维艰。

眼下距离彭生公大婚之日不足七日，再去东海寻绛珠显然已是来不及，鲁庚连夜跑遍了长留城的每一家珍珠行，想筹措出六颗绛珠来应急，便是出高价也在所不惜，可惜所找到的绛珠不是色泽不够就是大小不一，压根儿寻不到六颗大小一致、色泽光润的绛珠。

正在他焦头烂额之际，隔壁专营各色香药的王掌柜踱过来，习惯性地将长烟斗在红木柜台上磕了磕，身子附过来，咳了两声道："少东家，这珍珠既然是被人劫了去，你再抢回来不就得了吗？"

看见抖落在光可鉴人的红木桌面上的烟灰，鲁庚厌恶地掸了掸，不耐烦地说道："说得轻巧，劫货的强人尚不知究竟是何人，更不知在何处落脚，我上何处去寻他们？"

"你不知晓，可有人知晓。"长烟斗遥遥往南面一指，"过了南曲桥，再往东面走，榕树底下有个算命卜卦的摊子，你不妨去碰碰运气。"

"算命卜卦？"鲁庚没好气，"找不回绛珠，我这命不用算也可知了。"

"欸，少东家，"王掌柜拍拍他的肩膀，"那位摊主可非一般人物。"

鲁庚听出他的语气有异："是何精怪？"

"他是何精怪有何相干？找回绛珠才最要紧。横竖眼下也没法子，少东家你不妨去试试。"

也是死马当成活马医，鲁庚别无他法，便急匆匆地赶到大榕树下，果然看见了王掌柜所说的卜卦摊子。

歪着腿的破烂木桌，上头铺了一方褪色发白的蓝布，连个招牌幌子都没有，仅能从桌上摆着的插着竹签子的墨漆竹筒和一个斑绿摇卦龟壳看出这是个算命卜卦摊子。

摊主呢？

鲁庚前前后后、左左右右，将周遭打量了一圈也没找着人影，顿时觉得自己是被王掌柜戏耍了。他越想心中越发恼火，伸手抄起桌上的龟壳往地上一掼，转身就走……

才刚抬脚，就听身后有人痛呼。

"哎哟！哎哟！我的腰……我的背……我的胳膊腿哦……"

鲁庚连忙转身，发现声音来自那个刚刚被自己掼到地上去的龟壳，他怔了怔，就蹲下身子去端详那龟壳。

"看什么看？还不赶紧扶我起来！"龟壳恼怒道。

"……哦哦，哦。"鲁庚应了，将手伸过去，也不知拿这龟壳怎么办才叫"扶"，只得将它放回桌上。

龟壳自己在桌上颇费劲地摇摆起来，"咯噔咯噔"，似乎里头有什么东西在往外挣扎——鲁庚在旁屏气等了好一会儿，都恨不得伸手直接把龟壳掰开来，这才看见一颗头从龟壳里"砰"地一下冒了出来。

一颗头，人的头。

这颗头颅上，苍丝梳得整整齐齐，用碧玉簪束起，白眉垂长，双目困倦，懒懒地连打了几个哈欠，一副午觉未睡足的模样。

"小哥，你是来算卦的？"他挑眉看向鲁庚。

这龟精这般古怪，说不定当真有些能耐。为显得恭敬，鲁庚躬下身子，与他平视："在下的珍珠行丢了一批要紧的货，有人让我来这里。"

"要紧的货？"

"是，有上百颗东海珍珠，最要紧的是其中六颗绛珠。"

鲁庚顿了顿，抑制住了语气中的焦切，尽量平静地问道："你，能替我寻回来吗？"

人头龟不言语，偏着头不知在想什么。

鲁庚掩饰不住失望之色："没法子？"

"自然是有法子，就是……区区一批东海珍珠，这生意委实小了些。"人头龟为难道，似乎还在犹豫。

"生意小？"鲁庚颇为受伤，"上百颗东海珍珠，光是那六颗绛珠就值上千两银子……你若担心佣金，我出双倍佣金就是！"他也未多考虑，只想着尽快解决燃眉之急，加价的话冲口而出。

"不急不急，你先说说，货是在何处丢的？"

"轩辕丘。"

"那倒还算顺路……"人头龟低低地自言自语了一句，而后抬头朝鲁庚回道，"行，这单生意我就接了，只是生意太小，佣金我也不好算，珍珠拿回来五五分成就是。"

未料到他竟会这般狮子大开口，鲁庚张口结舌："五成？这也太多了！这怎么行？"

"不行就算了。"人头龟毫不介意，和蔼可亲地道，"咱们有缘下回再见。"说着，脑袋晃了晃就预备缩回龟壳中去。

"喂喂喂喂喂！"鲁庚急了，一迭声地叫住他，"你且等等，既然是生意，总该留个讨价还价的余地……"

"我这儿生意从来都是一口价。"

"你……"实在是别无他法,鲁庚狠挠了两下头,壮士断腕般下定决心,"行!五成就五成。我什么时候能看见货?"

"三天之后,卯时初刻,你在珍珠行候着吧。"

连一句多余的话都不肯说,人头"砰"地一缩,重新回到龟壳内。龟壳在桌面上摇晃了片刻,复归于平静。

鲁庚尚干站着,看看龟壳,再看看歪腿木桌。一阵风吹过,老榕树低垂而下的细气根拂过他的身子,拂过桌面,拂过龟壳,周遭平静如斯,似乎方才什么都没有发生过一样。

真能把珍珠找回来?鲁庚狐疑着,总觉得这地方不甚靠谱,心中七上八下,慢吞吞地离开了。

此时,榕树绿叶茂密的树梢上,一只碧绿小鸟冲出枝叶,向远方飞去。

第一章
"鲛人"灵犀

符惕山中，林木茂密幽深，千年古树盘根错节，周遭雾气弥漫，灰灰蒙蒙，暗隐危机。

极具穿透力的尖锐叫声接连将雾气撕开数条口子，此起彼伏，凶悍阴森，刺入耳中，令人毛骨悚然，仿佛周遭有数不清的魑魅魍魉攀爬在树干上、藤蔓间，将整片森林变成他们的刀俎。

曲折崎岖的山路上冲出一辆马车，墨珑立在车辕上，眉目俊秀，玄衣素冠，一手牢牢把控着缰绳，另一手持短铩，任凭马车颠簸，玄袍猎猎作响，他的唇角微微勾起，神色沉稳。

四头身形巨大的山魈突然从斜刺里蹿出，其中两头扑在马车侧面，嗥叫声震得厚厚的车帘扑扑直摆，另外两头直扑向墨珑和马匹。

手并未松开缰绳，墨珑旋身飞起，重重踢在一头山魈下颌处，山魈翻滚落地，墨珑手中短铩落下，刺中另一头山魈。

两支银箭自雾中激射而出，追星逐月一般，将攀爬在马车上的山魈射落。与此同时，夏侯风手挽长弓，飞奔而至。他长得浓眉大眼，极为精神，虽是徒步，他跑起来却比马匹快得多，轻轻松松就赶上了马车。

山路急拐，一头狍鸮赫然出现，羊身虎齿，身形足有三四辆马车那么大，挡在路中间，小山般黑压压的。

墨珑急勒缰绳，险险刹住马车，疑惑地微皱了下眉头。

狍鸮非常贪婪，天上飞的、地上跑的、水里游的，就没有它不吃的东西，而且生性凶残，民间又称之为"饕餮"。这些也就罢了，奇怪之处在于，此物久居钩吾山中，怎么今日竟会出现在此地？

狍鸮紧盯着马车，头颅慢慢低俯，直直冲着墨珑奔来，陡然间张开血盆大口，露出尖锐的牙齿，厉声吼叫，口中喷出的污秽浊气直奔过来。墨珑不得不用袍袖捂住口鼻，无奈至极地看着它："大块头，我对你昨夜吃了什么没兴趣。"

旁边，夏侯风接连射出三箭，只是这头狍鸮皮厚如铠甲，箭无法深入要害，最终只是蹭破它一点儿皮而已。

"我来!"

墨珑示意夏侯风照看好马车,同时,短铩自手中掷出,在狍鸮较为柔软的腹部划开了一道血口。

狍鸮吃痛,狂躁甩头,展爪就向墨珑扑去。墨珑轻盈跃起,躲过利爪,正骑到狍鸮背上,左手一探,将短铩吸回掌中,正待手起铩落……

"等等,把它留给我!"忽有清脆女音唤道。

随着话音,一根细细的碧绿长藤荡过来,莫姬单脚绕在藤上,秀眉美目,腰身盈盈一握,衣袂飘飘,周身弥漫着盈盈花香。

墨珑本待将短铩刺入狍鸮的天池所在,利落结果它了事,听莫姬这么说,便一把揪住狍鸮脖颈上的兽毛当缰绳用,仍控制着它,然后立在兽背上等着。

感觉有人在背上,狍鸮越发狂性大发,前仰后踢,整个地面被它震得轰隆作响。莫姬半悬空中,指尖逸出一缕暗香,这香到了狍鸮面前自行分成数缕,从它的五官中渗入……

"你小心!"夏侯风朝莫姬喊了句多余的话,后者没理他。

片刻之后,狂躁的狍鸮便如喝醉了酒一般,步子迟缓,眼皮耷拉,脑袋无意识地甩来甩去,墨珑这才跃下兽背。莫姬满意地飘落到狍鸮面前,待它软软伏地后,一手按在它灵台所在,凝神屏气——狍鸮的神色渐渐萎靡,短短半炷香工夫,狍鸮的灵气已被她收尽。

莫姬收回手,深深吸了口气,面上浮出些许笑意,比起前头那些山魈,显然这只狍鸮让她更满意。

失去灵气的狍鸮微弱地叫唤着,再不似之前那般威风,声音倒像婴孩啼哭。

稍远处还有几头山魈鬼鬼祟祟地跟着,因吃了苦头而不敢近前来,夏侯风弯弓搭箭,吓得它们尽数退回雾中,再不敢冒头。

墨珑将短铩轻巧地在手中转了一圈,反手将其插入背囊,随后跃上车辕,策马继续向前行去。夏侯风和莫姬随后跟上。

再无异兽的骚扰,马车一路疾驰,到了符惕山与三危山的交界处,也是这趟生意约定好的交货地点,早有七八个家仆簇拥着季元子等候着。马车中坐的正是季元子最宠爱的小妾古玉。季元子是长留城主阆公的小儿子,因家族纷争,被大哥视为眼中钉,不得不远走他乡,逃走之时来不及带古玉一起走,故拜托了墨珑等人替他将小妾偷偷送出长留城。

马车厚重的车帘掀开,墨珑示意莫姬扶出面色青白但安然无恙的古玉,将她送回季元子的身边。季元子于落难之时,能得人出手相助,自是感激非常,再三谢过墨珑才离开。

"回城吧！"

墨珑倦倦地伸了个懒腰。

夏侯风不满道："老爷子是越来越把咱们当牲口使唤了，跑这趟一个大子儿没有，还费了我那么些箭。"

在符惕山内莫姬收了好些兽类灵气，神采奕奕，心情甚好："老爷子不是说了吗？季元子说不定来日还能重返长留，咱们现下帮了他这个忙，将来可图回报，就算是押宝了。"正说着，一只翠绿小鸟自天际朝墨珑俯冲下来，直直撞入他怀中，化成一片叠成鸟形的叶子。

"又有事……"修长的手指展开叶子，墨珑扫了扫，抬首道，"要咱们顺路去轩辕丘，鲁家珍珠行的一批珍珠被劫了。"

"这也叫顺路？"夏侯风挑眉，"鲁家珍珠行那点儿生意，够塞牙缝吗？他是越来越能玩咱们了。"

墨珑也不太满意："等回去之后就收拾他，放锅里头炖也是一道养生汤。"

"这主意甚好！"夏侯风"嘿嘿"直笑。

"从这里去轩辕丘还得费些工夫，我且歇会儿。小风，你驾车看着路，别颠来颠去弄得人不安生。"莫姬伸了个懒腰，自顾自进了马车，放下车帘，再无动静。

对于莫姬的吩咐，夏侯风向来没二话，接过缰绳。一行人马不停蹄地往轩辕丘方向赶去。

轩辕丘，传说是古时轩辕氏居住的地方。此地寸草不生，只有一条河从中流出，名唤洵水。因河底铺满红色细沙，洵水一眼看上去便是赤色，沿着洵水七零八落地分布着几个小镇，其中以雷泽镇来往人最多。

墨珑等人到达雷泽镇时，天才蒙蒙亮。渡口旁蒸枣泥山药糕、松仁桃花糕、蜜瓜条萝卜糕的摊子才刚刚开张，店家是个兔儿精，支棱着两只长耳朵忙活着，在油锅里炸豆沙糯米糕。

夏侯风先买了些糕点，一唤醒莫姬，便殷勤地把糕点递了过去："我知晓你爱吃桃花糕，你看，正热乎着呢……"

莫姬可有可无地接过桃花糕，边吃边打量周围。

"还有山药枣泥糕，你吃吗？"夏侯风问道。

莫姬嫌弃道："甜腻腻的，也就你这样的小孩子家才爱吃。"

夏侯风忙解释道："其实我也不爱吃，真的。"

不理会他们俩，墨珑随手拈了块糕丢入口中，边嚼边走进近旁的一间老旧粥铺，径直走到大灶前："老家伙，醒醒，毛都燎着了。"

炉膛口一大团毛茸茸的物件动了动，两只眼珠子从黑不溜秋的毛发中拨弄出来，将墨珑望了望，这才伸了个大懒腰，熟稔地招呼道："你来了！"

墨珑口中的"老家伙"，是一只上了年纪的水獭精，在雷泽渡口已卖粥数百年，且只卖一种大麦粥，经年不改，以至于粥铺长年生意惨淡。他也不在乎，用他的话说，爱吃不吃，不吃就不吃，活该！

从旁顺便拿了个陶土碗，墨珑也不与他客气，自己动手盛了碗粥。

"问你个事儿，这两日有批东海珍珠被劫了，是哪家的活儿？"

老水獭挠挠胳肢窝："东边月支来了只大尾巴羊，还有一头熊罴，和西山上的猴崽子们凑到一块儿去，隔三岔五地下山来，专挑软柿子捏。"

墨珑抿了口粥，漫不经心地问道："窝在哪儿？"

老水獭劝他："教训教训得了，别弄得跟抄家似的。"

"在哪儿？"

"就在西山石壁泉边上……厚道点儿，记着啊！"

"行了，回头抓一猴崽子回来帮你烧柴。"墨珑嫌弃地看着老水獭那身长年烟熏火燎开了叉的皮毛。

老水獭道："不要，还不够给我添乱的！"

把粥喝完，墨珑从怀中掏出个物件貌似随意地往灶台上一放："你要敢拿它喂鸡，下回我再来就把粥铺拆了。走了。"说罢，墨珑抬脚就走。

"又是什么东西？"

老水獭拿起他搁下的东西，是个小葫芦，拔开木塞，一股清香逸出——是帝台泉水，饮此水不仅对心痛病有奇效，且能延年益寿。他笑了笑，将小葫芦收好，嘀咕了一句："小崽子，就是学不会好好说话。"

墨珑刚出粥铺，便听见不远处渡头上，传来"当当当"响亮的铁器撞击声。那是悬挂在渡口的一方铁块，被小榔头敲打着，清晨的第一趟船到了。

从渡船上下来的人并不多，一头身形魁梧的犀牛精行在最前头，身上背了好些叮当乱响的家伙什儿，活像个行走的杂货铺子。因犀牛精身量一个顶三个，直至他经过马车，墨珑才看见他后边还有一位穿雪青衫子的姑娘——

"鲛人！"莫姬诧异，鲛人常年居于海中，甚少会上陆地，更别提出现在这里。

声音甚小，雪青衫子却听见了，微侧了头，倨傲地往马车这边瞥了一眼，脚步未停，似压根儿懒得理会他们这种闲杂人等。

夏侯风只觉得这女子与旁人不同，却也说不清究竟哪里不同，听了莫姬的话才恍然大悟："她是鲛人？据说鲛人男子凶恶丑陋，而女子娇柔貌美，原来是真的！你怎么看出来的？"

"一股鱼腥味，你闻不到吗？"莫姬望着鲛人的背影，若有所思。

夏侯风使劲用鼻子嗅，但除了糕点的甜香，还真是没闻到其他气味，转而去问墨珑："你闻到了？"

墨珑不答，靠在马车上淡淡说道："不是鱼腥味，是东海紫藻的气味。她应该是来自东海，不是个善茬，你别图好玩去招惹她。"

夏侯风头一遭见到鲛人，满心好奇，还真有上前结识之意，听墨珑这么说，越发不解："不过是个小姑娘而已，有什么好忌惮的？"

"她身上的衣料是鲛绡，又名龙纱，一尺价值百金；发间缀的珍珠，圆润光泽，价格不菲……"墨珑看着雪青衫子的背影道，"光是这身行头，她从东海行到这里，要说没人打劫她，你信吗？可她现下仍是好端端的。"

莫姬目光并未稍移，冷声道："我倒想试试，看她究竟有什么能耐。"

闻言，墨珑瞥了她一眼："你只是想看她的能耐吗？"

"说说而已嘛，"莫姬调转开目光，闷闷地说道，"说说都不行啊……"

"走，上西山石壁泉。"

叠嶂尖峰，回峦古道，野云片片，瑶草芊芊。山涧水冲刷着石壁，映着日头，光滑如玉璧，旁边青松翠竹，绿柳碧梧，说不尽的惬意悠闲。数座竹质吊脚楼就在石壁旁泉水侧，依山而建，错落有致。远远便可看见有猴儿在吊脚楼间腾挪跳跃，又有花香果香，一派勃勃生机。

"他们倒真是会挑地方！"夏侯风啧啧叹道。

莫姬撩开车帘探头，见了也喜欢，叮嘱道："待会儿动手时悠着些，别伤着房子。赶明儿得了闲，咱们可以到这儿来小住些时日。"

听见"咱们"两个字，且不论里头是否还有别人，至少有他！夏侯风心中不由得暗喜，赶紧应道："你喜欢，那留着便是……珑哥，你快看一眼，当真是个好地方！"

墨珑半靠着车框，原本闭着眼打盹儿，闻言才略抬下眼皮，懒懒道："你俩一个当山大王，一个当压寨夫人，挺好。"

正说着，数十枚大小不一的石子破空而来，墨珑挥挥衣袖，石子在空中滞了滞，下一刻"哗"地全落到了地上……可听见不远处群猴叫嚷喧闹，声音激动，却无一只猴敢上前来，显然是有人号令。

"这些猴儿，吵吵嚷嚷，真是聒噪。"莫姬自马车内跃出，皱着眉头，双手抬起，却被墨珑按住。

"它们不懂规矩，咱们还是得先礼后兵。"

说罢，墨珑扬声朝林间喊道："在下墨珑，受鲁家珍珠行少东家之托，得知前日有一批东海珍珠不慎遗落此处，今日特来取回，还请贵阁行个方便。"照以往的惯例，他说得甚是客气，甚是有礼。

片刻之后，一头浑身如黑炭，唯独脖子上有圈红毛的熊罴手持两柄板斧，大踏步行过来。身后吊脚楼的曲廊之上，一位白衣书生，羽扇纶巾，气定神闲，慢悠悠地摇着扇子。

"何方鼠辈，竟敢到你爷爷门前撒野！"那头熊罴大吼一声，震得周遭叶子扑扑直落，颇是威风凛凛。

墨珑对此的反应是掏了掏耳朵。

莫姬目中闪过一丝光亮，偏着头，饶有兴趣地看着这头熊罴。

手持板斧不稀奇，被驯着玩杂耍的熊都会，但既然他能口吐人言，那就说明他已修炼成精，与之前那只狍鸮不一样。狍鸮虽然凶残可怕，却是未修炼过，只能算是寻常凶兽。

修炼，需得潜心静气，呼吸吐纳，吸日月之精华，经年累月在体内慢慢储存灵气，以修炼内丹。身形未变，但能口吐人言，便是内丹初成之兆。

夏侯风有心在莫姬面前显摆显摆，便一摇三晃地迎上前，与熊罴打招呼："我说兄弟，嗓门还挺大！可光靠嗓门大没用，你还得会笑，要狰狞地笑，整张脸都扭动起来……来！给爷笑一个！"

熊罴从鼻子里喷出粗气，直接给了他一斧头，风声呼呼，直扑面门。后者跃开时自身后抽出一支箭，也不搭弓，以箭为剑，朝熊罴刺去。熊罴"唰"地又是一斧头，径直将小箭格飞出去，力大无比，连带把夏侯风翻出去几个跟头。

在旁观战的莫姬轻嗤一声，喊道："小风，我看你不是他的对手。"

"刚才不算，我不过逗逗他而已！"

夏侯风岂肯轻易认输，呸出嘴里的枯叶，从地上一跃而起，弯弓搭箭，飞身连射数箭。一时间，箭飞如雨，斧舞成团，只杀得满树叶子"哗哗"往下掉，满地枯叶又"哗哗"往空中卷……

墨珑双手抱胸，闲闲靠着马车，偏着头看裹在叶子圈中的两个人。莫姬凝目看了一会儿，忍不住提醒他："你不去帮帮小风？"

"你为何不去？"墨珑淡淡道，"用软梦香，这头熊罴可就老实多了。"

"……小风不是说他行吗？"

莫姬口中不肯，却双目紧盯战局，拢在袖中的双手早已做好随时出手的准备。

她向来是嘴硬心软，明明心中关切，言辞举止上却偏偏不肯对夏侯风和暖些，只做出一副拒人于千里之外的模样来。

吊脚楼上，白衣书生眯眼看了好一会儿，熊罴虽一时未露败相，但对方还有闲人观战，显然是胸有成竹，着实不妙。他从袖中抖出一面小旗，口中呼喝号令——方才投掷石块的猴子纷纷从树间跃出，嗷嗷乱叫，朝马车冲来。

"这些畜生！好生无礼！"

猝不及防，莫姬的衣裙飘带被猴儿扯破，她甚是气恼，手心中抖出一根两丈来长的褐鞭，长鞭甩出，划了个漂亮的弧线，挟带厉风，凡被打中的猴儿皮肉吃痛，叫声更甚。还有不知死活的猴儿竟想用手来夺鞭，一触之下，如被火燎，这才发现长鞭上满是细细小小的尖刺。

墨珑足尖轻点，身子飞纵而出，轻如羽絮，翩然落在吊脚楼栏杆之上，嘴角带着一丝笑意看向白衣书生。

"你是想叫他们停手，还是咱们俩也打一架？"他颇有礼貌地问道。

白衣书生看不出他的底细，艰难地咽下口水，干笑两声道："这个……这个……俗话说，地和生百草，人和万事好，有话好说……好说，何必动手呢……"

墨珑点头："说得是，你让你的弟兄们停手，再把那批东海珍珠还回来。咱们有话都好说。"

"……珍珠……这个……"白衣书生似有难色。

"看来是让兄台为难了。"墨珑理了理袍袖，诚恳地看着他，"我看还是打一架比较方便。"

"不不不……"

白衣书生话音未落，突然吊脚楼前一道寒光闪过，紧接着便看见夏侯风被重重抛出，正落入泉水之中，激起水花无数。

墨珑皱眉，凝目望去——

"咦！"白衣书生似比他更讶异，伸脖子张望。

熊罴身旁不知何时立着一位穿雪青衫子的姑娘，乌发如海藻般蓬松，束成两股，垂到腰间，发间珍珠星星点点，柔柔亮亮，越发衬得面容白皙，娇美可人，正是墨珑在渡口旁见到的那个鲛人。

见夏侯风吃亏，莫姬自然看不过眼，"唰唰"几下逼开群猴，长鞭倒卷，尖刺铮铮，直向鲛人和熊罴攻来。

这鲛人身量娇小，眼睁睁看着深褐长鞭袭来，似没见过这种玩意儿，颇有些好奇，躲也不躲，连晃都不曾晃过一下，就这么听任长鞭绕上自己的腰际。

莫姬冷笑，发力抽鞭。若在平日，对方必定是要重伤的，但这次长鞭却纹丝不动，任凭她如何使劲，它只牢牢绕在鲛人腰际。

"小心！"夏侯风从水中刚爬出来，便朝莫姬喊道。

恨意已生，莫姬捻了个诀，缠在鲛人身上的长鞭上又长出无数条细藤，就像无数条触手在她身上蜿蜒，将她越勒越紧。与此同时，盈盈暗香自藤蔓上沁出，越来越浓……

熊罴在鲛人身旁，伸着鼻子，用力嗅了嗅，面露喜色："……百花蜜，有蜂蜜吃……"说着说着，陶醉闭眼，甜甜睡去。

"喂！喂！你醒醒！"鲛人这下才有点儿急了，对着熊罴喊道，"快点儿醒醒！"

熊罴径直睡得香甜，连呼噜都打起来了。

鲛人挣了挣，气力惊人，接连崩断数根藤条。她秀眉含怒，转头死死盯住莫姬，厉声喝道："我不管你动了什么手脚，你现下立时让他醒过来。要不然的话，我把你拆成一百零八块，全丢入归墟！"

为何她对软梦香一点儿反应也没有，莫非此香对鲛人无用？莫姬竭尽全力，再次捻诀，长鞭上的倒刺开始疯狂地生长，试图强行嵌入鲛人身体。

鲛人恼怒，手心中闪过一抹银光，朝长鞭直劈而下。这长鞭由千年老藤制成，莫姬注入灵力，与自己心神合一，用起来格外顺手，寻常兵刃是动不了它分毫的。却不知鲛人手中是何兵刃，只是简简单单一劈，长鞭竟然应声而断。

剧痛锥心，莫姬踉跄退了几步，喘着气。

抖落开缠绕在身上的其他藤蔓，鲛人朝莫姬攻来。

一道疾影掠过，夏侯风挡在莫姬身前，头发尚滴滴答答地往下滴水。

"你敢动她！信不信我把你……"

没等他说完，鲛人一腿把他踹飞，仍旧让他跌入浑水中，紧接着出手钳住莫姬的脖子，动作如行云流水般快速优雅。

骤然间，一柄短铩自斜刺里突至。

银光如电，直取鲛人眉目，逼得她不得不松开莫姬。

"这位姑娘，你并非山中人，何必蹚这趟浑水？"墨珑退开一步，收起银铩，示意自己并不想与她交手。

白衣书生匆匆赶过来，朝鲛人殷勤道："话不是这么说，这位姑娘路见不平拔刀相助，真是侠肝义胆菩萨心肠，在下钦佩得很、钦佩得很啊！姑娘，待打退这伙强人，不妨到楼中一叙，在下存了些好茶……"

说到"茶"字时，他已在空中，紧接着"扑通"一声，与夏侯风一样落入泉水之中。

"巧言令色，鲜矣仁。"鲛人冷冷说道。

她果然与他们不是一伙人的，只是不知，她为何好端端非得到这里来找麻烦？墨珑着实诧异。

眼下却容不得他多问，甚至容不得他多想，鲛人已向他攻来。

行走在六合八荒间也有些年头，与夏侯风、莫姬比起来，墨珑算是阅历丰富，也曾与鲛人打过交道，但还从未见过身手这般霸道的鲛人。

一拳一脚，力道千钧，每次格挡，墨珑都似能听见全身骨头"咯咯"直响，与此人硬碰硬，着实不是个好法子。

星芒点点，银铩直刺鲛人要害，他想虚晃一招，立时抽身而出。不料鲛人反握住银铩，用力一夺，墨珑飞腿踢向她面门，欲逼她松手……

这鲛人单手擒住他的左腿，一拧一摔，干脆利落地将他重重摔在地上。

"珑哥！"

"……哥！"

莫姬和夏侯风大惊，欲上前相救。鲛人则夺了银铩，上前伏近，铩尖正对着他的咽喉，惊得莫姬等人不敢上前。

"把这头熊罴唤醒，我就饶你一命！"

她说话时有种孩童般的认真，双目亮得出奇，紧盯着墨珑，眨也不眨。

忍着腿疼，墨珑脑中飞快地将事情前后整理一番，尽可能和缓地说道："这事容易，姑娘不必担心。我这里有解药，姑娘喂他服一颗，一炷香工夫，他就能醒了。"

他抬了抬手，示意她将银铩挪开，自己好拿解药。

听了这话，鲛人将信将疑地看着他，片刻之后，铩尖却又逼近几分："你若敢骗我，我就把你拆成一百零八块……"

"丢进归墟里是吧？"墨珑替她接了下半截话，一副了然而体贴的模样，"姑娘放心，我不会骗你的。"

银铩顿了顿，自他喉间移开，轻轻巧巧地在她手上转了几个圈，她看着他忍着疼撑起身子，从衣袖中掏出一个青玉小瓶，倒出一枚药丸。

"姑娘。"墨珑示意她将药丸给熊罴服下。

鲛人半信半疑地接过药丸，置于掌中，嗅了嗅，再看墨珑神情诚恳，不似作伪，便捏了熊罴的下巴，让他将药丸服下。

直至看见熊罴喉头滚动，药丸安然落入腹中，墨珑这才暗松了口气，闲聊般问道："姑娘与这位熊兄是故友？"

鲛人盯着熊罴，一心一意要等他醒过来，闻言不耐烦地回道："我不认得他。"

"那姑娘为何对他这般上心？"墨珑接着又问。

"我有些要紧事须得问他。"

说话间，熊罴停了呼噜声，她原以为他就快醒了，不料却见他连呼吸都微弱下去，心中大急，探他颈上脉搏，脉象似溪底暗流，沉不可测。

"他……他怎会这样？你到底给了什么药丸？"鲛人心焦，叱问墨珑。

墨珑淡淡笑道："姑娘莫急，之前熊罴熟睡是因为中了软梦香，这香效力有限，姑娘耐心等等，小半个时辰他也就醒了。但方才姑娘却又喂他吃了枚勾魂丹，半个时辰内若无解药，神仙也难救。"

鲛人大怒，举铩欲刺。

"姑娘且慢，你若杀了我，可就拿不到解药救他了。"墨珑提醒她，"要问他的事情，想必是很要紧的吧？"

银铩滞住，片刻后被甩手掷出，钉入树中，鲛人徒手掐住他的脖子。

"你若逼迫我，弄不好我会拿错解药，他可就一命呜呼了。"墨珑不适地咳了两声。

鲛人一愣，这头熊罴对她来说极是要紧，绝不能死。她秀眉微蹙，缓缓松开手，从未遇见这等左右为难之事，一时间无计可施，只能恶狠狠地盯住他。

虽被她这般盯着，墨珑神情放松好整以暇，这姑娘虽有一身蛮劲，好在脑子简单。

"你要如何才肯给解药救醒他？"她怒气冲冲地问道。

"不急，不是还有半个时辰吗？"形势逆转，墨珑悠闲地转头唤道，"小风，还愣着干什么？快扶我起来。"

夏侯风还未到，旁边的白衣书生已经一阵风似的刮过来了，殷勤地上前搀扶他。

"来来来，我来扶您。腿疼不疼？刚才您被摔的那下，我看着都心疼。其实我是个大夫，最擅长医治跌打损伤……"

"走开！"夏侯风一掌把白衣书生推出去老远，扶起墨珑，不满道，"他到底算哪头的？"

"喂！你到底要如何才肯给解药？"鲛人恼怒地嚷道。

莫姬慢悠悠地行过来，斜睇了她一眼："求人便要有个求人的样子，像你这般凶神恶煞的，且慢慢等着吧。"

"你！"

鲛人手握成拳，强忍着没动手。

墨珑压根儿不理会她，转向白衣书生："我方才仿若听到，你这里有好茶？"

白衣书生愣了一瞬，随即反应过来："自然是有好茶，诸位请随我来。"他虽不认得鲛人，但熊罴好歹是他的兄弟，当即忙打叠起千般殷勤招呼墨珑等人，再伺机拿解药。

眼睁睁看着这群人上了吊脚楼，鲛人又是气恼又是懊悔，气恼这帮人如此奸诈刁滑，懊恼自己这般愚笨，竟上了他们的当。她在熊罴身旁踱来踱去，无计可施，跺跺脚，疾步跟上了吊脚楼。

茶水初沸，冒出鱼眼大的泡泡。

竹楼内，墨珑等人各自坐下，独鲛人双臂抱胸，立在桌边，面沉如水，眼看日头一点点西移，不禁心急如焚。莫姬因方才动用元气太多，又被断了藤鞭，受创甚重，面色苍白，刚坐下便闭目养神。夏侯风守在她旁边，紧张地看着她的面色，也不敢说话。

白衣书生端着竹丝托盘，躬着身，赔着笑进来，盘上四个小木碟，分别盛着糖渍杨梅、金丝金橘、盐渍山楂条、百果香糕。

"还有点心？"墨珑探头看了一眼，挑眉道，"你也想下毒？"

"不敢不敢，在下怎敢在关公面前耍大刀？"白衣书生惶恐道。

此时，墨珑坐在窗边，架着腿，无视鲛人利刃般的目光，含笑看向白衣书生："蒙先生招待，还不知先生该如何称呼？"

"在下姓白，单名一个曦字，表字子旭，别号乐游居士。又蒙朋友们抬爱，送号青黎山人。"白曦有礼答道。

"哦……小白。"

墨珑转向鲛人："姑娘怎么称呼？"

鲛人心不甘情不愿地冷冷吐出两个字："灵犀。"

墨珑点点头，边揉着腿边道："咱们把这事理一理。两日前小白带着熊罴在山下劫了一批珍珠，我们受人之托，前来贵寨拿回这批珍珠。这原是件小事，我本来也不想与贵寨过不去，但没想到灵犀姑娘横生枝节。"

"我有话要问那头熊罴，自然不能让你们伤了他，我怎知他还劫了珍珠？"灵犀没想到那头熊罴居然还曾下山劫道，着实不是什么好人，不由得怔了怔。

"姑娘一到这山上，不由分说，就出手伤人，委实也是性急了些。"墨珑见她面露尴尬，才慢条斯理地说道，"好在，没出什么大事，算是万幸了。"

"她把你摔成这样，就这么算了？"夏侯风不满道，"亏了是你吉人天相，否则稍有差池，那腿可就断了。"

"断了也就断了，如今这世道，哪有地儿喊冤去。"墨珑感叹道。

被他们如此一说，自己确实理亏在先，灵犀闷声道："我不是故意的。"

墨珑揉着腿，压根儿不搭腔。

白曦在旁听了一会儿，小心翼翼地问道："灵犀姑娘也是为了那批珍珠？"

"不是。"

"那么，是为了何事？"

灵犀冷冷地瞥他一眼："与你无关。"

白曦只得噤声。

墨珑抬头，语气不善道："姑娘此时应该知晓此事是个误会吧？我们原就没有伤人之意，只是想拿回珍珠而已。可姑娘你一上来就动手，不分青红皂白，连累熊罴也中毒……"

灵犀瞪大眼睛："我连累他？"

"若非你出手太重，我们又怎么会用软梦香？更没想到姑娘无碍，反倒害了那头熊罴。"

"害他中毒的人明明是你！"灵犀怒极，大声嚷道。

"姑娘此言差矣，你以利刃相胁，我须得自保，不得不出此下策。说到底，是你害了他。"墨珑毫无惧色，教训她道。

灵犀语塞，总觉得哪里不对，可又说不出究竟是哪里不对劲。

墨珑深吸口气，转而做宽宏大量状："算了，姑娘不必自责，那熊罴与我无冤无仇，解药我自然是会给的。"

他这么一说，灵犀越发觉得似乎真是自己的错。

墨珑转向白曦："小白，你把珍珠交给我们，然后我把解药给灵犀姑娘，如此熊罴无碍，大家欢喜，岂不甚好？"

大家欢喜？白曦心道：你当我是傻姑娘吗？几句话就想把我绕进去。什么大家欢喜，明明是你们欢喜！

"这个……"他做出颇为难的模样。

夏侯风不耐烦地撩袖子："哥，跟他啰唆什么？"

白曦连忙道："既然诸位上门来讨要，我自然是想拿出来，可是……已有好些珍珠被磨成了粉，诸位可还要？"

"磨成粉了？"夏侯风不可置信。

"珍珠粉甘寒无毒，入药是极好的。"白曦侃侃劝道，"此间的猴子身上易长恶疮，挤出脓血后，用珍珠粉敷在疮口上，能解毒生肌。所以我索性多磨一些，实际上……十之八九都磨成了珍珠粉，以备山中不时之需。诸位若不信，我把珍珠粉拿来。"

墨珑没吭声，饶有兴趣地打量着白曦，既不说让他去拿，也不说不拿。

灵犀在旁突然开腔："你们要珍珠，我有！"她不屑与这些人胡搅蛮缠，浪费时间，只想着快些救醒熊罴，才好问话。既然他们要珍珠，自己反正多得是，给他们一些也无妨。

"……对对对！"白曦大喜，顿时觉得天降神兵，赶忙道，"俗话说，荆人不贵玉，鲛人不贵珠。灵犀姑娘肯定有上好的珍珠。"

"解药！"灵犀盯着墨珑，硬邦邦地说道。

墨珑偏头看她，挑眉问道："姑娘是想用珍珠和我换解药？"

"对。"

"这批珍珠里面最要紧的是六颗绛珠，颗颗浑圆，姑娘可有？"

似没想到对珍珠还有要求，灵犀颦眉，从怀中掏出个锦袋，抓了一把，随手放在竹丝托盘上……

"你们自己挑。"

随着清脆的响声，大珠小珠落入盘中，滴溜溜地滚动着。大者如鸽卵，小者也有孩童拇指般大小，个个浑圆光洁，宝光流转，整个托盘都笼罩在淡淡宝气之中。

这些珍珠的品相，比起鲁记珍珠行的那批，岂止是高出一点点。白曦看得眼睛都直了。夏侯风虽不懂珍珠，但也从未见过鸽卵大的珍珠，诧异地拈起一颗仔细端详。墨珑却是懂行的，知晓这般品相的珍珠，便是长留首富，家中最多收藏两三颗。

他心中疑惑更甚，即便"鲛人不贵珠"，能随随便便抓出一大把鸽卵大珍珠的鲛人，恐怕也不是一般的鲛人。

"这些珍珠姑娘从何处得来？"墨珑问道，"莫非来路不正，故而姑娘着急出手？"

"不是偷不是抢，就是我自己的。"灵犀盯着墨珑，"换不换解药？"

随意用手拨弄下珠子，墨珑道："品相虽不错，就是大小不一，可惜了。"其实这里头随便挑一颗，其价值都远远超过六颗绛珠，但他却偏偏这么说。

灵犀皱皱眉头，还未说话，白曦抢着开口。

"这些珍珠虽然大小不一，但随便一颗都是价值不菲，比起鲁家珍珠行的那批货，成色可好得多，价值也远远超过。"他朝墨珑赔着笑，"阁下收了这些珍珠，这趟也不算走漏呀。"他心里自然有自己打得"啪啪"直响的如意算盘。

墨珑斜睨他一眼，笑道："小白，对你来说，这可真是天上掉馅饼了。"

白曦笑得谦逊："哪里哪里，馅饼虽然砸我头上，可吃馅饼的人还是您呀。"

不明白他们乱七八糟地说什么，灵犀不耐烦再等下去，用力拍了下桌子，震得珍珠齐齐跳起："一句话，到底换不换？"

墨珑为难地思量了好一会儿，才道："要不就拿这些珍珠给鲁家看看，若是他家不收，我再想别的辙吧。唉，也只能这样了。"

他探手就要去拿珍珠，被灵犀擒住手腕。

"解药！"她朝墨珑伸出手。

墨珑端起茶杯，吹了吹凉，低头捻诀，念了个咒语，然后将茶杯递给灵犀。

"喂他喝下，他就能醒？"灵犀狐疑地问道。

墨珑微笑道："不用喝，将茶水泼他脸上就能醒。"

灵犀小心翼翼地端着茶水,将信将疑地出去了。

夏侯风啧啧道:"瞧她那紧张模样,不知情的,还以为熊罴是她爹呢。"

"说得也没错,我看,就是熊孩子一个。"墨珑摇摇头。

毕竟关乎熊罴的生死,白曦忙扶窗观看,看见茶水一滴也没浪费地全泼在熊罴毛茸茸的头上,看见转醒后的熊罴摇摇摆摆地站起来,看见灵犀从怀中掏出一个物件,看见熊罴摇了摇头,叨咕叨咕地和她说着什么……最后,灵犀收起物件,朝熊罴略一拱手,转身离去。她走得极快,眨眼间,人已隐没在山林之中。

"她怎么走了?"白曦急道,"哎呀呀,怎么就走了?"

闻言,面色依旧苍白的莫姬微微睁开眼睛,问道:"她走了?"

夏侯风忙应道:"嗯,她走了。"

莫姬胸膛起伏不定,喘息越发艰难,显然心中有郁郁不平之气。

白曦仍在窗口啧啧叹息。

墨珑瞥他,打趣道:"舍不得这熊孩子?"

白曦理所当然道:"当然了,这么好的姑娘……谁舍得呀?"

"这么好的姑娘?"夏侯风莫名其妙地看着他。

"人傻,钱多,自然怎么都是好的。"墨珑幽幽道。

白曦干笑,没吭声。

说话间,熊罴拖着斧头回来,看见墨珑等人也在屋内,顿生戒备之意。白曦忙安抚他:"没事了,大家都是朋友,一场误会而已。"

"是谁把我弄昏过去的?"熊罴瞪着众人,恼火地兴师问罪。

"说了是一场误会,那迷香原是为了对付那姑娘的,哪里想到反而是你中招了。"白曦问他道,"你快说,方才那姑娘和你说什么了?"

"就是问我……问我三年前是不是在长留城找过一个道士算命?"

"嗯?"

"我说没有,她又拿了个物件给我瞧,问我认不认得。"

"是何物?"

熊罴挠挠头:"我也不认得,看着就像一片少了叶柄的银杏叶,铁青铁青,硬邦邦的。"

"这是什么东西?"白曦自言自语,心想从这位姑娘身上掏出来的,绝对是价值不菲的宝贝。

"我就是不认识呀。那姑娘见我不认识,样子失望得很,又问我可认得其他和我一般模样的熊罴,也得是胸前有红毛,且成了精怪的。我跟她说,这不叫红毛,这是赤焰熊的标志。"熊罴骄傲地挺了挺胸膛,"我们赤焰熊一族自远古洪荒……"

"打住!"眼看熊罴要痛述家族史,白曦连忙阻止他,"赤焰熊那些事儿我听有八百遍了,现下你还是先说那姑娘。"

"哦……"熊罴愣了愣,"她去长留城了。"

"去长留城做什么?"

"找我二舅,赤焰熊现下就剩下我、我大舅、我二舅。我大舅双腿有疾,终年隐居在甘渊,我二舅正巧是三年前去了长留城,估摸找道士算命的人就是他。"

白曦怅然道:"去了长留城啊,可惜了,真是可惜了……"

"怎么了?"熊罴不解。

白曦却不吭声,只摇头叹息。

在旁听罢始末,墨珑伸了个懒腰,站起身来:"行了,我们也该走了。小风,珍珠找着了?"

门外,传来夏侯风轻松的声音:"找着了。"

他捧着个红木匣子,乐呵呵地走进来,朝墨珑道:"想是小白兄记差了,鲁家珍珠行的这批货好端端地在这里,并没有被磨成珍珠粉。"

竟不知他是何时离开此间,偷偷摸摸到自己房中搜出珍珠来,白曦直怪自己疏忽大意,脸色红一阵白一阵,一时说不出话来。

熊罴诧异地问他:"磨什么珍珠粉?"话未说完,便被白曦怒瞪了一眼。

墨珑颇有礼地朝白曦拱拱手:"小白兄,此番叨扰了,在下告辞!"说罢,领着莫姬和夏侯风,带着红木匣子,翩然而去。

白曦扶窗,听着马蹄声远去,恨得牙根直痒痒,直过了好半晌——

"走,收拾东西!"

熊罴没明白:"去哪里?"

"长留城!"白曦转身,目光坚毅,"那位灵犀姑娘带了一身的宝贝,到了长留城不知要被人骗走多少——与其让别人骗,不如我们自己来!"

第二章
陷入圈套

长留城，从第一块青墨石作为路基被铺在长留山的地上，已过去了数千年，不知有多少异乡客变成了当地人。青墨石板上每一处最细小的棱角都被磨得圆润平滑，在雨雾中，光可鉴人。

踏上青墨石板，作为一个异乡人，灵犀走在热闹的街上，看着两旁物品琳琅满目的商铺，一时有些发怔。人海茫茫，她又该从何处找起呢？

转头间，看见墙上贴着几幅画像，她瞧了瞧，原来是城主所发的缉拿告示，底下还有字写明赏格。

这法子甚好，缉拿说到底不也是寻人吗？灵犀心中大喜，随意择了家画馆，抬脚就进。店内不仅墙上挂满了画，还设有数道屏风，每道屏风上也都是一幅画，或泼墨山水，或仕女游园，或花鸟虫趣。桌上摆着数十把展开来的纸扇，也是画。灵犀随手拿了一把，扇了扇，左顾右盼地张望道："有人吗？"

"在这儿呢，姑娘别扇，头晕……"细微的声音从她手中扇子上传来。

灵犀循声看去，扇面上是一幅《桃花临水图》，图中水亭上有一人，宽袍大袖，扶着额头做眩晕状。她只得将扇子放回桌面，画中人出了水亭，居然还有工夫折下一枝桃花，才跃出扇面。

"在下半缘君。"他将桃花递给灵犀。

灵犀莫名其妙地拿着桃花，不解这又是什么风俗。

半缘君赞叹道："何谓人面桃花，在下今日方知……"

他话音未落，灵犀就被花粉弄得鼻子直痒痒，禁不住打了个喷嚏，花瓣纷纷落地，手中仅余一根光秃秃的桃枝。

"对不住，我不是故意的。"灵犀尴尬地将桃枝还给他。

"没事没事，请问姑娘可是想买画？"半缘君将桃枝插入土陶瓶之中，笑着问道。

灵犀问道："这些画，都是你画的？"

他点点头，谦虚笑道："都是些游戏之作，让姑娘见笑了。姑娘可有中意的？"

"这些画我都不要，我想你另替我画一幅。"

"姑娘想画什么？"

"一头黑熊，脖子处有一圈红毛。"灵犀回忆着西山那头熊罴的模样，估摸他二舅应该长得和他差不多，"块头特别大，毛茸茸的，圆头，小耳朵……"

半缘君接着问道："要什么神态呢？"

"神态？"

"比方画虎，可以画猛虎下山、病虎归山、幼虎嬉戏……"

灵犀想了想道："这头熊在算卦，旁边再画个道士。"

"算卦？"

"对。"

一个时辰之后，半缘君搁下笔，颇为满意地看着画。此画线条纤细遒劲，勾出熊罴的健壮体格，神态更是栩栩如生，占卦时的忐忑和期许令人感同身受。对面道士虽然只有一个背影，但发髻一丝不乱，衣纹疏落有致，神采生动。

"挺好。"灵犀甚满意，"在下头写上'若有知情者，可得百金之酬'，照着这样多画一些。"

闻言，半缘君愣了好一会儿，才问道："姑娘要这画，就是为了寻人。"他的语气颇有些受伤。

灵犀点头，问道："长留城大吗？贴个百来张够不够？"

"百来张？"半缘君顿时感觉血气上涌，又硬生生地咽了回去。

"我急着找这头熊罴，自然是越多越好。"

"可是姑娘，在下虽然不才，但在此间也算是小有名气……"半缘君估摸她不谙世事，想着该如何措词拒绝，低头间看见画上熊罴，忽地双目一亮，"姑娘是要找这头熊罴？"

"嗯。"

"我见过他！脖子处一圈红毛，叫赤焰熊。我在象庭见过他。和一只花豹打得可凶了，好家伙，滚了一地的毛。"

"象庭？"

"你头一遭来长留吧，连象庭都没听说过？"

灵犀诚实地点点头："确实头一遭，还请指点。"

"象庭是公子宣所开办的斗兽场，也是长留城内最大的斗兽场，逢七而开，里头可都是动真格的，血腥得很。"

灵犀还是没听明白："斗兽？就是进去看打架？那有什么意思？"

"当然有意思，除了豺狼虎豹熊罴，象庭还搜罗了天南海北许多异兽，比方孰湖、弛狼、飞鼠还有狍鸮，许多你见都没见过的异兽，各有能耐。我此前就是为了观察弛狼的举止形态，才特地到象庭去。正是巧了，今日正好是初七。"

着实不太懂此地人的好恶，灵犀收起画："那我去看看。"

"姑娘，且慢！"半缘君笑吟吟地拦住她，"画资还未付呢？而且，刚刚姑娘曾说，若有知情者，可得百金之酬。在下方才直言相告，这酬金是不是……"

"哦。"

灵犀想想觉得对，他自然算是知情者，便从袖中掏出一把金贝，个个细巧，与拇指一般大。这些金贝一落桌，便变成拳头般大小，摞得高高的，金闪闪黄灿灿，甚是耀眼。

"这些够了吗？"她问。

被金子刺得有点儿睁不开眼，半缘君道："若……都是真金，自然是够了。"他拿过一个天青釉水盂，灵犀只道是个笔洗，未料到他却拿了块金锭放入水盂中。见金锭一动不动地沉在盂底，毫无异样，他面上的喜色更添了几分。如此这般，接连又试了好几块金锭，都无任何变化。

灵犀奇道："这水盂有何用？为何要把金锭放进去？"

半缘君将金锭皆收起，笑答道："姑娘不知，这长留城中龙蛇混杂，有些精怪修习过障眼法，将树叶石块等物变作银钱行骗，着实可恶。为了杜绝此骗术，城主特地烧制了一批归真盂，分发给大小商家。若是假金锭放入水盂中，便会回归本来面目。"

"原来如此。"灵犀叹道，"你担心我也是来行骗的？"

"不敢不敢。"半缘君忙赔笑道，"只是姑娘一下子掏出这么多金锭，确实令在下吓了一跳。姑娘可是孤身一人？"

灵犀点头："一人又如何？"

"姑娘身携重金，又是孤身一人，该谨慎些才是。要知晓，君子无罪，怀璧其罪。"

"多谢提醒，告辞！"灵犀口中称谢，面上却是满不在乎，抬脚就要走。

"等等……姑娘现下可是要去象庭？"半缘君急忙问道。

灵犀点头。

"象庭开场在上灯之后，现下去为时还早。而且象庭规矩多，凡生人须得有熟客领着，才能进去观赏。"

灵犀微微一愣："这么麻烦。"

半缘君含笑道："长留城这么大，姑娘进了我的画馆，也算是你我有缘。这样吧，姑娘远道而来，我就当尽地主之谊，请你尝尝本地佳肴，再陪你去象庭，如何？"

"你领我进去，我付酬金便是。"灵犀道。

"姑娘性情爽利，在下是把姑娘当朋友相待，信得过我就行，切勿再谈酬金。"

半缘君仰头,挥了挥衣袖,便有六只小白老鼠从房梁上鱼贯溜下,在桌上低眉顺眼地一字排开。

"你们好好看管画馆,不得懈怠。"他吩咐道。

小白老鼠齐刷刷地"吱吱"两声。

灵犀觉得甚是好玩,俯身端详小白鼠,奇道:"养老鼠来看家,这倒有些意思。"

"也是机缘巧合,正好收了它们,难得它们也听话,就留着用了。"半缘君抬手朝外让,彬彬有礼道,"姑娘请。"

长留气候,与别处不同。每到日落时分,便会从北面卷来层层墨云,淅淅沥沥地下起小雨,直至次日卯时才停。云雨来无影去无踪,日日如此,从不间断。

此时暮色渐沉,雨雾如期而至,街面上系花布巾的小童顶着干果盘子避在屋檐下叫卖。正是饭点,长留城中的酒楼也迎来一日中最热闹的时候。

楠竹油布伞下,墨珑漫步而行,他换了一袭青衫,发丝尾端以丝绢松松系起,显然是刚刚洗去一身尘土。随手拎住一个小童,要了些现炒的桂花栗,他才拐进了挂着莲花灯的杜家酒楼。

这家酒楼内设有数间厅堂庭院,各以花草为名,廊庑掩映,门口垂着珠帘帷幕,廊下种着芭蕉斑竹,雨打蕉叶,叮叮咚咚,更添雅趣。

剪秋厅中,夏侯风早已在了,包括已从龟壳中出来的东里长,还有心事沉沉的莫姬。

夏侯风边嗑着瓜子边抱怨:"珑哥怎得还不来?我都饿了。"

"他沐浴可比你讲究多了,从头到脚,每根毛都得捋顺了,一点儿结也不能打。"东里长慢悠悠地喝着茶,斜了夏侯风一眼,"哪像你,一下水就跟上刑似的,恨不得拿泥巴干搓。"

夏侯风理直气壮地说道:"我在山上的时候,我爹娘就是这么教的,过年前才泡一次泉水,平时抖抖毛就行了,哪有那么多事?——珑哥沐浴的时候你见过?他是圆毛还是扁毛?"

"问这个做什么?圆毛扁毛与你有何相干?"东里长不肯回答。

夏侯风不解道:"我也想知道,珑哥究竟是个啥?怎么就不能让我们知晓呢?"

东里长瞥他:"不该打听的,别打听!"

"我猜是扁毛!"夏侯风啧啧道,"珑哥眼睛多尖啊。"

不知何时回过神来的莫姬淡淡道:"我觉得是圆毛,从身手上……"

话未说完,就听见厅外传来一道慢悠悠的声音:"圆毛和扁毛?我怎么就非得是带毛的?"

墨珑迈步进厅，挑眉看他们。

"不带毛？"夏侯风惊奇道，"难道与莫姬是同类？"

莫姬看白痴一样瞥他："不可能，珑哥哪里像个草木之人？"

懒得与他们闲扯，墨珑自怀中掏出红木匣子，推给东里长，没好气地说道："就这点儿东西，还让我们特地兜了个大圈，你和鲁家是不是攀上亲了？"

东里长打开匣子看了一眼，笑眯眯地解释道："苍蝇再小，好歹也是肉菜。这趟，我听说你们还撞上一个出手阔绰的姑娘？"

墨珑笑了笑："她可不光是出手阔绰。"说着，双指拈出一粒鸽卵大的珍珠，摆在东里长的眼前。

"你是识货的，给估个价。"

"这个……这个……"

东里长接过珍珠，绿豆大的小眼瞪得滚圆，端详了一会儿，把珍珠往茶水里头一放。在众人诧异的目光中，原本乳白色的珍珠慢慢变成了天青色。

"怎么变色了？"莫姬吃了一惊，继而恼道，"我知晓了，这根本就是假的珍珠，难怪那鲛人这般大方，伸手就是一把。"

"不是假珠，这叫三色珠。"

"三色珠？"夏侯风把珍珠拈出来，放在手中，看着天青色一点点转淡。

面上带着几分怅然，东里长幽幽道："我也是好多年前见过一次，据说它产于东海最深的一道海沟内，数年才可得一颗……"

墨珑从锦袋中又掏出两三个，在手中转着玩，心底越发奇怪："数年才可得一颗？"

"它遇水而青，遇火而赤，遇土而缃，故名三色珠，历来收在东海水府之中，并不在市面贩卖。"东里长不可思议地看着墨珑手里的珠子，"那位姑娘究竟是何人？"

墨珑沉吟着摇摇头，回想起灵犀的话——"不是偷也不是抢，就是我自己的。"

"东海水府……"莫姬思量着，"这鲛人会不会是婢女？偷偷拿了珠子溜上岸来？"

夏侯风跟着发愣，片刻后回过神来，挥了挥手道："管她是什么人呢，反正咱们这趟值了！……店家，还不快上菜，葱泼兔、莲花鸭签都要，汤骨头乳炊羊不要炖得太烂，要有嚼劲才好吃。"

他望了眼莫姬，不等她开腔，便赶紧叫道："还要热热的姜蜜水，一碟状元饼，一碟太师糕。"

见状，莫姬"哼"了一声，总算是没说什么。

墨珑看着好笑，揶揄道："小风，你真是出息了，她一个眼色你就知晓该……"

"你们这里还卖鱼翅！"

突然，外间一道骤然拔高的嗓音吸引住他的注意力，耳熟得很，他撩起珠帘，隔着稀疏的竹叶，看见对面舞草阁内的雪青衫子。

果真是她。

莫姬的反应比他要大得多，压低嗓音愤愤道："真是冤家路窄！"

东里长朝夏侯风投去一个询问的眼神，后者生怕激怒莫姬，用口型作答"鲛人"。这下东里长兴致更浓，捻了个诀，目光穿透墙壁花草，将舞草阁中的人看了个清楚。

"你们猜猜，她和谁在一块儿？"收回目光后，东里长神情阴晴不定。

除了与莫姬有关的事，夏侯风向来是不太愿意动脑子的，直接问道："谁？"

"猜呀！"

莫姬尽力张望着，头都探出厅外了，可巧店小二担心争吵会影响到其他客官，刚刚将舞草阁的帷幔放了下来，只能看见朦胧光影，却看不清人。

东里长看向墨珑："猜得出来吗？"

墨珑思量片刻，颦眉道："不会是那只白狐狸吧？"

"就是他。"

莫姬吃了一惊："半缘君老妖？这姑娘还真有能耐，一进城就让他盯上了。这下子，恐怕连皮带骨都没的剩了。"

说起来，这位千年狐妖半缘君与东里长他们还有些渊源。他原是白云观山下的一只白狐，潜心修炼，略有小成。白云观主凌霄子见白狐聪明灵慧，便收了他带在身旁，时时点拨一二，白狐终于修得人身。百年前，凌霄子羽化成仙，白狐便入了红尘，自号半缘君，沧海桑田，渐渐失了本心，卷入是非恶海之中。

数年前，他看中莫姬，施法让她现了原身，栽种在画中。东里长与墨珑费了些周折才将她救出。他痛哭流涕，伏地求饶，东里长与凌霄子是旧识，看在故友面上，放了他一马。这几年间，他结交长留权贵，修炼邪术，投在阅公长子季归子门下，俨然已成为长留一霸。

东里长不是好生事端之人，向来是人不犯我，我不犯人，半缘君便是成日横着走，只要不挡着他的路，都当作没看见。半缘君自知羽翼未丰，也不敢来招惹。故而这些年双方还算相安无事。

夏侯风摩拳擦掌："这个老东西！"

东里长不乐意了："叫谁老东西呢？"

"当然不是您。他哪里能跟您比？他就是个千年祸害，您可是万岁万岁万万岁。"夏侯风拍马屁道，"万岁爷，把您的千里耳放出来听听？"

不用他说，东里长对此事也甚是感兴趣，遂从袖中取出一只小黑蜘蛛，置于掌中"呼"地吹了口气，蜘蛛借着风力飘飘荡荡而出，引着蛛丝，穿过珠帘、竹叶、雨雾，最后落在舞草阁的窗棂上——蛛丝绵软，若有似无，东里长将手指轻搭在悬丝上，舞草阁中的动静尽落耳中。

舞草阁内。

灵犀盯着店小二，眉头紧皱，问道："这些鱼翅产于何处？"

店小二还以为她对鱼翅的品质不放心，堆着笑答道："姑娘放心，这些鱼翅都是产自东海水质最好的白沙海域，小店将鱼翅放入上好火腿鸡汤中，加鲜笋和冰糖煨烂，口感柔腻……"

"白沙海域……如此说来，这鱼翅是玄股国人来此贩卖的？"灵犀又问。

"正是，玄股国挨着东海，他们所贩卖的海味，货真价实，绝无作假，姑娘放心……"

店小二话未说完，就看见好端端一张香樟桌子"砰"地裂成两半，轰然塌下。半缘君原本正姿态优雅地摇着折扇，差点儿被木屑溅入眼睛，顿时吓了一跳。悬丝听音的东里长也是被巨响弄得震了震，忙掏掏耳朵。

"怎么了？怎么了？"夏侯风忙追问道。

东里长打了个噤声的手势："还在说鱼翅的事呢。"

"您倒是让我们也听点儿动静呀，瞧我们跟傻子似的干瞪眼。"夏侯风急道。

莫姬丢了个瓜子，正中夏侯风额头，道："你当傻子就好，别扯上我……万岁爷，让我们也听听吧。"

东里长拿他们没法子，再张口时，已是半缘君的口吻——舞草阁内，半缘君也没想到灵犀看着明眸皓齿，花容月貌，却是性烈如火，暴躁如雷，忙开口劝道："我说，灵犀姑娘……"

"玄股国真是欺人太甚！"灵犀压根儿不理会他，手攥成拳，面有怒气，质问道，"玄股国与东海水府早已定下盟约，玄股国人夏秋两季不可下网，不得割取鱼鳍，不得虐杀水族，你们难道不知？"

店小二也不知该说什么，讪讪地小声道："确实不知，小的也不是玄股国人呀……"

"被割掉鱼鳍的鲨鱼只能在海中慢慢地等死，甚至被同类所食，这是虐杀！"灵犀怒不可遏，"把你手脚都剁了，却不杀你，让你慢慢等死，你觉得滋味如何？"

店小二面上青一阵白一阵，可怜巴巴地看着她。半缘君在旁打圆场劝慰道："姑娘慈悲心肠，说得极是，从此以后我也再不吃那等伤天害理的玩意儿。你们也不许吃了，听到没有？"店小二忙连声答应。

灵犀也知晓冲他发火一点儿用处也没有，咬牙切齿地自言自语道："下次再看见玄股国的船，有一条算一条，全都掀了。"

剪秋厅中，听到此处，墨珑掀了掀眉毛，继续慢悠悠地剥栗子。莫姬颦眉："好大口气！什么来头？"

此前在西山石壁泉，夏侯风被灵犀连着摔出去两次，对这位小姑奶奶也颇为不满："吃个鱼翅都管，她倒还真把自己当盘菜，也不看看这儿是什么地界。"

舞草阁内，店家重新换了张结实的花梨木桌子，紧着端上四干果、四蜜饯。半缘君遗憾道："原想略尽地主之谊，请姑娘好好吃顿饭，没想到反惹得姑娘生气，在下真是该死该死。"

他这么说，灵犀反倒有些歉疚："罢了，这是玄股国与东海的事务，原也怪不得他们。"

"姑娘是从东海来的吧？"他看似随口一问。

灵犀不愿多答："嗯。"

"我在东海倒也有些朋友，不知姑娘是否认得？"他接着道。

剪秋厅中，墨珑剥出个黄灿灿的栗肉，丢入口中，漫不经心道："小风啊，好好学学，听听这老妖是怎么套话的。"

"套话谁不会呀！"夏侯风口中虽如此说，耳朵却是竖得更直了些。

莫姬斜睇他，咕哝道："笨死算了。"

舞草阁内，灵犀果然问道："你在东海有朋友？是谁？"

"经营蚌场的眉公，姑娘可认得？"他问。

灵犀摇摇头。

"华暾水君呢？"

"听说过，可没见过。"灵犀如实道，"他虽是东海的人，可大部分时候都待在北海。"

半缘君迟疑一瞬，想着该如何拿捏尺度，道："东海水府近卫军统领叔孙敖，姑娘可认得？"

"是他呀，自然认得。"灵犀道，"他常年都在水府，很少出东海。你怎会认得他？"

"姑娘误会了，他不是我的朋友，我认得的是他小姨子的表侄子。"半缘君含笑道。

"小姨子的表侄子？"灵犀费劲地想了想，也想不出会是谁，"我不认得。"

半缘君宽厚笑道："东海这么大，水族众多，姑娘不认得也不奇怪。来，先用些果点。"店小二在外头轻声唤他，他不知有何事，只得掀帷帘出去。

店小二生怕灵犀对菜肴不合意，特来询问他，是不是把鱼虾类菜肴都换了。半缘君思量片刻，点头同意，正要掀开帷帘回去，眼角瞥见一丝亮光稍纵即逝，骤然转头——顺着蛛丝，看见了爬在窗棂上的小黑蜘蛛，而蛛丝的另一头，飘飘荡荡，牵牵连连，隐入剪秋厅。

他唤住正准备退下的店小二："剪秋厅中是何人？"

听见这话，东里长暗叫不妙，手掌急探，蛛丝带着蜘蛛飞快缩回，穿雨拂叶，安然无恙地回到他袖中。

店小二如实相告之后，半缘君再看那蜘蛛已然不见，眉头紧皱，吩咐道："你替我传句话：这坚果已是我囊中之物，长留城再大，也得划了道走，大家日后好相见。"

说罢，挥手让店小二退下，他从袖中掏出一只小白鼠放置在栏杆上，命它盯好对面的动静。

听罢懵懵懂懂的店小二的传话，墨珑冷笑道："他还真把自己当个人看。"

东里长皱着眉头，不作声，不知在想什么。

夏侯风看上去比店小二还一头雾水："啥意思？划什么道？什么坚果？"

"你长个脑袋就为了当摆设吧，道上话教几遍都记不住。"莫姬敲了他一记，自己手疼得不行，夏侯风心疼得直替她揉手，莫姬无奈地解释给他听，"老妖说那姑娘已经让他看上了，要咱们少管闲事。"

夏侯风恼道："什么叫他看上的，我也看上了呀！"

"你看上她了？"莫姬眉毛一挑，语气不善道。

"是……是……那个，我是替你看上的……因为那个你看上她了，所以我才看上的。"夏侯风天不怕地不怕，就怕莫姬，连忙结结巴巴地解释。

墨珑在旁笑叹道："小风，你这辈子是没啥出息了。"

他们说笑着，东里长面色却是越发凝重，过了半晌，他看向墨珑："你怎么想的？"

"老妖，我是不待见他，可也犯不着和他杠上。"墨珑不在意，"规矩是井水不犯河水，他后头还有季归子，咱们何必为个熊孩子闹得不安生。"

莫姬不甘心地说道："若是其他人也就罢了，她身上有鲛珠，落到老妖手中，也太叫人气闷了。"

夏侯风自然是帮着莫姬说话："况且这老妖以前还欺负过莫姬，我早就想寻个机会好好教训他一通。"

"看上她的鲛珠了？"对于莫姬的心思，东里长一清二楚。

墨珑看向莫姬："你在西山吃的亏还不够啊？"

被戳穿心思的莫姬有些恼怒："用不着我动手，像她这样，又蠢又笨，横冲直撞地得罪人，在长留城能活几日？等她即将断气之时，我把鲛珠取出来，也算不糟蹋了，更算不得是我害她！"

众人都不说话。

"这些年我活得有多难，若是有了鲛珠……"莫姬咬咬嘴唇，未再说下去，目光定定看着遥远的某处，一脸倔强。

"就算有鲛珠，也保不了你一世，最多三五年光景。"墨珑就事论事。

"我不管。"莫姬性子拗，"过一日是一日。"

店家将菜肴一道道端上来，东里长叹了口气，举箸夹菜。

"万岁爷，您说呢？"莫姬不肯放弃，转向东里长，"论理，人也是我们先遇见的，凭什么让他占了去，对不对？"

东里长似有点儿为难，看看墨珑，又看看莫姬，半响才慢吞吞从袖中掏出两块光滑的蚌形兽角："说得都有理，要不占一卦吧……"他将两兽角合于掌中，口中念念有词，接着双掌一分——

随着清脆的响声，兽角落地，恰巧是一正一反。

东里长喜道："宝卦，大吉，此事可成。"

莫姬大喜："真的！那就是咱们可以直接动手抢。"

"不急，你再看，两卦一线，为阳卦；卦尖对卦尖，阳中之阳，则为离卦。离者，坚守正道，必然亨通。"东里长解释道。

"对对对！"夏侯风欢喜道，"从老妖手中把那位姑娘救出来，当然是正道。这卦真准！"

莫姬却是为了取灵犀身上的鲛珠，自然算不得什么正道，当下只哼了哼。

墨珑瞥了眼地上的兽角，又盯了东里长一眼，他知晓东里长有掐卦的本领，想要什么卦就能得什么卦，也懒得拆穿他："坚守正道什么的且搁一边，把她从白狐狸手中抢回来，也不算什么。只是白狐狸肯定会去告状，保不齐季归子要来找咱们麻烦，咱们好好地在长留城过清净日子，为了这么个熊孩子不值当。"

"抛开鲛珠不论，那孩子就算不是富可敌国，也是腰缠万贯。咱们舍她滴水之恩，她怎么也得江海相报吧。"东里长劝他，"她可是天上掉下来的金疙瘩，添点儿麻烦不算事儿。"

"我可把话说在前头，那可真是个熊孩子，一句话不对就能把人打飞出去，一点儿规矩都不懂的。"墨珑提醒东里长。

"再熊也比不上你呀！"东里长把兽角收入袖中，笑呵呵地说道，"放心吧，听她言语，倒也不是全然不讲理的人。"

墨珑斜睨了他一眼，没吭声。

舞草阁内，半缘君微皱眉头，他没想到东里长竟然会偷听此间的谈话，这意味着到嘴的肉还有人要来抢。为今之计，得把这块鲜肉赶紧咽下去才对。

他看得出灵犀显然来自富贵人家，原来他还想先慢慢套出她的来历，寻机还能讹上一笔，方才几句话一套，她应该是东海水府中的人。东海水府，以龙为尊，鲛人地位不会太高，她多半是侍女，或者是舞伎，偷拿财宝，溜了出来。既然地位不高，讹诈也就没有多大价值。眼下，有东里长等人在旁虎视眈眈，还是尽快解决了她才安心。

他一径思量着，夹菜也是心不在焉。灵犀眼睁睁地看他夹了个鸡头，嚼嚼就咽下去，一点儿渣子都不带吐的。她默默地转了下盘子，又看着他自然无比地把鸡屁股也吃了下去。

"难怪姐姐老说我挑嘴，原来外头这些人还真是一点儿都不挑嘴。"她若有所思。

半缘君抬起头，朝灵犀歉然地微微一笑："差点儿忘了给姑娘斟酒了，该死该死！这店中的'荷花蕊'清而不洌，醇而不厚，姑娘细尝尝。"

说着他便站起身，亲自持壶为灵犀斟酒，袍袖遮挡之处，指尖逸出一缕微不可见的幽紫，迅速渗入酒杯之中。

"很好喝吗？"灵犀没听过这酒名，颇好奇，端着酒杯闻了闻，"是有些荷香。"

半缘君笑容满面："尝尝，味道如何？"

灵犀谨慎地抿了一小口。半缘君掩饰地夹了块芋头，以眼角偷看她的举动。味道确实不错，不像是酒，倒像是清凉凉甜滋滋的糖水，灵犀"咕咚"一下把整杯都喝了下去。

"来，吃菜吃菜。"半缘君满意地笑道，手指轻轻叩着桌面，一下、两下……他方才所施法术名为玉山倾，顾名思义，便是座山也得倒下来，更别提眼前这个小姑娘了。

六十七、六十八……二百零三、二百零四……看着面前正把脆骨咬得嘎嘣响的灵犀，半缘君面色不太好看：她怎么还没事？上次自己用这法术，放倒了一只犀牛精，没道理对她不起作用呀？

他殷勤地又替灵犀斟上一杯，这次加了分量。

灵犀也不客气，一饮而尽。

半缘君又等了半晌，却丝毫看不出她神情有异。

又吃了几箸，灵犀见窗外天已暗沉下来，问道："象庭开场了吧？离这里远不远？"

"放心，不远不远，而且得有一阵子才开场。"

半缘君心下直犯嘀咕，决定再试一次。他朝灵犀笑道："姑娘，可有留意到你身后的帷幔？"

"嗯？"

灵犀闻言，自然而然地转过头去端详。

半缘君袍袖连挥，数道清晰可见的紫光分别注入席面上的火腿鸡汤、甜酒煨肉、羊肚羹……大概是由于施法过度，一层朦朦胧胧的淡紫光晕笼罩整个席面，他自己也觉得神耗气虚，一阵阵头晕目眩。

"帷幔没什么特别呀。"灵犀一头雾水地转过头来。

"帷幔上所绣的花，姑娘可认得？"他抹了抹额间的细汗，勉强应付道，"此间叫舞草阁，舞草又名虞美人，帷幔上所绣的花便是它了。"

灵犀于花花草草并不在意，当下只是"哦"了一声，低头看菜肴紫光朦胧，好奇道，"这里的菜吃着吃着还会发亮？真奇怪！"她常居海中，觉得陆上事事新鲜，加上半缘君对她礼遇有加，菜虽奇怪，她一时也不会往坏处想。

半缘君干笑，信口胡诌道："是为了提醒客官，再不吃就冷了。来，我替姑娘盛一碗鸡汤，这清鸡汤加了火腿、松子提味，鲜美得很。"

灵犀依言喝了一碗，心急问道："我瞧天已黑下来，象庭该开场了吧？"

"姑娘莫急，还有一会儿呢。"心焦的人恰恰是半缘君，面上还得装作无事，"好喝吗？再来一碗如何？要不尝尝羊肚羹……"

"你怎么不吃？"灵犀问道。

"今日正好是在下的斋戒日，不得沾荤腥。"半缘君笑道，"姑娘莫见怪，容我吃些蔬果相陪。"

方才还见他吃鸡，怎得又说斋戒？难道是忘了？灵犀狐疑，但也没往心里去，又吃了好些菜，仍是神色如常。

这姑娘究竟什么来路？为了施法，自己已经连吃奶的劲儿都使上了，半缘君恨得牙根痒痒，脑子急转，想着究竟该用什么法子来制伏她。

"我吃饱了，我们去象庭吧。"灵犀起身催促他。

"呃……好……好……"

外间传来小白鼠"吱吱吱"的叫声，半缘君心中一紧，知晓一定是对面剪秋厅有动静。他佯作起身，不慎跟跄了一下，从袖中掉出一卷画轴。画轴落地，咕噜咕噜滚到灵犀脚边，舒展开来。

灵犀未想太多，弯腰伸手就去捡，歪头看那画上是一栋大宅子，宅内还有人在走动，好玩得很……

她正看得有趣，忽然有人在背后推了她一把，她往前一冲，骤然觉得上半身冷飕飕的，似乎跌入冰天雪地中一般，眼前朦朦胧胧，看不清景象。突然间又有人将她拽回，她方才看清眼前，画仍是那幅画，并无其他异常，只是方才怎么会……

回头时，她这才发觉屋内不知何时多了两个人，拽住自己手的正是在西山捉弄过她的墨珑，他双目凝重地紧盯那幅画。另一个人则是夏侯风，扣住半缘君左手脉门，迫得他跌坐在椅上。

"你拽我做什么？"她用力抽回手，皱眉看向墨珑，直觉他不是什么好人。

墨珑瞥了她一眼，一副懒得搭理她的神情。

半缘君却像得了什么契机，忙嚷道："对，就是他！他想害你……"话未说完，就被夏侯风干脆利落地扇了两巴掌，脸颊高高肿起来。

"你放开他！"灵犀怒了，叱道，"否则休怪我不客气！"

墨珑叹了口气，不耐烦道："老爷子，你还不赶紧出来，这熊孩子闹起来我可拦不住。"

灵犀一怔，不知他口中说的是谁，忽看见一个白发白须、满脸褶子的老头拄着拐棍进来，和蔼可亲，他身后还跟着莫姬。

"灵犀姑娘，是吧？"东里长温和地看着她，用拐棍点了点墨珑，"我是这孩子的叔叔，也听说了西山石壁泉发生的事儿。正所谓不打不相识，既然识得了姑娘，自然不能看着姑娘蒙难。"

灵犀莫名其妙："我有什么难？"

东里长的拐棍指过来，点点那幅画："姑娘方才差点儿被他推入画中，难道不知？"

灵犀愣住，看了看画，又看了看半缘君："方才是他推我入画？"

"不错，幸而墨珑快一步将你拽回，否则……"东里长叹气道，"这《寿诞图》邪门儿得很，也不知怎的落到了他的手中，助纣为虐啊，唉……"

"入画后会如何？"灵犀诧异道。

东里长摇摇头："我也不知，只是进去的人，再也没出来，数月之后，尸骸会出现在画旁。你怎么会得到此画？"后一句他问的是半缘君。

"自然是季公子给我的。"半缘君昂昂头，"季公子知我精通画艺，特把此画交与我，让我勘破其中玄妙。灵犀姑娘，我推你入画是为了救你，而非害你。"

"这老妖嘴里没一句实话，这画多半是他偷盗而来。"莫姬道。

半缘君诚挚道："我所说句句属实，而且我对此画已略有所得。此画相传是圣手子熙所绘，但依我考据，此乃误传，不信你们可以细观左下角，是不是有一只小猫？"

画在灵犀手中，她好奇地凑近去看——亭台楼宇夹角中，不起眼的角落里，确是蹲了只虎斑猫。

东里长对此画也是闻名许久，眯眼望过来："有猫又如何？"

"寻常人只知子熙是画中圣手，却不知他的哥哥子沛擅长画猫。"半缘君侃侃而谈，"子熙曾于醉后画下百猫图，被重金买走，而后又有人相请画猫，称其所绘之猫胜于其兄。子熙闻言而怒，立誓此生再不画猫。"说到此处，趁着众人走神之际，他骤然间身形暴长，手成利爪，从夏侯风掌中脱出。

夏侯风反应过来，探手想去抓。

半缘君以进为退，雪亮的爪子直奔夏侯风面门。夏侯风一偏头，脖子顿时被挠得鲜血淋漓。爪中带有紫气，迅速渗入血中，夏侯风闷声哼了哼，身子一歪，晕厥过去。

"小风！"莫姬急道，奈何隔着桌子。

与此同时，数十只小白老鼠从半缘君袍下蹿出，"吱吱吱"叫着，直奔向其他人。墨珑一脚踢在桌子上，桌子重重撞开半缘君，紧接着他飞身跃起，双掌翻飞，攻出数招。

莫姬最怕老鼠，吓得直躲。灵犀不明白这些老鼠有何用处，睁圆眼睛看着它们顺着自己的靴子往上爬，然后张口咬下去——

"啊！"她又痛又怒，挥掌将小白老鼠打飞出去，再抬头时看见东里长不见了，地上有个大龟壳"咯吱咯吱"晃着。

"灵犀姑娘！"半缘君勉力支撑着与墨珑拆招，"你莫忘了我还要带你去象庭找赤焰熊！"

灵犀一愣，骤然意识到这才是最要紧的事情，忙朝墨珑急道："不能打！"

墨珑头都没回，想也不用想就说道："他骗你的，你还信他？"

"真的，真的，真的！"半缘君一迭声喊道。

找赤焰熊之事要紧，眼看半缘君左支右绌，可能会毙命于墨珑掌下，灵犀顾不得许多，手中画轴直接朝墨珑掷过去。

趁着墨珑分神格开画轴，半缘君想逃，却不料脚下一滞，竟是莫姬的长鞭，它不知何时从地面上无声无息地爬过来缠住他的双足。他打个呼哨，几只小白老鼠回奔来咬藤鞭，惊得莫姬赶忙撒开长鞭。

双足刚能活动，一柄银铩已经架在他脖子上，墨珑居高临下地望着他。

"不行！"

以为墨珑要杀他，灵犀冲过来就格开银铩，但也没让他跑了，一手牢牢扣住他的肩膀。

墨珑忍无可忍地看着她："你长脑子了吗？他明摆着是在骗你！只是想让你帮他脱身而已。"

"我说的是真话！"半缘君忍着肩膀处的生疼，重申。

灵犀有点儿犹豫。

"老爷子！"墨珑转头，看见东里长依然缩在龟壳里，几只小白老鼠扒在龟壳边上好奇地往里头张望。他无奈叹口气，接着对灵犀道："看见桌上的菜了？都是被他施了法术的。"

灵犀摇头："什么法术？我吃了好些，没事呀。"

墨珑一时语塞，心里嘀咕：这孩子也不知晓是吃什么长大的！看紫光都从菜里头漫出来了，大象吃一口也得倒，她怎么就没事？

"他是我的仇家，就是想骗你！"半缘君得到了机会，赶忙表忠心，"灵犀姑娘，你相信我……"

"行！"墨珑也很干脆，"你敢喝口汤吗？"

半缘君梗着脖子："我当然敢！"

"你喝呀。"

"你以为我不敢喝？"半缘君直着脖子嚷嚷，脖子上若有毛肯定都得奓开来。

墨珑笑道："那你喝呀。"

"喝就喝！你以为我怕吗？"

半缘君做出要端碗的架势，往前迈了一小步，自然而然地脱开灵犀的钳制，端起碗——猛然间将碗往墨珑身上一倾，汤汤水水，带着盈盈紫光，全都泼过去。幸而墨珑早有防备，闪身躲开。

汤水落地，洒在几只小白老鼠身上，它们连一丝停顿都没有，小圆身子一倒，四只小爪子朝天，立时晕厥。

"嗯哼。"墨珑示意灵犀看。

其实不用他示意，灵犀也已经看见了，再未迟疑，她一脚踢翻半缘君，怒道："我与你无冤无仇，也不短你银两，你为何要害我？"

"误会，一场误会！"

被她踢中的肋骨处疼得钻心，恐怕是断了也未可知，半缘君大口吸气，强撑着辩解，眼睛乱转，四下寻找逃跑机会。左有墨珑，右有灵犀，都不是善茬，今日要脱身恐怕不易。方才被灵犀掷出的《寿诞图》还展在地上，他看了一眼，暗叹口气，恐怕也只得如此了……

墨珑看出他眼神不对，疑心《寿诞图》有蹊跷，正要伸手去拿，便看见半缘君纵身一扑，整个人没入画中。

这下骤然生变，谁都没有料到，灵犀反应已经算快，抢上前，险险抓住他左脚脚踝，却被他带着往画里去。

墨珑赶忙拽住灵犀，用力把她往回拉。

冷飕飕的，周遭雾蒙蒙一片，什么都看不见，灵犀紧抓着半缘君，似乎有某种轻飘飘的东西落在手背上，冰凉的。她疑心又是什么诡异法术，只得撒了手，立时被一股大力拉出画，踉跄跌坐。

她先看自己的手背，上面有一片尚未完全融化的雪花。她诧异地看向画，是雪，难道真的是画里的雪？

"哎……别压着我的腿！"身后有人呻吟一声，把灵犀推开，抱怨道，"上回就差点儿折了腿，这可是第二回了，再来一次非得断了不可。"

灵犀讪讪起身，看向墨珑道："……我不是故意的。"

这话着实耳熟，墨珑叹了口气："我记得上回你也这么说。"

随着半缘君逃入画中，小白老鼠也一哄而散，东里长总算从龟壳里出来了。"哎呀呀，哎呀呀……我的腰……"他躬着身子，一拐一拐地挪到椅子上，抱怨道，"年纪大了，腿脚是不中用，躲得急些就把腰给扭了。"

莫姬拍了好几下夏侯风的脸，见他也不醒，急道："老爷子，赶紧来看看小风。"

"没事，小狐狸爪子那点儿毒，死不了。让小风自己抗一抗，对他有好处。"东里长四下张望，没看见半缘君，"人呢？跑了？"

墨珑拎起那幅画，努努嘴："他进去了。"

"……"

"他自己奔进去的。"墨珑强调道，"可不是我推的。"

东里长疑惑地看着画："他自己进去？小狐狸惜命得很，按理说不会去送死，莫非他真的找到此画关隘所在？"

"怎么才能让他出来呢？"灵犀急道，抢过画，手在画上挠来挠去。说来也奇，现下不管她怎么做，都无法再次入画。

"姑娘莫急，画在我们手中，只要他出来，就肯定能逮着他。"东里长安慰灵犀道。

"可是他说过要带我去象庭。"灵犀焦急道。

墨珑觉得她着实天真："带你去象庭找赤焰熊，你还信他的话？我实话告诉你，此人是季归子的门客，专门替季归子搜罗美女，明白了吗？"

灵犀显然是没明白："这与我有何相干？我又不认得什么季归子。"

莫姬道："他说要带你去象庭，其实就是要把你献给季归子，这么简单的事情都不懂。"

"可他说赤焰熊就在象庭。"灵犀仍是道。

"他在骗你！骗你！骗你！"莫姬不耐烦起来，冲她嚷嚷，"你是蠢还是傻？笨死算了。"

灵犀面沉如水，直直地看着她。

东里长忙打圆场道："姑娘莫急，你要找赤焰熊，我们也可以帮着你打听。"

"不必了！我自己可以，就此告辞。"

灵犀寒着脸，转身就走。

"姑娘……姑娘……"东里长连声唤她，但灵犀连停都未停，径直走了。

墨珑叹了口气："这下好了，连这桌酒钱都得咱们给，对了，还有桌子得赔。老爷子，你这卦可不准呀。"

"少啰唆，赶紧追去。"东里长催促他，自己将画卷起，收入袖中。

"我不去，"墨珑摇头，"你也看出她傻里傻气的，脑子又不好使，这样的人都一根筋，我可没法拉她回来。"

"不要你拉她回来，你就陪着她。她不是要去象庭吗？你就陪她去，千万别让她惹出事来。"东里长唉声叹气，"不过这姑娘生得是够扎眼的，这也是没法子的事儿。"

墨珑看着他不说话。

"看我做什么，还不赶紧追去？"

"我腿还疼着呢。"墨珑懒洋洋地答道。

"算了，我这老头子自己去吧。"东里长拄着拐杖，作势要起身，"哎哟哟，我的腰……"

"行了行了，我去……用什么苦肉计啊？"

墨珑无可奈何，起身追了出去。

第三章
来路生疑

雨雾蒙蒙，青墨石越发显得油光水滑，映着街面上的灯火。灵犀站在街当中，发了一会儿愣，想起自己连象庭在何处都不知道，便找屋檐下卖干果的小童询问。

"象庭在城西，你沿着这条街走到头，然后向西拐，看见丹墙就是了。"小童先指了路，然后殷勤地举起托盘，"买点儿荔枝好郎君吧？看斗兽的时候也有个零嘴。"

灵犀也不知荔枝好郎君是什么，看小童笑得灿烂，便点头掏银两。小童用裁好的干净荷叶包了一小包，麻利地用青竹丝扎好，递给她。

她拎着荷叶小包，走入雨雾之中，才行了两步，有一柄楠竹油布伞出现在头顶，替她遮挡住细密雨丝。

"不必。"她毫不领情地挡开油布伞。

墨珑耸耸肩："也是，忘了你从东海来，你大概还嫌这雨下得不够大吧。"

灵犀不理会他，自顾自地往前走。

"你当真要去象庭？"墨珑慢悠悠地跟在她旁边，"你应该知晓，象庭可不是随随便便什么人都能进的。"

灵犀脚步一滞，转头看他，神情认真："我有钱。"

看她认真的样子，不知为何，墨珑就很想发笑，忙颔首遮掩过去："对对对，我知晓，你有钱，可有钱也没法横着走呀。"

灵犀不满地斜瞥他。

"我是说，有钱挺好，特别好！可是象庭这个地方吧，它不光认钱，它还认人。"墨珑耐着性子给她解释，"象庭是长留城主的长子季归子设立的，原是供他们上层贵族取乐之用。你可认得长留城主？"

灵犀摇头。

"城主大姨子的小舅子的三侄子，认得吗？"

灵犀愣了愣，摇摇头。

"你初到长留城，别说城主家的亲戚，就是城主家看门的你也不认得。你到了象庭，没人会让你进去。"墨珑对她解释道。

灵犀记得半缘君也曾说过，去象庭须得有相熟的人引着才能进去，如此看来，他倒并未骗自己……

"你，可认得城主家的亲戚？"她问墨珑。

"你当真要去？"

灵犀点头："我要找那头熊！"

在西山石壁泉就见识过她对于赤焰熊有多上心，墨珑没奈何，慢吞吞地说道："亲戚我不认得，不过，象庭守卫与我倒有几分交情。你若求我的话……"

显然没打算求他，灵犀盯了他片刻，道："我有钱。"

"十枚金贝。"墨珑居高临下地看着她，"成交？"

灵犀点头："成交。"说罢，她爽气地从钱囊中掏出十枚金贝，墨珑也不客气，接过来收好。

小雨沙沙下着，打在油布伞上，墨珑踱步而行，叹道："还是有钱好啊。"

阎老三最近一直不太顺，愁着脸，挂着长戟，靠着角门长吁短叹。墨珑领着灵犀，沿着丹墙绕了一小圈才找着他。

"老三！"墨珑探头唤他。

阎老三抬了抬眼皮。

墨珑笑问道："又输钱了？"

"只是输钱就好了。"阎老三痛苦道，"楚姜，就是我年内刚娶进门的小妾。她跟人跑了，跑了也就跑了，还把我交给她存放的一匣子金贝也都带走了。人财两空是什么惨况，你明白吗？"

"没事！"墨珑毫无同情之意，接着笑道，"反正你也不是第一回了，伤心伤心就得了。钱还能挣，美女还能接着娶。"

他身后的灵犀等得不耐烦，想着要快点儿进象庭，便拽了拽墨珑的衣袍。墨珑一侧身，阎老三这才看见灵犀，顿时愣住，两眼发直……

"这……这……这位姑娘是？"

直接把墨珑拨拉到旁边，他自己站到灵犀跟前，挺胸仰头，神采奕奕，与之前判若两人。

灵犀莫名其妙地看着他，殊不知阎老三看着她，就像看着一只惹人怜爱的小羔羊，只觉得她浑身说不尽的天真可爱。

"他是象庭的守卫？"她问墨珑。

墨珑还未回答，阎老三便已自己抢着答道："在下阎向，歧山人氏，敢问姑娘芳名？"

"灵犀。"灵犀顿了一下,问道,"你是象庭的守卫,能让我们进去吗?"

连声音都这般清澈似水,阎老三连想都不用想:"若是旁人,自然不行,但姑娘既然开了口,我怎么都得想出法子来。"看她秀发被细雨濡湿,显得越发楚楚可怜,他忍不住想用衣袖替她抹抹。

墨珑来不及制止,眼睁睁地看着阎老三整个人腾空而起,然后被重重摔在石板地上……他意识到,在西山时自己的样子估摸和阎老三现下差不多。

"啊……啊……啊……"

阎老三疼得声音都裂成三瓣,完全没明白发生了什么事儿。墨珑瞪了灵犀一眼,赶忙上前扶起阎老三。

阎老三被摔得有点儿蒙:"怎么回事?她……她怎么回事?"

"这孩子脑子不好使,手上也没个轻重,你别跟她计较。"墨珑替他掸掸灰尘,理理衣袍,装着看不见灵犀气恼的目光。说话间,他颇自然地往阎老三手里放了两枚银贝。

银贝在手,沉甸甸的分量迅速消解了阎老三的大部分恼意,再看灵犀,方才眼中的怜爱荡然无存,多了几分忌惮和怨气:"她哪儿来的?懂不懂规矩?"

"就是个熊孩子,别搭理她。"墨珑语气颇为嫌弃,"对了,我前几日才得了一坛子天香露,甚是清醇,明日送给你尝尝如何?你先把我们带进去。"

灵犀双手抱胸,冷冷地看着他们。

阎老三看看她,又看看墨珑,舍不得银贝溜走:"你们进去可别惹事呀。"

"放心,我不过是带她进去看个新鲜罢了。"墨珑满口应承。

初进象庭,只见眼前火光灿灿,将周遭照得犹如白昼一般,难闻的味道迎鼻扑来,灵犀不适地皱了皱眉。

象庭,依照太极八卦图而建,中间阴阳鱼的位置便是斗兽场所,铺以白沙和黑沙,周遭围以火把,火光在边缘相融,被人用法术设为结界。此刻正有两头异兽在缠斗,嘶吼声不绝于耳,乾位和坤位皆设锦绣楼台,数丈之阔,台上设有座席,帷幔屏风,观者悠闲自在,随从皆清一色紫衫白绢,奉瓜果酒水而立。

离位与坎位也设有楼台,只设坐席彩帐,相比乾坤两位要简单许多,但观者甚众。性急者,压根儿坐不住,扶栏探身,大声呼喝,恨不得自己冲下去打一场。

阎老三带他们从兑位和离位中间的小门进来,觉得胳膊腿被摔得都不利索了,又从墨珑身上软磨硬泡拿走了一枚银贝,这才让出楼台阶梯的路。

"下回我没点头,你不许动手!"墨珑心疼银贝,转头警告灵犀。

灵犀恼怒道:"谁让他摸我的额头!"

"摸额头怎么了？"墨珑顿了顿，总算没再往下说，"不许再动手了！"

正说着，随着嘶吼声，一头四角夫诸重重撞到火光交织成的结界上，惨叫倒地。另一头红尾合窳咆哮着冲来，牙如锯齿，狠狠咬住夫诸，用力一摆将它甩出……顿时，楼台上击掌声喝彩声不断，间或夹杂着懊恼咒骂。

"这有什么可看的？"

灵犀已站到楼台边缘，看着夫诸被拖下场，白沙上留下一道长长的殷红血迹。她皱皱眉头，着实不解。

墨珑斜靠在石栏边，漠然地看着斗兽场中的激斗，并不答话。他抬眼望去，乾位楼台之上，居中者正是季归子本人，金樽在手，佳酿入喉，神情轻松惬意。弟弟季元子已被迫流亡在外，城主老爹沉疴难起，别无选择，只能将城主之位传给他，也难怪他这般志得意满。

看了片刻，墨珑垂下眼帘，百无聊赖地将手拢入袖中。他不喜欢象庭这种地方，真正了解什么是杀戮的人，是不会把它当成一种观赏。半缘君对灵犀说的话，九成九是谎话，他已经做好一整晚徒劳无获的准备，所以他打了个哈欠。

灵犀的双目始终盯着场中。

方才获胜的红尾合窳也被从巽位门带了下去。等了好一会儿，震位门的铰链"咔咔咔"地转动起来，厚重的铁闸门缓缓拉起，一头黑黝黝的异兽缓步踏出闸门，身量似牛，爪钩锋利，锯牙包口，全身上下绕着一股寒气。

这头异兽一出场，便引起惊呼阵阵。私设赌局的人正在大声吆喝，让大家赶紧为这场下注，铜贝银贝叮叮当当响成一片……

灵犀偏头看了半晌，努力回想八荒异兽册中看过的野兽："这头是……狍鸮？"

墨珑点点头，这头狍鸮的个头虽然比前日他遇见的那头要小，但周身绕着寒气，显然投喂以极寒的药物，以药力迫出它体内潜能。狍鸮本就凶残，现下又被喂了药，要对付它只怕不易。

狍鸮慢慢在场中踱步，时不时咆哮两声，与它凶残本性极不相称的是它的叫声，便如婴孩啼哭一般。很快，巽位闸门也被拉起，另一头黑黝黝的异兽慢慢地走出来。

看清这头异兽的那瞬，灵犀的双瞳骤然发亮，一把抓住墨珑的胳膊，急道："是赤焰熊！真的是赤焰熊！"

墨珑侧头望去，场中的这头熊罴的身量比西山那头整整大了两圈有余，毛色也更深，黑者如炭，赤者如火。

灵犀拔腿就走，被墨珑抓住。

"你去哪儿？"

"进去找赤焰熊，我有要紧事儿要问他。"灵犀急道，要甩开他的手。

墨珑可不想她在此地惹出什么麻烦来，不肯松手："周围布了结界，你根本进不去。"

两个人正说着，斗兽场内却已经撕咬起来，撕咬低吼声中，飞沙走石，浊气滚滚……灵犀紧张地扑回石栏："他会不会被咬死？书上说，狍鸮可凶了，吃东西连骨头都不吐。"

墨珑耸耸肩，漠然道："生死有命，看他的造化了。"

"嗷呜！"随着一声凄厉的嗥叫，赤焰熊重重一掌将狍鸮击出丈余，他的肩胛处被狍鸮重重咬了一口。

"他受伤了！"灵犀急道。

墨珑瞥了一眼，狍鸮越发兴奋，后足一蹬，又扑到熊罴身上，两兽扭成一团，撕咬混战。他身侧，呐喊助威声不绝于耳，多半是下了注的赌徒，双目通红地盯着场内。

他略挑眉，看向团扇簇拥下的季归子，后者嘴角嚼着一丝笑意……他一直都知晓，象庭是季归子敛财的好地方，这些所谓私设的赌局，庄家其实都是季归子的门下。

眼看熊毛一撮撮地往外飞，灵犀急得不得了，就怕熊罴被狍鸮啃干净："怎么办？怎么办？"

"依我看，这局熊罴应该会赢，你不必着急。"墨珑双手抱胸，"你信我吗？"

灵犀摇头，干脆道："不信。"

墨珑无法，俯身低声道："你看，这头狍鸮被喂过药，迫出它体内所有潜能，对于伤痛无知无觉，比寻常更加彪悍凶猛。"

"所以熊罴是死定了？"灵犀焦急道。

"错！正因如此，所以熊罴会赢。"墨珑将嗓音压得更低些，"庄家其实是季归子的人。大多数人都会押狍鸮赢，熊罴赢了，庄家才有钱赚。而且这头狍鸮用药过量，此战即便不败，过后也会因透支过度，衰竭而亡，再没有利用价值。这头熊罴就不一样，此战功成，日后必定会引来众多人为他下注，待到时机成熟，就让他走今日狍鸮的老路，庄家又挣一大笔……"

原本以为就是看异兽打架而已，未料到象庭斗兽还有这么多弯弯绕绕，根本就是拿异兽的命来赚钱。灵犀疑惑道："你怎么知晓这些内情？"

"若我是他，想要多捞银子，我也会这样做。"

"……"灵犀神情愕然，侧头望了他一眼。

墨珑一脸冷酷与漠然。

场内又是数声嘶吼，熊罴与狍鸮总算分开，各自伤痕累累。看上去熊罴更为凄惨一点儿，掉了好几处毛，肩胛脑袋上都有伤，看得灵犀很是担心。

"万一你说得不对怎么办？"

"不对就不对，反正你本来也不信我。"墨珑无所谓。

"你……"

四面楼台上，为狍鸮呐喊助威者甚多，声浪一阵盖过一阵，震得火光结界都微微颤动。狍鸮绕着熊罴转来转去，瞅准一个空隙，纵身扑到熊罴后背上，对着脖颈就咬下去。熊罴猛地甩身，欲将狍鸮甩下来，后者利爪如钩，穿透熊罴肌肤，死死紧扣。

"糟了！"

灵犀急得不得了，爬上石栏就预备跳下去帮熊罴。幸而墨珑反应够快，迅速抱住，赶紧把她拖下来，两个人跌落在地。

"找死啊你！"墨珑被她压着，但抱着她没敢松手，气得不行，"没看见这里有火结界吗？你打算把自己烤几成熟？"

灵犀挣扎了两下，没挣脱开，她一点儿没犹豫，手肘狠狠往后一撞，正中墨珑肋骨处，疼得他龇牙咧嘴，终于松开了手。她一骨碌站起来，扑到石栏处往下看——熊罴向后腾空跃起丈余，重重往地上摔去，后背着地，把狍鸮死死压在地上。熊罴自身的重量，再加上下落的力量，狍鸮所受到的重创可想而知。

这一幕带着几分怪异的熟悉……灵犀愣了片刻，后知后觉转头，看见墨珑扶着胸肋直喘气。

"你没事吧？"灵犀确实有点儿内疚，"我不是故意的。"

呼吸起伏间，胸腔生疼，墨珑连话都不愿意多说，从牙缝里挤出几个字："你去死吧！我不拦你。"

看他疼得一脑门子汗，灵犀觉得自己方才那下可能是重了些，思量大概是陆上的人比海里头的人娇弱，便和和气气地说道："你靠着歇会儿吧，歇会儿就好了。"说罢她就转回去接着看斗兽。

墨珑没打算歇会儿，他决定不管她了，再多的银子也没身体要紧，他慢慢地顺着阶梯往下走，走快了胸腔也会隐隐生疼。

斗兽场内，狍鸮身体受伤，走路摇摇晃晃一瘸一拐，双目充血，如地狱磷火，欲作最后的困兽之斗。熊罴几乎是全身浴血，脖下如火焰般的红毛被染成紫黑，耳朵也被撕裂了半个，粗重地喘着气。

手攥成拳，指节隐隐泛白，灵犀恨不得自己下场把狍鸮解决掉。

随着嘶吼声，两兽同时向对方扑去，他们在体力上皆已是强弩之末，谁都知晓这是最后一轮生死较量。看台上赌徒们赤着眼，呐喊着，声响盖过场内的咆哮撕咬声……

狍鸮渐渐无力，镶入熊罴身体的利钩松开，最后软绵绵地瘫倒在，脖颈处一道显而易见的伤口。熊罴把狍鸮钩在自己身上最后一爪拽下来，筋疲力尽地退开几步，坐倒在地。

赢了，对于他，迎接的是看台上赌徒们的谩骂和最恶毒的诅咒。

灵犀欣喜至极，熊罴现在就在火光结界边上。她飞快地从阶梯上冲下去，把墨珑差点儿撞飞出去，幸而她还知道拉住他。

"你说对了！"她急匆匆道。

墨珑还来不及回答，就看见她绕着火光结界一直奔到距离熊罴最近的地方，朝着熊罴拼命招手。

此时整个象庭被各种嘈杂的喧哗声包裹着，灵犀无论说什么，熊罴都听不清楚。她干脆从袍袖中拿出之前半缘君所绘的画，在手中展开，示意熊罴看过来。

不得不说，这画确实画得栩栩如生，在火光映照下，熊罴只看了一眼就愣住了，身体倾过来，呆呆看着画中那头满脸期盼的熊罴。

"是你？"灵犀指着画中的熊罴问他，"是你找一个道士算命？"

熊罴缓缓看向她，过了好一会儿才从喉咙深处发出低低的嗥叫。

灵犀听不懂："啊？"

墨珑不知何时出现在她身后，低声道："他问你怎么会知道此事。"

"真的是你！"灵犀大喜，直接把画丢到一旁，从怀中摸出一片黝青的物件，摊在手心给熊罴看，"你还记不记得这个？这是你当时付给那道士的卦资？"

火光有点儿刺眼，熊罴定睛看了片刻，点了点头。墨珑在旁，也看清了那物件，黝青的扇形，像片黯淡的铜片——或者说，更像鳞片。

"你是从何处得到它的？快告诉我！"灵犀急切地问道。

残耳处淌下来的血漫过眼睛，熊罴用毛茸茸的爪掌胡乱抹了抹脸，带血的目光探究地看着灵犀。

以为他没听清，灵犀焦急地重复道："你从哪里得到它的？"

狍鸮的尸首被拖下去。两条蜿蜒的碗口粗铁链从罜位闸门伸出，仿佛有生命一般朝熊罴蜿蜒而来。熊罴看看铁链，又转头看看灵犀，粗重地喘着气，似在犹豫着什么。

知晓铁链会将他拖回去，灵犀急得不行："你还记不记得？"

双足被铁链缠住，熊罴紧紧盯着灵犀，低低地叫唤了几声。

"他说什么？说什么？"灵犀连忙去拽墨珑。

"他说——"墨珑皱了皱眉头，"他说，把他从这里弄出去，他就告诉你。"

"啊？"

灵犀转头再去看熊罴，铁链已将他拖往巽位闸门，他仍旧紧盯着灵犀，绝望而痛苦，像是看着唯一的救命稻草。

缀着几串碧青小果的野葡萄藤悠闲自在地攀爬在大门上，卷曲的细茎甚至顺着门缝探出门外，轻轻摆动着。

"开门。"门外传来墨珑的声音，野葡萄藤"嗖嗖"地缩回去，一根藤蔓轻巧地钩住门闩，"吱呀吱呀"地将门打开来。灵犀跟着墨珑走进门，好奇地伸手去拨弄藤上的小葡萄，被墨珑喝住。

"没熟呢，别摘！"喝住她后，墨珑没好气地教训野葡萄藤，"说过多少回，别往门缝里挤，才小半年，门缝都宽两倍了。"

野葡萄藤委屈地卷着茎须，叶子齐整地"沙沙"摆动，老老实实地关上门，枝蔓横在门上，成为天然的门闩。

听见他的声音，厅堂内的莫姬不满道："它还小呢，慢慢教，急什么？"

"还小？你就惯着它吧，那几串葡萄，长了大半年了都没熟，它压根儿就不上心。葡萄没个葡萄样，拿自己当盆景呢。"

绕过绿茵茵的影壁，灵犀才看清这株葡萄原是种在庭院中，枝枝蔓蔓，葡萄架几乎遮了半个院子。

"你又不等着吃。"莫姬探出身，看见灵犀，怔了怔，"你怎么把她带回来了？"

墨珑迈进厅堂，越发没好气："把她带回来交给老爷子，谁爱管她谁管，反正我不管了！"

东里长其实一直靠在窗边，将他们的一举一动皆收在眼中，也不理墨珑，先笑着看向灵犀："姑娘，可找着那头熊了？"

灵犀沉默着点点头。

"如此说来，还是挺顺利的。"

"还不如没找到呢。"墨珑环顾四周，"……小风呢？"

"毒还没退，在屋里睡着呢。"莫姬好奇道，"到底怎么了？"

墨珑朝她摆手，示意她别问了，然后对东里长道："老爷子，我把话说在前头，这事我肯定不管，我劝你也别管。"

灵犀不满地瞪着他，手拢入衣袖，掏出一把金贝，"哗啦啦"放到桌上，大声说道："我有钱！"

"有钱了不起啊！"墨珑"哼"了一声，斜歪在太师椅上。

那把金贝落桌，骤然变大，个个叠起来，金光闪耀。莫姬看着倒吸口气，语气颇犹豫："到底什么事儿？"

金光映在脸上，东里长越发显得和蔼可亲，他所料没错，这姑娘一看就是财神爷特地派来的。他一面示意莫姬给灵犀看座，一面慈祥地说道："姑娘，别理他，也别着急，有事咱们慢慢商量，总能有法子的。"

墨珑又"哼"了一声。

"再哼哼，你就给我回屋去。"东里长瞪了他一眼。

墨珑改成翻白眼。

"咱们不理他啊。"东里长哄孩子般温和地对灵犀说，"说说吧，遇着什么难事了？"

灵犀便将象庭所遇之事原原本本地说了一遍，她说完之后，整个厅堂寂静无声。东里长愣了好一会儿，才重复道："他说，要你把他弄出来，才肯告诉你？没听错吧？"

灵犀指向墨珑："熊嗥我听不懂，他是这么说的。"

于是，东里长看向墨珑。

墨珑干瞪着他，心里其实特别后悔，当时就不该照实说，随便编句话把灵犀糊弄过去就好了。

"姑娘，此事非同小可……我能不能问一句，从这头熊罴身上，你想知晓的究竟是何事？"东里长问灵犀。

灵犀咬咬嘴唇，不语。

"我倒不是想令姑娘为难，"东里长善解人意道，"只是若此事还有别的途径，不一定非得走这条下下之策。"

墨珑在旁幽幽说道："老爷子是五足之龟，千年方可称一足，五足便是五千年。通今博古，这世间的事情，十之八九都在他腹中。旁人想问他一事，那可都是要花银子的。"

闻言，灵犀犹豫片刻，自怀中掏出那枚黝青的物件，摊在手心给东里长看："你可识得此物？"

东里长眯缝了眼睛，细细端详……莫姬也凑过来。墨珑在象庭就曾看过，现下已不好奇。

看不出个端倪，也懒得想，莫姬直接问东里长："什么玩意，这是？"

东里长没回答，神情越发凝重，过了许久才缓缓看向灵犀："这鳞片……你在找他？"

"你认得他？"灵犀大喜过望。

"不是，我不认得，我只是……"东里长忙解释道，"此鳞离体，他恐怕已是凶多吉少，姑娘为何要找他？"

"活要见人，死要见尸，总之我一定要找着他！"

灵犀目光坚决。

在旁听得云里雾里，莫姬奇道："什么死啊活啊的？到底是谁？"说着，她伸手就想去拿灵犀手中的鳞片看个究竟，灵犀却已迅速收入怀中，压根儿就不让她碰到。

"你……"莫姬斜睨她，"哼"了一声，"我还不稀罕看呢。"

灵犀不理会她，问东里长道："把那头熊从象庭弄出来很难吗？"回来的路上，一谈此事，墨珑就摇头。"根本不可能。"他从头至尾只说这么一句话。

东里长思量了一会儿，对灵犀诚恳说道："也不是很难。"

听到这话，墨珑不可思议地望向他，提高声音："老爷子！"

"象庭虽然设置了结界，且看守众多，但并非无懈可击。"东里长凝神思考，似在自言自语，又似在对灵犀说，"让我想想，得先弄一张象庭的地形图……"

"老爷子，你跟着发什么疯？"墨珑实在没法忍，"这单生意要是接了，那头熊能不能弄出来另说，咱们在长留城可就连立足之地都没了，这家都得让季归子给抄个底朝天。"

"言过其实啊。你别吓着这孩子。"东里长责备他，转头安慰灵犀。

"她的胆子比我还肥呢。"墨珑没好气，看向莫姬，"老爷子昏了头，你可得想好，估摸着连葡萄都得让季归子榨成葡萄汁。"

莫姬还没回答，一直伸着须子躲在窗外偷听的葡萄藤"嗖"地蹿进来，没头没脑地绕在她身上，瑟瑟发抖。

"你别吓着它，又不是不知道它胆子小。"莫姬抱怨墨珑，轻抚野葡萄藤安慰它。

"没事啊！葡萄，只要根还在，大不了把你往土里一埋，过一冬还是一条好汉。"墨珑补上一句，葡萄抖得更厉害了。

东里长刚想说话，夏侯风趿着鞋，睡眼惺忪地迈进厅堂，半眯着眼睛就去倒水喝。

"她怎么在这里？"抬眼时看见灵犀，夏侯风顿时愣住，询问地看向莫姬。

莫姬努努嘴："问珑哥。"

墨珑朝东里长努努嘴："问老爷子。"

东里长朝桌子上的金贝努努嘴："灵犀姑娘很有诚意。"

亮闪闪的金贝晃着夏侯风的双目，他点头赞同："果然有诚意。"

"你就不打算问问是什么活儿？"墨珑挑眉看他。

"就冲灵犀姑娘这份诚意，上刀山，下火海，咱们在所不辞！"没听出他的弦外之音，夏侯风犹自慷慨激昂，"对吧，老爷子！"

"说得好！"东里长赞许道。

墨珑懒得再看他:"余毒未清,尽说胡话。"

莫姬捅捅夏侯风,道:"她想从象庭把一头熊罴弄出来。"

"象庭……"夏侯风愣了愣,喃喃道,"不行,火光结界对你来说太危险了。你不能去。"

"老爷子想接这单生意。"莫姬声音低低地对他说道。

懒得听他俩窃窃私语,东里长站起身来,对灵犀道:"象庭要待十日之后再开,此事姑娘不必着急,待我寻来象庭地形图纸,咱们慢慢从长计议。"

"待将熊罴救出,我还有重酬。"灵犀说道。

东里长笑着点点头:"好的好的。姑娘,你先在这里住下。西厢房靠北面那间还空着,也算干净,这几日姑娘将就一下。莫姬,你带灵犀姑娘过去,你们都是姑娘家,看屋里还缺点儿什么,你帮着添补些。"

看在桌上金贝的分上,莫姬扯开葡萄藤,颇不情愿地带着灵犀过去了。野葡萄藤"刺溜"一下缩回屋外。

夏侯风愣愣地坐着,也不知在想什么,过了一会儿问东里长:"咱们还真要从象庭劫熊?"

东里长不答,用手抬他下巴:"张嘴,伸舌头,说'啊'……"

"啊——"夏侯风乖顺得很。

东里长看了一眼舌头:"还有些余毒,你得多喝点儿水。"

夏侯风伸手就去桌上拿瓷杯。

"这点儿哪里够?到灶间去,把整缸水都喝了,记得再挑满。"东里长吩咐道。

"整缸水……"

夏侯风耷拉着脑袋走去灶间。

待厅堂内只剩下东里长和墨珑两个人时,墨珑瞥了眼攀在窗边葡萄藤卷曲的细茎:"还想听墙角?"

野葡萄藤最怕墨珑,"哗啦"一下全缩回去,老老实实待在庭院葡萄架上,晃悠着那几串总也不熟的小葡萄。

墨珑这才看向东里长,问道:"那鳞片是谁的?"

东里长低头喝茶,躲闪着他的目光:"……其实我也不能完全确定。"

"这单生意不比往常。"墨珑语气中带着火气,"你自己说过,咱们在长留城韬光养晦,接些小生意度日就好。现下你为了这熊孩子,竟然要去惹季归子,那是个能惹的主儿吗?她就算腰缠万贯,也不值得咱们去冒这个险。"

"凡事总有值得不值得,此事值得一搏。"

"你就不担心把这处立足之地给搏没了？"

"墨珑！"东里长看他，目光中竟有些许失望，"你何时变得这般安于现状？这里不过是暂时栖身之处罢了，你真正的立足之地在何处，难道你已经忘了？这些年咱们韬光养晦，只是为了过安逸日子吗？"

被他说得一怔，墨珑语塞片刻，才闷声道："我没忘。"

东里长深吸口气，告诉他："我虽爱财，但也不是那等要财不要命之人。我想帮她，是因为那孩子手中拿的是一片龙鳞，而且是龙颔下的逆鳞。"

"她在找一条龙？"墨珑回想起之前东里长与灵犀的对话，"逆鳞！你的意思是，这条龙已经死了？"

"对于龙来说，从心脏涌出的鲜血先至逆鳞，再流淌向身体其他部分。故而逆鳞是龙身上绝对不能触及的部分，触之必怒。逆鳞为白色，方才那片已离体多时，黝青暗淡，这条龙恐怕早已亡故。"

"活要见人，死要见尸"，这是灵犀刚刚说过的话，墨珑皱了皱眉头，盯住东里长："她是谁？一个鲛人为何要找龙？"

"还记得我在杜家酒楼卜的那卦吗？"

"你糊弄小风他们也就罢了，还想糊弄我？"

东里长摇头："那卦是真的，只不过，所问之事略有些出入。你还记得是什么卦吗？"

"离卦。"墨珑记得。

"不错，我所问的，是灵犀姑娘的身份。离卦属火，内外皆离，中存兑巽，中者次也。她从东南而来，是家中次女。"

墨珑一怔，发觉问题所在："鲛人一生只能生育一次，皆为独子，她怎么会是次女？"

"只有一种解释，她根本不是鲛人。"东里长道。

"不对，她身上鲛人的气息不会有错。"墨珑怀疑道，"是你起卦不准吧？"

东里长伤自尊了："不可能！"

"那怎么解释此事？"

"可能她身上带着鲛珠，或者还有别的什么东西。"东里长揣测着，"你就不觉得，她除了有鲛人的气息，加上相貌出众，别的地方都和鲛人对不上吗？"

"也是，听说鲛女柔弱似水，这熊孩子一脚就能把小风踹出去八丈远。"墨珑心中隐隐有个想法，但又觉得不可能，"她在寻龙，莫非她是龙族中人？可龙毕竟是五大灵兽之一，这熊孩子傻乎乎的，也不像啊。"

东里长张口还想说什么，就见莫姬回来了。

"把她安置妥当了？"他问。

"她说饿了，我随口问了一句想吃什么，你猜她怎么说？"莫姬的样子很崩溃，"——她说，简单点儿，炒蛤蜊，剥壳蒸蟹，再来碗斑肺汤就行了。"

炒蛤蜊还算简单，取新鲜蛤蜊肉，加韭菜，用大火爆炒，起锅必须拿捏好火候，稍过即枯。

剥壳蒸蟹，顾名思义，将蟹剥壳取肉取黄，仍置于壳中，弄好五六只。取青瓷大盘，打散鸡蛋，将摆放蟹肉蟹黄的蟹壳放在鸡蛋液中，上笼以中火蒸之。

最费事的就数斑肺汤，须得买二十尾新鲜的斑鱼，剥皮去秽，取出鱼肝和鳍下无骨之肉，用鸡汤，配上火腿、菜心煨制。

墨珑与东里长面面相觑。

半晌，东里长才道："这孩子还真没把自己当外人……你怎么说？"

"我才不伺候呢，让她自己做去。灶间指给她瞧，水盆不是养着两条鱼？"

墨珑扶额："你觉得她那样子像会做饭的人吗？"

"她可以吃生的。"莫姬理所当然地说道，"反正别指望我伺候她。"

正说着，便听见灶间方向传来一声巨响，紧接着就是夏侯风的一声大叫。

"小风！"

莫姬跳起来就往灶间跑。墨珑和东里长对视一眼，不得不起身赶过去。

灶间。

夏侯风抹了把脸，他的头发上、身上都滴着水。他面前的水缸里，一条肥嘟嘟的鲤鱼惊慌失措地到处乱窜。灵犀手持菜刀，似还未回过神来……她面前的砧板裂成两半，砧板下的松木案台也裂成两半。原本摆在案台上的各色物件落了一地，其中包括打翻的黄酱瓷罐、香料小坛等。

看见墨珑等人赶至门口，灵犀也知自己闯了祸，讪讪开口道："我……"

"我知道！我知道！"墨珑把她的话堵回去，善解人意地说道，"你不是故意的。"

灵犀连连点头。

墨珑了然地看向东里长，面无表情地说道："她差点儿把我弄成残废的时候，也是这么说。"

"我只是想把鱼头剁下来。"灵犀指向夏侯风，"他说只要把头剁了，什么都能生着吃。"

夏侯风无辜道："在山上的时候，我爹就是这么教我的。"

"你……打算生着吃？"墨珑微微惊讶。

灵犀闷闷道:"我又不会煮,只能吃生的。"

宁可吃生的也不愿求人做饭,她倒是硬气。墨珑叹口气,看向莫姬:"木头家伙什儿靠你了。"

莫姬无奈,低头捻诀,只见松木案台断口处伸出无数细小的木纤维,相互交错,相互拉近,直至最后断口合拢,复原为一张完整如初的案台。

"砧板反正也旧了,正好再买块新的,省得我耗神。"莫姬倦倦打了个哈欠,目光幽幽瞥了灵犀一眼,哼了哼,摆着纤腰走了。

原本墨珑抬脚也要走,却被东里长拉住。

"这孩子可怜见的,你给她弄点儿吃的。"东里长吩咐过墨珑,扶着老腰也走了。

"我……"墨珑无奈。

夏侯风殷勤地从水缸里把胖鲤鱼捞出来:"我也饿了!哥,红烧还是糖醋?把尾巴留给我。"

墨珑白了他一眼:"刺身。"

没了砧板,墨珑只得寻了一方干净布巾,裹了鲤鱼放到案桌上,挽起袍袖。夏侯风继续把头深埋在水缸中,大口大口喝水。

不过一会儿,一片片鱼肉薄如蝉翼,晶莹剔透,被墨珑细致地放在冰裂梅子青盘中,柔软而服帖,静静地挨着彼此。他取过生姜,去皮切碎,置于小碟中,再用姜醋调配。

"吃吧。"把盘子往她面前轻轻一推,他整理袍袖,仍不甚满意地看着盘子叹了口气,"还可以更匀些,手有点儿生了。"

夏侯风喝了一肚子水,艰难晃荡过来,赞许地看着鱼肉刺身:"哥,我怎得都不知晓你还有这手?什么时候练的?"

墨珑道:"从前和老水獭住一块儿时,天天吃鱼,变着法儿做。"

两个人说话间,灵犀已举箸夹了片鱼肉,蘸了点儿姜醋,放入口中,试着嚼了嚼,评道:"不及海里头的鲜。"

夏侯风伸手就去端盘子:"你不吃给我。"

灵犀忙摁住盘子不让动:"谁说我不吃?"打开夏侯风的手,竹箸戳下去,一片接一片,接连吃入口中。

"你给我留点儿……"夏侯风在旁急道。

看俩熊孩子抢吃的,墨珑摇摇头,转身出去。

木盆升腾着热气,将东里长整个人都笼罩在朦朦胧胧的水雾中,绿豆般大的眼睛惬意地眯成一条缝,嘴里舒服地一会儿呼气、一会儿吸气……泡脚对东里长而言,可谓千金不换的幸福时光。

墨珑进来，继续他们之前被打断的对话。

"你觉得她是龙族？"他问。

东里长仍旧眯着眼："我看见三色珠的时候就疑心了。"

"也许是她偷的？"

"偷东海水府的东西，可不是件容易的事。若是偷来的，必定悬以高价，怎么会随随便便掏出来给你们？你也看得出来，她压根儿就不在乎这些值钱物件。"东里长挪了挪脚，"还有鱼翅的事，她能气成那样。"

墨珑忽然想起，在象庭外，阎老三想摸灵犀的脑袋，结果直接被她撂到地上："龙身上，除了逆鳞，还忌讳什么部位？"

"当然是龙角，龙生性高傲，龙角更是威仪所在，除了至亲之人，绝不会让人碰。"

如此说来，她倒是越发像龙族中人。

"东海水府中，次女是谁？"

这下，东里长皱眉了："就是此处我还想不明白，现下执掌东海水府的是前龙君的长女，她并未成婚，且只有一个弟弟。"

"早就说你卦不准了。"墨珑嗤之以鼻。

"或者她是蛟？反正肯定与东海水府有很深的渊源。咱们帮了她，就算是和东海攀上关系了，你殷勤点儿，让他们欠个大人情，将来咱们回去之后说不定就能用得上。"东里长的算盘打得"噼啪"响。

"回去……"墨珑目光有些许黯淡，沉默了良久。

东里长惬意地把脚缩回来，用布巾擦干，然后朝门外喊道："葡萄，把盆拿出去，晾凉了再喝。"野葡萄藤从门外扭进来，在木盆上密匝匝地圈了两三圈，直接就把它拎到院中，待水变冷，好自己给自己浇水。

"难怪葡萄老也不熟，八成就是因为你这洗脚水的缘故。"

墨珑扇扇鼻子，嗤了两声，走了。

"怎么可能？我……我香着呢！"东里长把脖子伸到窗外嚷嚷，"清水一涮，不蘸酱都能直接吃！"

第四章
追兵赶至

也不知晓东里长用了什么门路，就知道他花了点儿银贝，很快就弄回了一张象庭的地形图。

蚕茧纸在八仙桌上平铺开来，上面是象庭从上至下的剖面图。东里长伸手一挥，墨点跃然而起，一横一竖凌空而立，桌面上俨然就是一座小小的可透视的象庭，出口、看台，以及各个通道，包括地下兽房，全都清晰可见。

众人围至桌边。

"哇！"夏侯风未去过象庭，边看边惊讶，"火光结界在哪里？"

东里长随手取了一旁的紫竹茶匙，在太极鱼上画了个圈："这一圈是火光结界，能把你烤得外焦里嫩，但只有斗兽期间才会启用结界。"

夏侯风啧啧道："这么厉害！"

"你安静点儿行不行？"莫姬皱着眉头，从象庭劫熊罴她本就觉得太过冒险，眼下看见象庭的地形图，心中越发没底。

夏侯风忙噤声，安静了片刻，又忍不住提议道："可以用穿墙术，珑哥会呀！"

"不行。"东里长接着用紫竹茶匙在象庭图上指指点点，"象庭所用的砖块皆是季归子请工匠专门烧制，混进了鸣石的碎屑，若用穿墙术，便会触动鸣石，响声七八里外都能听见。"

墨珑欲说话，还未出声，东里长已经知晓他想说什么。

"地面也都铺设了砖块，没法从地底打洞。"东里长说道。

灵犀不解道："触动鸣石又如何？不过是发出一些响声而已，怕什么？"

"响声会引来守卫。"莫姬看白痴一样看着她。

"守卫有什么可怕的？"

灵犀更不解了，昨日那个守卫轻而易举就被她撂倒在地，她不认为象庭守卫具备任何防守能力。

东里长打圆场道："除了守卫，还有烈火璧，一听见响声便能在顷刻间将整个象庭都布下火结界，然后瓮中捉鳖……墨珑，你的隐身术能撑多久？"

"一盏茶左右。"

"若是再带一个人呢？"

墨珑颦眉想了片刻："那就不好说了，得看是谁，要是那头熊的话，半炷香的时间恐怕都不行。"

象庭结界灵犀是见识过的，确实厉害，她颦眉道："有没有法子破除结界？"

"破除结界？你口气还真是挺大。"莫姬挑衅地问道，"灵犀姑娘，你倒是说说，你会些什么法术，到底能帮上什么忙？"

灵犀闻言一怔，不吭声。

"说呀！"莫姬催促她。

她还是不肯吭声。

她来自东海，身手了得，想必法术也不凡，墨珑倒也十分好奇，笑道："要从象庭救出赤焰熊并非易事，须得集众人所长，相互配合才行。姑娘若有拿手的法术，不妨说出来听听。"

一时间，大家都看着她。灵犀咬咬嘴唇，低头闷声道："我不会法术。"

"啊？"

众人都有点儿惊讶，其中以夏侯风声音最响："不能吧，连我都会好几种法术呢，比如御物术、爬云术、传音术……"

"还不都是我教的？"东里长打断他的话，温颜安慰灵犀，"是没人教你吧？没事，我来教你，姑娘天资聪慧，肯定一学就会了。"

灵犀摇头，硬邦邦地说道："我不学。"

"老爷子好心好意要教你，你还摆起架子来了。"莫姬冷嘲热讽道，"你想救那头熊罴，要我们去拼死拼活，你自己倒连个法术都懒得学。"

"我……我不是……"灵犀脸涨得通红，终于说出实情，"我没有灵力，学不了法术。"此言一出，众人皆愣住。

"怎么可能没有灵力？凡人都可以自行修炼法术，你既得人身，怎么会没有灵力呢？"莫姬疑惑道。

东里长也甚是不解，但还替灵犀找理由："应该是灵力比较弱吧，所以无法修炼法术。"

之前还怀疑她是龙族，龙乃上古灵兽，灵力天生，她怎么会没有灵力呢？墨珑忍不住追问她："是灵力弱，还是真的一点儿灵力都没有？"

"一点儿都没有！"灵犀沮丧至极，眼圈泛红，大声嚷道，"没有灵力很丢人吗？"说罢，她气冲冲地出了厅堂，回了自己的西厢房。

只听见西厢房的门"砰"的一声被重重关上，院中的葡萄藤都跟着抖了几抖，众人面面相觑，一时无人说话。

"怎么会这样呢？"夏侯风回过神来，不解地问莫姬，"没灵力，她岂不是连我都比不上？"

莫姬也不解，狐疑道："她会不会是在骗我们？"

墨珑看向东里长："你看呢？"

沉吟片刻，东里长摇头道："瞧她模样，倒不似作伪，应该是真的没有灵力。"

"也就是说，她除了一身蛮力，再无可用之处了。"莫姬就事论事。

"我看这事就算了吧。"墨珑朝东里长道，"她连一点儿灵力都没有，肯定和龙族挨不上关系，咱们犯不着冒险。"

夏侯风和莫姬闻言皆一愣。

"龙族？"夏侯风奇道，"她不是鲛人吗？老爷子，你觉得她和龙族有关？"

东里长脸上有点儿挂不住，不耐烦地摆手道："我就是瞎猜的。"

莫姬生了疑心："所以，你想帮她是因为龙族的缘故？"

"行了行了……都散了吧，别胡说了……"东里长责备地瞪了墨珑一眼，起身想去收图纸，却听见外头西厢房又是"砰"的一声，是门被撞开的声音。

灵犀大踏步地走进厅堂，双目粉光微溶，显然是刚刚偷偷哭过。

"这把龙牙刃取北海万年寒冰淬成，我想，水能克火，也许能对付火光结界？"她伸出右手，掌心中白光璀璨——龙牙刃，这是一把弯弯的匕首，通体纯白光润，无一丝瑕疵，宛如用最上等的瓷土烧制而成。

看见此物的一瞬，东里长倒吸一口凉气："你……你怎会有此物？"

"宝物？这玩意儿什么来历？"夏侯风问道。

"当年北海三太子与东海大公主定亲，这把龙牙刃居聘礼首位。"

没想到东里长居然知晓龙牙刃的来历，灵犀不自在地想缩回手。

"这么厉害！"墨珑伸手想拿过来看看，她警惕且不适地盯了他一眼，避开他的手。

"它怎么会在你手里？"东里长追问灵犀。

灵犀不知该如何解释，只得含含糊糊道："它摆在那里，我就拿来用了。"

"摆在哪里？"

"……就是那里啊。"灵犀不擅长编谎话，可就是不松口。

见灵犀支支吾吾，东里长心里虽然疑云未散，但大概也有了个底，遂不再问下去。

偏偏莫姬要打破砂锅问到底，她紧盯着灵犀，直截了当地问道："你和龙族有何关系？怎能拿到此刀？"就她藏不住话，东里长瞪向莫姬。

灵犀惊住，愣了一瞬，才赶忙摇头道："没有，没关系。我压根儿不认得龙族的人。"

她这个谎话委实太拙劣，能拿到龙牙刃，又怎么可能不认得龙族的人？墨珑挑眉问道："龙牙刃是你偷的？"

"……拿的，不是偷。"

"龙牙刃既然是聘礼，肯定摆在东海水府里头，你若不认得龙族中人，怎么拿得到它？"

灵犀语塞片刻，改了口："我姐姐给我的。"

"你姐姐是谁？"

"姐姐就是姐姐啊。"她含糊混过，"总之龙牙刃不是偷的，别的事情你们就别问了。"

对于灵犀的真实身份夏侯风倒不怎么在意，他好奇地凑到旁边，端详龙牙刃："看着也寻常，这么小，能不能破开结界？"

灵犀随意挥劈了几下，寒光凛冽，丝丝凉意顿时在室内弥漫开来。

墨珑盯着龙牙刃看，刀身上的寒光映在他眼底。

"还真不好说，季归子的烈火璧取自甘渊，那可是十日洗浴之所，至烈至灼。万年寒冰对上十日之焰，如同以子之矛攻子之盾，这事儿连我都说不好。"东里长絮絮叨叨，"眼下也没法试一试……姑娘，你先收好，待我再好好想想。来来来，咱们接着来看看，怎么把那头熊弄出来。"

"珑哥方才不是说此事算了吗？"夏侯风奇道，"您也说大家都散了吧，怎么现下又……"他没说完是因为被东里长瞪得没敢再说下去。

闻言，灵犀顿时愣住，转头看向墨珑："算了？……是因为我没灵力吗？"

"……"

饶是墨珑聪明绝顶，此时却也无言可对，只得佯作没听见她的话，手指象庭地形图，做出专注思考状："在巽位和兑位的闸门位置，没有设火光结界，我亲眼所见，斗兽进出通畅。"

东里长生怕她下一个要质问的就是自己，连忙接话："没有用，闸门乃玄铁所制，穿墙术过不去。斗兽进出时，场内又被结界隔开……等等！"他突然明白了墨珑的意思，"你是说，在结界启用之前，用隐身术混入场内，趁着斗兽进出时，潜入兽房。"

"进去是容易，可出来怎么办？我还得带着那头熊。"墨珑紧接着问道，"象庭守卫如何进出？"

"象庭分外场守卫和内场守卫，外场守卫只管外围，制止看客生事，内场连他们都进不去。内场守卫负责看守斗兽，两班交替，每日进出两次。"东里长的手指向象庭一处凹墙，"进出口就在这里，从这里可以直接进入。"

夏侯风凑近了看，奇道："上头画的是丹墙，没有门。"

"平常是丹墙，用了铜匙，墙就会打开。"

"有钥匙，那不就好办了。"夏侯风语气轻松，"把钥匙偷到手就行。"

"铜匙只有一把，在象庭总管崔阡陌身上。"东里长慢吞吞地说道。

一听见这个名字，夏侯风顿时露出厌恶的神情，搓了搓双臂，像是起了一身的鸡皮疙瘩。墨珑扶额，显然此人并不易对付。

"崔阡陌？什么人？"灵犀问道。

"季归子的心腹爱将，一只千足蜈蚣精。"墨珑回忆着什么，啧啧道，"我记得上回有只梅花鹿让他伤了，中毒后肿得跟大象一般。"

灵犀惊讶道："后来呢？"

"当然是不中用了，脓水淌了一地，谁若不当心沾上，还得病三天。"墨珑叹道，"这老东西是够毒的。"

"咱们弄个障眼法，扮成守卫跟着混进去。"夏侯风提议道。

东里长否决："崔阡陌是何等人，眼神比鹰还毒，障眼法这种雕虫小技根本骗不了他，到时候死得更惨。"然后，他看向莫姬。

莫姬眉头紧皱："看我做什么？"

"你是草木之人，咱们这里，能扛得住他的毒的，也只有你了。"东里长筹算道，"你可试试用美人计，将铜匙偷来。"

莫姬还没说话，夏侯风先嚷嚷起来："那怎么行，我不答应！"

"要不，你去？"东里长不耐烦地看他，"人家看得上你吗？"

夏侯风一梗脖子："反正莫姬不能去，要使美人计，还有她！"他的手指向灵犀，"实在不行，就让珑哥扮女装，反正珑哥生得秀气，扮上足可以假乱真。"

墨珑仰天长叹："为了莫姬，连我都豁出去了，当初我就多余把你捡回来。"

"没法子，男生外向。"东里长安慰他。

夏侯风赶忙要解释："我……我不是这意思，我就是说……"

"我来！"灵犀突然朗声道，"美人计不需要灵力吧？那么我来。"

"你？你知道什么叫美人计吗？"墨珑不可思议地看看她，"阎老三就因为想摸一下你头发，被你直接摔地上去了。"

灵犀皱皱眉头，疑惑道："美人计还要摸头吗？不是长得俊就行吗？"

众人面面相觑。半晌，莫姬认命地叹了口气："行了行了，我来偷铜匙。"

夏侯风一脸不满。

东里长转而道："小风，你速度最快！莫姬一拿到铜匙，你就去开启丹墙，然后把铜匙还回去，做到神不知鬼不觉。然后你和莫姬就找个借口马上离开。"

"我开门的时候珑哥一定会在墙那头等着吗?还是我得用传音术告诉他?"夏侯风问道。

"千万不能用传音术!切记!切记!整个丹墙里面都混有鸣石碎屑,一旦用传音术,整面墙都会发出你的声音。"东里长叮嘱他,"到时候别说季归子,整个长留城都能知道你在说什么。"

夏侯风呼了口气,看向墨珑:"那珑哥……"

东里长转向墨珑:"门被开启后,守卫很快会发觉,然后就会回禀崔阡陌。你一定要把握好时机,在崔阡陌关上丹墙之前出来。"

墨珑撑着头,幽怨地看着他,不吭声。

在旁安静了许久的灵犀突然问道:"那我呢?我做什么?"

东里长似早就想好了,道:"你跟着墨珑。"

"不要!"墨珑瞪向他,连想都不想,立即拒绝。

"我也不要!"灵犀也不满道,"我为何要跟着他?"

自己嫌弃她是一回事,但被她嫌弃又是另外一回事,墨珑不可思议地挑眉:"你还觉得委屈?"

"你这么娇气的人,我才不跟着你。"灵犀很实诚地说出心里话,"轻轻摔一下就喊天喊地,中看不中用。"

"你……我中看不中用?"墨珑气不打一处来。

还是头一遭听到有人如此评价他,夏侯风和莫姬在旁笑成一团,幸灾乐祸。

"好歹她承认你中看。"东里长忍着笑,安抚墨珑,"灵犀姑娘身手不凡,能够以一当百,手中又有龙牙刃,万一……我是说万一有什么差错,你们被困在火光结界里面,还可用龙牙刃一搏。"

墨珑干瞪着东里长,也不管灵犀是不是在场:"不行!这熊孩子看着傻乎乎的,连灵力都没有,就剩下一身蛮劲,拖后腿不提,说不定就能害死我!"

灵犀勃然大怒:"谁是熊孩子?谁傻乎乎的?没灵力怎么了,咱们来打一架!看谁躺地上!"

"肯定是我躺地上啊!这还用说?"墨珑扶额,不想与她作口舌之争,长叹口气,起身往外走,"我回屋躺躺……老爷子,这事儿不成!"

见墨珑一走,此事再无热闹可看,莫姬与夏侯风便也散了。东里长叹了口气,无可奈何,拄着拐杖也走了。厅堂中仅剩下灵犀一人,她定定看着桌上的小象庭……

东里长特地走了两条街,到方家油饼店买了红糖饼,颠颠儿地拎了回来,敲开墨珑的房门。

"这饼就要趁热吃。"东里长把两封油纸包搁到桌上，小心翼翼地拆开其中一包，抱怨道，"我多少年都没走过这么快，生怕它凉了。"

看见油纸包中的红糖饼，墨珑眼底掠过一丝异样情绪，口中却故作满不在乎："还买这个，这是小孩子才吃的。"

东里长温和笑道："你小时候最爱吃这个。"

取过红糖饼，墨珑咬了一口，红糖的香味慢慢溢开，特有的温暖悄悄沁入身体。

"特地买了饼，就是想劝我带她一块儿进象庭吧？"他挑眉看向东里长。

"我就是想看看，你的口味变了没有？"东里长微笑道，"看来，没变。挺好。"

墨珑拿着红糖饼，细嚼慢咽，等着他说下文。

"我估摸着龙牙刃肯定是她偷的，此刀至尊至贵，东海一旦发觉，就会将其追回。在东海追回之前，我们用上一用。"东里长道。

"用一用？"墨珑不解。

东里长慢吞吞道："象庭自建成以来，就没有任何一头异兽能从中逃脱，一则是防守严密，二则就是因为烈火璧。只要鸣石一响，烈火璧立即就能开启火光结界。此璧威力甚大，若我们能将此物收入囊中，将来回到青丘，也是个本钱。"

"这些年，也没见你动烈火璧的心思。"墨珑挑眉道，"怎么？你以为她那把龙牙刃一定克得住烈火璧？"

东里长静默了片刻，似在犹豫什么。

墨珑斜睨他，调侃道："觉得不行又不好意思说？"

"你知晓龙牙刃的来历吗？"东里长问他。

墨珑摇头。

"龙牙刃是上古神器，"东里长刚说完第一句就知晓墨珑想说什么，抬手示意他莫急，"很多人之所以不知晓，是因为龙族改了它的名字。它的本名叫荒月刀。"

听到"荒月刀"三个字，墨珑倒吸一口凉气，腾地站起来，不可思议地说道："荒月刀，竟然会是荒月刀。你没弄错吧？"

"古书上有记载，当年共工怒触不周山，天柱折，地维绝。天倾西北，地不满东南。原本供在荒月崖的荒月刀沉入水中，顺着水势，一路被冲入海中，为龙族所得。当时天河倾泻，洪水泛滥，各路异兽闯入海中，龙族首领真君不堪其扰，幸得此刀，方镇太平。其后，龙族将此刀更名龙牙刃，将它纳为龙族之物，再不提它是上古神器。"东里长"嘿嘿"笑了两声，"我估摸着，他们也是不愿有人上门来讨要。日子一长，也就没人记着荒月刀了。"

墨珑听罢，暗忖片刻，再抬眼时，双目炯炯有神："既然是上古神器，又到了我们眼前，断然没有不要的道理。"

"你要龙牙刃？"东里长一愣。

"龙牙刃，烈火璧，我都要。"墨珑几乎是一字一顿地说道。

"这……不行不行，从她手上抢过来，让龙族知晓，咱们那才真叫惹祸上身。"东里长连连摇头。

墨珑不在意："根本用不着硬抢，怕什么？这熊孩子没有江湖经验，进了象庭，形势一乱，她肯定慌了手脚，到时候我就能让她心甘情愿把龙牙刃给我。"

东里长仍旧迟疑，慢吞吞地说道："龙牙刃在她手上遗失，只怕东海不会轻饶了她。她还是个孩子呢，这可不太厚道啊！"

"离开青丘这些年，我已经不知道什么叫厚道了。咱们跟她没情分，这趟就是生意。咱们冒这么大的险，把熊罴弄出象庭，要她一把龙牙刃，也不算过分。"

"可是……"东里长还在踌躇。

墨珑复坐回去，大长腿架上桌子，瞥向东里长："成大事者，不拘小节。老爷子，莫忘了当年我们是怎么离开青丘的。"

当年……重重往事浮上心头，东里长长叹了口气："是，少主。"

已经有许久，他不曾用这个称呼唤过自己。墨珑定住，对于他来说，这个像隔了三生九世般的称呼已太过遥远。

忽然听见夏侯风在外头敲门："老爷子，你太偏心了，买了好吃的就送到珑哥房里，我都闻着味儿了！"

闻言，东里长无奈一笑："进来吧，哪里都少不了你。"见夏侯风进门，他把没拆封的那包推过去，"给你们留着一包呢。"

夏侯风"嘿嘿"一笑，见墨珑面色凝重，狐疑道："不好吃？珑哥还恼着？"

收回思绪，墨珑赶他："拿走拿走，连我这包也拿走，这就是你们小孩才吃的东西。"

"对了，小风，给灵犀姑娘也送点儿，没准儿她也爱吃。"东里长吩咐夏侯风。

夏侯风漫应一声，抱着红糖饼就出去了。没过一会儿，他又回来了："老爷子……"

"又怎么了？"东里长不耐烦道。

"灵犀姑娘在哪儿？我找了一圈没找着。"

"……房间看过了吗？"

"看过了，没人。"

东里长正疑惑着，墨珑已想到了什么，心中暗叫不妙。

"葡萄！"他快步行至院中，"那熊孩子是不是走了？"

野葡萄藤的细茎原本攀在高处，听见他的声音，忙爬下来，茎端的嫩叶点了点头。

墨珑气不打一处来："你就看着她走了？"

葡萄叶很实诚地又点了点头。

夏侯风忙劝道："不能怪葡萄，咱们事先也没嘱咐它。再说，她兴许就是出去逛逛，一会儿就回来了。"

墨珑估摸着，自己之前的那几句气话说得有点儿重，她恐怕是真走了。"什么脾气啊！说两句就走。"他皱着眉头，回房换了外袍，出门去寻人。

听见动静，莫姬也赶过来，声音听不出是喜是忧："……她走了？"

东里长叹口气："你们俩也出去找，我在家等着，万一人回来就用传音术告诉你们。"

此时天色已近黄昏，还未落雨，能看见北面的天际有层层墨云正缓缓地向长留城推移而来。

莫姬和夏侯风迈出门，便已看不见墨珑的身影，也不知他往哪个方向寻去。

"怎么办？长留城这么大，咱们上哪里找？"夏侯风有点儿发愁。

莫姬瞥他："你还挺惦记她？"

夏侯风愣住，立即道："不是我，是老爷子叫咱们找人。"

"他让你找，你就找？"

"那……那我听你的，咱们不找了？"夏侯风小心翼翼，生怕说错话。

"当然要找！咱们跟她做着生意呢。"莫姬无奈道，"你往东面，我去西面。"

夏侯风忙点头："不知晓珑哥是往哪个方向去了？"

"他的心思，谁猜得到？"莫姬漫应着，抬脚就往西面寻去。夏侯风也忙往东面而去。

此时的墨珑正匆匆赶往象庭。虽然相识短暂，但他清楚地知道灵犀是个一根筋的人，只要熊罴还被关在象庭，她就不会离开此地。所以他连想都不用想就知晓灵犀一定是奔象庭去了。

今日还不到象庭开场之日，以她的性格……墨珑心中暗暗企盼她千万别干出格的事儿。他正想着，就听见尖锐的鸣叫声拔地而起，如百象齐鸣，惊天动地、震耳欲聋……

"糟了！"

墨珑加快脚步，朝着象庭飞掠而去。丹墙笼罩在火光之中，他很快便看见象庭丹墙上有一处豁口，显然是有人试图闯入象庭，结果触发了整个火光结界。

人呢？

难道已经闯进去了？

墨珑试图往里头看，却只能看见一块黑黢黢的大石镶在豁口处，被结界烤得吱吱作响。很快就听见许多纷沓的脚步声往这边赶来，他连忙飞身掠开，躲避到数丈外的坊巷之中，险险与一人撞个满怀。

"你……你怎么在这儿？"灵犀吃惊地看着他。

墨珑飞速地打量了下她："没受伤吧？"

不愿被他嘲笑，灵犀将手隐在袖中："我搬了块石头砸的。"

墨珑轻舒口气，庆幸她还没傻到家。方才的脚步声已至豁口处，墨珑探头瞥了一眼，是崔阡陌，他带着二十几名象庭守卫正在察看豁口。

"快走！很快就会有人搜过来！"

数千年的长留城，巷陌四通八达，他拉着她左转右拐，曲曲折折行了一段路，才拐到距离象庭稍远的大街上。

"你怎么会知晓我去象庭了？"灵犀不自在地挣开他的手，狐疑地问道。

墨珑看着她，她的心思全写在脸上，着实让人连猜都不用猜。他觉得有点儿好笑："你猜。"

"你跟踪我？"

墨珑翻了个白眼："我倒是想，这样就能一睹你砸象庭的风采了。可惜啊，你就算是搬七八十块石头，把象庭砸得跟马蜂窝一样，那头熊也还是出不来。"

再傻也知晓他在讽刺自己，灵犀闷头不吭声，片刻后说道："我会再想别的法子。"

说罢，她抬脚就走。

"喂！你回来！……喂！"

墨珑唤了好几声，她却仍旧往前走，甚至加快了脚步。他无可奈何，只得追上前，尽量让自己的语气显得温和一些："你打算去哪儿？象庭的守卫可能还在搜捕。"

灵犀刹住脚步，很认真地看着他："你别跟着我。"

她认真时，带着孩童般的稚气，让人觉得又好笑又傻气。为了避免让她误会自己有嘲讽之意，墨珑忍住笑意："还生气呢？就因为我说的话。"

"不是因为你说的话。"她顿了一下，才道，"是因为你看不起我。"

"你还说我中看不中用呢。"

她莫名其妙地看着他："我说的是事实，你确实中看不中用。"

墨珑扶额，深吸了口气，平定心境才接着说道："那我说的也是事实，你确实没有灵力，确实也是傻……好吧，算我说错了。"他暗叹口气，为了龙牙刃，就忍一忍这个熊孩子。

灵犀皱眉盯了他片刻，抬脚就走。

蒙蒙细雨飘飘洒洒而下，距离他们十丈左右，饥肠辘辘的白曦拖着同样饥肠辘辘的赤焰熊刚从一家酒楼出来。白曦愤愤地抱怨道："太贵了！一碟豆皮就抵得上咱们三天的饭钱，这日子真是没法过了。"

"哥，我饿……"赤焰熊陶滔可怜兮兮地用熊掌扒住门框，一阵阵饭菜香味飘进他的鼻端，他不想走。

"乖，我也饿！"白曦连哄带劝，"我早就对你说过，穷，一定要穷得有志气，觊觎贵的东西咱们坚决不能吃。"

"要不咱们买两个馒头垫垫吧。"陶滔哀求道。

白曦安抚他："不行，哥答应过你，到长留城就带你吃好吃的，哪能随便凑合？来，咱们再找找，肯定有价钱合适的店。"

熊掌恋恋不舍地在门框上留下几道抓痕，陶滔百般无奈地被白曦拖着继续前行。

"二位请留步！"身后有人唤住他们，白曦回头，看见两个锦衣人快步向他们行来，皆是气宇轩昂、容貌俊朗。

墨珑眼看着才抬脚走了两步的灵犀迅速回来，整个人躲到了他的身后，双手还揪着他的衣袍，似乎生怕遮挡得不够严实。

象庭的守卫追来了？这是他的第一个反应，但往四周看了看，并未出现季归子的人。

"你也有怕的人？谁啊？"他微侧了头问。

灵犀躲在他背后，低低道："你看见那两个戴珊瑚冠的人了吗？"

她所说的人，正站在张家酒楼的外面，锦袍华冠，腰悬长剑弯刀，正与他们交谈的人……墨珑双目微眯，没想到西山的大尾巴羊和熊罴竟然也来了长留城。

"那两个人是你仇家？"

灵犀闷闷道："算是吧。"

"连你都怕……他们什么人？"

"左边那个是双头蛟，右边是三头蛟，千万不能让他们看到我。"灵犀忽然想到某事，一下子揪紧墨珑的衣袍，差点儿勒着他，"你会隐身术对不对？快帮我隐身！"

看来是东海的人来逮她了，来得还真快！咳了两声，墨珑慢条斯理地说道："你求我啊。"

灵犀顿了顿："我有钱。"

饶是知晓她此刻紧张万分，墨珑还是忍不住想笑："隐身术可耗灵力，少说也得二十两金贝。"

"成交！"灵犀压根儿不还价，从钱囊中掏出一把金贝，连数都不数，直接塞入他手中，估摸都不止二十个。

墨珑收了金贝，叹了口气："有钱真好……把手给我。"

他将左手背至身后，很快，她的手毫不犹豫地握上他的，掌心与掌心相贴，她的手略凉，还有一点儿异样……他低头看去，她的手上明显有几处灼伤。

意识到露馅了，灵犀急着往回缩手。

"被火光结界灼伤的？"早该知晓她没那么机灵，墨珑不满道，"还躲什么？老爷子那边有治烫伤的药膏，回去涂一些就是了。"

他没趁机嘲笑她？灵犀倒有点儿诧异了。

细雨点点落到手背上，墨珑迅速收敛心神，握住她的手，右手捻诀，低低念咒——两个人仿佛瞬间溶入蒙蒙烟雨之中。

"隐身了？"灵犀觉得有点儿怪，她依然能看清墨珑，除了他之外，周遭别的景致和路人反倒朦胧起来，像是隔了一层薄纱。

"不信你可以试试。"墨珑拉着她往前走，又叮嘱道，"别再松手，否则你会立刻显形的。"

灵犀应着，立刻攥紧他的手。头一遭被隐身，她还有点儿怯，总不相信别人当真看不见自己。

墨珑拖着她径直走，一直行到白曦等人面前。

白曦正大言不惭道："……那位姑娘与我们相熟得很，还到屋中喝茶聊天，相谈甚欢……"

配弯刀的锦袍人追问道："后来她去了何处？你可知晓？"

熊罴陶滔刚要开口，立即被白曦截断了话头："这个自然是知晓的，只是此事说来复杂，不如咱们寻家酒楼，边吃边谈？"

此时灵犀就站在配长剑的双头蛟聂仲旁边，拿手在他眼前晃了晃，见他果真看不见自己，心中大乐。毕竟是孩子心性，她忍不住就想戏弄戏弄他们俩，伸手偷偷去抽他腰间配剑。

握住剑柄，她试着悄悄往外抽，才动了一下，聂仲便感觉到腰间有异样，手习惯性地扶到剑柄上，转头看了眼……灵犀飞快缩手，手背与他的手掌险险擦过。

聂仲略皱眉头，低头细看自己的手和佩剑。

"二哥，怎么了？"配弯刀的三头蛟聂季问道。

"方才好像碰到了什么……"

白曦忙道："听说长留城多贼，有的学了点儿蹩脚的隐身术，趁人不留意偷盗钱财，也是有的。"

闻言，墨珑拧眉，狐疑地看向白曦：莫非他能看穿隐身术，故意说这话来暗讽自己？他将手掌伸到白曦眼前，晃了晃，又佯作欲插白曦双目，白曦双目连眨都未眨一下，似浑然不觉一般。墨珑这才收回手来。

白曦殷勤地看着聂仲："眼下已到了饭点，两位也饿了吧？"

"非得边吃边说？"聂季叹气，"二哥，这陆上的规矩是有些古怪，明明几句话就能说明白的事情，非得花上一顿饭的工夫来说。"

聂仲深吸口气，蒙蒙细雨中带着些许东海紫藻的气味，他目光越发锐利，在周遭扫视着……

"二哥？"

"我总觉得她就在附近，有紫藻的气味。"

他居然有所察觉，灵犀紧张得大气都不敢喘，挪都不敢挪一下，生怕被聂仲看出任何破绽来。

聂季张望了一番，并未看见可疑人影："会不会是我们自己身上的气味？"

确实没有发现灵犀的踪迹，聂仲收回目光，看向白曦："走吧，边吃边谈。希望阁下不要有所隐瞒才是。"

"知无不言，言无不尽。"白曦乐呵呵地拉着陶滔随他们进酒楼，一边还不忘教育陶滔，"人穷一定要有志气，别人不请，坚决不能吃，懂不懂？"

陶滔懵懵懂懂地点头。

大街上，灵犀终于松了口气，面上掩不住地又是得意又是兴高采烈："隐身术可真好使，若是我也能学会就好了。"

"你没灵力，不用想了。"墨珑毫不留情道，"这法术维持不了太久，快走！"

行在最后的白曦，突然转头，目光准确无误地对上墨珑的背影，嘴角隐下一丝笑意。方才他佯作看不见，却在墨珑身上偷偷洒下一线碧，待会儿便可循迹跟踪。

"在下免贵姓白，单名一个曦字，表字子旭，别号乐游居士。又蒙朋友们抬爱，送号青黎山人。"眼看饭菜上齐，白曦心情甚好，朝聂仲二人笑道，"还不知两位公子如何称呼？"

聂仲眉头皱得越发紧，他发觉自进了酒楼之后，先前闻到的紫藻味道便消失了，看来这味道并非出自他们自己。

"你别管我们是谁？现下菜也齐了，你就赶紧说说，灵犀都和你们说了些什么。"聂季催促道。

佳肴在前，美酒在侧，白曦倒也爽快，将在西山石壁泉所发生的事情原原本本地说了一遍，只是略微改动了一件小事——

"陶滔告诉她，他二舅三年前曾经来过长留城，后来去了葛山炼丹。"

埋头啃蹄髈的陶滔听到此处，愣了愣，以为白曦记错了，张口想更正："哥，我二舅……"

白曦朝他使了个眼色，改口道："对了，不是葛山，是景山。"

"景山？"聂仲与聂季对视一眼，此地距离长留城颇为遥远。

给自己舀了一勺豆腐羹，白曦问道："冒昧问一句，这姑娘为什么要找他二舅？"

没人回答他。

"就因为他二舅找了个道士算命？她也想算命？"

聂仲聂季没理他，满嘴油乎乎的陶滔倒是应了他一句："哥，俺也想算算，明年是俺本命年……"

白曦没接他的话，接着问道："她拿给陶滔看的那块小铁片是什么？"

话音刚落，聂仲聂季同时转头盯住他，唬得他以为自己说错了什么话，愣住不动。莫名其妙地，窗外传来的雨声猛然加大了两三倍，烛火也骤然暗淡下来……聂季靠近他，轻言细语道："这是你该问的吗？"

"当然……不是，我就是好奇而已。"白曦讪讪道。

"这是你该好奇的事儿吗？"

"不是不是，当然不是！"在无形的压迫下，白曦艰难地吞咽下口水，"其实我就是随便、顺口那么一问……"

"这事儿能随便问吗？"聂季循循教导。

"不能不能，当然不能，在下明白了。"

烛火渐亮，雨声渐小，回复为轻柔的沙沙声。聂仲此时方才开口："白公子，请问你为何会到长留城来？"

白曦其实很想说"这是你该问的吗"，无奈对方明显压自己一头，好在他瞎话张口就来，也不费脑子："我们是来探亲的，我有个兄弟住长留城，再过三日正好是他生辰。"

"你兄弟姓甚名谁，家住何处？"

"他是我堂兄弟，也姓白，单名轩字。"白曦眼睛不眨，分外真诚，脑中却飞速转动，回想着之前经过的街道，"家住东街相公巷119号。"

见他答得顺溜，不似作假，聂仲总算没再追问下去。估摸在他们俩身上得不到更多关于灵犀的消息，聂仲朝聂季使了个眼色。聂季会意，从怀中掏出一颗色泽光润的黑珍珠，搁到白曦面前。

"若是再有她的消息，你就到城南盖家，拿出这颗珍珠，自然有人会招待你，到时还有酬谢。"

第四章 追兵赶至

"是是是，在下明白。"

白曦忙不迭地把黑珍珠收起来。

聂仲二人再不与他啰唆，留下满满一桌酒菜，抬脚便走了。

"哥！你还有兄弟在长留城，怎没跟俺提过？"陶滔手嘴并用，撕扯着羊腿，边吃边问。那羊腿烤得金黄微焦，吱吱冒油。

白曦顾不得搭理他，先唤来店小二，问明这桌酒菜已经付过钱，这才安心坐下继续吃喝。

出了酒楼的聂家兄弟，在蒙蒙细雨中缓步而行。

聂季嗅了嗅，不甚满意道："这儿的雨水带着一股土腥味儿，可真让人不舒服，还是咱们东海的水好。"

聂仲没接他的话，似乎一径思考着什么。

"二哥？"聂季唤他。

聂仲回过神来："……我还是觉得她就在长留城。"

"你是说，姓白的小子在骗咱们？"

"倒也不是，只是进酒楼前我确实闻到紫藻的气味，进酒楼之后就没有了，可见这气味并非出自你我二人。"聂仲思量着，"我觉得，她可能就在附近。"

聂季皱眉道："可当时我们并未看到她，没道理，她又不会隐身术。"

听到"隐身术"三个字，聂仲猛地想到什么，低头看向自己的剑柄，心底疑虑丛生："这样吧，你我兵分两路，你往景山方向追去，我留在长留城再寻访寻访。"

"也好，趁着有雨云，我连夜就走，还能快些。"聂季道。

聂仲点头，叮嘱道："路上小心，找人要紧，切勿节外生枝。"

"放心吧。"

沉沉暮色中，一条蜿蜒的碧青蛟龙在雨中扶摇直上，钻入墨色云层，直至消失不见。

葡萄架下，灵犀似有所感，仰首正好看见蛟龙尾部钻入云中。"他去哪儿了？"她自言自语地嘀咕。葡萄细茎攀在她肩头慢悠悠地晃着。

第五章
营救熊罴

酒足饭饱的陶滔摸着肚皮，一摇三晃地随着白曦出了酒楼。

"哥，咱们明日还能找着请咱们吃饭的人吗？"他饱含期待地看着白曦，"若是天天都有这样的饭菜，少活几年我都愿意。"

"有，当然有！下家我都已经找好了。"

白曦满足地打了个饱嗝，从袍袖中取出片紫苏叶覆在双目上，掐诀念咒，待取下紫苏叶，双目睁开，便看见雨中飘浮着一道细绸缎般的青碧荧光，蜿蜒向前延伸而去。

这便是他洒在墨珑衣袍上的一线碧，此香是他自己专门调配的，两里之内都有迹可循。隐身的灵犀和墨珑都被白曦看在眼中，老实说，他当时是有点儿诧异。在西山时没看出墨珑对灵犀有企图，没想到他这么快就找着她，而且两个人居然还是手挽着手，看来已是尽释前嫌。他们俩特地隐身，显然是对锦袍人有所忌惮，这下可就有把柄了，白曦心底的算盘打得"噼啪"直响。

循着青碧荧光，拐过大街小巷，最后荧光消失在小小的土地庙内。白曦此时方才觉得有点儿不对劲，迈进庙内，就看见墨珑所穿的那件衣袍正披在泥塑的土地公身上。

"哥，这有西瓜……"陶滔不明就里，看见吃食就欢喜。

白曦不理会他，上前解下土地公公身上的衣袍，拿在手中细看：确实是墨珑的衣袍，上面还残留着一线碧。

"这是怎么回事？难道被他发现了？……不可能！"

他正自困惑不解，突然头上重重挨了一记。

"混账小子！进我庙来，不知跪拜，还吃我的东西，脱我的衣袍。"方才的泥像已化成白胡子老头，冲他吹胡子瞪眼，举着拐杖"砰砰"地打，"不敬鬼神！不懂尊老！真是世风日下！"

他说一句就打一下，白曦双手抱头直躲，他转而去打陶滔："你们若饥寒交迫也就罢了，满嘴油光！还吃！还吃！贪心不足！"

陶滔被打得慌不择路，在庙里到处乱窜，捧着半个西瓜都不知道松手。

"我们错了！错了！错了！衣袍还给您！"白曦赶紧把衣袍扔回去，拉着陶滔奔出庙门。

野葡萄殷勤地给莫姬和夏侯风开了门，他们俩得知墨珑已将灵犀送回之后，又到象庭附近转悠了好一会儿，打探消息，顺便去吃了夏侯风最爱的糯米鸡。

看见灵犀在葡萄架下，夏侯风指着她笑问道："是你把象庭砸了个坑出来？"

"我不过就是想试试。"

象庭火光结界的启动速度超出她的想象，几乎是在墙体被破坏的一瞬间，结界就迅速生成。

莫姬嗅了嗅，立时看见灵犀手上所涂的药膏："你被烫伤了？"

"被火光结界烫伤的？给我瞧瞧。"夏侯风探头过去，啧啧道，"……你的动作也太慢了，若是我，就绝对不会被烫伤。"

"你速度很快？"灵犀不服气地反问道。

夏侯风双臂交叉抱胸，自豪道："那当然了！当年还在山上时，我和爹娘一起出门。我爹在瞬间就能把人绊倒，我娘立刻用刀割伤他，最后由我飞快地给他上药。整个过程快得就是一眨眼的工夫，这个人完全察觉不到自己被割伤。怎么样？厉害吧？"

虽然快确实是挺快，但此种行为着实难以理解，灵犀斟酌片刻，才道："你们一家人……真闲。"

夏侯风听成好话，叹道："是呀，在山上的日子是挺悠闲自在的。"

"你家在什么山？"

"碣石山。我跟你说，山上好玩得很，各种颜色的玉石都有……"

"玉石有什么稀奇的，我们东海也有很多……"

两个人都颇有些孩子心性，你一句我一句，居然聊得挺热闹。

莫姬在旁听了一会儿，面色越发不悦，干脆径直回房，偏偏夏侯风与灵犀聊得兴起，完全没有察觉。

西厢房最靠北面的房间内，东里长撅着屁股，一头扎在一堆如山的龟壳中翻翻拣拣……

旁边墨珑慢条斯理地煮着茶，窗户开了一线，他能清清楚楚听见院中传来的声音。

"找着了！我的腰呀……"东里长艰难地从龟壳山中爬出来，一手扶着腰，一手拿着一片斑驳的龟壳，"这上面有记载，月支山巅上长着一种草，名曰苍目，食之目明，不受蒙蔽。此草绝世已久，我还以为早就灭种了。你说这头大尾巴羊来自月支，多半他曾经吃过这种草，所以能看穿你的隐身术。"

"我说呢，看着他也不像什么深藏不露之辈。"墨珑漫应了一声，听见外间灵犀正讲述东海过上元节的情景。

"给我倒杯茶呀你，发什么呆！"东里长在桌旁坐下，把龟壳丢一旁去，"那么此人不足为患，不必理会他。你说那两名锦衣人。"

墨珑轻轻合上窗户："听灵犀说，一个是双头蛟，一个是三头蛟。"

"双头蛟，三头蛟。"东里长在脑中搜索东海蛟龙的信息，"不会是……他们两个人装束打扮如何？"

"锦袍玉带，珊瑚冠，佩长剑与弯刀。"

"长剑与弯刀？"东里长啧啧而叹，"真是他们！"

"谁？"

东里长正色看向墨珑："东海聂氏三蛟，你应该听说过。"

墨珑点头："我只听说过大哥聂孟是执金吾，统领东海北线水军。余下两名兄弟，应该也是在军中当职吧？"

东里长摆手道："是否当职并不要紧，重要的是，聂氏一门可以说是东海龙族最为信任的人。当年东海水君夫妇为护住定海玉柱，以命相殉，聂氏受任于危难之际，奉命辅佐大公主清樾，平定异族，稳定东海局势。若非极要紧的事情，绝不会让聂仲和聂季来此。"

墨珑摇头道："那熊孩子不知天高地厚，把龙牙刃偷了出来，他们应该是冲着龙牙刃而来。那孩子平日里够硬气吧，见着这两个人，立马躲到我身后，你是没见着她那个熊样儿。"

"是有此可能……又或者，不是为了龙牙刃，而是为了那片逆鳞。若是这般，灵犀必然与他们关系甚近。"东里长沉吟片刻，"千万不能让他们找到灵犀，这几日得把她看紧了，别让她再偷跑出去。"

"放心吧，她见到他们跟老鼠见猫一样，躲都来不及。你就算现下逼她出门，她都不会去。"墨珑倒是很有把握，复将窗子推开一线，"她和小风倒是聊得来。"

葡萄架下，灵犀和夏侯风叽叽呱呱聊得正热闹。

墨珑正听着，就见从莫姬房中飞出来一册书简，直接砸到夏侯风的头上。

"哎哟！"夏侯风痛呼。

莫姬的声音很快传过来："安静些行不行？想睡一会儿都不得安生！"

夏侯风懵懵懂懂地捡起书简，不明白莫姬的火气从何而来，小心翼翼地把书简送回莫姬房前，也不敢进去，就放在窗台上。

"她怎么了？"灵犀莫名其妙地问道。

"嘘……"夏侯风倒是十分体贴莫姬，朝灵犀轻声道，"咱们到里头聊，莫吵着她。"

两个人进了厅堂。片刻之后，莫姬拉开房门，气呼呼地看向厅堂方向，竖起耳朵还能听见他们在小声谈话。她面色越发不好看，重重地关上门。

东里长听见动静："又怎么了？"

"莫姬看小风和灵犀聊得来，吃醋了。"墨珑无奈地合上窗子。

东里长笑着摇摇头："这孩子……"

接下来，莫姬连着给夏侯风看了好几日的脸色，弄得他坐立不安，也不知自己究竟是哪里错了。墨珑在后院试灵犀的能力，结果摧花毁树，亭台崩塌，还废了一口井，弄得满地狼藉。东里长也没闲着，在象庭地图上以五行八卦推演多遍，确定下烈火璧所在位置，又去打听了好些小道消息。

牛肉粉丝店里头，一头号啕大哭的熊罴吸引了店内店外好些人的目光，唬得店家不知所措，惊于熊罴骇哭的声势，连上前询问都不敢。

特地拐到隔壁街买来韭菜锅贴的白曦还未回到店里就吓了一跳，三步并作两步赶进店："滔呀，你这是怎么了？"

"哥……哥……"陶滔哭得抽抽咽咽，话都说不利索了，"俺刚刚……他们说……俺舅在象庭……身上全是伤……"

"啊？"

白曦听了三遍才弄明白这事：方才牛肉粉丝店内有名客官对陶滔说，在象庭看见一头与他一模一样的熊罴，与狍鸦打得浑身是血。陶滔越听越觉得那头熊罴就是自己的二舅，万万没想到二舅竟然遭此惨况，不由得悲从中来，号啕大哭。

"哥，俺要去象庭，俺要去看俺舅。"陶滔抹抹眼泪，对白曦哽咽着说道，"行不？"

没舍得用自己的帕子，拿店小二的抹布替他擦了擦鼻涕，白曦叹口气道："行！哥来想法子。"

白曦朝周遭的人打听了一圈怎样才能进象庭，才知晓不仅要花银贝买入场券，还须得有熟客带着才能进去。他舍不得银贝，也没有熟人，但很快就想出了一个两全之策。

带着锦衣人给他的那颗黑珍珠，白曦领着陶滔敲开了城南盖家的黑漆大门。

象庭逢七而开，这日正是五月二十七。

皇历上说冲龙煞北，忌入宅、迁移、出火，宜安床、扫舍。

一滴雨水落在龙牙刃上，顺着刀身的纹路慢慢滑下，最后在刀尖上凝成一滴圆溜溜的水珠，悬而不动。

"现下知晓怕了？"

墨珑的声音在耳边响起，灵犀回过神来，刀在手上转了一圈，刀尖上的水珠飞溅开去。

"谁说我怕了？"灵犀仰头道，白光稍纵即逝，龙牙刃隐没在她掌中。

墨珑懒得拆穿她："手上的伤好了吗？"

"好了。"她满不在乎地扬扬手，隐约能看见上头润红的伤痕。

墨珑清了清嗓子："我最后再说一遍，进了象庭，一切事宜都听我吩咐，绝对不许擅自行动。"

"知道了。"灵犀闷声道。

"把我的话复述一遍。"

"你——"

墨珑毫不放松地盯着她："快点儿。"

灵犀心不甘情不愿地说道："……进了象庭，一切事宜都听你吩咐，不许擅自行动。"

"牢牢记着。"

莫姬自房中出来，一袭红衣，金带轻系，越发显得腰肢盈盈一握，妩媚至极，看得夏侯风连眼睛都舍不得眨一下。

"真好看！"他叹道。

莫姬挑眉："人好看，还是衣裳好看？"

"都好看！"夏侯风由衷道，"……别动。"他小心翼翼替她整理好披在肩头的几缕发丝。

东里长慢悠悠步过来，咳了几嗓子，手中拎着一个香囊，递给莫姬："把这个揣怀里。"

莫姬接过来，放在鼻端闻了闻："蜀葵？"

"我打听过了，崔阡陌是螺山人氏，螺山的蜀葵最盛，他对这个味道会非常熟悉，带着它对你有利。"东里长交代道，"我最后再说一遍，我会在象庭南侧的花间巷接应你们，但如果赶不及，大家走散了，就在城郊明溪畔的五棵松会合。都明白了吗？"

众人点头。

独独灵犀一脸懵懂，问道："明溪在哪里？什么五棵松？"

第五章　营救崔墨

"你跟紧我就行了！"墨珑拽走她，"寸步不离懂不懂？"

东里长一挥手："出发！"

细雨蒙蒙，聂仲在盖家总管盖风的引领下来到象庭。他身后，陶滔悲悲切切地拽着白曦的衣袍，跟着往象庭里头走，一身熊毛被雨打得湿漉漉的，尽数贴在身上，更添凄楚之意。

"滔啊，里面那头不一定是你二舅，你等见了面再哭也不迟。"白曦安慰他。

"不是我二舅，那就是我大舅了……"陶滔悲伤不减。

"怎么就非得是你大舅和二舅？你们赤焰熊一族，应该还有别的熊存世，只是你不知晓罢了。"

"我们赤焰熊这是招谁惹谁了？"陶滔抽泣着，"好端端的……"踏入象庭内，登上坤位高台，眼前的情景顿时让他忘了想说的话。

"这是……这是……八卦阵？"

"看着应该是……"

白曦也是头一遭来到象庭，有点儿发愣。旁边的侍女捧上摆着各色瓜果的水晶碗，他迟疑地吃了一块蜜瓜，再看陶滔，已经把整个水晶碗都抱在怀里。

聂仲的注意力并不在象庭上，更不在环绕身遭的貌美侍女上。他靠在石栏边，打量着进象庭的每一位看客。若当真如白曦所说，象庭内也有一头赤焰熊，那么灵犀很有可能也会来此地。

按计划，墨珑与灵犀混入象庭之后，在火光结界开启前，使用隐身术进入斗兽场内。因为隐身术无法维持太久，万一结界开启之后，迟迟不放斗兽出场，玄铁闸门未打开，墨珑二人便有在斗兽场内显形的危险。到那时候，他们二人被季归子发觉，再想带出熊罴只怕不易。

多年历练，墨珑眼睛甚尖，几乎在踏入象庭的一瞬间就看见了聂仲和白曦等人，立时刹住脚步，同时将灵犀拽回自己身后。

"怎么了？"灵犀问道。

"坤位台上，穿青袍的那位就是你所说的双头蛟吧？"墨珑低声道。

听见可能是聂仲，灵犀立时缩回他身后，从肩膀处偷偷摸摸地往上看——聂仲目光扫过，她飞速缩回。

"对对对，就是他！"她紧张道，"怎么办？不能让他看见我！"

"看见了会怎么样？"墨珑侧头问道。

"他立马就会把我抓回去，那我就死定了！千万不能让他看见我！"从灵犀紧揪他衣袍的手指就能看出她有多紧张了，"怎么办？"

墨珑思量了一瞬："把手给我。"

"现下就用隐身术？"灵犀诧异道，"你不是说隐身术无法持续……"

"只能试一次了，难道你还有别的法子？"

"没有……"

趁着周遭无人留意，墨珑捻诀，两个人的身形无声无息地消失在拐角处。距离他们最近的一只驯鹿精正数着银贝准备待会儿下注，忽觉有点儿不对劲，抬眼望去，又不见异常，疑心是自己眼花了。

墨珑紧拉着灵犀，两个人纵身翻过石栏，轻飘飘地跃入斗兽场中。

白曦一眼瞥见，没忍住惊诧："啊！"

"哥……怎么了？"陶滔塞了一嘴的葡萄，含糊地问道。

聂仲也看过来："你看见什么了？"

白曦呆愣着，斗兽场内，墨珑正遥遥地看着他，目光狠厉，朝他打了个噤声的手势，然后手往脖子上一拉……

这意思再清楚不过，闭嘴，否则让他死！

"没……没什么，听说象庭里还有狍鸮，我刚才还以为看见了呢，原来是看错了。"白曦连忙向聂仲解释道。说实话，他深谙强龙压不过地头蛇的道理，他并不想惹墨珑。

聂仲盯了他片刻，淡淡道："看见灵犀了吗？"

白曦摇摇头，脖子有点儿僵硬。

对面乾位高台上起了一阵小小的喧哗，聂仲总算没有再问下去，抬眼望去：原来是季归子今日不光自己来了，还带了心爱的小妾。那小妾生得白皙丰腴，珠圆玉润，倚在季归子身旁，十分惹人爱怜，引得场内一干人等，目光尽沾在她身上。

夏侯风也在看。莫姬瞥了他一眼，问道："好看？"

"是啊……"夏侯风没心没肺地叹道。

莫姬重重踩了他一脚，疼得他龇牙咧嘴，硬忍着没敢叫出声来。

"我看不到珑哥他们，难道他们已经进去了？"他突然说道。

被他一提醒，莫姬连忙往看台上望去，却没有找到墨珑和灵犀的身影。

"他们隐身了？这么早……"莫姬理理衣袍，又将长发梳理得更滑顺，目光瞥向过道那头正严声训斥侍卫的崔阡陌。

前几日象庭丹墙被人砸了洞，至今没查出何人所为，季归子当众训斥了崔阡陌，并为此扣了他半个月月俸，着实令他郁闷不已。崔阡陌跟随季归子多年，没有功劳也有苦劳，想不到如今季归子即将继承城主之位，自己反而被这般对待。

崔阡陌遥遥瞥了眼季归子怀中的美妾，这美人是半缘君那只白狐狸献上的。他与半缘君素有嫌隙，寻思着季归子看他不顺眼，说不定便是半缘君从中言语挑拨。可恨白狐狸成日就知晓谈诗作画、献殷勤、献美人，也不见什么正经能耐，偏偏大公子就吃这套。

　　再这么下去，说不定哪一日，连自己象庭总管的位置都会被取而代之，崔阡陌边走边狠狠地想着，冷不防前头有一人快步而来，不慎撞在他身上。

　　一股草木特有的清香扑鼻而来，正是崔阡陌最熟悉而安心的味道，让他想起幼时蜷缩在树根下温暖而潮湿的时光。

　　"哎……"

　　他低头看向跌倒在地的红衣女子，犹豫了一瞬，才伸手去扶："姑娘，不妨事吧？"

　　莫姬没扶他的手，反而拘礼地稍稍避开些许，自行艰难地站起身，幽幽看了他一眼，也不吭声。

　　并不擅长与女人打交道，崔阡陌看得出她并无大碍，讷讷站了片刻，无事可做，只得转身继续往前去。

　　莫姬暗暗咒骂了一句，向拐角处的夏侯风使了个眼色。夏侯风方才见她摔得真切，心中不安，即刻赶过来，急问道："是不是伤着了？"

　　话音才落，就听见莫姬在他耳边低低道："不许当真！"

　　"啊？"

　　他尚未反应过来，莫姬已揪住他的衣领，身子紧靠过来，下一瞬，他的唇和她的碰在一起——

　　整个象庭的喧嚣似乎在顷刻间归于宁静，夏侯风脑中空白一片，身体轻得像一股轻烟，慢慢地飘起来……飘起来……

　　莫姬猛地推开他，然后以迅雷不及掩耳之势扇了他一记耳光，怒骂道："无耻之徒！"

　　那头，崔阡陌瞧见不对，反身快步行来。

　　夏侯风呆愣愣地站着，有点儿傻眼。

　　莫姬朝他直使眼色："……还不快走！"

　　崔阡陌已到了跟前："姑娘，你……"再看夏侯风，唇边还残留着殷红口脂，显然是方才行了无礼之事。

　　莫姬狠瞪向夏侯风，他这才后知后觉地回过神，撒腿跑了。

　　"光天化日之下，在我象庭中，竟敢这般无礼！"崔阡陌安慰莫姬，"姑娘勿怕，我马上命侍卫将他赶出去。"

莫姬拦住他，颦眉道："算了，他与我家有些渊源，他就是仗着我祖父看重他……不提也罢，我今日实在不该来此地的。"说话间，她已经瞥见崔阡陌悬在腰间的铜匙，由节状的樱草黄腰带紧紧扣住。

此前东里长已画过图，铜匙形状如菱角，两头扣在腰带上，悬在腰间。"记着！"东里长叮嘱她，"你看到的腰带，其实是他的一对毒足，绝对不能贸然去取。"

纤纤玉手暗暗隐入袖中，莫姬作状要走，佯作不慎跟跄了一下。

"姑娘可是受伤了？"崔阡陌好意问道。

"不妨事的。"

莫姬又试着走了一步，差点儿跌倒，倒吸了一口冷气，显然是腿上吃痛。崔阡陌连忙扶住她。

"想是方才伤着了……"他倒是颇有礼，询问道，"在下崔阡陌，任象庭总管。姑娘若不介意的话，到我那里歇息片刻如何？我那里也有些止疼的伤药。"

面上踌躇片刻，莫姬才点了点头："那，叨扰了，崔总管。"

作为象庭总管，崔阡陌在兑位有一处专门的看台，略低并紧挨着乾位，不仅可以俯瞰全场，并且方便随时听候季归子的吩咐。他扶着莫姬径直行到这方看台内，让她靠坐在锦榻上。

夏侯风在稍远处鬼鬼祟祟地跟着，既担心崔阡陌不中美人计，又担心他中了美人计对莫姬不规矩，心中那叫一个纠结。

斗兽场内，火把与火把之间，火光交融之处陡然震动一下，隐约可见数以千计的火线交错纵横，不光将斗兽场的四周，连整个天顶处都布满了结界。

结界启动，意味着玄铁闸门很快会被打开，一场场角斗即将开始。

墨珑攥着灵犀的手，紧紧靠在震位玄铁闸门的旁边，只待闸门一开，他们俩就立时闪入甬道内。还好，隐身术应该撑得住，他心中暗暗思量着，瞥了眼身旁的灵犀……

他能感觉到她的紧张，紧握的手心，一点儿一点儿地沁着汗。

还好，这熊孩子还算老实，没给自己惹出什么幺蛾子。迄今为止，墨珑还算是欣慰。

灵犀确实有点儿紧张，死一般寂静的斗兽场和看台上的喧闹形成鲜明的对比。说实话，她虽然经常打架，却从未如此近地面对真正意义上的角斗。这个斗兽场让她浑身不自在。

"你没剪指甲？"墨珑突然说道。

"啊？"

"你的指甲已经嵌进我肉里头了。"墨珑抬起握她的手,示意她自己看。

灵犀这才意识到自己着实握得太紧了些,讪讪地稍许放松了些。

墨珑调侃问道:"真有这么怕?"

"谁怕谁是孙子。"灵犀嘴硬道。

墨珑勾唇一笑,正在这时,只听见对面的巽位玄铁闸门"咯噔"一下,紧接着铰链"咔咔咔"转动起来,闸门也随之缓缓上升。

早知晓是巽位门先开,他们俩就该在那头等着,墨珑暗暗叹了口气,估摸震位门很快就会开启,遂沉住气等待。

"那是什么东西?"灵犀紧盯着从巽位门走出来的异兽。

此异兽其状如牛,浑身紫黑,身量巨大,头顶四角,耳如蒲扇。它每踏出一步,灵犀都能感觉到地面的震动……

"诸怀。"墨珑明显地皱了皱眉头,"北岳山的异兽都被他们弄过来了,季归子还真能玩。"

"很厉害吗?"灵犀问道。

"和狍鸮差不多,也喜食人。"

身后震位闸门内传来些许动静,灵犀紧张地回头去看,无奈里面阴沉沉的,什么都看不清。

怎么铰链还未转动?墨珑有点儿心焦,隔着玄铁闸门朝内望去……

"不好!"

他猛然把灵犀扑倒,死死地压住她,不让她动弹。

灵犀被摁在地上,只觉得头顶上似乎刮过阵阵腥风,像是有数百对翅膀同时扇动着,伴随着尖锐的叫声,嘈杂而令人战栗。她极力抬目望去,顿时惊呆了——有数百只黑黝黝、毛茸茸的玩意儿,嘴尖如喙,爪利如钩,从她的头顶、耳畔呼啸而过。

"这是什么东西?"她吃力地侧头问墨珑。

"吸血苍蝠。"

吸血苍蝠是从玄铁闸门中的空隙飞出来的,它个头儿小,根本不需要开启闸门。对面诸怀已经走出来,铰链咔咔作响,巽位玄铁闸门正在缓缓放下。

不好!震位玄铁闸门显然已经不需要开启,唯一的机会就是横穿过整个斗兽场,赶在巽位玄铁闸门关闭前进入甬道。否则,隐身术一旦失效,他和灵犀就会暴露在众目睽睽之下。

"跟我跑!快!"

他低低道,一把拉起灵犀,发足往巽位方向奔去。才跑了几步,一只吸血苍蝠直扑到灵犀背上,尖嘴啄向她的脖颈。

"啊!"正在全力奔跑中,没有任何防备的灵犀禁不住痛呼出声,白皙的脖颈上鲜血流淌而出。

看台之上,聂仲隐约觉得自己听到了灵犀的声音,心中一惊,定睛往斗兽场内看去,却看不见她的身影。与之相反,不受障眼法阻碍的白曦则将场中一切尽收眼底——

吸血苍蝠原本就是瞎子,依靠敏锐的听觉来捕食猎物。墨珑与灵犀的隐身术对于它们来说形同虚设。灵犀脖颈上的伤口逸出的血腥气引来更多吸血苍蝠的追逐,眼下情形根本来不及替她包扎伤口,墨珑拉着她风驰电掣般狂奔,身后跟着黑压压的蝠群。

看台上的人仅能看见场内一大群吸血苍蝠旋风般扑向诸怀,独独白曦看得分明,知晓他二人惊险非常,竟也不由自主地替他们攥了把汗。

诸怀看不见墨珑与灵犀,面对扑过来的吸血苍蝠,低吼咆哮,粗壮有力的铁蹄一下一下地刨着黑沙……

吸血苍蝠在后,诸怀在前,闸门已即将合拢,刻不容缓。眼看两个人就要撞上诸怀,被它踩踏成肉泥。若是可以出手的话,灵犀倒是不惧诸怀,可一旦攻击就会败露形迹。

何况,一出手必然耽搁工夫,就进不了甬道了。

怎么办?怎么办?怎么办?她心急如焚。

"别松手。"墨珑突然道。

"啊?"灵犀压根儿没听清他说什么,就被他猛地扑倒,被带着就地翻滚向前……

劲风掠过,诸怀硕大的铁蹄从灵犀的发梢堪堪擦过。

从墨珑胳膊缝隙中,她甚至能清晰地看见硕大铁蹄上沾着的黑沙。

滚过诸怀腹下。

在玄铁闸门合拢的最后一瞬,他们俩险险滚进甬道内。灵犀发间的一颗珍珠被遗落在闸门外的黑沙上。

在看台上的白曦眼睁睁地看着他们在千钧一发之际穿过闸门,差一点点就被闸门碾死,惊得叫出声来。陶滔哀叫:"哥,你别掐我肚子,疼!"白曦在紧张之中,手无意识地揪着他的肉。

聂季狐疑地看向白曦。后者自知失态,掩饰地讪讪一笑,胡乱替陶滔揉揉了肚子,顺口教训他道:"我就是想叫你少吃点儿。"

甬道内,外间火光穿过玄铁闸门透进来,昏暗了许多。

隐身术已然失效，幸而两个人已身处甬道，这条甬道是兽道，除了打扫，象庭守卫平常不会出现在这里。

墨珑松开灵犀，躺倒在地，长长地松了口气，这才觉察到手肘和膝盖处传来的痛感。由于地上的黑沙十分尖锐，翻滚时又顾不上许多，他的手肘和膝盖都被磨出了血。

灵犀见他受伤，一声不吭地从自己的脖颈上沾了些自己的血，伸手就往他伤处涂去。

"干吗？"墨珑本能要躲开。

灵犀挑眉道："别动！"

面对不靠谱的熊孩子，墨珑自然不肯听她的，狐疑道："干吗？"

灵犀也不管，仗着自己气力大，一把拉过他的胳膊，直接把手上的血涂在他的伤口上。

"你别害死我啊。"墨珑抱怨着，只觉得伤口处传来一阵温热，低头看去，伤口正以肉眼可见的速度迅速愈合。

"你的血还有这等好处？"他确有几分惊讶，"你自己的伤呢？"

"对我没用。"灵犀略有点儿沮丧，无奈道。

玄铁闸门外，诸怀与吸血苍蝠正斗得天昏地暗。诸怀咬死了好几只吸血苍蝠，身上也被啄了好几道口子，浓重的血腥气弥漫开来，引得吸血苍蝠更加疯狂。

刚刚滚进来时，外袍已脏了，墨珑撕下里衣的一方衣角，动手替灵犀把脖颈上的伤口包扎起来，算是投桃报李了。

"头低着点儿。"他摁她的头。

"别碰我的头。"她不满地嘟囔。

"毛病真多啊你。"

好在她总算没把他摔出去，墨珑倒也领情，快速替她包扎好。

现下他们身处的甬道，也是兽道，仅供异兽出战斗兽场时行走。象庭侍卫只有在斗兽结束之后，将异兽全部关入地底兽笼，才会来此地打扫。在这段甬道中，他们俩就算不隐身，也不必担心会被人看见。

已经将整个象庭地形图都牢记在脑中的墨珑轻车熟路地往前走。灵犀跟在他身后，甬道中浮动着某种浓重的异味，让她极不舒服。

行至拐角处，墨珑停下脚步，转头朝她打了个手势。

这道拐角是个丁字口，左方是侍卫进入地下兽房的阶梯；右方隔着一道玄铁门，则是侍卫日常行走的甬道。此时可听见阶梯上有脚步声，且又有侍卫的声音传过来……

"这小东西浑身黏糊糊的,弄我这一身。"另一个人颇嫌弃地抱怨道。

"那大的估计过不了今晚了。"有人道。

大的?他们说的不会是那头熊罴吧?灵犀顿时紧张起来,想探头看个究竟,被墨珑一把抓回来,狠狠瞪了她一眼。

她不甘示弱地回瞪,但也没敢再探头。

眼看侍卫就要经过,他二人无处藏身。墨珑也无法在短时间内再次施展隐身术。灵犀暗暗攥拳,预备随时动手,却被他拉住。

"这回也不知晓公子是要红烧还是清蒸?才刚出世的,委实造孽。若是能让咱们拿到市集上去买,估计能卖不少钱。"侍卫抱着手中的小兽,穿过甬道。

此刻,墨珑与灵犀攀缘在甬道的拱形顶部,没有着力点,只能用手指死死扣入砖缝之中。两名侍卫毫无察觉地从他们下面经过。

"嗷呜……"

那只小兽似有所感,突然睁开眼睛,直愣愣地看着甬道顶,含混不清地呜咽着。

侍卫奇怪,刚要抬眼,脖颈后被重重一击,闷声倒下。灵犀翻身跃下,抢在小兽落地前抄住了它。旁边侍卫正要出手,一抹冰冷紧贴上他的脖颈。

"别动,别出声。"墨珑温和地轻声道。

侍卫忙不迭地点头,碍于脖颈上的利刃,只能拼命抖着脑袋。

墨珑转向灵犀,后者正和小兽大眼瞪小眼地互相看着,皆是满目的疑惑不解。

"嗷呜……"小兽颇委屈地叫唤着。

灵犀奇道:"它这是饿了吧?"

"理它呢!"墨珑对小兽毫不在意,示意她看向地上那名晕厥的侍卫,"把他拖到下面去,快点儿!"

灵犀一手兜着小兽,一手拖起侍卫一条腿,直接拖着走。下阶梯时,侍卫戴的头盔在阶梯上撞得咚咚作响,听着都觉得生疼。

这熊孩子!墨珑只得压着嗓音再叮嘱她:"你就不能轻点儿?还想招来多少人!"

灵犀无法,放下腿,直接拎着腰带把人提溜起来。那侍卫也是个五大三粗的汉子,她拎得轻松无比,像是拎一条咸鱼。

被墨珑挟持的侍卫见状惊住,知来者不弱,也不敢擅动,被墨珑押着下了阶梯,进入地下兽房的区域。

整个地下兽房十分阴暗,仅有壁上寥寥无几的数盏长明灯。在上面甬道中闻见的那股异味浓烈了许多,直冲鼻端。灵犀从未到过这等不堪之地,才踏进去第一步恨不得拔腿就跑。

墨珑皱眉，展目望去，黑洞洞的兽房一间挨着一间，厚重的铁门紧锁，压根儿看不清里头关着的是什么异兽。

"赤焰熊在何处？"他把匕首在侍卫脖颈上紧了紧。

"在……里头。"侍卫忙道，"左面第八间。"

"带路。"墨珑简短道。

侍卫只得往前行去，墨珑押着他。灵犀把晕厥的侍卫往旁边一丢，抱着小兽，快步跟上他们。地上潮乎乎的，分不清是上面渗下来的雨水还是受伤异兽的血水，滋养得砖缝里长出了一簇簇奇形怪状的蘑菇。

灵犀屏住气，小心翼翼地往前走。

突然脚底踩到某种软软的湿滑之物，她差点儿滑倒，站稳后定睛看去，竟是一条长长的舌头，从旁边兽房铁门底部的缝隙里伸出，艰难地卷食着那些畸形蘑菇。

隔着厚重的铁门，她看不见里面到底关着何种异兽，显而易见的是，这头异兽肯定是饿极了。照此看来，这些异兽被季归子六合八荒地搜罗了来，即便不死在斗兽场中，也会死于此不堪之地。

此时此刻，斗兽场中，地上躺了十几具吸血苍蝠，大多都是被诸怀撕咬过，还有被踏过的。此时诸怀身上已被吸血苍蝠啄出好多个血口子，七八只吸血苍蝠牢牢叮在伤口上，任凭诸怀如何狂躁地前踢后蹶，它们毫不动弹。

珑哥他们应该已经进去了吧？莫姬双目虽然看着斗兽场，却完全是心不在焉，眼角的余光不时地瞥向崔阡陌腰际的铜匙。

崔阡陌满意地看着场中，安排这样一场精彩的斗兽可不易，这群吸血苍蝠是他特地命人从六百里外的大泽捕来的，颇费了些周折。为了它们，还特别改造了方便它们倒挂居住的兽房。他望了眼乾位高台上的季归子，期望看到赞许，至少是颇有兴趣的欣赏，可惜他所看见的季归子正拿着琉璃抿子细心地替小妾抿鬓边，压根儿就没心思去看场中的斗兽。

寒着面，微微垂下眼，崔阡陌复把目光投在斗兽场内，心情已不似之前那般好。

佯作不经意地目光流转，莫姬将崔阡陌的举动尽收入眼底，隐在袖中的指尖悄悄逸出一缕极细的淡香。这缕香气仿佛有灵性一般，轻盈地攀上崔阡陌腰际的那对毒足，缠缠绕绕……

顺利的话，再过一盏茶工夫，崔阡陌的这对毒足就会被麻痹，然后慢慢松软无力，最后会松开所扣住的铜匙。莫姬不敢正面对崔阡陌用软梦香，因为崔阡陌绝非泛泛之辈，在软梦香起作用之前就会被他察觉，到时候莫说拿到铜匙，就是她想要全身而退，恐怕都不易。

崔阡陌突然转头看向莫姬。后者背脊一僵，面上却仍带着柔软的笑意，自自然然地聊道："这种蝙蝠我从未见过，这么厉害，叫什么名？"

"吸血苍蝠。"崔阡陌答道，"特地从大泽捕了来的。"

"难怪这么厉害。"莫姬的手隐在袖中继续施放软梦香，双目望着场内，叹道，"这头诸怀是不是撑不了多久了？我瞧它身上已经好几道伤口了。"

崔阡陌笑了笑："别说这头诸怀，就是比它更厉害的，也敌不过吸血苍蝠。"

瞥见那对毒足微微缩了一下，莫姬心中一紧，生怕崔阡陌有所察觉，不敢有丝毫空隙地和他聊道："想必，从大泽捕到它们也不易吧？"

到大泽捕猎吸血苍蝠确实不易，此事原本是崔阡陌想待季归子看过这场精彩斗兽，到他面前邀功时再详详细细说上一番，但方才看见季归子压根儿对这场斗兽毫无兴致，显然也不会有兴趣听捕猎过程。现下有人问起，又是个妙龄姑娘，崔阡陌忍不住想显摆显摆。

"自然是不易，大泽那地方与长留城可不同，吸血苍蝠就住在大泽中央的银杉密林，昼伏夜出。为了捕猎它们……"

莫姬一面做出对他的讲述饶有兴趣的样子，一面小心翼翼地留意着那对毒足。在软梦香的作用下，在崔阡陌不知不觉中，扣住铜匙的毒足开始渐渐放松，圆形铜匙一点点往下坠，莫姬随时准备取下它。

"……捕吸血苍蝠，不能用寻常的网，而是要用荆棘纺成的线，三十三根为一股，交织成网，再用火油浸泡七天，方才可用。"崔阡陌侃侃而谈，"待到月圆之夜，在林外设下诱饵……"

说话间，他貌似关怀地握住莫姬的手："你听着不会害怕吧？"

尽管内心恼怒不已，面上莫姬还是含着羞怯道："听着是有点儿吓人，没想到吸血苍蝠是您亲自猎来，真是了不起。"

她的手就在崔阡陌的掌心中，软软的，散发着他最喜欢的草木清香。这种草木清香曾经陪伴他度过整个幼年的修炼岁月，让他觉得舒适而安逸。当莫姬想要抽回手时，他颇有些舍不得。

躲在不远处的夏侯风看在眼中，咬牙切齿，恨不得把崔阡陌削成千八百片。

这瞬，毒足失去知觉，铜匙骤然下落！

"啊！"莫姬惊呼一声，扑入崔阡陌怀中，暗中险险接住铜匙。

崔阡陌一惊："怎么了？"

铜匙迅速隐入袖底，莫姬羞怯地站直身子，指着斗兽场内："刚才有几只吸血苍蝠朝这里扑过来，吓了我一跳。"

双手轻扶着她，面对软玉温香，崔阡陌说不出地受用，未曾留意铜匙遗失，安慰她道："放心放心，有结界隔着，它们扑过来就是找死……"

一道黑影迅猛无比地扑过来，伴随着一声怒吼："快松开她！找死，你这个老匹夫！"

正是夏侯风看到这一幕，忍无可忍，脑子里已经完全没有任务，直冲过来将莫姬拉开。莫姬顺势而为，在衣袂遮掩下，快捷无比地将铜匙塞入他掌中。

夏侯风一怔。

莫姬迅速翻脸，猛然将他推开，怒道："我与你有何干系，你滚开！"生怕崔阡陌伤到夏侯风，她刻意地挡着他，要他带着铜匙快走。

"你……"

铜匙就在掌心，夏侯风被莫姬瞪着，知晓墨珑还在等着自己，便咬咬牙，飞奔而去。

"这这这……这什么人啊！"被他平白无故地坏了自己的好事，崔阡陌气不打一处来。

"这厮就是个浑人，您莫要与他一般见识。"莫姬朝他歉然道，笑容如花，千娇百媚。此时铜匙已被拿走，她必须一直吸引着他的注意力，不让他有机会发觉此事。

第六章
险象环生

此时此刻，象庭的地下兽房。

"赤焰熊就在此间。"侍卫在一间兽房外停下脚步。

"打开。"

侍卫迟疑道："……这头赤焰熊力大无比，门一开，恐怕会伤人。"

把匕首顶了顶，墨珑声音越发和善："打开。"

侍卫哆哆嗦嗦地伸手从腰间解下钥匙，要往锁眼里捅，又生怕门开了熊罴扑出来，犹犹豫豫的。

疑心侍卫故意拖延，墨珑将匕首紧了紧，侍卫脖颈上立时出现一道血痕，手也顾不上哆嗦，用力一转一拧，听得"咔嚓"一声，锁被打开了。

灵犀性急，伸手就去拉门。这关异兽的铁门制得颇为沉重，又因兽房潮湿，门轴处生了锈，她拉一下，铁门就颇不情愿地"咯咯吱吱"地挪一点儿。在这尖锐刺耳的摩擦声中，侍卫哆嗦着直想往后退，无奈被墨珑顶着，无处可逃。

门缝渐宽，里头黑咕隆咚的，灵犀目力一般，也瞧不见里头关的究竟是不是熊罴。

"小心！"墨珑突然喊道。

与此同时，一个黑黝黝、沉甸甸、毛茸茸的兽掌重重地覆盖在灵犀拉门的手上。熊罴硕大的头出现在她头顶上方，潮湿的鼻子喷出热乎乎的危险气息。

侍卫吓得直躲，兽房中的异兽无论哪一只都不是轻易能惹的主儿，即便是受了重伤的也不能小觑，上个月就有一头重伤濒死的犼湖咬死了一名大意的侍卫。墨珑嫌他太碍事，干脆一掌劈晕了他。

看见熊罴双目发着异光，墨珑立即意识到它被施了药，连忙朝灵犀喊道："你小心，它被用了药，可能神志不清。"

神志不清？灵犀试着仰首要对熊罴说话，却听耳畔劲风袭来，她本能地侧头一闪，巨大的熊掌擦过她的脸颊，生疼生疼。熊罴一击未中，直接张口就咬，血盆大口，獠牙尖锐，直奔灵犀白皙细巧的脖子。

眼看她的脖子就要被咬断，蜷伏在灵犀怀中的小兽似也感受到恐惧，"嗷嗷"叫了起来。它声音尖细，听得熊罴张口愣了一下……

墨珑手疾眼快，解下侍卫身上挂着钥匙的大铁圈，想也不想，径直塞进熊罴嘴里。

"呼呼……呼呼……"

铁圈正好卡在熊罴上下獠牙之间，吞不进去，吐不出来，钥匙还"咔咔"地划拉着柔嫩的牙龈，真是说不出地难受。熊罴狂躁地甩着头颅，又用爪子去拨弄嘴，弄得口水直淌。

"它现下神志不清，根本没法带它走。"

墨珑把侍卫踢到一旁，皱眉道。可恨来之前千算万算，就是没有算到熊罴会被用了药。看来是因为上场中熊罴受了重伤，这次季归子打算物尽其用地让它"壮烈"在斗兽场中。眼下熊罴神志不清，很可能马上就会狂性大发，莫说是把它带出去，连和它待在一起都成了件极其危险的事情。"我们快走！"他当机立断，决定放弃。

灵犀既不答应也不动弹，背过身去，低着头，不知晓在做什么。

"快走！"

他催促着，伸手去拉她，却见某种不知来自何处的润莹光芒温柔地镀上兽房四壁。

灵犀转过身，掌心中托着一颗彩光流转，鸽子蛋般大小的圆珠。她话不多说，径直把圆珠喂进熊罴口中。圆珠穿过大铁圈，顺着熊罴的咽喉一路往下，安然入腹。

突如其来的异样吃食，加上连嚼都没嚼过一下，连什么滋味都没尝到就被吞了下来，熊罴呆呆愣愣地站着，似有些回不过神来。

"什么乱七八糟东西，你就喂？"墨珑问道。

灵犀毫不畏惧地从熊口中将钥匙铁圈扳下来，双目定定地看着熊罴，观察着它每一丝变化："千年鲛珠，能解毒。我想应该对它有用。"

千年鲛珠，墨珑微有些惊讶。鲛人寿数，寻常三四百年而已，五百年以上者便已是凤毛麟角，更不用说千年鲛人。这颗鲛珠若真如她所言，是一颗千年鲛珠，那么倒真有可能解了熊罴身上的毒，也能解释为何莫姬的软梦香和半缘君的玉山倾对灵犀一点儿作用都不起。

熊罴原本充血的双目一点点恢复清澈，喘息声也慢慢平复下来，它看清了眼前的人，试着张了张口："你……你们……"

他发出的声音不再是熊嗥，而是清清楚楚的人语，显然也是鲛珠之功。

"你还记得我吗？"灵犀朝他道，"十日之前，你答应我的事可还记得？"

熊罴凝视着她，也未料到她居然当真进到地下兽房要带它走，片刻之后，缓缓点了点头。

灵犀看向墨珑，欢喜道："你看，他还记得！"

墨珑翻了个白眼："等出去后你们再叙旧不迟，此地不宜久留。"

他让熊罴出来，把晕厥的侍卫往熊罴兽房中一丢，正欲锁上门，忽又想起什么，转头看向灵犀怀中的小兽。

"干吗？"灵犀警惕道。

墨珑理所当然地做了个手势："赶紧的，把它丢进去。"

灵犀抱紧怀中小兽，摇头："不要！"

"你知晓它是个什么玩意儿？"墨珑问道。

灵犀摇头。

"你连它是什么都不知晓，你就这么抱着？说不定待会儿就咬你一道血口子。"墨珑道，"快点儿丢进去。"

似乎为了印证他的话，那小兽探出脑袋，朝墨珑龇了龇嘴，只可惜牙还没长出来，肉乎乎的牙床没啥震慑力，白白淌了好些口水。

灵犀仍是摇头："丢在这里会死。"

"死活都是它的命，没听说原本还要把它煮了吗？你赶紧的，别多生事端！"墨珑不耐烦了，伸手就要过去提溜小兽。

灵犀躲开他，坚决地摇头："不要！"她的语气硬邦邦的，看着墨珑的双目却隐隐透着些许恳求。

墨珑刚想说话，就听见墙的另一面传来沉重的"咔咔"声，这是粗铁链在地面拖行发出的声音，意味着斗兽场中已有异兽败落，新的异兽必须上场面对生死决斗。

这种声音对于墨珑灵犀，不过刺耳而已，但对于熊罴而言，犹如地狱深处恶鬼的召唤，每一下都令他不寒而栗。

不能再耽搁了，墨珑没工夫再和灵犀争执，瞪她一眼，警告道："把它管好了！"

灵犀连连点头，把小兽直接揣在怀里。

墨珑还想说什么，转瞬又觉得灵犀这样的性情，估计说了也等于白说，把手按在她肩上，捻了个诀，将她身上的衣衫换成了象庭侍卫的衣衫。这障眼法虽然骗不过崔阡陌，但骗一骗象庭内的守卫应该还凑合。

灵犀低头看看自己，似不甚满意，抬首问道："干脆把我变成侍卫的模样不是更方便吗？然后把他……"她指着熊罴，"也变成侍卫，咱们仨都是侍卫，大摇大摆从这里走出去也没事。"

墨珑给自己也换了一身侍卫衣衫，斜眼睨她："我直接把你变成蚊子，从这里飞出去不是更方便？"

"也可以啊……"

"你当我是神仙？"墨珑没好气地打断她，"这衣衫不过是障眼法，撑不了多久，动作要快。"

灵犀小声咕哝着："学的什么法术啊，怎么都撑不了多久？"

墨珑走在前头，头都不回，声音轻飘飘的："总比某些人一点儿法术都不会来得强。"

距离象庭不远的花间巷中，两匹皮毛光滑的大黑马原地踏着步子，时不时打个响鼻。东里长立在马车旁，面色凝重，听着象庭方向传来的声音，手指在车辕上不自觉地一下下轻叩。

拿到铜匙的夏侯风一阵风般地刮到他眼前："拿到了，老爷子！"

东里长接过圆形铜匙，嘱咐他道："你在这里等着，我去开门接应。"

"莫姬还和那只蜈蚣精在一起，万一脱不了身怎么办？"夏侯风忧心忡忡。

"放心吧，以莫姬的能耐，很快就能脱身。"东里长应道，用最快的步伐往丹墙方向赶去。

出于本能，马匹焦躁地踏着蹄子，左摇右摆地甩头。夏侯风心中烦躁，侧头低吼："都给老子安分点儿！"

被他这么一吼，马匹骇住，果真不敢再乱动，禁不住腿一阵阵发软，最后干脆双双一屁股挨着坐下。

"你们……老子又没说要吃了你们！"

夏侯风气得直挠头。

行至丹墙，四顾无人，东里长用铜匙打开通道，闪身入内。这套计划与之前向灵犀所讲的并不一样，是他私下另行重新交代。灵犀所知的计划是围绕着如何弄出熊罴，而真正的计划则是为了龙牙刃和烈火璧。

即便有龙牙刃，要取烈火璧依然不是一件易事，东里长原身是火龟，对于火尚有几分操控能力。他入象庭，也是想着多少能帮上点儿墨珑的忙。烈火璧非同凡响，此番能有此机会，他不想错过。

马车旁，夏侯风焦急地往巷口张望了又张望，仍没有看到莫姬的身影。想着莫姬还与崔阡陌在一块儿，他越发坐立难安，弹指如年。在来回踱了七八圈之后，他终于还是待不住了。

"我得去接应她，万一……"

如此想着，夏侯风已经蹿了出去，把钱袋一股脑全塞给阎老三，人直往里闯，身法快捷如风。

此时的莫姬并非无法脱身，而是担心自己走后，崔阡陌很快就会发觉铜匙被偷，象庭内的墨珑等人若还未出来，岂非危险得很？故而她想尽量多拖延些时候。

"老匹夫，你给我出来！"夏侯风亮开嗓子，直接在崔阡陌的看台外叫阵。

此时场中斗兽一场刚罢，众人皆翘首等着下一场即将出场的异兽，正是斗兽场中最安静的时候。夏侯风这一嗓子，莫说崔阡陌听见了，连乾位看台上的季归子也听见了，探头往这边瞧来。

听见他的声音，莫姬暗自吐血，没想到他居然又回来了。

见他惊动了季归子，崔阡陌按捺怒气，强自保持稳重气度，朝莫姬笑道："真没看出来，这小子居然还是个不见棺材不掉泪的性子。"

看出他起身时已是动了杀机，莫姬心中焦急，忙道："此事皆因我而起，我去将他赶走。"

夏侯风却是为了让莫姬安全脱身，如何肯走？口中继续骂道："老子的女人你也敢碰，信不信老子把你削成片片的，一条腿一片！"

乾位台上季归子看着，眼前还有个美人儿，饶得是起身时崔阡陌觉察到身上有些不得劲，却顾不上细察缘故。"既然他不愿走，那不妨——留下吧！"说到最后三个字，他已出手，数对毒足，尖端如钩，钩上带毒，袭向夏侯风。

夏侯风正恼他方才轻薄莫姬，双臂一振，就要上前迎战。

"崔总管，这厮浑得很，莫与他一般见识！"

莫姬口中劝道，心中为夏侯风担心不已。夏侯风比不得她，若是被崔阡陌毒液所伤，那可了不得。眼见他们对拆两招，她瞅准机会挡在崔阡陌面前，狠狠瞪向夏侯风，目光如剡刀，示意他赶紧走。

夏侯风却是要她脱身，如何肯走？一把将她推了出去，要她离开。

正在此刻，崔阡陌抬头对上不远处季归子的目光，见后者目光冷厉如刀刃，不由得心头一颤，下意识地摸向腰际——

空的！

他猛然低头，腰际一对节足软绵绵地垂着，本应该由它们扣住的圆形铜匙不翼而飞。

莫姬见他终于察觉，心下暗叫不妙，朝夏侯风唤道："快走！"说话间，长藤从她手中激射而出，三下两下从崔阡陌的双腿直绕到他腰上。单论道行，他们绝不是崔阡陌的对手，得速速脱身方为上策。

原来自己竟是被这女子耍弄了，他们做出这场戏来原是为了铜匙，崔阡陌怒火中烧，半身虽被藤蔓缠住，上半身却骤然暴长而出，直扑向莫姬。

眼看数对毒足就要抓破莫姬的脸，夏侯风想都没想，猛身扑上，挡在莫姬身前，硬生生接了崔阡陌这招。两对毒足分别嵌入他的腰间和肩胛，暴怒的崔阡陌口吐毒气，瞬间，夏侯风的脖子和脸转为紫黑。

"小风！"

眼看他中毒，身体软软瘫下，莫姬大急，用尽全身灵力催动藤蔓，长藤枝条疯狂生长，枝繁叶茂，郁郁葱葱，几乎将崔阡陌整个包裹起来。

墨珑带着灵犀和熊罴，再加上那团不知为何物的肉球，沿着阴暗的甬道，一路向上行。熊罴自进入象庭，便一直被关在兽房中，去斗兽场时也只能走兽道，对于象庭内的其他甬道，他一无所知。

方才那两个侍卫，可称得上不堪一击，此时灵犀已对象庭整个守备力量很是看轻，估摸着就是再碰上一队侍卫，也不过削瓜切菜般容易。故此，她轻松异常，还有心情与熊罴闲聊。

"你怎么会进象庭来？"她问熊罴。

熊罴却是知晓象庭恐怖之处，只要未踏出象庭，未踏出长留城，他都不敢稍稍放松。他这般庞大的个头儿，因为谨慎，脚步声是三个人中最轻的，宽厚的熊掌肉垫落地无声。

"嘘……"熊罴以此回应灵犀，紧张地倾听周遭的声音。

灵犀不以为然道："怕什么，都是些无能之辈……"

墨珑瞥了她一眼："象庭在长留城这么多年，没有一头异兽逃出去过，你以为是靠这些侍卫？"

"我知道，还有火光结界嘛。"灵犀耸耸肩，"我那天也试过了，虽然厉害，可也就是当一堵墙而已，不足为惧。"

听到火光结界，熊罴面有惊骇之色，连连摇头，忍不住开口道："那火很厉害，很厉害，碰上了就是个死……"

"不至于，哪有那么恐怖？"灵犀寻思着熊罴被关在象庭的这些时日受尽折磨，被吓破了胆，也不与他争辩。

正好行至一处阶梯拐角，似乎听见什么声音，墨珑朝他们打了个噤声的手势，熊罴立时收声，连身子都僵硬起来。灵犀趴在阶梯上，伸长脖子，勾着脑袋张望，这对于她来说就已经算是极其谨慎小心了。

弯道的那头有道玄铁门，门边有两名侍卫看守，看上去铁门没什么特殊之处，侍卫也只是平庸之辈。灵犀没把他们放在眼中，口中"啧啧"两声，缩回身来。

熊孩子就是熊孩子，墨珑无奈地把她拎起来，压低声音道："你现下是个侍卫，缩头缩脑地干什么？"

灵犀愣住，低头看自己身上的衣衫："是呀。"顿时整整衣衫，昂首阔步就准备出去，却又被墨珑一把拽住。

"遇着人，我来说话就好，你安静待着。"他叮嘱道。

她看着他，眼神颇为不满，好在没提出异议。

墨珑紧接着叮嘱熊罴："你也一样。"

熊罴点头，十分配合。灵犀也不管小肉球愿不愿意，把它往怀中使劲塞了塞，跟上墨珑，向玄铁门昂头走去。

"兄弟，这是……"守门侍卫看见他们带着熊罴，惊讶问道。

墨珑做不耐烦状："城主那里来个奇人，说是会摄魂术，让领头熊过去试试。"

"城主？"侍卫看着熊罴，倒抽口气，"你们也不拿铁铐拴好了，万一发狂，可不是闹着玩的。"

"没事，才下过药，且老实着呢。你看……"

墨珑随手往熊罴身上打了一拳。熊罴装傻充愣地"咕哝咕哝"两声，老老实实地站着不动。

"这个又是什么？"侍卫指着灵犀怀中的小肉球问道。

灵犀刚要回答，便被墨珑截过了话头："刚下的崽子，粉嫩嫩的，少城主要蒸了吃。"

对于少城主季归子吃幼崽的嗜好，这些侍卫显然也是早有耳闻，当下没什么异议，转动铰盘，将玄铁门徐徐升起。

见这般顺利，灵犀暗喜，正想穿门而过，一脚踏入铁门旁烛火的光圈，突然间壁上的烛火明显暗了暗。

这甬道内无风，何以烛火摇曳？

她还未及想明白，骤然间烛火暴蹿至尺余，火光大亮，原本阴暗的甬道被照得如同白昼一般。数十道火光交错纵横，形成结界，不光覆盖了墙面，连玄铁门也被结界隔开，将墨珑等人禁锢其中。

在火光结界下，墨珑所施展的障眼法被消弭于无形，显出原身。

侍卫吃了一惊："你们是什么人？竟敢闯入象庭！"

眼睁睁看着可以逃出生天的机会就这样断送掉，熊罴悲愤至极，从胸腔深处爆发出一声长长的嗥叫，庞大的身躯径直冲向玄铁门，竟是豁出一切去了。

巨大的碰撞声，伴随着凄厉的吼叫，震耳欲聋，整个甬道都在嗡嗡作响。

玄铁门咔咔作响，却是丝毫未被撼动，而被火光结界灼伤多处的熊罴重重地跌回。守卫操起一根铁条，对着壁上铜制圆管"当当当"连敲三下，然后对着铜质圆管喊道："这里是寅木门，有贼人携熊罴越庭！这里是寅木门，有贼人携熊罴越庭！"

铜质圆管埋在墙内，不仅将他的声音传至象庭各处守卫，同时还能传至崔阡陌的看台所在。

第六章　陷家环生

崔阡陌震断长藤，挣脱枝条，看见莫姬负着夏侯风往外逃去，正要追，便听见铜管中传来守卫焦急的声音："这里是寅木门，有贼人携熊罴越庭！这里是寅木门，有贼人携熊罴越庭！"

这伙贼人！居然还兵分两路！

乾位看台上季归子正看着，崔阡陌自觉当众出丑，怒不可遏，攥紧拳头，恨不得在夏侯风等人身上戳出十七八个洞来，但残存的理智告诉他，当下最要紧的是解决象庭内的那伙贼人。

铜匙！

他们拿走了铜匙，显然是为了进入象庭。

崔阡陌直奔入口处。果然不出所料，丹墙的入口处赫然洞开，两名侍卫正满脸莫名其妙地在门口探头探脑，看见他立即站好，笔直如枪。

"这门是什么时候被打开的？"崔阡陌问道。

听他这么问，两名侍卫愣了愣："这门不是大人您开的？小的是刚刚巡查至此，看见门开着，正奇怪呢。"

崔阡陌皱紧眉头，厉声喝问道："有没有看见什么人进去？"

两名侍卫摇摇头："不曾看见旁人。"

"废物！"

崔阡陌推开两个人，直接奔向象庭内的寅木门。

寅木门内，耀眼的火光结界将墨珑、灵犀等人困在其中，比起斗兽场中的结界，这道结界更密更亮更加灼热，最要命的是，它还会动。

它正朝着墨珑等人慢慢地收拢，仿佛是一口华丽锦袋，要将他们收入其中，然后灼化成炭、成气。

银铩紧握在手，墨珑掐诀，挥出数道银光，迎上火光结界。银光与火光撞击，迸出点点星芒，灵犀毫不迟疑，拔出龙牙刃，森森寒意立时弥漫开来，与结界散发的炙热两相抗衡。熊罴身上被烧灼的伤口，感受到这股凉意，痛楚减退，神志渐渐清醒且冷静下来。

"怎么办？能不能冲出去？"灵犀朝墨珑喊道。

尽管龙牙刃是件神兵利器，但由于她没有灵力，无法催动龙牙刃所蕴含的巨大能量，根本破不开结界。墨珑的银铩倒是将结界划开几道口子，却是稍纵即逝，来不及冲出去。

墨珑看向她，光影变幻中，看不清他的表情："把龙牙刃给我！你没有灵力，用不了它！"

火光结界还在向他们收拢,已是生死关头,灵犀迟疑了一瞬,一咬牙,便将龙牙刃递给了他。

龙牙刃握在手中,如冰如玉,一股凉意顺着手臂直涌上来,可谓寒意沁人。墨珑凝神屏气,以灵力注入刀刃,试着向结界劈去——

一道澄清透亮的碧光自龙牙刃的刀身冲出,顺着刀势,击向火光结界。与此同时,刀身微微震动,发出清越悠长的声响……这声音仿佛从远古洪荒而来,盘旋,激荡,顷刻间将这狭隘的甬道换作旷古荒野,再直冲上九天云霄。

连斗兽场内的人都听见这声响,皆不知从何而起,诧异四顾。独聂仲知晓这声响究竟是什么,骤然而惊,起身扑到栏杆处,凝目向场中望去,却看不见灵犀的身影。

季归子皱着眉头,缓缓松开小妾,坐正身子听了片刻,转向垂手立在旁边的侍卫,恼道:"去问问崔总管,怎么回事?"

"是!"侍卫领命,飞奔而去。

象庭内,守门的两名侍卫呆愣住,眼睁睁看着火光结界被劈开,碧光压制住了火光,原本火舌霸道吞吐的烛火被逼得微弱暗淡、摇曳不定。

碧光过处,玄铁门上迅速结了一层白霜,墨珑反手用银镂削去,玄铁门应声而倒,断口处隐隐泛白,显是已被冻得十分脆弱。

墨珑对龙牙刃所蕴含的巨大威力不由得暗暗惊叹,转头对灵犀疾声道:"走!"

灵犀架起熊罴,揣着小肉球,随着墨珑闯出寅木门。

碧光飞纵,一路上的火光结界被劈得支离破碎,直至闯到外围的酉金门,迎面正碰上赶过来的崔阡陌。

龙牙刃扬起的碧光划过崔阡陌的脸,一道血印出现,顿时冻痹了他的半张脸。亏得崔阡陌功力深厚,且墨珑毕竟非龙族中人,无法发挥出龙牙刃全部的威力。

未料到这伙闯入象庭的贼人竟这般厉害,崔阡陌亮出数十柄短柄月牙刀,数十对毒足挥舞着,与墨珑连战数回合,竟也不敌龙牙刃,渐渐落了下风。他再不敢掉以轻心,侧头,自口中吐出一柄长剑。

长剑甫一出现,便带着浓浓黄雾,喷云般缭绕着剑身。此剑乃崔阡陌置于体内炼制,经年累月,与他心意相通,更是奇毒无比。

黄雾所及之处,腥臭无比,一时间罩人迷眼,昏天黑地。墨珑只觉得头昏眼花,心知不好,再看灵犀,她紧皱眉头,面色发白,想来将鲛珠给了熊罴,她便再不是百毒不侵。

倒是熊罴,尚还神志清明,可惜又受了伤。

因封印尚在,墨珑能动用的灵力极为有限,龙牙刃发出的碧光在黄雾中渐渐暗淡。他将象庭地形图记得颇熟悉,此地距离出口还有一段不短的路程,在崔阡陌的剑势压制下，他的灵力逐渐消耗，要闯出去只怕不易。事先说好要来接应的东里长也不见人影。

眼下形势，已不容再耽搁！

他把银铩塞到灵犀手中，后者脚步已有点儿踉跄。

兵刃在手，灵犀想都不想，径直朝崔阡陌冲去，被他一把攥回来："破墙！"

破墙？

灵犀愣了一瞬，随即会意。此处已经是最外围，隔墙便是长留街道，破墙而出确实是离开此地最快的途径。

用尽全力催动龙牙刃，墨珑逼开崔阡陌，数道碧光冲破蒙蒙黄雾，重重击中内墙，顷刻间，墙内的鸣石被触发，发出象鸣般的巨大轰鸣声……

若说之前龙牙刃发出的龙吟之音只是让象庭中人略感诧异，当下这个声音着实让众人悚然而惊，再顾不得看场中斗兽，慌乱四顾。

"出什么事了？"

"是不是有异兽闯出来了？"

"……"

季归子见场内众人惊慌失措，再顾不得理会小妾，恼怒地吩咐旁边的侍卫道："去把老崔叫来！三天两头儿出状况，象庭他要是管不了就别管了！"

聂仲四下寻人，却始终看不到灵犀的身影，而龙牙刃发出的声响也被丹墙的轰鸣声掩盖住。陶滔被这动静骇住，还以为有什么恐怖的异兽就要冲出来，揪着白曦的衣袍，偌大个头儿缩在大尾巴羊身后，紧张不已。

唯独白曦一人，因看见了墨珑和灵犀潜入象庭，大概猜出了其中缘故。只是闹出这么大动静，他估摸着他们二人应该是凶多吉少。

象庭甬道内，继龙牙刃之后，灵犀再以银铩击向墙面。

这堵丹墙颇为坚固，混入鸣石碎屑的砖头烧制得又密又结实，砌墙时用了血糯米浆，坚固异常，厚度一尺有余，加上火光结界的灼烧，龙牙刃的寒气一时间无法将墙面尽数冻透。

饶得灵犀这一击力量颇大，但墙面岿然不动，仅仅以银铩击点为中心裂开几条纹路。

居然这么硬！

灵犀用银铩连连发招，墙面被她破出一个坑来，裂纹也越来越多。

"快点儿！你行不行啊？"墨珑催促她，在黄雾之中，他迎战崔阡陌已是越来越吃力，好几次差点儿被他的毒足划伤。

灵犀急道："这墙也太硬了！"

墨珑格开崔阡陌的长剑，又险险避开划过面门的毒足，道："要不说你是熊孩子一个，在家拆房子本事就有，到了外头拆一堵墙都不行。"

"你行你来，不行就别叨叨！"灵犀恼怒道。

吵归吵，她手上不敢迟缓，使尽全力，墙面上裂纹越来越多，只是始终无法凿穿。

"我来。"熊罴踉跄着站起来，拉开灵犀，退开几步，发足力气向墙面猛冲过去，庞大的身体重重地撞上墙面。只听得轰然巨响，已然布满裂纹的墙面禁受不住这样的撞击，破了一个大洞，仅仅剩下火光结界最后一道屏障。

这一撞，熊罴自身也伤得不轻，眼冒金星，趴在地上。灵犀架起他，朝墨珑喊道："成了，快走！"

见丹墙破损，崔阡陌怒气更甚，攻势更猛，墨珑全力格挡逼开他，残余灵力注入龙牙刃，向丹墙挥出一刀，碧光飞纵，寒气如虹，将火光结界冲开一道裂口。灵犀架着熊罴，从裂口中跃出墙去。

丹墙外，不远处又有一队象庭守卫朝着缺口处赶来。灵犀回首，火光结界的裂口稍纵即逝，此时已重新合拢，隐约能看见里面墨珑的身影。

灵犀急道："喂！你快出来！"

"你带熊罴快走，我马上就来！"墨珑应道。

此时的熊罴一身是伤，方才那一撞，也不知是伤了胳膊还是肩胛骨，左臂软塌塌地垂着，喘着粗气，身子大半重量都压在灵犀肩上。见他伤势沉重，又有追兵，实在不宜久留，灵犀无法，只得架着熊罴匆匆逃开。

甬道内，随着崔阡陌招招紧逼，黄雾越发浓厚，几乎已经到了要让墨珑窒息的地步。灵力用尽，无法再次破开结界，微弱的碧光中，他左支右绌，连连后退，心中狠狠想道："当真是虎落平阳，如果今日被这只蜈蚣精蜇死，他年恐怕要成青丘笑柄了。"

背后就是结界，已然退无可退，眼看崔阡陌的利剑破雾而来，墨珑举刀相格，突然利剑定在半空——不仅是利剑，连原本做张牙舞爪之势的崔阡陌整个人也都被定住了。

墨珑愣了愣，然后就看见东里长的脑袋从崔阡陌身后冒出来，长长的脖子柔软而富有弹性……

"龙牙刃！"东里长看见他手中雪白的刀刃，绿豆小眼立时大了一圈，喜道，"你拿到手了！"

饶得事先服了清心丸，还是被黄雾呛得头昏眼花，墨珑不耐烦地把崔阡陌拨开，看见他背上插了一根长长的金针，就是这根针令他无法动弹。

"这是什么手法？"

墨珑刚伸手就被东里长连忙喝止。

"不能拔，金针正扎在他第六节与第七节中间，气脉所在，一拔出来可就失了效验。"

"有这招怎么不早告诉我？"墨珑没好气道，"老家伙，还知晓要藏私是不是？"

东里长冤枉道："你以为扎他气脉容易？他身上一节一节紧挨着，我好不容易才等到他舒展开的这个时机。若非他全副心神都在对付你，我也没法得手。"

"你早干吗去了？"

东里长挨近他，低低道："我找到烈火璧了。"

墨珑挑起眉毛。

灵犀带着熊罴，甩开追兵，一路逃向象庭南侧的花间巷。刚刚拐入巷中，她便看见倒在马车旁的夏侯风和跪坐在旁的莫姬。

老实说，她从来没见过莫姬的脸白成这样，或者说她从未见过这样一张煞白的脸，连带嘴唇都毫无血色。而与莫姬相反，夏侯风的嘴唇是黑的，脸是黑的，事实上他整个人都发黑，甚至有点儿肿胀。

"他……中毒了？"灵犀探头问道。

听见她的声音，莫姬猛然抬头，一把揪住她的胳膊，力量之大，灵犀差点儿扑地上去。

"你不是百毒不侵吗？你有没有法子救他？"她焦灼的双目紧紧盯住灵犀。

情急之下，她的指甲几乎嵌入灵犀的肉里，疼得灵犀直抽凉气："你先松手，我可以用鲛珠试试看……这毒看着霸道，我也不知能不能解。"

莫姬又是欣喜又是感激，松开灵犀，不可置信道："你肯用鲛珠救他？"

估摸着熊罴的药性也已经解得差不多，灵犀让熊罴张嘴吐出鲛珠，转而掰开夏侯风的嘴，扳着下巴让他吞入腹中："这是什么毒？"

"是那只蜈蚣……"莫姬突然意识到什么，诧异地看着灵犀，"你不是鲛人？"

"……我是。"

"哪有鲛人会把鲛珠到处喂人？"

鲛珠为鲛人元丹，存于丹田之处，虽可离体，但不宜过久，否则鲛人命不存矣。莫姬干瞪着灵犀，后者干咳两声，示意她看夏侯风："他脸色是不是好点儿了？"

毕竟当下给夏侯风解毒才是最要紧的事情，莫姬立时丢下这事，转头去看护夏侯风。鲛珠进入体内之后，他脸上的黑气果然一点点淡了下去。她又检查伤口，肿胀似乎也消减了些许。

这鲛珠果然非同凡响，竟然还能解毒，莫姬悬着的心慢慢放下，情不自禁去想，若自己能得此鲛珠……

巷口不远处传来纷沓的脚步声，不知何人，灵犀连忙示意熊罴上马车躲起来，熊罴缩头耸肩，蜷成一团还是把马车塞得结结实实水泄不通，插根针都难，更别提再挤个人上去。

是一队象庭守卫！

其中有个人颇眼熟，是阎老三。

"你怎么在这里？"阎老三认出灵犀。

灵犀不知该怎么接话，干瞪着他。马车内，长期在熊毛中安营扎寨的小蜘蛛悠闲地溜达着。

"看见一头熊罴了吗？"阎老三接着问道。

灵犀立时摇头。

见夏侯风躺在地上不动弹，阎老三瞥了眼，又问道："他怎么了？"

毕竟初入江湖，灵犀一时不知该如何作答，好在还有莫姬。她转头，笑容盈盈，答道："喝多了，赖在这儿不肯走，我们也弄不动他，这不，雇了辆车想把他送回去。"

小蜘蛛溜达到熊罴鼻端，犹豫片刻，兜头往鼻孔里头爬去。熊罴轻轻用鼻子出气，想把小蜘蛛喷出来。小蜘蛛牵着蛛丝，乘风出来了些许，很快又循着蛛丝爬回去。

阎老三往前走了几步，挨着马车，端详了下夏侯风，撇撇嘴："……喝得是够多的。"灵犀担心他发现熊罴，紧张地僵直了身子。莫姬笑容生硬至极。熊罴这下连气都不敢出了，鼻子虽痒痒，却能忍住一动不动，从车帘缝隙中紧紧盯住阎老三，就怕他来掀车帘。

"赶紧把他弄走！这附近不太平，不是你们久待的地方。"阎老三挥着手赶她们。

莫姬忙点头应了。看见阎老三转身离开，她与灵犀都暗松口气。

阎老三已行至巷口，与那队守卫预备接着往前搜查，那一刻，夏侯风突然醒了过来，意识尚在混沌之中，张口就骂了一句："崔阡陌，你个老匹夫，老子要把你削得你爹娘都不认得你！……"

就这一嗓子，那些守卫纷纷回过头来。

熊罴再也忍不住，身子一哆嗦，打了个惊天动地的喷嚏，原本被他撑得紧紧的车身如何禁得住，顿时四分五裂，尽数飞溅出去。光秃秃的车板上，熊罴歉疚地攥着一小块残余的车帘布，试图遮挡住自己的庞大身躯。

"那头熊罴在这里！"

不知道谁喊了这一嗓子，虽然很多余，但立即使得守卫们回过神来，操起长刀往这边冲过来。

灵犀撸起袖子就迎上前，十来个守卫一个接一个朝着四面八方飞出去，熊罴看傻了眼。

莫姬却知这队不过是象庭外围的守卫，平常也就对付些不规矩的看客，并没什么真本事。象庭此间闹成这样，恐怕季归子很快就会调府军过来，那些人可不是什么善茬。"我们得赶紧出城！"她说着，把夏侯风扶上马车。

马车上没地方，熊罴颇懂事，用手托住夏侯风。莫姬跳上车辕，招呼灵犀："快上来啊！"

灵犀却焦急道："珑哥说他马上就来，怎么还不来？"

莫姬自然不好告诉她，他们的真实意图是烈火璧和龙牙刃，只能道："他自己会想法脱身的。"

"可那只蜈蚣精很厉害！"灵犀看向依然半死不活的夏侯风，担心更甚，"万一他也被……怎么办？"

"不会，珑哥又不是小风。"莫姬催促她，"快上来！"

灵犀咬咬嘴唇，下定决心："你们先走，我去接应他！"说罢，也不待莫姬回答，她已拔腿飞奔而去。

"喂！你……"

不知该说她是傻大胆还是够义气，莫姬愣了一瞬，摇摇头，策动缰绳，马车不走大道，而从巷陌中穿行离去。

第七章
逆鳞线索

灵犀一路奔回去,墙上的缺口仍然在,但被火光结界阻拦。此时丹墙的鸣叫声已停歇,她试着往里头看,只能看见弥漫的黄雾,压根儿看不见人影,连打斗声也听不见。

难道他已经死在崔阡陌手上了?

灵犀急得很,绕着丹墙飞奔,找到入口,想也不想便一头闯进去。没遇上崔阡陌,其他迎面碰上的守卫都不是她的对手,只是整个象庭的路径本就颇为复杂,东绕西绕,她跟着墨珑的时候还能大概分辨,眼下则被绕晕了头,只管有路就走。

此时的斗兽场,原本应该是喂了药的熊罴和一条猪婆龙的对决,无奈熊罴已逃出,独余下猪婆龙在场中徘徊。巽位玄铁闸门也因为熊罴迟迟没有出场而一直处于开启的状态。

乾位看台上的季归子面色铁青,整个象庭乱成这般,崔阡陌连来禀报一声都没有,他虽沉默着,内心已是出离愤怒。

原本依偎在他旁边的小妾是新收的,还不擅长察言观色,整个身子挪了挪,娇嗔道:"少城主……"

话还未说完,季归子手一挥,直接把她搌到地上去了。

"把她弄下去,还不够烦人的!"

季归子连看都不看她一眼,大步走到石栏旁,探身往下看——依然没有异兽从巽位门出来,周遭的看客更加骚动不安。

等等,巽位门那里有动静了!

季归子瞪大双目,眼睁睁地看着一位纤纤少女从巽位门走出来,海藻般蓬松的头发缀着闪闪发亮的珍珠,容貌秀美无双。她的神情看上去比他更加疑惑不解,似乎完全弄不懂自己怎么会出现在此地。

"灵犀!"

果然是她!聂仲看见她,又气又急,若非火光结界挡着,他已跃出石栏。陶滔张大了嘴,不可置信地攥着白曦:"哥,你快看,是那个姑娘!她也是异兽?"白曦饶有兴趣地看着灵犀,心中好奇墨珑在何处。

立在斗兽场中的灵犀有点儿蒙，她也不知晓怎么在象庭内绕来绕去，竟然又绕回斗兽场。墨珑呢？他在哪里？

斗兽场中的那条猪婆龙等了好半晌，好不容易等到有人进场，也不管是不是派来与它对决的异兽，粗大的尾巴猛地一摆，扫起腾腾沙雾，四条短腿快速摆动，向着灵犀就冲过去。

灵犀之前没见过猪婆龙，虽然在家无聊时也翻看过《八荒异兽录》，但她只对漂亮的异兽有兴趣，比如九尾灵狐、毕方鸟等，对于丑怪型的异兽不过是匆匆扫了两眼。

"什么东西这是？"

直至猪婆龙冲到她身前，张开血盆大口，她看见它口中锯子般的锋利牙齿，才后知后觉地想起来："噢！你是那什么龙！"

她跃开丈余，躲过猪婆龙这一咬。猪婆龙灵活地转身，重新朝她冲过来……

银铩在手中轻轻巧巧转了两圈，对准猪婆龙的吻部。

突然间，猪婆龙刹住来势，像是被定住一样，呆愣愣地看着灵犀。灵犀也莫名其妙地看着它："没事吧你？"她进过象庭地底的兽房，亲眼看见这些呼啸山野的异兽被困在小小的囚室，生存环境极其恶劣。对于它们，她的同情更甚于恐惧，并不想与它们为敌。

此时此刻，猪婆龙脑子里有个严厉的声音正在警告它："大胆土龙，无知孽畜，竟敢对东海龙族无礼！"

高台之上，聂仲神情冷凝，嘴唇微掀，以传音术警告猪婆龙。

意识到不对劲，灵犀抬头看向坤位看台，正对上聂仲的双目，立时心虚低头，佯作没瞧见。

见斗兽场内来了个小姑娘，看客本就莫名其妙；再看猪婆龙和她也不打斗，在场中干瞪眼，看客越发不满。场内各种不满的嘘声此起彼伏，听在季归子耳内，分外刺耳。

象庭自建成以来，各种异兽，血腥争斗，令众多看客血脉偾张大开眼界，何曾出现过今日这般尴尬场面？季归子皱紧眉头，刚要侍卫去再次传唤，便见笼罩在斗兽场上方的火光结界暗了暗，紧接着又亮了亮，霍地骤然消失。

没了火光结界，整个斗兽场暗淡下来，季归子愣住，众多看客也都愣住，不知发生了什么变故。象庭安静得只能听见淅淅沥沥的雨声。

最先回过神来的是聂仲，他纵身跃下斗兽场。

看见他跃下来，灵犀也回过神来，撒腿就跑，还不忘转头朝猪婆龙大喊一声："快跑！"

没了火光结界，自己就可以离开象庭了！猪婆龙猛然醒悟，粗壮的四肢划拉划拉，朝场外逃去。

场内的看客们纷纷醒过神来，他们大多不过是寻常精怪，没什么过人能耐，更别提对付异兽。当下看见猪婆龙冲出来，生怕它乱咬伤人，看客们全都乱成一团，争着抢着往出口处拥去。

聂仲身法极快，抢在前头，一把拉住灵犀："跟我走！"

"不要！"

灵犀使劲想挣脱他。

"你闹得还不够吗？"聂仲牢牢攥着她，恼怒道。

两个人正自纠缠，斜刺里闯出个季归子，探手就去扳灵犀的肩膀。灵犀皱眉，聂仲比她反应更快，劈手就把季归子挡开。

"大胆狂徒，休得无礼！"他喝道。

甫从高台跃下的季归子没把他二人放在眼中，倨傲地向灵犀问道："你为何会从象庭兽道出来？是不是你对烈火璧动了手脚？"

对此事聂仲也甚是奇怪，询问地看向灵犀。

灵犀梗梗脖子，朝聂仲解释道："他把好多异兽关在地底，给它们吃迷幻药，害得它们半死不活的，可怜得很。他不是什么好人！"

季归子冷哼："那又如何？与你有何干系？"

灵犀一时语塞。

"你到底进象庭做什么？"季归子沉声问道。灵犀看上去只是个不经世事的小姑娘，他不明白她究竟是怎么闯到象庭来的。

"我做什么，与你有何干系？"灵犀不甘示弱地顶回去。

"你这小姑娘，莫要敬酒不吃吃罚酒。我好言好语问你，你再不说，休怪我不客气！"季归子身为城主长子，自幼修炼，又请来高人从旁指点教习，不仅灵力非比寻常，法术也甚是精湛。说罢这番话，他右掌微旋，已凝了一股劲力，随时预备往灵犀身上招呼。

随伺在季归子身旁的八名侍卫围上前，刀光雪亮，其中一柄更是直指灵犀面门。

"我没什么可说的！"

灵犀不耐烦，出手格开刀刃，抬脚就要走。季归子忍无可忍，再不欲客气，挥掌欲劈，却被聂仲格开。季归子转而对付他，侍卫们则将灵犀团团围住，一时间战作一团。季归子虽会法术，但都被聂仲一一化解，一点儿没伤着灵犀。

"哥，他们打起来了！咱们要不要去帮忙？"

陶滔身量高，将斗兽场中的情形看得分明。

白曦歪着脖子避开一只鹿精的犄角，紧攥着陶滔，在挨挨挤挤的人群中努力前行："瞎掺和什么，赶紧走！"

斗兽场中，灵犀不被法术所伤，踢翻几名侍卫，转头见聂仲已占尽上风。聂仲身为东海龙府禁军统领，又随哥哥出征数次，本事了得，季归子自然不是他的对手。灵犀趁着他暂时脱不得身，忙偷偷溜走。

原是担心灵犀，聂仲抬眼一望，正巧看见灵犀的背影正往人群里挤。

"这个小家伙！还溜？"

他气不打一处来，正欲追过去，季归子与几名侍卫又围上来。

仗着身子轻巧，灵犀在人群中穿梭，尽力往前头挤，生怕被聂仲追上来，好不容易出了象庭，突然有人从后头抓住她。

糟糕！她讪讪回头，却发现身后站的是在西山石壁泉遇见的那头熊罴，旁边还有白曦。

"你没事吧？"陶滔好奇地问她，"你怎么会跑到里头去了？"

"此事，说来话长，那个……你二舅……"灵犀刚想告诉他，他二舅已经被救出来，迎面来了一队全身披甲的府兵，有人高声道："熊罴在这里！"

陶滔呆住，愣愣地看着那队人马朝自己冲过来。白曦也是一头雾水，不清楚发生了什么事。唯独灵犀立时就明白过来——这些府兵把陶滔当成他二舅了！

事实上，陶滔和他二舅长得一模一样，就是小一圈而已。而且若不把他和他二舅摆在一块儿，也压根儿看不出小了一圈。

"快跑！"

她拉着陶滔就跑。白曦只能跟着跑，累得气都喘不匀："这是……为……什么呀？"

"待会儿我再告诉你！"灵犀回头喊道，"快点儿，别让他们追上！"

"我真是……"

白曦话还没说完，就听见后头府兵的脚步声逼近，赶忙加快步伐，连话也顾不得再说了。

灵犀拉着熊罴在巷陌中穿行，她也不认得路，只能乱走，好几回差点儿迎面又撞上府兵。见跟着这么个没谱的主儿，白曦在心里骂了好几回街。

象庭方向传来金铍之音，一声紧似一声，原本跟在他们身后的府兵听见这声，纷纷反身回象庭。此时白曦方才松了口气，灵犀和陶滔也停了步。

尽管原身是只大尾巴羊，但自从离开月氏山，白曦已经许久没这么奔命似的跑过。停下来后，他喘得连嘴唇都白了，一肚子话想要问，偏生说不出来。

"他们干吗要追俺？"陶滔委屈不解地问道，"俺可啥都没干。"

灵犀解释给他听："他们以为你是你二舅。我把你二舅从象庭里头弄出来了。"

"我二舅！"陶滔一脸惊喜。

白曦一脸惊愕："你……你……你们胆子……象庭这种地方……"

不待他说完，陶滔就兴奋地问道："俺二舅呢？他在哪儿？"

灵犀思量着莫姬他们应该已经出了城："他在城外。"

"俺要去找他，你带俺去呗？"

"我……"想着墨珑生死不明，灵犀迟疑道，"可我还得回象庭去。"

"还回去？找死啊你！"白曦总算是喘匀了气，挑眉看她，"跟你一起进象庭的那位呢？"

灵犀讶异道："你怎么知晓……"

"区区隐身术，怎么可能瞒得过我青黎山人的法眼？"白曦倨傲地说道，"他人呢？"

"珑哥他让我先走，现下他恐怕是陷在里面了。我得回去救他。"灵犀说着，转身就要走。

白曦连声唤住她："等等，等等，等等！小姑娘……"

灵犀转头，略略挑眉。

"不是小姑娘，是灵犀姑娘。"想起她拳脚了得，白曦和颜悦色道，"你听我一句，你的那位珑哥，他可不是什么省油的灯。虽然跟我比吧，还差那么一点点，但和你一比，他就是个人精啊！你能出来，他就肯定能出来。若是你再进去，反倒是他的累赘。"

累赘？这话之前也曾听墨珑说过，灵犀咬咬嘴唇，恼怒地瞪着白曦："你瞧不起我？"

"没有没有，只是这个……"白曦转移话题，问道，"姑娘方才怎么又回了斗兽场？"

"那个……我迷路了。"灵犀有点儿尴尬，"不能怪我，象庭里头的路绕来绕去的，东南西北都让人分不清。"

"这就是了，你连路都弄不明白，何谈救人？更何况要我说，他让你先走，说不定……"白曦"啧啧"两声，没再往下说。

灵犀急道："说不定什么？"

"罢了罢了，我也是瞎猜，不好乱说。"

"你快说，到底什么？"他的话越发勾起灵犀的好奇心。

白曦做无奈状道："那，我就随口这么一说，你就随便那么一听，可莫当真。"

"你说你说，你快说。"

"他让你先走，说不定是他在象庭内另有事未了，不便让姑娘你看见。"白曦意有所指。

灵犀不解："什么事？"

"这我如何知晓？"白曦笑了笑，"只是我能肯定，火光结界的消失定然与他有关。你想想，他连火光结界都能破解，又怎么可能脱不了身？"

灵犀怔住……

话说回此前在象庭之中，东里长定住了崔阡陌，与墨珑用隐身术一路行至寅木门，正是方才墨珑与灵犀受困之处。

"怎么又回来了？"墨珑莫名其妙道，"这哪有烈火璧？"

东里长道："要不说季归子这个人鬼精鬼精的，连我都差点儿被他骗过去了。你仔细看墙上那盏油灯！"

墨珑抬眼端详油灯，忽然想起方才他们就是因为踏入烛火的光圈而触发了结界："你是说，这油灯就是烈火璧？"

东里长点了点头："烈火璧属火，若依照常理，它应该放置在巳火或是午火位置。季归子这阴险小人，还故意在午火位置放了块假的烈火璧，周遭布下机关，幸而被我识破，才找到这块真正烈火璧的所在。"

墨珑赞许道："那是，他那种阴险小人怎么抵得过你的老奸巨猾？说吧，怎么拿下来？"此时这盏油灯，火舌吞吐尺余，烈焰灼灼，光是站在旁边就觉炙烤难当，更别提伸手去拿。

"那就得靠你手里这把龙牙刃了。"

东里长从墨珑手中拿过龙牙刃，紧握在手，刚试了下用灵力催动，身子便不由自主地颤了一下。他原身是火龟，水火相克，若在平日，他是决计不会用龙牙刃这类兵刃的，对灵力损伤甚大，但今日别无选择。

"老爷子，不行就别逞强。"墨珑看出东里长的不适。

东里长瞥了他一眼："小瞧我，这些年我不出手，你还真当我是老饭桶啊？"分神说完这句话，他凝神静气，强行顶住龙牙刃的寒意，倾注灵力。瞬间，龙牙刃通体发亮，碧光如波浪般往外翻涌。

因为被封印的缘故，墨珑能动用的灵力极其有限，之前仅能动用龙牙刃不到两成的力量。当下东里长动用全部灵力，龙牙刃的碧光立时压过了烈火璧的烈焰。

火舌在一波波的碧光中逐渐萎缩，最后暗淡如豆。东里长咬破舌尖，喷了口血在油灯上，这才伸手取下那盏油灯，将它收入事先准备好的火浣布制成的布袋之中。

"行了！"

东里长露出心想事成的笑容，然而脸色却极不好看，身子晃了晃，墨珑连忙扶住他。

"老爷子，没事吧？"

东里长想轻描淡写地说没事，张嘴却呕出一口血来，眼前一阵阵发黑。

"老爷子，老爷子！"墨珑连忙扶住他。

"把龙牙刃也收好。"东里长脸上仍带着笑，"这下子，咱们有了这两样宝贝，等他日回到青丘，我看谁还敢欺负咱们！"他被龙牙刃的寒气反噬，受伤不轻。

既已得了烈火璧，又得了龙牙刃，这趟虽然凶险，却斩获颇丰。墨珑收好龙牙刃，背起东里长，离开象庭。

烈火璧被取走，火光结界自然消失无踪，大部分侍卫也都被灵犀打怕了，躲得没影，墨珑顺利地出了象庭，没找到马车，估摸他们应该是带熊罴先走了，便一路往城外五棵松赶去。

长留城外，乌漆墨黑的山林小径，灵犀、白曦还有陶滔三人深一脚浅一脚踩着泥泞艰难跋涉，天上还下着沙沙小雨。

"五棵松到底在哪里？还有多远？"白曦唯一一条丝质亵裤已经沾满了泥巴，他终于忍不住问道。

灵犀一手还抱着那团小肉球，往四周张望了一会儿，黑咕隆咚什么都看不清，迟疑道："应该快到了吧。"

"你到底知不知道五棵松在哪里？"

"五棵松嘛，就是五棵松树，肯定在山上吧。"灵犀左看右看，"这里树多，你们也找找松树。"

"合着我们黑灯瞎火走了大半夜，你压根儿就不知道五棵松在哪里。"白曦好想吐口血，当下拉住陶滔，"停停停，咱们别瞎走了。"

陶滔还不愿放弃："俺得找俺二舅。"

"跟着她，到过年也找不着你二舅。"

无视灵犀的目光，白曦想了想，安排接下来的事儿："五棵松咱们都不知晓在哪里，所以咱们现下最要紧的就是找人问路。"

"这时候哪有人啊？"灵犀道。

白曦恼火道："你也知晓这时候没人，早些时候怎么不说你不认路？"

"我……"

"别说了，先折回去。"

于是三个人一身泥泞地再往回走，荒郊野地的，凄风冷雨，也找不着人问。不敢再回城，又担心城里头已经有人追出来，白曦几乎都想劝陶滔别找了。

正在此时，陶滔吸吸鼻子，紧接着，又吸了吸鼻子，突然道："哥，俺好像闻见俺二舅身上的味儿了。"

墨珑背着东里长，沿着城外的溪水一路飞掠，溯水而上，拐入山中，不远处五株参天老松在暗夜中巍巍而立，华盖森森。此时，莫姬带着夏侯风和熊罴已经在松树下等了好一会儿。

"都没事吧？"墨珑放下东里长，目光快速扫过周遭：莫姬正用叶子收集雨露；夏侯风靠着树歇息；熊罴坐在稍远处的老松下，双目直直地望着深邃夜幕，不知在想什么；小肉球躺在熊罴柔软的腹部，睡得正香。

墨珑发觉夏侯风不对劲，往日可没见他这么安静过："小风怎么了？"

"被那蜈蚣精划了好几道口子。"想起之前小风浑身发黑的模样，莫姬依旧心有余悸，边喂夏侯风喝水边埋怨道，"清心丸也不顶用，他这条命差点儿就搁在城里了！"

墨珑蹲下来仔细端详夏侯风，关切道："他现下怎么样？"

"灵犀拿了一颗鲛珠给他吞下去，说是能解毒，我看着比之前好多了。"莫姬不解道，"我怎么没听说过鲛珠能解毒？老爷子，你听说过吗？"

东里长靠着树，听到这话，目光复杂："鲛珠……莫非是千年鲛珠？"

"千年鲛珠？"莫姬惊道，心底顿时起了一阵波澜。

墨珑环顾四周，打断他们问道："那熊孩子呢？"莫姬压根儿心不在焉，自顾自在想什么，也不答话。墨珑又问了她一遍，她才往他身后看了看，莫名其妙道："她不是应该和你们在一起吗？她说回去接应你！"

"接应我？"墨珑愣住，"谁叫她去接应的？"

"她自己要去，我劝都劝不住。"莫姬道，"她非说那蜈蚣精厉害得很，要去接应你。"

"……也就是说，她现下还在象庭？"墨珑一阵焦虑，"这熊孩子，真不让人省心。"嫌她烦归嫌她烦，他当即便欲折回去找她。

"等等……"莫姬一把拉住他，犹豫片刻道，"她若还在象庭，眼下恐怕你就是回去，也是枉然。何况……"

墨珑盯住她："何况什么？"

"老爷子的话，你听见了，这颗鲛珠是千年鲛珠。"

墨珑点头："我知道，在兽房她用鲛珠替熊罴解迷药的时候自己说的。"

"她自己说的？"莫姬一愣，此前她还以为灵犀有意想隐藏此事，讪讪一笑道，"她还真是什么都往外说。"

"要不怎么说是个熊孩子呢？"墨珑心不在焉地随口道，起身欲走。

莫姬用力拽住他，低低道："等等！你听我说，现下鲛珠就在这里，她……她没跟着你们一起出城，这事儿也不能怪我们，对不对？"

墨珑盯着她，手摸到隐在袖中的龙牙刃，心底隐隐地想：就此甩掉灵犀，连龙牙刃都不必给她交代，倒也不错……

细细雨丝扑在面上，他随意抹了把脸，狠狠地骂了一声街——她明明已经带着熊罴离开象庭，居然还会再跑回去，而且是为了接应他。谁要她接应？自作主张！这么个熊孩子，知己知彼不会！审时度势不懂！除了添乱她到底还能干吗？眼下也不知她究竟身处何处？论拳脚，十几个府兵也不是她的对手；可论法术，没了鲛珠的她，恐怕任何小法术都能把她撂倒。说不定她现下已经被季归子抓了？

挣脱莫姬的手，墨珑恼怒地起身，准备折返回去寻她，就在他起身之际，听到了某种声音，或者说是某几种声音……

先是脚步声，重而快，似某种大型猛兽在奔跑，连带着呼哧呼哧的喘气声。

"陶滔，你能不能慢点儿？黑灯瞎火的……"

这声音有点儿耳熟，墨珑转瞬间就想起此人是谁，心下疑惑：他们俩怎么会来这里？紧接着听到的声音，让他顿时松了口气。

"当然要快，雨还下着，气味很快会被冲掉！"

是灵犀！

残存的气味已经非常稀少，没想到熊罴的鼻子这么管用，竟然循着气味一路领着他们进山。灵犀对熊罴着实佩服得很，唯一担心的是，他莫要闻错了味道，领错了路。

刚拐过山坳，一枚大大的松果在空中划出一道漂亮的弧线，正砸在灵犀头上。她恼怒看去，正看见墨珑斜靠在松树上，姿态悠闲，其他人也都在。

"这就是五棵松？"灵犀惊喜道，恼意顿时消弭无形，迎上墨珑，"你怎么从象庭出来的？"

"舅！"陶滔的声音比她大了数倍，热切至极，越过她朝着熊罴大步奔过去，眼里也没别人了，差点儿把刚起身的东里长带一跟头。

东里长连忙扶树站稳："哪儿来的，又一熊孩子？"

墨珑耸耸肩："你不是听见了吗？他是他舅，他自然就是他外甥了。之前我和你提过，西山石壁泉的那头熊罴就是他。"

第七章　逆蜻线索

老松下，舅甥二熊各自历经磨难，久别重逢，抱头痛哭，说不完的话。墨珑曾亲眼看过熊罴在象庭受的罪，此时也不免心中唏嘘，转头复看向灵犀，见她满身泥巴，模样颇为狼狈。

"想不到你还挺聪明的，懂得让熊罴靠气味带路。"他倒真是没想到这点。

白曦抢白道："得了吧，她哪有这个脑子？差点儿把我们带沟里去。"

灵犀瞪了他一眼，转向墨珑，复关切问道："你是怎么从象庭出来的？我回去找你，可没找到。"

"然后呢？"墨珑问道。

"然后又迷了路。"灵犀有点儿尴尬，"不知怎么就绕回了斗兽场……"

居然能绕回斗兽场，和自投罗网有什么区别？墨珑扶额："后来呢？"

"后来火光结界突然消失了，里头乱成一团，我就趁乱跑出来，正好碰上他们。陶滔要找他二舅，我们就一块儿出城了。"

没想到灵犀他们居然能找过来，莫姬还真有些诧异，神色有些不自然，笑容勉强得很："你们还真有本事，自己能找过来。"

灵犀在夏侯风身边蹲下身子，翻了翻他眼皮，放心道："想不到鲛珠连蜈蚣毒都能解，还真是好用。"说着，她伸出右手至夏侯风的腹部，轻轻往上一推，左手轻抬他的上颌，鲛珠便从他口中悠悠飘出来……

眼看她就要收回鲛珠，莫姬有点儿舍不得："你再给他多用一会儿，万一还有余毒未解呢。"

"没事了，你看他眼底已无赤斑，毒已经解了。"灵犀安慰她。

莫姬迟疑片刻，还是道："这颗鲛珠，卖不卖？"

灵犀一愣，缩回手，连连摇头："当然不卖。"

"紧张什么？我不过随口问问。"莫姬"哼"了一声，不再搭理她，低头去照顾夏侯风。

向来知晓她对自己有莫名敌意，灵犀寻思着她这脾气委实大了些。她收好鲛珠，抬眼见那对舅甥还在叙旧，只得再等等。她虽然有要紧事问熊罴，但也知此时不便上前打扰。

"老爷子，你怎么了？"天天都听墨珑他们这么叫，灵犀也跟着这么叫东里长。她见东里长面色苍白，诧异地端详他。

东里长笑了笑："老胳膊老腿的，不利索了，你看看，不小心被烈火璧伤着，且得养一阵子呢。"

"你也进象庭了？"

"你们几个小孩在里头，我不放心，进去看看。"东里长越发和蔼可亲。

灵犀像是明白了什么："这么说，火光结界突然消失，和你有关？"

"冒险一搏而已，冒险一搏而已。"东里长笑道。

一直被干晾在旁边无人理睬的白曦总算找着了插话的机会，且是他的强项："老爷子太谦虚了，烈火璧岂是等闲之物，寻常人等触之，立时就是灰飞烟灭。您能破解火光结界，克制烈火璧，可见修为了得，堪比大罗金仙，在下钦佩之至。"

东里长神情微愣，明知故问道："你这孩子是？"

白曦恭恭敬敬地施礼："小侄免贵姓白，单名一个曦字，表字子旭，别号乐游居士。又蒙朋友们抬爱，送号青黎山人。"

"原来是子旭贤侄。"东里长慈祥道，"初次见面，仓促得很，也没备下见面礼，多多包涵。"

"哪里话，您莫怪侄儿礼数不周才是。"

墨珑瞧着这一老一少，一唱一和，打心眼里觉得他们真是天造地设的一对。

"你还抱了个什么物件？"东里长看见灵犀抱着的小肉球，诧异地问道。

墨珑闲闲道："在象庭里头捡的，好像是刚下的小崽子，也看不出它是什么东西。老爷子，您博学多才，见多识广，帮着看看？瞧瞧它到底是什么。"

"存心考我是不是？"东里长把肉球从灵犀手中接过来，仔细端详，又用手摸了摸，眯起小眼，"这个……这是它的蹄子吧？什么玩意儿这是？尾巴？"

"行不行啊？不认得就说不认得。"墨珑歪靠在旁，笑嘻嘻地拆他的台。

东里长瞪他一眼，小肉球张口打了个大哈欠，弄了他一手口水，立时嫌弃地将它还给灵犀："现下还看不出来，等它再大些吧，我估摸着就是一只串串。"串串指的是异兽杂交所生，不是纯种异兽。

墨珑笑道："缺德啊，看不出来就说人家是串串。"

灵犀摸摸小肉球，忽又想起一事，转向墨珑："对了，我的龙牙刃呢？"

"龙牙刃"三个字立时钻进耳中，东里长一惊，身体虚弱也顾不上了，立时拽住墨珑，自己起身来想替他回答。

墨珑把东里长按下去，朝灵犀一脸歉然："我刚想和你说这事儿。"

见他脸色有异，灵犀已有不好的预感，紧张地问道："你把它弄坏了？"

"那倒不是，就是……"墨珑顿了下，才道，"用它克制烈火璧的时候，它……它化了，实在是始料不及。"

"……化了？"灵犀有点儿愣。

"烈火璧对上龙牙刃，好比是以子之矛，攻子之盾，之前我也没料到竟然会是这结果。"墨珑叹道。

"化成水？"灵犀还是不敢相信。

墨珑颇耐心颇细致地形容给她听："它，先是一点点变软，拿在手上，凉凉的，像蛇一样……"

东里长低下头，脸一阵阵泛起莫名潮红，痒得他直挠。

"……后来化成了水，水又变成气，就这么没了。"墨珑之所以这么说，就是要断了东里长的后路。若只说不慎丢失，说不定哪一日东里长便会以"又寻到了"的借口再将龙牙刃还给灵犀。

听罢，灵犀面有愁容，咬咬嘴唇，怔怔地嘀咕着什么。

"不管怎么说，这事都怪我。这样吧，我把收下来的金贝都退还给你。"墨珑心想，就当龙牙刃是这趟的酬金，不另收银两就是，也算是对得起她。

"啊？"莫姬在旁听见，顿时急了，跳起来道，"那怎么行？咱们这趟就白走了？小风差点儿连命都送掉。"

"你别说话，你和小风那份我自己补给你们。"墨珑喝止住她。

莫姬这才"哼"了一声，不再说话。

"不用了！"灵犀拒绝道，"你们是为了我才会进象庭冒险，那些银两原就是你们应得的。"

"那龙牙刃？"

灵犀咬咬嘴唇："没事。"

墨珑偏头瞅她的神情："没事？"

"大不了就是被我姐骂一顿。"灵犀故作不在乎，其实她心里也没底，暗暗想龙牙刃毕竟是姐姐的定亲聘礼，弄不好姐姐会大发雷霆，把自己关上三年五载。

墨珑挑眉："龙牙刃这等上古神器，都只是骂一顿而已，你家是一屋子宝贝吗？"

灵犀正郁闷着，低着头没答话。

"那是自然，这还用问吗？看灵犀姑娘行事大气，仗义疏财，定然出身不凡。"白曦终于找到插话的机会，"我第一次看见灵犀姑娘的时候，就觉得她这通身的气派，便说是帝台仙姑，我也信啊……"

没人欣赏他的滔滔不绝，灵犀心事重重，缓步走开。

墨珑斜睨了东里长一眼，后者长叹口气，却也拿他无法，只能合目歇息。他在东里长旁边靠坐下来，听见东里长低低道："这么对一个孩子，咱们真是越来越出息了。"

墨珑仰头，看着无尽的雨点从树叶间落下来："成大事者，不拘小节。"

双目穿透沉沉雨云，将漫天星辰收入眼中，东里长静默了片刻，才道："有件事，我一直没告诉你。这些年，我夜观星象，心宿太子星光芒日微，且现青白之色。我想，咱们回青丘的日子就快到了。"

墨珑眼中闪过一丝寒光："你是说，他终于要死了？"

"若我所料不错，不出三年。"东里长看向他，"只要他一死，血咒即除，封印消解，咱们就可以回青丘了。"

目光落在遥远的某处，墨珑静默了许久，才问了一句："咱们离开青丘多久了？"

"四百八十六年，再加七个月二十五日。"东里长答得很快。

墨珑看向他，目光复杂："天天数着？"

"一日不敢忘。"

终于等到熊罴舅甥俩彼此都平静了些，灵犀才行过去。

"此番多谢姑娘。"

熊罴朝灵犀恭恭敬敬施了一礼。

陶滔也赶紧施礼："多谢灵犀姑娘。"

灵犀还礼，因心中焦切，也不多客套，直接问道："当日你说，出了象庭便告诉那物件是从何处得来的，你可还记得？"

熊罴连忙点头："我记得。"

"现下可否告诉我了？"

"能不能再让我看一眼？"

灵犀自怀中摸出那片勤青的鳞片，递交给熊罴。熊罴将鳞片放在掌中摩挲片刻，无限唏嘘道："三年前，那道士让我给他，我还不大情愿呢。他让我以此为卦资，说日后我身在难中，今日之舍，便是他日之得，想不到都让他说中了。"

"你究竟是在何处得到它的？"灵犀追问。

"是在鹿蹄山的一处山谷里，"熊罴回忆道，"我在鹿蹄山脚下住过一阵子，那年地母震怒，河水改道，把我住的洞给淹了。我只好往山上走，想着再寻个遮风挡雨的去处，结果发现东边一整面石壁都塌了。我看见里面是个老大老大的山谷，石头亮闪闪的，花花草草开得茂盛极了……"

灵犀听得极其认真，眼睛都不眨，连墨珑来到她身后都丝毫没有察觉。

熊罴接着说："我当时想，这里好，住这儿跟神仙似的。就算没有山洞，我也可以自己凿个洞出来……"

陶滔性子急，插话提醒道："舅，你说你是怎么捡着它的。"

"就是在地上捡的，花开得最茂盛的地方，花根底下就捡着它了。"熊罴道，"我也不认得这是什么，金不像金，银不像银，模样又古怪，所以我猜这肯定是个稀罕物，值老鼻子钱了。"

"你不是要住山谷里头吗？怎么又下山到了长留城？"墨珑问道。

第七章 逆鳞线索

熊罴叹了口气："那山谷注定是神仙才能住的地方，我老熊住不了。隔三岔五的，石壁上就有石头崩落，把缺口越堵越严实，我没法子，只好赶在它完全堵上之前下了山。"

灵犀"啊"了一声："被堵上了？"

"这几年过去，也不知现下是什么光景，恐怕是都堵上了。"熊罴道。

墨珑看灵犀，不禁摇头叹气："你的运气还真是……"

灵犀不肯作罢，问熊罴道："你还能找到那个地方吗？"

熊罴点头："鹿蹄山我住了好几年，山上一木一石都熟悉得很。"

"那就好，你带我去！"

"堵上了怎么办？"

灵犀目光坚毅："那我就把它撞开。"

众人在五棵松歇了小半个时辰，待缓过劲来，墨珑便要大家尽早离开此处。

"既然他们能循着气味找过来，难保季归子不会派人追过来。"他道，"此地不宜久留，咱们先涉水过溪，溪水会将气味冲刷干净。"

东里长对灵犀心中抱愧，生怕看见她，不知何时已钻进龟壳中休养生息，声音从龟壳中传出来，嗡嗡的："把我放马车上就行，别吵我睡觉。"

莫姬先把夏侯风扶上车，抱怨着："连个车篷都没有……"说着，手中捻了诀，马车板"嗖嗖嗖"地开始生长出枝叶，枝条生长交会，叶子叠着叶子，形成天然的车篷，正好可替夏侯风遮风避雨。

"可惜小风睡着，要不然看见你为他这般花心思，嘴都要笑歪了。"墨珑调侃道。

"才不是为了他，马车没篷，看着不顺眼而已。"莫姬偏偏还要嘴硬。

墨珑摇头笑了笑，不再说什么，把窝着东里长的龟壳放到马车上，转头催促灵犀："上马车，快点儿……嗯？"

"你的银铩。"灵犀递过来，"方才忘记还给你了。"

墨珑本想接过来，迟疑了一瞬，道："龙牙刃没了，银铩你就先用着吧。"

灵犀愣了愣。

"我知道，它自然不能和龙牙刃相提并论，但一直跟着我，也算有点儿灵性。怎么，嫌弃它？"墨珑瞥她。

"不是。"

"那就先凑合着用，等以后寻到好的，再……"拿了她的上古神器，说老实话，墨珑心底确实觉得有些歉疚。

灵犀看着他，眼中仍是带着稚气的认真，道："我要走了，不和你们一道了。"

轮到墨珑愣了下，转瞬明白过来："对了，你要去鹿蹄山。"显然，他之前并未想到，她已经不再需要他们的帮助了。

"鹿蹄山在北面，过了溪水，我们就往北走。你们呢？"

"我们……"墨珑一时也没想好，随口道，"往南吧。"

灵犀把银铩往前递过去，要还他。墨珑也不接，转身自顾自整理马缰，口中淡淡道："拿着吧，不喜欢就当烧火棍使。"

烧火棍？

灵犀听出他语气中的不耐烦，莫名其妙，只得拿了银铩。

载了莫姬、夏侯风和东里长，马车所余地方不多，白曦颠颠跑过来，把屁股往上一挪，占据了最后的空当。现下莫说熊罴等人，连灵犀都挤不上去。

把被他坐到的衣角抽出来，莫姬鄙夷地看他。白曦厚着脸皮解释道："我有老寒腿，不能浸凉水，体谅体谅，包涵包涵。"墨珑偏头看了一眼，懒得搭理，跃上车辕，催动马匹，涉溪而行。

潺潺溪水在身周流动，灵犀觉得十分惬意，随马车行了一会儿，待水及腰际，她干脆扎入水中，腰肢轻摆，一下子蹿了出去，比鱼儿还要轻盈灵活。

"她……"莫姬指着水中，"啧啧"道，"还真是海里头来的，逮着水就往里头钻。"墨珑望着暗沉溪水中浮浮沉沉若隐若现的玉色衣衫，薄唇微抿，"哼"了一声，不置一词。

"你怎么了？"

莫姬觉得他不对劲。

墨珑催促马匹，淡淡道："没什么，想到马上就能摆脱这个熊孩子，就觉得浑身轻松。"

"那是……"莫姬偏头替夏侯风理了理衣袍，心有余悸道，"这次也太冒险了，小风差点儿连命都丢了。"

熊罴舅甥俩跟在马车后面，他们俩身量高大，最深处溪水也未及腰。陶滔以为墨珑口中的熊孩子指自己，心下委屈得很，原本看见鲜鱼在身边游来游去，还想着捞几条，听了这话顿时没了心情，默默涉水。

过了这条溪，便出了长留地界，负责长留地界的风雨神自然也管不到这里。与溪对岸不同，不再有细雨飘飘洒洒，换上了皎洁的月光，山林郁郁葱葱，散发着幽幽草木清香。

灵犀比马车早一步到对岸，甩甩头，将发间的水珠尽数甩落，左右环顾，辨认方向。很快，墨珑驾着马车也上了岸，熊罴舅甥俩也跟着上来。灵犀招呼熊罴们："这边不下雨，路也好走，咱们快一点儿，说不定日出之前就能到鹿蹄山。"

白曦唉声叹气地跳下马车："哎呀，才眯瞪了一会儿，我这少爷身子怎么就没少爷的命？"

　　陶滔好意道："哥，你要是困了，俺背你。"白曦刚要答应，便看见陶滔二舅瞪着自己，连忙改口道："不用不用，这会儿精神多了。"

　　灵犀早就等不及要去鹿蹄山，朝墨珑等人拱拱手："就此告辞！"

　　"啊，这就告辞了？"白曦吃了一惊，问墨珑，"你们不和我们一道吗？"

　　"我为何要和你们一道？我又没卖给她。"

　　墨珑嗤之以鼻，随意摆了摆手，权当是告别，径直往南而去。倒是莫姬还回头看了眼，心中想着那颗千年鲛珠，不禁遗憾。

　　白曦立在原地，看着皎皎月光中远去的马车，摇头不满道："我呸，什么人啊！还以为我老白稀罕你们。"

　　"快走吧。"灵犀催促着，正好看见马车隐入山林之内，心底升起一丝遗憾：也不知日后还能否见面，也许就见不着了吧。

第八章

鹿蹄山行

随着马车的颠簸，夏侯风悠悠转醒，看见莫姬好端端地在自己眼前，心中大石顿时落下，咕哝道："崔阡陌那老东西呢？"

"谁知晓，理他呢。"莫姬扶他坐起来，关切道，"身上可还有不舒服？"

试着伸展下身体，夏侯风露出不适的表情。

"怎么了？"莫姬紧张问道。

"有点儿痒。"他伸手往伤口处挠去，立时被莫姬"啪"地打掉手。

"别乱动，忍着。伤口我方才已经替你看过，肿胀都消了，黑气也褪了，没什么大碍。"她恶狠狠道，"这几日你老实点儿，好好养伤，听见没有？"

夏侯风有点儿怔："知……知道了，这么凶做甚？"莫姬眼圈却有点儿发红，别开脸去，不理会他。这下夏侯风顿时慌了，一迭声道："我听见了听见了，你别哭啊，我听话就是。"

"你听什么话，"莫姬声音哽咽道，"你若早听我的话，也不至于受伤，还差点儿……"

还从未见过莫姬流泪，夏侯风慌得手足无措："我错了我错了，你别哭呀，你说什么我都听着，好不好？"

墨珑驾着车，听着车内他二人的言语，摇了摇头："……这点儿出息。"

总算莫姬情绪平复下来，夏侯风才得知自己中毒甚重，幸而灵犀用鲛珠才替自己解了毒。"对了，她人呢？"他张望了下，没看见灵犀的身影。

"她和那两头熊罴去了鹿蹄山，不和咱们一道。"

夏侯风有点儿失望。

眼圈还红着，莫姬不满地看他："舍不得是不是？你现下往北追，还来得及。"

"不是，就是……还没谢谢她呢，毕竟她救了我一命。"

"此番若非为了她的事，咱们也不用去象庭，你更不会受伤。"莫姬没好气道。

夏侯风还想说什么，但又怕惹莫姬着恼，只得什么都不说了。

转过一片凤凰木林，前头就是大路，墨珑却突然勒住缰绳，马匹急急刹住脚步，其他人倒罢了，东里长的龟壳差点儿掉地上去，幸而夏侯风用脚勾住。

"把脚拿开，赶紧的！"东里长还嫌弃得很，在龟壳中抱怨道，"多少天没洗了，一股子酸杏味儿……前头怎么了？"

墨珑不答，转过头来，问道："从这里往鹿蹄山去，走大路的话，要经过竹箭关吧？"

东里长已经知晓他在想什么，脑袋从龟壳中探出来，迟疑道："他们没那么傻，应该不会走大路吧？"

"你觉得他们哪个看上去像带了脑子的？"墨珑皱眉问道。

"那只大尾巴羊，一脸奸诈小人相。"莫姬冷冷道，"这单生意已经结束了，后头的事儿与我们无关。再说，你不是把归元铩都给她了吗，咱们又不欠她的。"

墨珑不置可否道："不是一回事儿。"

"你们在说什么？竹箭关怎么了？"夏侯风没听懂。

莫姬叹了口气，解释给他听："竹箭关是山家的地盘，虽然不在长留地界，但山家这两年唯季归子马首是瞻。灵犀他们若走大路，经过竹箭关，山家有可能会擒了他们送还给季归子。"

"我觉得他们没那么傻……"

莫姬坚持道，还没说完，马车一阵晃动，东里长差点儿又从车上滑下去。

此时此刻，灵犀等人正在一处岔路口发愁。四个人，竟没有一个是认得路的。面前有两条大路，一条西北偏北，一条东北偏北，陶滔二舅在两条路前犯难。

"这路像是修过了，和原先不太一样。"他挠挠脖子上的红毛，不能确定到底走哪一条。

陶滔习惯性地转向白曦，要他拿主意："哥？"

陶滔脑子原本就用得少，自从跟着白曦，他的脑子基本就不转了。可白曦也从未去过鹿蹄山，这趟出行等于逃命，仓促得很，莫说地图，连行装都不带在身边。

想找个人问路，可惜夜色沉沉，又哪里寻个人去。灵犀想了片刻："我去前头探探路，也许会遇上人，你们略等等我。"说着就要往东北那条路行去。

白曦连忙拦住她："不行，你一个小姑娘，荒郊野地的，太危险了。"其实他是觉得灵犀有点儿傻，保不齐遇上什么人就给骗了。

"陶滔，你去。"他指使陶滔。

陶滔应着，刚抬脚就被二舅拉住。"你，去。"陶滔二舅看着白曦，他对白曦印象并不好，此人简单来说就是奸懒馋滑。他可不愿让自己外甥被这种人占便宜。

"我……我去？"白曦有点儿愣，"不是……不是我不想去，我这些年一直都是文修，万一遇上强人……"

正说着，羊耳朵机敏，他隐隐听见身后远远有马蹄声，又有车轮滚滚，甚是急促。他骇了一跳，立即想到是季归子的府兵追上来，连忙把众人往旁边树林中推去："快快快，躲起来！"

灵犀与他倒都还好办，猫着身子，便能暂且藏起。偏偏熊罴舅甥俩体态庞大彪悍，饶是躲在枝繁叶茂的大树之后，还是免不了露出马脚。白曦飞快地折了好些树枝，替二熊遮挡，补缺遮漏，勉勉强强挡了囫囵。

只听得马蹄声渐近，月光如水，灵犀看清驾车的人，不由得微微一愣：怎的他又回来了？她想着，脚步便迈了出去，白曦伸手抓住她，摇摇头，示意她莫要出去。

灵犀不解。

白曦低声解释道："万一是他们反水……"

"什么叫反水？"灵犀不懂。

"就是，就是那什么……"白曦一时也和她解释不清，而说话间，马车已经到了。

行至岔路口，墨珑将缰绳一勒，马匹急急刹住。东里长这回学乖了，揪紧一根绿意葱葱的枝条，终于没再滑下去。

白曦向灵犀连使眼色，要她千万别动弹。灵犀莫名其妙，也不明其用意，只好不出去，在树缝里看着。

只见墨珑跃下马车，蹲下来，略略扫了几眼地面，便偏头朝灵犀等人藏身的树丛，朗声道："出来吧，躲什么躲！"

被发觉了！灵犀想出去，又被白曦按住。

"他在诓我们。"白曦淡定道。

似听见这话，墨珑叹了口气，往车辕上一靠："你们自己出来看看地上的脚印，要躲至少要把脚印扫干净，真以为拿几片树叶就能隐身？"他手中扣了一枚小石子，轻轻一弹，石子激射而出，正中白曦的额头。

白曦嗷嗷叫唤，算是彻底暴露形迹了。灵犀、熊罴等人都从藏身之处出来，略尴尬地看着墨珑。

"你……你们怎么又回来了？"灵犀奇道。

墨珑不答，颇不满地看她："你躲什么，不知晓是我吗？"

"我要出来的。"灵犀指向白曦，"是他，他说万一你们反水……什么叫反水？"

墨珑瞥向白曦。

"不不不不是。"白曦里外不是人，连忙解释道，"我是担心你们被人胁迫，绝无他意，绝无他意。"

一跟粗粗的拐杖探过来，在他头上重重敲了一下，白曦顿时矮半截下去。东里长收回拐杖，慈祥地朝墨珑道："算了，他谨慎些，也是对的。"

墨珑"哼"了一声，未再说话。夏侯风对这头大尾巴羊无甚好感，冲他龇了龇牙，锋利的牙齿在月光下森森泛着白光。白曦先是一愣，继而堆上满脸笑意，热络道："兄弟你醒了！太好了，我可一直为你悬着心呢。"夏侯风起了一身鸡皮疙瘩，脸皮实在没有他厚，只得别开脸，不理会他。

"你们怎么又回来了？"灵犀又问道。

东里长温和笑道："往北的这条路要经过竹箭关，那里的山家是季归子的鹰犬，担心你们有危险，所以就赶回来了。算是好人做到底，送佛送到西。"

莫姬冷冷道："是啊，老爷子要做好人，连护送费都不提一句。"

听到末一句，墨珑暗自好笑，心知莫姬是在委婉地提醒灵犀，希望她能心领神会。

遗憾的是，灵犀江湖经验几乎为零，自然是听不出莫姬的弦外之音，当下拱手喜道："你们肯一道同行，自是再好不过！多谢了！"

"……不用谢，不用谢！谁让咱们仁义呢。"东里长慈祥地笑道。

见她丝毫未领会言外之意，莫姬嘀咕道："还真是不懂事。"

"仗义！太仗义了！"白曦口中称赞着，人已经蹭上马车来，被莫姬白了一眼，幸而他脸皮甚厚，以笑容应对。

还能与他们继续同行，灵犀心中自是欢喜，她自小被姐姐管束甚严，能见到的人就极少，更不消说朋友了。与墨珑等人相处短短时日，心中自然而然生出亲近之感，面上不自觉便带了盈盈笑意。

墨珑看了她一眼，复转开脸，挥鞭驾车，低低咕哝了句："傻乎乎的……"

过竹箭关时，不从大路走，便须得翻过连绵数个山头的万顷竹海。其他人倒罢了，独独白曦腿有点儿发软，但也不敢有异议，当下一众人等都听从墨珑的话，弃大路，行小路，把马车卸了，牵马而行。

只有两匹马，倒也好分配，东里长是长者，他骑一匹，灵犀把小肉球给他抱着。夏侯风算是伤者，虽然他自己不愿承认，但被莫姬一瞪，便只得乖乖上马。其余人等皆步行。

这片竹海，已有数百年之久，大部分竹子都有木桶般粗，枝叶茂密，遮天蔽日，便是在日头最烈的正午时分，都能感到丝丝清冽凉意。地面上铺着厚厚的竹叶，踏上去软软的，甚是舒服。竹林中也没有什么可怕的异兽，有时能看见啮铁兽，大的带着小的，黑白相间，憨态可掬。

偶尔风过，枝摇叶摆，沙沙作响，整片竹海此起彼伏，仿佛是有生命般在呼吸。灵犀长年居于海底，何曾见过这般景象，便情不自禁地停了脚步，仰着头屏气细听……

待她低下头来，才发现等在前方的墨珑正看着她，看不出面上是什么神色。估摸自己方才的样子有点儿傻，且又耽误行程，灵犀讪讪道："……挺好听的，是吧？"

"风外听竹。"墨珑语气中倒无责怪之意，淡淡道，"也是一大乐事。"

"风外听竹……"灵犀细嚼这四字，越发觉得有韵味，赶上他追问道，"你们陆上还有什么乐事，你说给我听听。"

墨珑伸出四根手指，一项一项数给她听，边行边道："风外听竹，雨际护兰，霜前访菊，雪后寻梅。"

"……雪后寻梅。"灵犀笑道，"这个我懂，我在家时看过一幅寒梅傲雪图，红的极红，白的极白，两厢里衬得好看极了。"

"看画虽有意趣，如何比得上身临其境。"墨珑似想起什么，语气中带了一丝怀念，"小雪过后，三千株朱砂梅齐齐绽放，煮上一壶酒……"

"这么多梅花！在哪里？"灵犀追问，眼睛亮晶晶的，"能不能带我去看？"

听见他们的话，马背上的东里长回头扫了墨珑一眼，转瞬间，墨珑的语气便淡了许多："很多年前的事，我也记不清在哪里了。"

灵犀将信将疑地细瞅他面色，被他不耐烦地一瞪。

"怎的？记不清你还能咬我？"

灵犀"哼"了一声，信心满满："这也不算难事，我姐姐会腾云，只要有这个地方，她一定会帮我找着。"

墨珑瞥了她一眼，问道："你姐姐除了会腾云，还会什么？"

"什么都会呀！特别是穿上那套铠甲，可威风了，大家都服她！她样样都好，就是喜欢关着我，还成日逼我喝药，就这点不好，特别不好。"灵犀想了想，情绪低落下去，"这次我偷跑出来，肯定把她气得不轻。"

"喝什么药？"墨珑诧异道，看上去灵犀好端端的，虽然没有灵力，但也不是病怏怏的模样。

意识到自己无意间说漏嘴了，灵犀只得郁闷地如实说道："就是补药啊。她大概也觉得我没有灵力很丢人，整日都要我吃药，吃了这么多年，也没见一点儿用。"

听她这么一说，墨珑突然明白了那日她为何红着眼圈嚷嚷"没有灵力很丢人吗"，想来在家中时，她也因为自身没有灵力而备感压力。想到当初，他刚刚被封印之时，能动用的灵力寥寥无几，心境亦是颓废至极，若非东里长苦苦相劝，他恐怕未必能撑过那段时日。

明明两个人身份境遇都相距甚远，却仍生出同是天涯沦落人之感。

"没灵力还出来乱闯，我若是你姐姐，把你逮回去就关起来，再饿上三天。"墨珑斜睨她。

"你……"

灵犀气极，快步行到前头去，不搭理他了。

穿过这片竹海，算是平平安安过了竹箭关。依东里长的想法，送过竹箭关就行了，接下去看灵犀自己的造化，谁还能管谁一辈子？可墨珑始终不提分道扬镳，东里长估摸着是因为龙牙刃有所歉疚的缘故，他只好也不吭声。莫姬和夏侯风反正不管事，只管跟着走，众人就这么一路到了鹿蹄山脚下。

灵犀仰头望去，山顶云气升腾，山形像个刚出笼的大包子，还是带褶子的。"这真是鹿蹄山？怎么一点儿也不像？"她奇道。

"鹿蹄之名，是因传说有一只神鹿来此歇息，见此间无水源，便用蹄子在地上刨出了一口泉水，唤鹿蹄泉。此山也因此得名。"东里长捻须解说道。

"哦。"灵犀点了点头，马上就去问熊罴，"缺口在何处？"

陶滔二舅指向东边："在鹿蹄泉的东面，缺口前有两株松树，很容易寻的。"

按他所指，众人寻到鹿蹄泉东面，只见石壁陡峭，巍峨直入天际，不知名的藤蔓密密匝匝沿着石壁攀缘而上，迎着日头，绽出一朵朵小花，生机盎然。不远处果然有两株松树，松针青翠，华盖幽幽。

"就是这里！"熊罴拨开藤蔓枝叶，可看见内中石壁并非整块巨石，而是由许多大大小小的石块镶嵌而成，不禁叹道，"没想到，才两三年间，这个缺口已经被落石尽数堵上了。"

莫姬对石壁没兴趣，对灵犀的事儿也不热心，瞧着那两株松树苍然贞秀，心生喜爱，自顾自到树边欣赏风景。夏侯风瞅了石壁两眼，眼看进不去，也无甚兴趣，便也跟到松树旁陪她。

墨珑手擒藤蔓，往上攀缘数十丈，自下而上察看石壁，最后轻飘飘跃下来，朝东里长摇摇头道："严丝合缝，堵得那叫一个瓷实，我看，恐怕并非天工巧合，而是有人故意为之。"

东里长皱眉："你是说，有人故意不想让人进去？"

灵犀突然热切地抓住墨珑的胳膊，他瞥她："干吗？"

"我有钱！"她没头没脑道。

"我知道。"

"你不是会穿墙术吗？用穿墙术带我进去。"

不理会她，墨珑转头朝东里长调侃道："瞧瞧，有钱就是好！"

对他何等了解，东里长听出他的言外之意，知晓他是想帮她，便道："这石壁可不比寻常砖壁，至少有数丈之厚，你行不行？"

"我试试吧。"墨珑不在意地说道。

灵犀这才听出他愿意帮自己，喜不自禁，立时自发自觉地握住他的手，和两个人在象庭用隐身术那时候一样。

被她主动握住的一瞬，墨珑愣了下，转瞬便明白过来："急什么，让我先试试。若真有数丈之厚，恐怕穿墙术也进不去。"

灵犀乖顺得很，一下子松开手："好，你先试试。"

用手抚上石壁，墨珑屏气静心，试着将手往里探……灵犀在旁，紧张地瞅着他，心里焦切地祈望穿墙术能顶用。

一连试了几次，都只能探进半个手掌的深度，便再也进不去，墨珑皱眉，心知不对劲。

"怎么了？"灵犀焦急问道。

墨珑示意她安静，向东里长使了个眼色："不对劲。"

东里长用拐杖伸向石壁，敲了两下，拐杖被反震出来："有结界，你方才说得对，这个缺口确实是有人故意将它堵上了。"

灵犀呆住了，眼看就在咫尺，却进不去，禁不住出离愤怒，双手紧握成拳，猛力砸向石壁："谁？谁设的结界？"她气力颇大，这一砸，只听得整面石壁嗡嗡作响，藤蔓扑扑往下掉，一时间摧花惊鸟，腾起团团尘烟。

"这孩子……"东里长被她吓了一跳。陶滔和他二舅也被骇住，惊愕退开数步。白曦躲在陶滔身后，啧啧叹道："她到底吃什么长大的？"稍远处的莫姬和夏侯风也是被惊住。莫姬不可思议道："她还真打算把这里撞开？"

墨珑皱眉，上前擒住灵犀的双手，差点儿被她甩出去，他并未松手，腾空跃起，双足在石壁上轻轻一点，轻飘飘地落地。

"别闹了，"他沉声道，"再想法子就是。"

"你有法子？"灵犀红着眼圈看他。

还真是个孩子，墨珑叹了口气，薄责道："现下就哭早了点儿，等实在没法子的时候再哭不迟。"

吸吸鼻子，灵犀点点头，硬生生把眼泪憋了回去。她知晓，论起聪慧，墨珑恐怕胜过自己百倍有余，说不定他真的有法子。

墨珑看着石壁沉吟片刻，他方才试过，这道结界不比象庭的火光结界，不似那般霸道，现下他们手中有烈火璧和龙牙刃，破开结界并非不可能。令他疑惑的是，若如熊罴所言，山谷中仅有野花野草，为何要在此地设下结界，这个设下结界的人又是谁？

一阵轻风拂过，松枝摇曳，原本望着石壁这边的莫姬觉得不对劲，骤然回头望去——松树巍巍，一切如常，并无任何异样。

"怎么了？"夏侯风也跟着望过去，不解问道。

莫姬示意他噤声，双目紧紧盯着松树，口中喝道："出来吧，我都看见你了！"

话音刚落，一只毛茸茸的松鼠从树上飞快地蹿下来，从地上捡起一个松果，又飞快地跑了。

夏侯风一笑，不在意地说道："原来是这个小东西。"

莫姬仍不理会，牢牢盯住松树，语气中带上些许威胁之意："再不出来，我可就要扒树皮了！"

"不要不要不要！我们出来就是了。"松树上传出稚嫩的小孩嗓音，听得夏侯风一愣，稍远处的墨珑等人也都望过来。

紧接着是另一个小孩的嗓音，责怪道："你真笨，她就是吓唬你，她要是敢扒树皮，爹爹肯定不会饶了她。"说话间，两个梳着总角的青衣小童从树中出来，两个人生得一般模样，唯一不同之处是一个腰间系黄丝绦，另一个系着红丝绦。两个小童气呼呼地看着众人，更显稚嫩可爱。

"你们……是什么人？"腰间系黄丝绦的小童做出一副大人模样，背着手，喝问道，"为何闯山？"

莫姬知晓这两个小童正是这两株松树吸取天地日月精华所化的人形，她自己也是草木之人，又瞧小童可爱，自然心生亲近。当下，她蹲下身子，笑盈盈地看着他们问道："你们呢？是什么人？为何要偷偷摸摸躲起来？"

"我们才没有躲起来。"系红丝绦的小童嚷嚷道，"是爹爹交代我们不可轻易露面，除非看见要等的人，才可以出来。"

"你爹爹是谁？"夏侯风奇道。

红丝绦道："爹爹就是爹爹啊。"

"你爹爹总有个名字吧。"

红丝绦与黄丝绦面面相觑，似乎两个人谁都没想过这个问题。"爹爹没说过。爹爹有名字吗？"红丝绦问黄丝绦。黄丝绦困惑片刻，很快释然，一挥手干脆道："爹爹就是爹爹，要名字做什么。"

此时众人皆围拢过来，好奇地看着这俩小童。

"连自己爹爹都不知晓是谁，这孩子可真逗。"白曦伸手就想去摸他们脑袋，被小童嫌恶地躲开。

"嘿！这孩子，怎么那么不懂事呢？谁家大人教的。"

"最烦你这样动手动脚的，我看教得挺好，就该这样。"墨珑说着，拨开白曦，蹲在小童身前问道："你爹爹让你们等什么人？"

"龙族中人。"黄丝绦打量众人，不确定道，"我看你们一点儿都不像。"

灵犀愣了片刻，赶紧挤上去："我是，我是啊！我是龙族中人。"

这下，所有人都看向她，这是头一遭听她亲口承认。东里长和墨珑因此前就隐隐猜到些许，倒不是太讶异；莫姬因为鲛珠之事，也起过疑心，和夏侯风嘀咕过几句；最吃惊的是白曦和熊罴舅甥俩。

"你不是鲛人吗？"白曦好意提醒她道，"饭可乱吃，话可不能随便乱说，你在东海龙府里头打杂，那不能算是龙族的人。"

"你起开！"灵犀不满地拨开他，对俩小童急切道，"我真的是龙族中人！"

两个小童盯着她望，又低首相互窃窃私语。

"龙族应该头上有角吧？"

"爹爹也没告诉我们龙族的人长什么模样，怎么办？"

"她到底是不是？"

"我觉得她不像……"

灵犀听得忍无可忍："我怎么不像？我就是啊！"

"可我还是觉得你不像。"红丝绦犯难地看着她。

"你……"灵犀气结，"你们到底要怎样才肯相信？"

黄丝绦故作老成地仰仰头："听说龙都能行云布雨，你会吗？"

她连腾云都不会，更别提行云布雨了。墨珑连听都不用听灵犀的回答就已然知晓，果然就听见灵犀心虚的声音："我……还没学行云布雨。"

"那你会什么？"红丝绦问道。

"我会……"

灵犀费劲地想，也没想出来，又抬首望向其他人，期盼能有人出言帮自己。

"是啊，你到底会什么？"夏侯风好奇道，非但没帮上忙，反倒令她更加尴尬。

白曦循循劝导道："所以嘛，你明明不是，就别冒充龙族中人。什么都不会，一下子就被拆穿了多丢人，想要骗人不应该这样的。"

灵犀又气又急，直跳脚道："我真的是啊！我没骗人！"

一直冷眼旁观的莫姬慢悠悠地说道："这有何难？你现出原身不就行了。"

"我……"灵犀似有为难之处。

"若是连原身都现不出来，自然怪不得他们不信你。"莫姬看着她，又道。

灵犀咬咬嘴唇，毅然道："好！我试试。"

试试？墨珑双手抱胸，和东里长交换了下眼色，彼此都有些困惑不解。起先墨珑以为灵犀不愿现出原身，是因为龙身霸道，她生怕露了形迹。而听她方才语气，竟不是不愿，而是不能。现出原身，对于修炼者而言，只是小事一桩，她若当真是龙族中人，怎会如此为难？

此时灵犀双手握拳，全身紧绷，背脊不自觉地弓起，双目紧闭，眉宇深皱，显然是在与某种力量抗衡。

墨珑骤然想到，莫非她与自己一样，体内也有封印，只是她自己浑然不知而已。若当真如此，她身为龙族中人却一点儿灵力都没有，也就解释得通了。眼下她在懵懂中试图强行冲破封印，只怕会累及性命——

"等等！"他喝道，却是晚了一步，只见灵犀痛苦地喷出一口鲜血，扑倒在地，双手撑在地面上。

白曦惊呼道："看她的手！"

灵犀原本白皙的双手，浮出层层青色，片片龙鳞隐隐可见，朦胧中光芒流转。

"她真的是龙？"夏侯风倒吸口气，"我还是头一遭见到龙。"

莫姬盯着她的手，说不出话来。熊罴舅甥齐齐探头来看，皆惊得熊眼圆睁。

红丝绦与黄丝绦被灵犀喷出的那口鲜血吓得连退几步，也看见了她手上显现的龙鳞，两个人本就心地淳厚，又是孩子，心下皆是内疚不已，怪自己不该将灵犀逼到这般田地。

墨珑上前扶起灵犀，见她已经晕厥过去，忙探她脉门，心知无性命大碍才松了口气。

"现下，你们可以相信了吧。"他看向两位小童。

红丝绦和黄丝绦忙不迭地点头，讪讪道："我们也不知道她会这样，我们不是故意的。"

"你家爹爹交代了什么？"

红丝绦老老实实道："让我们带她进山谷。"

"你们跟我来！"

黄丝绦迈步朝石壁走去，招手让他们跟上。红丝绦快走几步，赶上黄丝绦，手挽手一起走。众人忙跟上，以白曦、夏侯风好奇心最重，抢在前头。墨珑只得扶起灵犀，落在最后面。

红丝绦领着他们行到石壁一处丝毫不起眼的凹处，拨开遮挡的藤蔓，转头告诉他们："这里用了障眼法，你们若是害怕，就闭上眼睛。记着千万别用法术，一用法术，结界就会显现。"

白曦笑道："你们两个小孩都不怕，我们又怎么会怕，放心放心。"

话虽这么说，但眼睁睁地看着坚硬的石壁就这么朝自己撞过来，还是让他心跳漏了好几拍。东里长见多识广倒还罢了，夏侯风费了好大劲儿才让自己不用手去格挡，免得让旁人觉得自己冒傻气。莫姬低头垂目，揪紧夏侯风衣角，默默而行。陶滔是最闹腾的，惊叫声不绝于耳，连他二舅都觉得他很是有损赤焰熊的声誉。

墨珑沉心静气，视扑面而来的险境于无物，缓步往里行去。不经意低头时，看见一滴山壁上流下的泉水正好滴落在灵犀面颊上，冰冷透彻，她似有所感，眼睫毛微微一动。

"先别睁眼。"他低声说道。

眼睫毛抖动两下，或许是无力，或许真的听到他的话，灵犀没有睁眼。

不多时，众人便在小童的带领下穿过了石壁，眼前豁然开朗——谷内云气升腾，草秀花繁，众人虽未去过蓬莱阆苑，但见到此地，只道仙境也如然。

强光刺目，灵犀这才睁眼，率先撞入眼帘的便是地上盛开的花丛，百花齐放，灿烂而热烈，只是一眼，她的双目瞬间灼热。

她挣开墨珑，独自往前行去。

方才身体受损还未恢复，灵犀踉跄地向花丛中走了几步，因虚弱而跪坐下来。墨珑伸手想去扶她，却见她缓缓抽出银铩。

众人皆一愣。

她拨开花茎枝叶，用银铩的尖锋划破自己的掌心，殷红的鲜血迅速渗出。淌血的掌心贴上花枝底下暗褐的泥土……

"她在干吗？"夏侯风伸长脖子，看不懂。莫说他，连两个小童在内，其他人也都不明白，莫姬问号称上知天文下知地理的东里长："老爷子？"

东里长面色竟有几分凝重，示意她莫要出声，静看下去。

墨珑就在灵犀身后，居高临下，清晰地看见原本暗褐的泥土在渗入鲜血之后，产生感应般一点儿一点儿地亮起来，暗褐褪去，取而代之的是一种似红非红似黄非黄的色泽，明媚如霞光。

这道霞光蜿蜒延伸出去，恰恰便是沿着鲜花盛开的路径。

不多时，整个山谷之中都能看见纵横交错的霞光升腾而起，灿似晨曦，烈如长歌……两个小童在此间多年，却也从未见过这般景象，睁大眼睛，说不出话来。

"这是，这是……"白曦骤然明白了什么，因过于惊讶而说不出话来。

墨珑沉声道："龙战于野，其血玄黄。"

众人这才明白过来，为何这花丛纵横交错，却毫无章法可言，原来竟是龙血洒落所致。想来曾有一条龙在此间鏖战，受伤甚重，流了许多血，却不知与它鏖战的是何人，又为了何事。

夏侯风突然惊呼，手往上空指去："快看！"

霞光升腾，与山谷云气交汇，隐隐约约显出一条龙的轮廓，在云中腾挪穿梭……那条龙并非当真存在，只是残存在龙血中的灵气所化，灵犀仰着头，眼睛眨也不眨，怔怔地望着，豆大的泪珠不受控地从眼中滚落。

"哥哥。"她低低道，这是她第一次看见他。

只有她身后的墨珑听见了"哥哥"这两个字，心头一震，这才知晓原来她一直苦苦寻找的竟然是她的哥哥。

整个山谷，除了龙血和零落的几片龙鳞，再找不到任何与龙有关的物件，更不用说龙的遗骸。

也许哥哥没死？

灵犀将山谷仔仔细细搜了一遍，心中燃起一线希望，吸吸鼻子，用衣袖胡乱抹去眼泪。可是若哥哥没死，他又会在何处？这些年为何不回东海？

忽然，山谷北面云潮涌动，层层云雾从石壁上倾泻而下，翻腾不止，形成一道壮观无比的云瀑，将众人骇了一跳。

"爹爹！爹爹！"两个小童兴奋地朝云瀑叫嚷着，奔向前去。

一名长须飘飘，高冠儒袍的男子自云瀑徐徐步下，笑眯眯地看着两个小童朝自己扑过来。

"爹爹，糖葫芦，说好的！"红丝绦一把抱住他，嚷嚷道。

黄丝绦蹦起来，搂住他脖子："我要的白糖糕，爹爹你没忘吧？"

"没忘没忘，都买了！"

他变戏法般从左袖中掏出一串红彤彤的糖葫芦，又从右袖中掏出一包白糖糕，哄得两个小童欢喜不已，各自喜滋滋地吃起来。直到这时，这位男子才得空看向其他人，彬彬有礼道："在下洛玉，在此间司牧风雨，诸位莅临寒舍，可是有何要事？"

司牧风雨，原来此人是鹿蹄山的风雨神，东里长上前施礼："不知此间是风雨神府邸，冒昧打扰，还请见谅。"

"爹爹，她就是你说的龙族中人。"黄丝绦嚼着白糖糕，手指向灵犀。

洛玉看向灵犀，温和地笑道："你总算来了。"

灵犀怔怔站着，不明白他这话是何意，也不知该如何接话。

"我于百年前领命，司牧此间风雨，初到鹿蹄山时，便看出这山谷中曾有一场恶斗。"洛玉双目落在花丛间，幽幽叹道，"龙战于野，其血玄黄，可悲可叹啊。姑娘既是龙族中人，不知与他有何关系？"

"他是我哥哥。"灵犀如实道，"他……他死了吗？"

洛玉摇摇头："我不知晓。"

"伤他者，是何人？"

洛玉仍是摇头，叹道："我也不知晓，但从血迹来看，他伤得极重，只怕是凶多吉少。"

"他去了何处？"

"我不知晓。"洛玉转头唤红丝绦,"去将那个杨木匣子拿来给这位姑娘。"

红丝绦应了,拿着糖葫芦蹦蹦跳跳地隐入石壁,片刻工夫之后,糖葫芦叼在口中,捧着个六寸大小的黄杨木匣子出来,递给灵犀。

灵犀不解地打开匣子,一方染血锦缎立时撞入眼中,触目惊心……

"这一小块袍袖是我在谷中拾到,虽不知是何人所有,但看其上沾染的龙血,应该是那场恶战所留下的。"洛玉缓缓道,"我只司风雨,不问世事久矣,只存下这方衣袖,以待龙族中人取之,今日终于等到姑娘了。"

听他言下之意,那场恶战他毫不知晓,所有的线索只剩下这方衣袖。灵犀看着染血的衣袖,深吸口气,复振作精神:还有希望,说不定这方衣袖的主人救了哥哥;或者,是这方衣袖的主人杀了哥哥,自己须得查个清楚明白,再替哥哥报仇;又或者,这方衣袖的主人就是哥哥。

"多谢你了。"灵犀朝他深施一礼。

洛玉微微一笑,伸过手来,温柔地摸摸她的头发。墨珑眉毛一挑,等着灵犀将他摔出去,出乎意料的是,她竟然没动弹。

这熊孩子居然还会看人下菜碟。他心中嘀咕。

"姑娘似有不足之症,听我一句劝,早些回家去吧。"洛玉温言劝道。

灵犀咬咬嘴唇,倔强道:"找到哥哥我就回去。"

洛玉轻轻叹了口气,不再说什么。

辞别风雨神洛玉,众人仍由小童领着,穿过石壁,出了山谷。灵犀将那方袍袖在日头下翻来覆去看了又看,只看出这是一方绣着花纹的袍袖,其主人估摸挺讲究的。

白曦好奇心重,探头看了半日,接着干脆拿过来端详,却也不知所以然。"老爷子,您见多识广,您看看。"他殷勤地递给东里长。

东里长接过来,摩挲了下面料,又眯眼细看上头的绣纹,半晌没言语。灵犀在旁期盼地看着他,心中忐忑不安,若是连东里长都不知晓它的来路,这条线索只怕很难追寻下去。

"料子是天蚕锦缎,用的还是缂丝,通经断纬,费工费时,富贵人家呀。"东里长慢腾腾地说道,将衣袖递给灵犀,"只是六合八荒之内,富贵权势人家不说以万计,也是数以千计的,你如何寻得到呢?"

手指随意地搔弄小肉球的下颌,墨珑抬眼瞥了下东里长,没作声。

听了东里长的话,灵犀颇为失望。夏侯风听见连东里长都不知晓,顿时来了兴致:"老爷子,连你都不知晓。我来看看……"说着他把那方衣袖拿过去。

"这花纹挺好看……"他挨到莫姬身旁,"你看看,这是什么花纹?我怎么不认得。"

对于灵犀的事,莫姬基本上是漠不关心,当下只是淡淡瞥了一眼——只这一眼,便使她如遭雷击,面色惨变,接连退开数步。

"怎么了?"夏侯风被她骇了一跳。

灵犀看莫姬脸色不对,立时明白过来:"你认得这衣袖?"

莫姬猛摇头,矢口否认:"我不认得!"

瞧她模样明明就是认得,却不知为何不肯承认,灵犀急道:"你明明认得,为何要骗我?"莫姬抬眼,恶狠狠地盯着她:"认得又如何,我为何要告诉你?"她的目光冷如刀刃,灵犀不禁打了个冷战。

夏侯风还从未见过莫姬这般模样,怯生生地看着她,不知道自己是该上前还是不该上前。墨珑沉着脸,并不打算说话。东里长叹了口气,打圆场道:"先下山吧,这荒郊野外的,都戳着干吗?"

白曦赶忙插话:"好好好,山脚下镇子就有客栈,咱们去打个尖,好好歇歇。"没人接他话,但总算大家都往山下走了。

"她是不是中邪了?"白曦悄悄扒着夏侯风肩头问道。

"你才中邪呢,你全家都中邪了!"夏侯风没好气地朝他叱道。

白曦躲出老远,扒住陶滔胳膊:"急什么,急什么,我也没说什么呀。"

夏侯风朝他龇了龇牙,没再搭理他。

第九章
妙计脱身

一路寂静无声地下了鹿蹄山,在山脚下的镇上找了家客栈歇脚打尖,小地方小店铺,里头总共就四张桌子,他们进去,全坐满了。

白曦和熊罴舅甥坐了一张桌子;墨珑、东里长坐了一张桌子;灵犀心事重重地抱着小肉球坐到最里头的那张桌子;莫姬一个人占了张桌子,夏侯风察言观色,挨挨蹭蹭地想和她坐一块儿。

"客官,打尖还是住店?你们是一块儿吗?能不能……"店小二小心翼翼道,"待会若再有客人来也好有个座儿。"

夏侯风立时坐到莫姬旁边,劝道:"咱们坐过去吧,一块儿吃饭热闹。再说你看这店小二,眼睛红得就快哭出来了,咱们也不落忍对吧。"

"他是兔子精,眼睛本来就是红的。"莫姬瞪向店小二,"开门揽客,还带撵座儿的?生意不想做了早说啊!"

兔儿精店小二慌得两只耳朵也不敢支棱着,齐齐贴到脑门上:"不敢不敢,客官您随意,随意。"

这家客栈店小,吃食也少,墙上只挂了三副水牌:青精饭,萝卜丝饼,还有酸菜百叶汤。众人无可选择地点了吃食,店小二便一溜烟往后厨去了。

"你瞧你把人给吓的,今儿到底怎么了?"看小兔子脚不沾地地溜走,夏侯风语气中难免带上些许责怪之意。

莫姬冷冷望向他:"看我不顺眼了?看不顺眼就走开,别在我跟前晃悠!"

"你……"夏侯风面上有点儿挂不住,显然也是被她气着了,踌躇片刻,拉开条凳重重在桌边坐下,"小爷我还偏偏就看你顺眼,偏偏要在你眼前晃悠,你能拿我怎么样?"

莫姬还未反应,旁边桌上的白曦忍不住笑出声来。夏侯风循声转头,射出去一记杀人目光,白曦朝他一挑大拇指:"兄弟好样的,能屈能伸,我刚才白白为你捏了把汗。"夏侯风朝他龇龇牙,没搭理他。

其间,灵犀一直默默坐着,望着那半截衣袖发呆,压根儿没叫吃食,对周遭一切全然置若罔闻。小肉球不知何时挣脱她的手,快活地在桌面上溜达来溜达去。墨珑望了她两眼，忽然想到山谷内洛玉的那句话——"姑娘似有不足之症，听我一句劝，早些回家去吧"。

不足之症？

是指她没有灵力一事吗？又或者另有所指？他不明白。

东里长支着小短胳膊，双目迷离，老僧入定一般，也不知在想什么。熊罴舅甥俩用只有赤焰熊才听得懂的语言聊天，似乎在商议什么，白曦插不上话，落寞地在旁干坐着。

小肉球溜达到桌边，不慎掉到地上，滴溜溜滚了几滚，嗷嗷大叫起来。它个头儿虽小，声音却颇为响亮，直冲房梁。它正好滚到墨珑脚边，抱着他的腿，又咬又啃，墨珑无可奈何，一把将之抱起，揉揉它，安抚情绪。小肉球感受到暖意，往他怀里使劲拱了又拱。

"哥，俺和俺舅商量过了，我们要去丹渊找我大舅去。"陶滔对白曦说道。

白曦一愣："找你大舅？"

陶滔点头："赤焰熊一族所剩无几，二舅这两年在象庭吃尽苦头，也不想再东西飘零，说要一家人聚在一起才好。"

"……说得很是。"白曦意识到虽然陶滔唤他一声"哥"，但他们才是一家人，自己只是外人而已，面上笑意带着些许苦涩。

"那咱们吃过饭就走，再买些烧饼带上。"陶滔压根儿没察觉什么，只道白曦自然和自己一道。

"滔啊，你看我又不是赤焰熊，我就不去了。"白曦看了眼陶滔二舅，然后朝陶滔说道。

陶滔一下子愣住："你不去？"

白曦强作笑颜："你现在找到家人，我就不用再为你操心了。"

"哥，你一个人……你……你去哪儿？"陶滔没想过要和他分开，声音中带上隐隐哭腔，"你跟我们一起走不好吗？"

白曦安慰他："我还想再到处走走，哭什么，你个呆子！又不是见不着了，我有空去丹渊瞧你不就行了吗？"

陶滔二舅拍拍陶滔后背，此前他也未料到陶滔对白曦这般依赖，想来白曦虽然对陶滔指手画脚，但也应是照顾有加。他看白曦的目光稍稍柔和了些："多谢你这两年一直照顾陶滔。"

白曦想客套几句，看见陶滔泪眼蒙眬的模样，喉头一阵哽咽，竟说不出话来，只得摆了摆手，正好店小二端了饭菜上来，他汤汤水水盛了一碗，埋头就吃。

用过饭，熊罴舅甥俩便向众人辞行。未料到他们这么快就要走了，灵犀愣了愣，看着大小熊罴出了客栈。陶滔抽抽搭搭的，白曦不得不又哄又劝，应承一年内肯定会去丹渊看他，陶滔这才一步三回头地随二舅走了。

天色将晚，夕阳西下，大小熊罴的影子在地上拖得长长的。白曦立在街上，直看到熊罴舅甥俩身影隐没，这才耷拉下脑袋，心底空落落的。往后该何去何从，老实说他心底也没打算，难不成还回西山石壁泉去？那群猴子又着实聒噪得很……

他一径低头胡思乱想，未听见脚步声近，有个人重重擒住他肩头。

"你怎么会在这里？"那个人喝问道。

白曦抬头，骤然一惊，眼前的人竟是聂季。原来聂季此前照他指引，往景山方向去，遍寻不获，他生性执拗，不甘就此放弃，打听到曾有人在鹿蹄山见过赤焰熊，便赶了过来，不想在此地又看见了白曦。

两个人大眼瞪小眼，白曦讪讪干笑，微不可见地挪了挪脚步，试着让聂季背对客栈，想着别让他看见灵犀才是。

"说呀！"聂季不耐烦地催促他。

客栈内，墨珑被满身乱拱的小肉球弄烦了，提溜着它脖颈的小肥肉，离开自己尺许，嫌弃地看着它蹬着四只小短腿嗷嗷乱叫。

"老实点儿，再闹腾就把你炖了！"他指着它威胁道。

东里长抬抬眼皮，笑眯眯地吓唬它："看它嫩嫩的，应该清蒸，火不要大，小半个时辰就好。"小肉球不理会，闻着味儿使劲向桌子扒拉蹄子，墨珑刚把它放桌上，它冲着酸菜百叶汤就冲过去，一头栽进汤盘，"咕咚咕咚"吃得汤汤水水溅了一桌子。

"这孩子……"东里长来不及阻拦，只得由着它去。

看来它是饿了，墨珑取了块烧饼，撕成小块丢到汤里让它吃，同时看向灵犀："喂！你捡回来的，你倒是管管，瞧这吃相。"

小肉球此时全身都泡在汤里，边划拉边吃，很是惬意。灵犀望了它一眼，并无甚反应，目光缓缓移向莫姬，片刻之后，她似下定了什么决心，腾地站起身来，朝莫姬大步走过去。

"我把鲛珠送给你，你告诉我那截衣袖的主人是谁，行不行？"

灵犀豁出去般伸出手，那枚光华流转的鲛珠就在手心。

鲛珠！

莫姬心中一震，忍不住就要伸手去拿。

"你答应了？"灵犀握紧鲛珠，追问她。

莫姬迟疑片刻，正要回答，便听见客栈门口有人厉声喝道："灵犀！"

灵犀闻声全身一震，抬眼惊诧地看见立在客栈门口满脸怒容的聂季。说时迟那时快，在众人都还未回过神来时，她一转身，拔腿就跑，撞开桌椅，直奔客栈后庭……

"居然还跑！"

聂季怎么也想不到她见了自己竟然是这等反应，越发怒不可遏，快步追过去。

墨珑等人面面相觑，只听见客栈后院传来乒乒乓乓的打斗声，紧接着是重物的轰然倒塌声，兔子伙计灰头土脸从后厨飞快蹿出，还有两只系着围裙的兔子紧随其后……

几处房梁木楔之间发出"咯咯"的摩擦声，墨珑急唤道："快走！这儿要塌了！"他一手揽过东里长，一手端了泡着小肉球的汤盘，跃出店外。夏侯风也护着莫姬跃出来。他们堪堪逃出去，整个客栈轰然塌下，巨大的烟尘腾空而起。

墨珑皱眉，烟尘中可见两个人影交错腾挪，拆了客栈也没停手。与客栈相邻的几户人家全都跑了出来，惊恐地看着这天降的横祸。

"我的天啊！"夏侯风啧啧道，"这两个人得多大仇！"

说话间，客栈右侧的蜜饯铺子塌了半边墙面，碎瓦砾落在原本干干净净的数十种蜜饯上，糖渍海棠、金丝蜜枣、甘草金橘等皆落满尘土。店家是一窝子竹鼠精，大大小小立在街对面，吓得毛全参开，呆愣愣地看着这飞来横祸，嘴扁得快要哭出来。

断墙破瓦中，灵犀与聂季以拳脚相对，你来我往，招招沉重，拳拳到肉，砰砰有声。其实昔日在东海，聂季常陪灵犀练手，因两个人气力都大，这般交手是家常便饭，却是看得旁人心惊肉跳。

"你还闹，乖乖跟我回去！"聂季边打边喝道。

"我不回去！"灵犀倔得很，"回去又把我关起来。"

"你现下不回去，等大公主收拾了玄股国，转头就亲自出马来逮你。"

"我才不怕她！"灵犀嚷回去，却因心虚而略显气势不足。

聂季苦劝道："和她斗，你占不了好处的。你还是乖乖随我回去，先行认罚，说不定大公主还能消点儿气。"

墨珑靠在一旁，听他二人言语往来，又见聂季拳脚虽猛，却是处处谨慎，显是不愿伤着灵犀。他原本以为灵犀偷出龙牙刃，聂季作为追捕之人，定会对她疾言厉色，可没想到眼中情景却是大相径庭。他心中暗忖：聂季口中的大公主自然应该是执掌东海水府的龙公主清樾，只是不知灵犀与她究竟是何关系。

与墨珑一般想法的是东里长，他歪着脖子，仍想不出灵犀在东海究竟是何身份。

这厢，灵犀倔得很，仍是不肯束手就擒："我还有事，不能回去！"

说了半日，见她油盐不进，聂季也恼了，纵身跃至断壁最高处，喝道："你当真不回去？"

"不回去！"灵犀斩钉截铁。

聂季从怀中抽出一捆细绳，迎风抖开，那细绳宛若有生命一般在空中游走："你还真以为我收拾不了你！"

灵犀仰首，迎着残阳，看见他手中的绳索，勃然大怒："你竟敢对我用揽月索！"

聂季冷哼道："我被你关在大蚌里整整两日，你说我敢不敢？"

把人关在大蚌里头！想不到她还能做出这事来。墨珑听得好笑，双手抱胸，饶有兴趣地在旁看戏。

"我不是故……"灵犀顿了顿，自知理亏，"好吧，就算我是故意的，可……谁让你不肯让我出去。"说话间，揽月索已朝她左足袭来，她侧身向右侧闪避，左足迅捷地朝揽月索绳端踢去。

揽月索被她踢开，软绵绵兜了个圈，复旋回来，不折不挠。聂季恼道："是我不让你出去吗？是大公主的命令，谁敢违背。"

灵犀怒道："反正我不回去！"说着便挥出数掌，皆击打在断壁上，数十块碎砖朝聂季激射而去，趁着他躲闪之际，她转身欲逃。

聂季身子陡然拔高，躲过碎砖，复轻飘而下，看着灵犀的背影气不打一处来："还跑？你且等着回去跪明塔！"当下右手使揽月索，居高临下，左手急抓，五道白光状若利爪，迅疾拿向灵犀肩头。其实他的神通远在灵犀之上，只是碍于灵犀身份，一直相让于她。但眼下见她这般不知好歹，他也不再留情面，懒得与她废话，只想速战速决，将她捆回东海水府方是正事。

揽月索宛若灵蛇般绕上灵犀的腰间，她挣了挣，没挣开，反手握住索身，用力一拽。她气力颇大，一拽之下，聂季站立不稳，顺势而下，飞腿疾踢，冷厉无比。

"和一个小姑娘这么打架，忒不厚道。"夏侯风看不上聂季，啧啧撇嘴。

莫姬望着聂季，她看得出灵犀与聂季熟识，倒不担心灵犀，只是心里惦记着那颗千年鲛珠。若是灵犀当真被擒了去，她再拿不到鲛珠。但聂季此人不可小觑，自己绝非他的对手。究竟该不该相助灵犀？她自是纠结万分。

"揽月索是什么玩意儿？"墨珑低首问东里长，眼看那索自绕上灵犀之后，竟陡然间长了数尺，缠缠绕绕，将她越缠越紧。

东里长低声道："三千年前，东海海沟出恶龙，翻江倒海，噬月吞日，被斩于剐龙台，揽月索便是它的龙筋所化。"

"很厉害？"

以为他想要，东里长低低道："死了这条心吧，揽月索除了龙族的人，旁人用不了，压根儿不听使唤。"

墨珑微微一笑："我不过随口问问。"

两个人正自闲聊，灵犀这厢被捆得喘不上气，偏偏她性格倔强至极，不肯就此服软，尚与聂季拳来脚往。骤然间，她发觉气接不上，手脚脱力，聂季尚未察觉，一脚踢在她左肩，灵犀整个人横飞出去，接连撞破五六间屋子，重重摔在地上，碎砖瓦"哗哗哗"砸到了她身上。

莫姬倒吸一口冷气，反手拉住热血上涌就要冲出去的夏侯风，轻声道："你不是他的对手。"

夏侯风也知晓自己敌不过聂季，转头看向墨珑，急道："珑哥，咱们就干看着？"

眼见灵犀被重摔，墨珑瞳仁微缩，再看聂季已经冲过去，遂沉声道："不急，再看看。"

没料到灵犀会突然脱力，聂季自己吃了一惊，慌忙跃过去，扒开瓦砾。刚把她的脸扒拉出来，就看见一双杏目瞪得滚圆，气得能喷出火来。

"对不住，对不住！我不是故意的。"聂季连声赔不是，"真不是故意的，你平日也没这么娇弱呀，我怎么知道……"

"赶紧把这索给我解开！"灵犀恼道，"捆得我气都接不上，怎么打架？"

聂季将她扶起，还不忘替她拍拍身上的灰，可就是没解开揽月索。

"快解开呀！"灵犀催促道。

聂季颇踌躇，不放心地看着她："解开可以，但你不许跑，乖乖随我回东海。"

灵犀倔得很，当即摇头道："不行，我还有事未了。"

"你！"聂季拿她无法，捻诀念咒，捆在灵犀身上的揽月索顿时松开，却绕上她的手腕。

揽月索两端，一端绕在灵犀左腕，另一端绕在聂季右腕。

灵犀急道："你这是做什么？"又扯又拽，揽月索牢牢系在腕上，分毫不动。

"跟我回东海。"聂季百般无奈地叹了口气，放软语气，"算我求求你行不行，乖乖和我回东海。你知不知道你这趟偷跑出来，闯了多大祸，水府里头，从婢女到侍卫，再到二十八侍读，连掌膳司事都被罚了个遍，最惨的是当值的中丞，直接被关进霆狱。"

听了这话，灵犀面露愧色："与他们又不相干，她怎的不讲道理？"

"所以呀，你还不赶紧跟我回去。"

灵犀头摇得跟拨浪鼓一样："她这般不讲道理，肯定是气得不轻。我现下回去，正撞她气头上，还不知要怎么罚我呢。"

"我估摸着，最多也就是让你去跪明塔。"聂季没好气地看她，"就是罚，你也得认！这次正碰上对玄股国用兵，大公主脱不开身，从上到下，在她面前连大气都不敢喘！你也是，她对你那么好，你就只会给她添乱。"

灵犀气恼道:"对我再好有何用,天天关着我。"

"唉……"聂季欲言又止,"大公主有她的苦衷。你先跟我回去,有事再慢慢商量。"

"我不回去!"

"由不得你了。"

聂季拿她无法,只得攥着揽月索就走。灵犀被索所制,不得已跟在他身后,经过墨珑等人时,朝他们急使眼色,示意他们快帮自己脱困。可惜的是,墨珑神情淡漠,对她的目光无动于衷;东里长低垂着头在地上数蚂蚁,夏侯风和莫姬自知不是聂季的对手,有心无力。

待聂季已行出三四丈远,墨珑才突然长叹口气,略提高嗓音,与东里长道:"这东海的人是霸道啊,毁了人家镇子,连句交代都没有。看来咱们以后再遇上东海的人得绕着走才行。"

这话灵犀听见了,当然也清清楚楚地传到聂季耳中,他转过身来,皱着眉头盯住墨珑。后者耸肩,示意他看向被毁的屋舍,还有惊慌失措远远躲开的兔子精、竹鼠精等居民。

聂季愣了愣,说是毁了镇子自然有些夸大,但确是有七八间屋舍或塌或残。陆上的房子委实跟豆腐块一般,他暗自摇头,一时不知该如何才好。旁边灵犀把钱囊递过来。

"你快去给人家赔礼。"她理直气壮地催促他,"把东海的脸面都丢尽了,回头我就向姐姐告你的状。"

聂季不服气:"为何是我?你也有份。"

"你不抓我,能打起来吗!"

"若你乖乖跟我回去,能打起来吗?"

"你先动手的!"

"你先逃的!"

"……"

眼看着两个人又吵起来,旁人皆无语问苍天,生怕他俩一个不对付又打起来。好在聂季自持已制住灵犀,也不怕她再跑了,口舌之争便让了她一步。当下拉着她,挨家挨户赔礼道歉,再赔银两。

住在此间的都是素食精怪,天性机灵,一有风吹草动便能蹿出五里地去,故而虽塌了几间房,但并未伤及性命。加上聂季出手阔绰,所赔偿金额远远高于屋舍损失,众精怪十分满意,连之前最为悲悲切切的竹鼠一家也欢喜起来,称颂东海之人有礼有节。

东里长拄着拐杖，在坍塌的客栈前唉声叹气："晚上连个歇脚的地方都没有，我这把老骨头可真要遭罪了。"

原客栈的兔子精劝慰道："从这里往东，不到十里地就是青阳都城，客官不如赶往那里住店。"

"青阳都城，那里住店一定很贵吧。"东里长叹道，"唉，真是城门失火殃及池鱼呀……"

聂季被他叨叨烦了，大步过来往他手中放了两个金贝，硬邦邦道："拿去住店吧，对不住了……你认得他们？"后一句话是在问灵犀。

灵犀刚要回答，忽看见墨珑向她使了个眼色，怔了怔，才犹豫道："呃，那个，就算不认得吧。"

"什么叫就算不认得？"聂季莫名其妙，"认得就是认得，不认得就是不认得。"

"不认得。"灵犀只得道。

"那怎的方才我见你在和她说话？"聂季指的是莫姬。

灵犀并不擅长撒谎，艰难道："就是说说话而已……我看她腰上藤鞭好玩，想问她买。"

她素日便是孩子心性，最喜新鲜，此举倒也合情合理，聂季并未疑心："这些日子，你一直都一个人？"

"……是啊。"

聂季同情地看她："没吃苦头？"

"想看我笑话？"灵犀没好气地瞥他。

"狗咬吕洞宾，不识好人心。"

此时墨珑、东里长等人已经往东面行去，自然是要往青阳都城去投宿。灵犀还指望着他们帮自己脱困，忙道："我累了，我也要去住店。"

"还住店？随我日夜兼程赶回东海要紧。"

聂季虽能腾云直上，日行千里，但无法带着灵犀驾云，只能带她从陆路慢慢回东海。

灵犀岂肯相依，发脾气道："我已风餐露宿数日，怎的连住店都不行？"

"风餐露宿，你？"聂季看她确是瘦了好些，不似在府中那般白白嫩嫩的模样，不禁起了怜惜，薄责道："现下知晓什么叫'在家千日好，出门一日难'了吧？行了，那就歇一晚，明早可要随我赶路。"

灵犀不吭声，大步往前赶去，捆在一起的揽月索拽得聂季一跟跄，只得快步追上她。

行在前头的夏侯风性子急,回头看了好几眼,确定灵犀和聂季也往青阳都城去,才稍稍安心。他往墨珑身边一凑:"哥,咱们怎么治治那小子?"

墨珑佯作听不懂:"哪个小子?"

"就是那拆房小子。"夏侯风道,"咱们救不救灵犀?"

"谁说要救她了,咱们和她的生意早就了了。"墨珑瞥了他一眼,警告他,"你别多事。"

夏侯风一头雾水,回到莫姬身边:"到底怎么回事?"

眼看着灵犀被聂季带走,莫姬心中正自懊悔不已,若是方才便将那枚千年鲛珠拿过来,岂不是好。

见她不理睬,夏侯风只得收了声,忽又想起一个人,四下张望道:"那只大尾巴羊呢?姓白的?"

"理他做甚?"莫姬毫不关心。

原来白曦自在客栈门口遇上聂季,恐上次骗他们之事被拆穿,被聂季找麻烦。他知晓十个自己也抵不上聂季一根手指头,趁乱时连忙躲起。直到看见他们都往青阳都城去,他才远远地跟上。好在东风和暖,他不但能循味而行,且不用担心被聂季发觉。

今日被聂季逮住,也不知墨珑等人到底会不会帮自己,灵犀心里没底,看着聂季,她心中越发焦急不安,才行了两里地便耍赖不肯走。聂季拿她没法子,只得背着她走。灵犀打小便常和他在一块儿,聂季比灵犀年长些,对他而言,她如小友如小妹,可以打打闹闹,也须呵护宠爱。

"我知晓你跑出来是为了找你哥哥,"聂季背着她,边走边问,"可找着什么线索了?"

灵犀还气恼着:"不告诉你。"

聂季笑了笑:"不说算了。"

"……我告诉你,你就放了我,好不好?"灵犀放柔声音。

"当然不行,你这次偷偷跑出来着实太过分了。"聂季责备道,"大公主本就一大摊子糟心事儿,前有玄股国不守盟约,虐杀水族;后有北海二太子想要解除婚约……"

"解除婚约?"灵犀一下子就怒了,"北海二太子,卓酌是吧?他算哪根葱,瞧不起咱们东海?"

"谁说不是呢,他算哪根葱!"聂季对此事也是一肚子火气,"大公主论人品,论相貌,都是上上之选,能嫁给他,已经是他几世修来的福气了。"

"姐姐答应他了?"

第九章 妙计脱身

"北海二太子是个孬种，退婚这等大事，都不敢亲自来，只托青曒水君送了封信来，也不知晓大公主会如何回复。"

灵犀咬咬嘴唇，被北海退婚，无论对于姐姐还是对于东海，都是颜面大失之事。姐姐心里定然很不好受，自己该在她身旁大骂卓酌，好言安慰她，可是……

待一行人到达青阳都城时，已是月上中天。青阳都城比不得长留城，此间修道中人居多，红尘俗务对他们而言可有可无，自然冷清许多。街道两旁的店铺早早便关门上板，街上不见行人，偶有犬吠之声。好几家客栈皆黑着灯，直到街末尾才找到一家尚透着烛火的客栈。

墨珑上前去敲门，店家不甚情愿地开了门，看见他们人数颇众，面上越发不愉，只将客房位置指给他们，吃食等物一概没有，热水须得自己到灶间烧。交代完数句，店家忙不迭熄了灯，蹿上了房顶打坐吐纳，今宵月圆，切不可辜负天地精华。

本能地觉得墨珑等人有些古怪，聂季原不想和他们住同一家客栈，只是眼下别无他选，只得也进了这家客栈。灵犀伏在聂季背上，鼻息浅浅，呼吸均匀，竟似睡着了。

"命还真好。"莫姬看了她一眼，似羡慕又似嘲讽。

夏侯风忙道："你若累了，我也背你。你也可像她这般在我背上睡觉。"

墨珑淡淡扫了眼灵犀。灵犀伏在聂季背上，悄悄睁开双目，接连朝他使眼色。他忍着笑，只佯作看不见，伸了个懒腰，径直进了客房。

估摸着他是不会帮自己了，得不到回应的灵犀心中越发沮丧。

其实这一路过来，墨珑早已思量过，之前看过灵犀和聂季打架，聂季一直让着她，最多才用五成力而已。要与聂季硬抗，对于他们这一行人来说，战损比值太高，是一笔亏本买卖。所以，要不要救灵犀脱困，他还在犹豫。

灵犀故意装睡，以此来麻痹聂季，墨珑对此倒是颇为赞赏，熊孩子居然懂得用脑子了。

这些日子对于灵犀来说，夸张点儿说，可算得上颠沛流离，与在东海的舒适安逸日子自是不可同日而语。聂季身上天然带着东海的气息，熟悉而安心，她不知不觉就睡着了，直到敲开客栈时才悠悠醒来。

不愿被打扰，聂季见墨珑等人住东面的客房，便挑了西面客房。进了房内，他依然没有解开揽月索，将灵犀安置到床上，自己则歇在旁边的竹椅上。

打了个长长的哈欠，灵犀倦倦地晃晃脑袋，活动下僵硬的脖子，系着揽月索的手怎么动都不自如。

她抱怨道:"你还不把我松开?这么绑着,我睡觉翻身都不舒服。"

"你可真够麻烦的。"

聂季环顾房间四周,思量片刻,掐诀在整个房间设下结界,这才收回了揽月索。

"至于吗?防贼一样防着我!"灵犀看着墙上微微泛着的盈盈蓝光,愤愤瞪着聂季。

聂季好整以暇地往竹椅上一靠,跷起脚,看看房间:"这地方,比起被关在大蚌里头可舒服多了。"

灵犀自知理亏,只得不吭声。

此时此刻,莫姬因惦记着千年鲛珠,又知晓凭自己一人之力断然弄不出灵犀,只得求助于墨珑和东里长。

东里长看向墨珑,问道:"你也想帮她?"

墨珑耸耸肩,懒懒道:"我无所谓,顺手帮个忙也没什么。"

东里长沉吟片刻:"我担心……"

"担心什么?"莫姬问道。

"你应该看得出来,聂季虽然逮着她不放,但对她是照顾有加,光是这一路把她背过来,就看得出他们俩关系甚好,跟小两口似的。你知晓,自古以来家务事,外人都不好插手。万一咱们费劲地帮了灵犀,结果人家压根儿不领情,那岂不是弄得里外不是人?"东里长看看众人神情,道,"我看还是算了吧,本来就没咱们什么事儿,明日分道扬镳,各走各路。东海的家务事,让他们自己解决去。"

小两口?

这几个字眼让墨珑本能地皱了皱眉头。其实他早该想到,灵犀熊孩子的性情,必定是身边人惯出来的。聂季能一路背着灵犀,任由她在自己背上睡觉,这已不仅仅是照顾,已算得上是宠溺了。

莫姬急道:"咱们只是助她脱困,又不是棒打鸳鸯,老爷子你也想得忒多了。我和她还有笔生意未做,管他们是不是小两口呢,等灵犀出来,我做完生意,之后的事情咱们再不理会就是。"

说罢,她捅捅夏侯风,示意他帮着自己说话。

夏侯风迟疑片刻道:"反正我觉得,就算是家务事儿,也不能这样绑着她,太过分了!我爹娘管教我也没这样对我。"

"说的就是!"莫姬赞许地看向他。

墨珑伸了个懒腰,看向东里长道:"这样吧,就算是最后一回帮她,好歹相识一场,先把人弄出来再说。"

见几个小辈皆是同一想法，东里长只得妥协："最后一回，说定了啊！"

当下墨珑定下计策：待到夜深人静之时，由莫姬悄悄从窗缝中施放迷香，令聂季在不知不觉中吸入。灵犀身上有鲛珠，不受迷香的影响，便是聂季察觉有异，迷香也已起了作用，就是动手也会大打折扣，到时与灵犀里应外合，制住他应该并非难事。

一时商议定，看老头儿仍是不甚情愿的模样，莫姬笑眯眯转到东里长身后，替他捏肩捶背，又盼咐夏侯风道："老爷子这一路辛苦了，你还不赶紧去烧热水给老爷子洗脚。"

夏侯风应了，笑呵呵出房门去。

"得得得，轻点儿，别把我这几根老骨头捏碎了，你也去吧。"东里长没好气地朝莫姬道。

"也好，我先去探探路。"莫姬快步出门去。

屋内，仅剩下东里长和墨珑，还有一头满床乱滚的小肉球。

墨珑见东里长眉头皱成个铁疙瘩，笑着哄他："行了，老爷子，小事而已。当初撺掇着进象庭的劲头哪儿去了？再说了，你不是挺心疼那丫头吗？还坚持要送她过竹箭关。"

"你到底知不知晓我到底为何反对？"东里长皱眉看向墨珑。

墨珑心知肚明："……是因为龙牙刃。"

"原本灵犀就一个人，咱们又拿了她东西，能帮一把就帮一把。可现下不一样了！"东里长盯住他，"那个聂季，不是什么省油的灯！你道东海的人个个都像灵犀这么好骗？只要他向灵犀问起龙牙刃之事，马上就会来找我们的麻烦。这一路他跟着咱们，我的心一直吊在嗓子眼里，你知不知晓？我恨不得连夜就走。"

墨珑很爽快："行，咱们连夜走，没问题。"

东里长一怔。

"把灵犀弄出来之后，本来就得连夜走。"墨珑笑道。

东里长道："气我是不是？"

墨珑劝慰他："莫姬若是拿不到那枚鲛珠，你肯定得被她念叨三年，何必呢？"

东里长瞥他："你说实话，你是不是自己也想帮灵犀？"

"我？我巴不得赶紧和这熊孩子离得远远的，她除了会闯祸，什么本事没有，真够急人的。"墨珑故作轻松道。

"你急什么？"东里长没好气地看他一眼。

墨珑微微一笑，眼见灵犀受制于人，要他视而不见确是不易。至于为何无法置之不理，他倒也在内心深究了一下，觉得大概是因为拿了龙牙刃对她有所愧疚吧。

不多时,夏侯风端着热气腾腾的木盆进来,莫姬紧随其身后。关上门后,两个人脸色都不太好看。

"哥!"夏侯风压低嗓门,"他们那间房被设置了结界。"

莫姬凝眉道:"迷香不可能穿过结界,怎么办?"

聂季如此谨慎,莫非是对他们起了疑心?墨珑皱眉,思量着接下来该如何行事才好。

正想着,突然外间有人叩门,紧接着便是聂季的声音:"东海聂季,有事相商,请开门一见。"

众人心下皆是一紧:他来做甚?莫非他已得知他们的计划,是来寻晦气的?

东里长一把揪住墨珑,身子紧绷,如临大敌:龙牙刃的事情露馅了?他若是来讨要龙牙刃的,断不会饶过他们。

墨珑听聂季语气平和,倒不像是寻仇的架势,安抚地拍拍东里长的手,朝夏侯风和莫姬使了个眼色,示意他们做好防备,这才缓步上前,将门徐徐拉开。

"深夜造访,实在冒昧,还请见谅。"聂季彬彬有礼道。

墨珑也同样和煦有礼:"不知兄台有何事,在下能略尽绵薄之力?"

"是这样……"聂季看向莫姬,笑道,"舍妹对尊下的长鞭颇感兴趣,不知尊下可否割爱,我想买下来。"原来他见灵犀一直郁郁寡欢,心中不忍,又不能再纵了她,想起她说喜欢莫姬的长鞭,故而想买下长鞭哄她欢喜。

长鞭与莫姬相伴多年,如一体所生,如何肯卖给他。当下莫姬想都不想,径直硬邦邦地拒绝道:"抱歉,这是在下讨饭保命的家伙什儿,不卖!"

"我可以多付些银两。"聂季强调道。

墨珑心念一动,想要阻止莫姬时,却已然来不及,只听见她傲气道:"对不住,给座金山银山也不卖。"

论起能耐和身份,聂季自然高出他们许多,难能可贵的是他并不仗势欺人、恃强凌弱。当下他讪讪一笑道:"是在下强人所难,抱歉,告辞!"说着便反身回去。

墨珑关上门,听聂季的脚步声回到西面,又听见他关门的动静,才转向莫姬,叹道:"你是傻呀还是傻呀,还是傻呀?"

"怎么了?"莫姬莫名其妙。

"你想想,你方才若把藤鞭卖给他,藤鞭被他带入屋内,便可神不知鬼不觉地释放迷香。"

莫姬恍然大悟,懊恼道:"那现下怎么办?"

墨珑略想了想,笑道:"倒也不难,你和小风到外间去吵一架就行。"

"吵架?"

聂季坐在竹椅上合目养神，赌气的灵犀连翻身都要翻出最大的动静来，每隔一小会儿就能听见床上传来"砰砰"的声音。想着这一路回东海她都得这么气鼓鼓的，聂季头都大了，只想赶紧和二哥会合。

忽听得外间有吵嚷之声，聂季皱眉，听出正是东厢那些人的声音。

"……卖吧！"是夏侯风的声音。

"不卖！"莫姬的声音。

"卖吧！"

"不卖！"

"你傻不傻！说不定他真能出高价呢。上回你看中一条混了寒银丝的长鞭，可惜咱们钱不够。他若真能出高价，你就卖了藤鞭，把银鞭买回来，岂不是好？"

莫姬似在犹豫，半晌才道："方才他也没开价，这条藤鞭旧了，他肯出高价吗？"

"价钱不合适，咱们就不卖。可总得听听什么价吧。"

"……"

房内，同样听见他们对话的灵犀一骨碌坐起来，撩开床幔，朝聂季道："我要买！"她本能地察觉到这事有异，说不定就是墨珑设下的计谋。

聂季倒是听出莫姬语气有松动之意，没好气地看向灵犀："一条旧藤鞭而已，有什么好玩的？"

"那条鞭子上头能开花，咱们海里头没这样的，我喜欢。"

聂季估摸着她就是图个新鲜好玩，摇摇头，起身出门去替她买藤鞭。灵犀听着他在廊上与莫姬商讨价钱，双目紧张地盯着门窗，期盼着墨珑能破开结界。过了好一会儿，聂季拿着藤鞭进来，除此之外毫无动静，灵犀失望非常。

"给你！"聂季往藤鞭丢给她，不甚满意道，"陆上的人真是精于算计，这么一条旧藤鞭，敢卖十二个金贝。贪心至此，可怜可叹。"

灵犀接过藤鞭，在手中细细摩挲，又想从中找出些许提示，可惜的是，什么都没找着。她百无聊赖地挥了几下，收在身边，复放下床幔，翻身睡觉。

夜渐深沉，东厢房中，莫姬望了一眼墨珑，后者点头，她遂捻诀念咒。

西厢房中，床幔之内，灵犀身旁的藤鞭开始无声无息地生长出枝叶，抽长绿茎，绽出粉嫩的小花，散出淡淡的清香……灵犀愣住，盯住藤鞭，想起在西山石壁泉的事情，顿时明白过来，禁不住咬唇一笑，暗自心道：果然是个好主意！

她悄悄将床幔撩开一条小缝，屋内一灯如豆，聂季斜靠在竹椅上，鼻息浅浅，已浅浅睡去。他设下结界，知晓灵犀没有灵力，无法冲开结界，故而并不甚担心。

缕缕暗香散出床幔，一丝一丝地盈满室内。在不知不觉的一呼一吸间，暗香通过聂季的鼻端，渗入体内，直达四肢百骸，让他睡得更香更甜。

约莫过了半个时辰,听得聂季鼾声渐起,不似作伪,估摸已经睡得深沉,灵犀这才从床上溜下来,蹑手蹑脚行至聂季身前,试着轻唤他两声,见聂季并未有回应,又试着轻推他,聂季鼾声转小,不过片刻工夫,复鼾声大作。

灵犀见状,心中大乐,从他怀中偷出揽月索,将他连同竹椅一块儿绑了个结实,然后才去开门。结界仍在,她试了又试,用蛮劲生拉硬拽也拉不开门。此时听见门外墨珑的声音:"你让开些!"

灵犀不明其意,但依言让开。只见木门上出现一个红点,似火似焰,很快向四周扩开,直至成为一个人能通过的大圈。红圈之内,再看不见结界的点点蓝光。

"出来吧。"墨珑的语气颇轻松。

灵犀一下子拉开门,笑盈盈望着墨珑等人:"多谢你们!"

"我的鞭子呢?"莫姬惦记着她的宝贝。

"在床上。"

结界被触动,聂季从沉沉昏睡中醒来,却发觉身子像被灌注铅水般沉重,连睁开眼皮都力不从心。

莫姬快步抢进房内,将长鞭复缠回腰际,回身之时,正看见聂季撑开沉重的眼皮,艰难地想要抬手抓住她。"你……你们……大胆……"他说道。

他话还未说完,随后进门的夏侯风随手从桌上取了个茶杯,径直塞入他口中,不满道:"大男人绑了人家小姑娘,还有脸骂我们。我若是你,就找个僻静地方死去,活着也是丢人现眼!"

聂季身不能动,口不能言,只能怒瞪着他。

"喂!你骂他做甚?"灵犀忙拦道。

墨珑双手抱胸,靠在门边摇头道:"真是小白眼狼,刚把你弄出来就倒戈了。"

"不是……反正你们不能欺负他。"灵犀本想取出聂季口中的茶杯,但见他瞪得凶,觉得他还是不说话来得好,复讪讪缩回手,朝聂季道,"你回去告诉姐姐,我不是贪玩,待办完事情,我马上就会回去!"

说罢,她复关上门,招呼众人:"快走快走!我们赶紧走!"她没有灵力,揽月索捆不住聂季,心里着实没底。

第十章

坦白身世

众人顶着沉沉夜色，离开了青阳都城。刚出城，就看见一抹白影从旁边蹿出来，带着一股凉气，吓得行在最前头的夏侯风一哆嗦。待看清来人，他才松了口气，伸手欲打："躲在这里装神弄鬼做什么？"

白曦缩头躲过，口中只说道："冤枉啊，冤枉啊……"

墨珑问道："你跟了我们一路，究竟所为何事？"

白曦解释道："那个姓聂的，我在长留城就曾经见过，找我打听灵犀姑娘的下落。我见他捉了灵犀姑娘，我自己又没本事与他计较，只得一路跟着，想着伺机把灵犀姑娘救出来。"

听他如此说，灵犀大为感动："多谢你这般仗义。"

墨珑闻言，轻扯嘴角，总算忍着什么都没说。

"赶紧走吧！"莫姬催促道，"方才他就已经转醒，我恐怕迷香制不住多久，哪里还有工夫在这里扯闲篇。"

"咱们往哪儿去？"灵犀担忧道，"他腾云术好得很，要追上来可容易。"

墨珑道："你只管跟着走就是了，用不着瞎操心。"

此前他们在客栈中便已商议定，从此地往东北方向半日行程，有三十里桃花林，常年弥漫着桃花瘴，如平地里浮着的一大片粉红云霞，远远望去，煞是好看。只是那瘴气颇厉害，吸入腹中，轻者病重者死，因此人畜都不敢靠近。

他们一行人星夜兼程，快至桃花林时，莫姬停下脚步，要他们且等等。自己孤身往桃花林中去了。

"她不怕瘴气吗？"白曦奇道。

夏侯风得意答道："她自然有常人及不上的本事，你可别小瞧了她。"

过不了多时，便见莫姬回来，采了一小兜小青果，皆是刚刚才长出形来的桃子。"还好赶得巧，若是再早些日子，桃子还未结出来，那可就没法子了。"她道，"要解桃花瘴的瘴气，这林中长出的桃子就是最好的解药。"

她将小青桃分发给众人，要他们先吃下去。灵犀因有鲛珠在身，自能解毒，不惧瘴气，因此用不着。

小青桃初初结成,一望便知定是又酸又涩,况且常年生长在毒瘴中,也不知有毒没毒。白曦与莫姬初初相识,不甚信任,拿在手中,颇为踌躇,左顾右盼瞧其他人。夏侯风吃得最快,整个桃丢入口中,随便嚼了两下,就囫囵吞下。墨珑如同吃寻常桃子一般,面上无甚表情,三口两口吃下去。东里长吃得最为细致,咬一小口,嚼上许久,再咬上一小口,再嚼上许久……

"味道怎么样?"白曦探头问东里长。

东里长伸缩脖子,把口中之物先咽下去,才慢条斯理道:"汁有点儿少。"

白曦迟疑地将小青桃放入口中,一下子便拧紧眉头:"这么酸!"

莫姬瞥他道:"嫌弃啊?那你吐出来。"

白曦连忙赔笑,加紧几口把小青桃吃下去。

莫姬"哼"了一声,未再搭理他,转过身对墨珑低声咕哝道:"也不知跟着我们做甚,莫名其妙。"

墨珑望了眼白曦,倒没为难他,只催促道:"快点儿,天快亮了。"

此时天际已隐隐泛白,灵犀忧心忡忡地望着天空,她估计这个时候聂季早已挣脱揽月索,迷香效力也快过去了。陡然间,一条青影冲出云层,朝地面直扑过来,鳞片撕破清晨的薄雾,烁烁闪光,正是聂季。

"他来……"

灵犀尚来不及把话说完,墨珑朝着桃林方向推了她一把:"快!"说罢,他背上东里长,众人一齐朝桃花林飞奔。

墨珑一面跑,一面不时回头望去。因是居高临下,有俯冲之势,且又是蛟龙之身,聂季要比他们快上许多,利爪如钩,眼看下一刻就能追上他们。

"我的妈呀!我的妈的妈的妈呀!"白曦声音打着战,脚下没命地跑。

见势不好,墨珑唤夏侯风:"小风!"

夏侯风会意,边跑边抽箭搭弓,骤然转身,弓如满月,三箭齐发,追星逐月般朝聂季而去。见利箭来势冷厉,聂季不得不刹住去势,晃头摆尾,避开一箭,击飞其余两箭,继续追来。

有此一缓,除了夏侯风,其余人都已进了桃花林。

聂季越发恼怒,发劲追来。

"小风!快啊!"莫姬回首,眼见聂季的利爪就在夏侯风背心不到两三尺处,心中大急。

耳后呼呼风声,夏侯风也知处境不妙,发足向前狂奔。

聂季猛扑,向夏侯风肩头抓去。说时迟,那时快,墨珑从桃花林中飞纵而出,双手疾扬,数枚石子激射而出,打向聂季的面门。

第十章 坦白身世

小小石子对于聂季来说，自然不足为惧，轻摆头颅，只避开眼睛柔软处，任由小石头触鳞自落。

知晓墨珑是为首之人，聂季放弃夏侯风，转而扑向墨珑。

利爪如一对雪亮银钩，狠狠抓下，墨珑举臂格挡——桃花林中，众人无不大惊失色。此时聂季显出蛟龙原身，身形比墨珑大上数十倍有余，那对龙爪坚实锐利，堪比神兵利器，墨珑以臂格挡无异于以卵击石，轻则手折骨裂，重则整条手臂都会被卸下。

"你别伤着他！"灵犀大喊着，冲出桃林，向墨珑奔来。

耳中虽听见她的呼叫，但爪锋已触上墨珑，聂季根本来不及收住，爪钩一下子镶入墨珑臂间，触感冰冷坚硬，一股彻骨寒意顺着爪锋迅速反噬。聂季大惊，不明对方是何路数，匆忙撤爪，复盘旋而上。

墨珑本也无意与他缠斗，反身便撤，正迎上奔过来的灵犀，拉着她一同跑回桃花林中。

见他们都逃入林中，聂季几次欲闯入桃花林，皆因瘴气所阻而复退回去。他刚刚在客栈吃过亏，对这等草木所生的迷香瘴气颇有忌惮，不敢莽撞闯入，摇首摆尾，捻诀念咒，平地里作起一阵疾风，欲将瘴气吹散。

一时间，桃花林边狂风大作，飞沙走石，摧花折木，动静大得吓人。众人往桃花林深处又奔了好一会儿才停下来歇口气，回首望去——好在，桃花林的瘴气由地下经年腐败花叶所生，绵绵不断，便是疾风骤雨也没有用。聂季作法所刮的大风，终是没有用。

知晓无碍，白曦几乎是一下子瘫倒在地，喃喃道："我的妈呀！我还是头一回见着这么大的蛟龙，可真够吓人的！"

其他人虽不像他这般夸张，但也皆心有余悸，倒也无人笑话他。

"方才没伤着吧？"东里长关切地问墨珑。

墨珑摇头，若有所思地摸了下左臂。方才聂季所触到的正是藏在袖中的龙牙刃，说来也奇，此刀似有灵性，护主之心颇重，遇袭那瞬间寒意暴涨，直逼对手。想来聂季是被它骇住，故而退开。

见他外袍被划了几道口子，灵犀颇为歉疚，她只道聂季是听了自己那声呼喝才收手："他若是真伤着你了，等我回去，定让姐姐好好罚他。"

墨珑瞥了灵犀一眼，没好气地说道："他若卸我一条胳膊，你也能卸他一条胳膊？"

灵犀语塞。

墨珑越发没好气："所以，这种漂亮话就别说了……"

灵犀突然说道："我卸自己一条胳膊赔你。"

墨珑愣住，转而冷冷一哼："他伤了我，倒要你来替他赔不是，还真是情深意重。"

不懂自己哪里得罪了他，怎的那么大火气，灵犀只得讪讪不语。

东里长道："你姐姐是谁？现下可以和我们说实话了吧。"

顿时，周遭众人的目光全部投到灵犀身上。

灵犀愣住，咬咬嘴唇，仍是迟疑。

墨珑道："怎的？我们舍命救了你出来，你却还是信不过我们？既是如此，那就罢了，原是我等多事。"

"不是，不是！"灵犀忙解释道，"不是信不过你们，只是我……我告诉你们就是了。我姐姐便是东海水府的大公主清樾。"

"亲姐姐？"东里长追问道。

灵犀点头。

东里长捻须，慢吞吞道："但据在下所知，清樾大公主只有一弟，名唤灵均，并不曾听说她有妹妹。"

灵犀神情更加郁闷："灵均是我哥哥，至于我……我自出生起便没有灵力，玉匮上也显不出我的名字，所以姐姐一直将我藏于水府之中，除了龙族中的亲近之人，外间其他人都不知晓。"

夏侯风低声问莫姬道："玉匮是什么？"

莫姬也不懂，摇摇头。

墨珑道："玉匮就是龙族的族谱，四海龙族中人，出生之后，祭祀天地，取龙血滴到玉匮之上，玉匮上便会显出其名。所以你的名字……"他看向灵犀。

灵犀闷闷道："'灵犀'二字是姐姐替我取的，和他们不一样。"

"为何要把你藏起来？岂非气闷得很？"夏侯风打小便满山疯跑，父母对他管束甚少，对此十分不解。

"龙是五大灵兽之一，我却连灵力都没有，可能她觉得有损东海颜面。"灵犀怏怏不乐，"当初你们听说我没有灵力的时候，不也瞧不起我吗？"

"……哪有，只是有点儿……稍微有点儿惊讶。"夏侯风掩饰道，"不不不，是奇怪而已。"

墨珑皱眉道："你自出生起便没有灵力，会不会是被人动过手脚，封印了你的灵力？"他身世坎坷，想的要比旁人更多。

灵犀垂头道："我也不知。"

莫姬想起前事，疑惑道："这么说，你要找的哥哥就是灵均？东海二太子？"

在旁沉默了良久的东里长突然沉声道："灵犀姑娘，不对，灵均不可能是你哥哥。"

众人皆是一怔，墨珑望向灵犀，眼神复杂。东里长不仅年长且博学，六合八荒之内，所知甚多，他既然说灵犀是在撒谎，就应该不会有错。

灵犀愣了愣，说道："我没撒谎！你们不信便罢……我……我也犯不着来骗你们。"

"姑娘莫急，且听我说的对不对。"东里长语带哀伤慢悠悠地道，"一千二百年前，东海定海神柱崩裂，海水将倾，危难时刻，东海君上与君后二人以身相殉，以龙身嵌入柱体，修补裂纹，挽救苍生。"

听到此处，灵犀目中有泪，并未出言反驳。墨珑以前曾经听闻过此事，虽非同族，但深以为敬，当下静默无语。

"那时节，君后腹中已有了孩子，虽未足月，但她不忍孩儿陨命，临死前剥下龙胎，养在巨蚌之中。因无母亲精血养护，这孩子足足过了二百余年才从蚌中出来，这便是东海二太子灵均。"东里长道。

夏侯风听得直咋舌："原来东海太子竟然是从蚌中出来的，我的乖乖，还真是什么奇事都有。"莫姬踩了他一脚，示意他噤声。

"灵犀姑娘，我说得可对？"东里长问灵犀。墨珑亦看向灵犀，想知她如何作答。

灵犀毫不迟疑，点头道："对。"

东里长道："既然对，灵均太子已然是遗腹子，姑娘说他是你的亲哥哥，岂不是自相矛盾？"

灵犀道："我和哥哥是一卵双胞，你只知我哥哥在蚌中过了二百余年才出世，但你可知，我在蚌中足足待了将近千年。"

此言一出，众人皆惊，以东里长为甚。

"一卵双胞？"东里长使劲捻须，来回踱了好几趟，口中喃喃道，"如此……如此便说得通了，好些事儿都说得通了。"

"在蚌中待了将近千年……"墨珑望了眼灵犀，转而朝东里长道，"老爷子，丢人丢大了！还五足之龟呢，你还不赶紧向人赔不是。"

东里长如大梦初醒，连忙向灵犀道："是我老糊涂了，竟然没想到一卵双胞这层，见谅，见谅啊！"

灵犀是个不记仇的性子，见他赔礼，当下便释怀道："这些事儿原本就不外传，你不知晓也是应该的。"

白曦在旁，不失时机地夸赞道："如此说来，灵犀姑娘便是东海三公主。难怪我头一遭见她时，就觉得她气质高贵，品貌非凡，绝非池中之物……"

"咳咳咳……"墨珑连咳数声,朝白曦使了个眼色。可惜已然来不及,东里长面色不愉,绿豆小眼一翻:"池中之物?"

"……误会误会。"白曦方意识到失言,连忙赔笑。

此时旭日东升,桃花林中瘴气升腾,毒性更甚于夜间。众人之中,除了有鲛珠护身的灵犀,要数白曦内息最弱。禁不住一阵阵头昏眼花,他忙连摘了几个小青桃吃下,酸涩难吃也顾不得了,保命要紧。

"这片桃花林绵延三十里,我们这是要往哪里走?东南西北得分清楚了,可别迷了路。"白曦惦记着赶紧出了这片林子才好,着实不愿顿顿吃青桃。

灵犀记起要紧事,复掏出鲛珠,递到莫姬面前:"鲛珠给你,你告诉我那衣袖的主人是谁,好不好?"

那枚光华流转的鲛珠再次出现在莫姬面前,她心中知晓,得到它,埋到花根下面,不仅可以祛除她宿年沉疴,还能功力大增。

"你……当真愿意给我?"莫姬道,"我把话说在前头,此前我之所以不愿告诉你,是因为即便你知晓她是谁也没有用,你根本见不到她。"

莫姬虽然一直不待见自己,却是个磊落之人。灵犀拉过她的手,诚心实意将鲛珠放到手中:"你只要告诉我就行,剩下的事情我会自己想法子。"

鲛珠在手,莫姬踌躇片刻,方道:"那方衣袖上的流云纹,所用丝线由三股细丝绞成,分别为青荆丝、斑竹丝和碧梧丝,六合八荒之内,我所知晓用这种丝线的,只有一个人。"

"谁?"灵犀追问道。

东里长骤然明白过来,倒吸一口冷气:"是她?"

灵犀急道:"到底是谁?"

墨珑也已猜到,面沉如水,正欲开口阻止莫姬,却已来不及。

"青鸟澜南。"莫姬说道。

灵犀怔了一瞬:"这名字我曾听过……对了,青鸟,是西王母驾下的三青鸟。她是哪一只?"

"最小的那只。"东里长道,"相传青鸟澜南温柔可人,心地更是极为善良,不伤蝼蚁,还曾为一凡人千里传信。"

"说不定她救了我哥!"灵犀精神大振,左转右转,欲辨明方向,"西王母住在昆仑山,昆仑山是在西面,从这里……"

墨珑随手就在她脑袋上敲出一记,打断道:"你在海里头待傻了,西王母在上古时代就已登瑶池仙境,三青鸟虽说留在凡界,但也早就不在昆仑山了。"

灵犀抚头,恼怒地看向他:"那她在哪里?"

"反正在你见不着的地方。"墨珑不甚情愿让她知晓。

灵犀哪里肯放弃,追问莫姬:"她在哪里?"

墨珑盯住莫姬,警示性地摇摇头,莫姬手里尚握着鲛珠,颇犯难道:"她既然已经知晓是青鸟,便是我们不告诉她,等出了这片林子,她找人一问就能知晓青鸟在何处。"

"很多人都知晓吗?"灵犀欢喜地问道,转向夏侯风、白曦等人,"你们也都知晓?"

白曦忙道:"在下不才,但也曾略闻一二,她……"话未说完,他便被墨珑一把推开。

"你过来,我告诉你。"墨珑把灵犀拉到一旁。

灵犀不甚情愿,瞪着他:"你不会骗我吧?"

"我何时骗过……"话说一半,墨珑意识到确实骗过她不止一次,转而皱眉道,"好,我不说!我倒想看看还有谁敢告诉你。"

"他们……"灵犀转头,看见白曦分外专心地拨弄桃叶,一副要给桃树防虫治病的架势;莫姬和夏侯风背转过身,低低私语;东里长慈祥地抱着小肉球,正喂它吃青桃,后者"咔嚓咔嚓"几口把一个青桃连带桃核一起咬碎吞了下去,惊得东里长连忙撒手,生怕被它咬着手指头。

见众人全然一副事不关己的模样,灵犀只得复转回头,无奈道:"还是你说吧,不许骗我啊!"

"我现下又不想说了。"墨珑存心捉弄她。

灵犀不经逗,立即急得直跳脚,恼怒地瞪着他。

墨珑摘了两个青桃递过去,慢条斯理地说道:"把它们吃了,吃完了我就告诉你。鲛珠已经不在你身上,再不吃桃,我怕我说一半你就人事不省了。"

灵犀接过青桃,道:"我边吃,你边说。"

墨珑瞥了她一眼,暗叹口气,这才道:"西王母驾下三青鸟,分别为大鵷羽阙、小鵷玄飔和青鸟澜南。自西王母登瑶池仙境之后,三青鸟留在凡间,似生了些变故。大鵷羽阙不知所踪,玄飔居于天镜山庄中,澜南据说也在天镜山庄,但从来没有人见过她。"

"天镜山庄?远吗?"

"你且等等,我还未说完……"墨珑眯眼看她,"你不知晓天镜山庄,那么可知晓玄飔此人?"

灵犀摇头:"他名头很响吗?"

"你去过象庭,觉得季归子如何?"

"嚣张跋扈，目中无人，反正看着就不像个好人。"

"季归子是长留城少主，也算是高高在上了，但他到了玄飓的天镜山庄，连二道门都进不去。"墨珑道，"玄飓自上古时代便追随西王母驾下，北遏洪涛，南疗瘟疫，是功劳卓著的上古灵禽。他家中门槛之高，就是你姐姐顶着东海的名头前去拜访，他都未必会亲自露面。"

灵犀啃完一个桃，接着吃另一个，不以为然道："我又不要见玄飓，我要见的是澜南。"

"见不到玄飓，你就见不到澜南。"墨珑顿了一下，"其实，即便见到玄飓，你也见不到澜南。这么多年，传说澜南就在天镜山庄，但想见她的人，都被玄飓挡了，根本没人见过她。"

"只要她在天镜山庄里头，我总能找着她。"灵犀自信满满，"别人见不着，未必我就见不着。"

"你以为天镜山庄和长留城一样，城门大开，你想进就能进？想随便怎么逛就怎么逛？"墨珑和她讲不明白道理，懒得再搭理她，"……老爷子，这丫头忒愁人了，你管管！"

东里长抱着肉球，慢吞吞行过来，劝灵犀道："不是我们想吓唬你，天镜山庄不仅门槛高，玄飓此人脾气也古怪得很，喜怒无常，难以捉摸。远的不说，说件近的，他曾耗费重金在天镜山庄内修建鉴园，依山依水，冷绿万顷，长廊曲桥，轩亭静远，有观者道蓬莱阆苑也不过如此。"

"你怎么了？"夏侯风突然发觉莫姬的神情异常，扶着树干的手指指节白得吓人。

莫姬飞快转开脸，淡淡应道："没什么。"

东里长继续道："可三百年前，玄飓不知因何事恼怒，竟烧掉了整座园子，那火光映在雪山上，三天三夜方熄。园内飞禽走兽不提，又有各色奇花异草，就这么一场大火，化为一片焦土。"

灵犀吃惊问道："死了好多人吗？"

东里长摇头道："这就不知晓了，山庄里头无论家仆还是婢女，规矩严明，从不敢对外人乱嚼舌根。"

莫姬面色越发苍白，身子不由自主地打了个冷战。夏侯风知她是草木之人，听了这种事不免难过，想安慰她，笨口拙舌地又不知该说什么。

在旁听了好一会儿，白曦终于找着空隙插嘴道："天镜山庄我也略知一二，我有朋友去过。据说里头阴森森的，一进去就让人从脚底冒凉气；他还见过玄飓，两丈多高，黑乎乎的，双目像通红的火炭，一顿就吃掉一头牛，生吃……"

连茶馆说书的都比他说得实在，墨珑有点儿听不下去，但指望着能吓唬住灵犀，还是耐着性子没打断他。

对于山庄什么模样、玄飓什么模样，灵犀全然没兴趣，只追问道："你朋友去过，怎么进去的？"

白曦噎住："……怎么进去的？"

"嗯？怎么才能进天镜山庄？"

"应该去山庄做客吧，他也没细说。"白曦敷衍道。

墨珑双手抱胸，斜靠桃树，讥讽道："能让玄飓相邀，真是好大的脸面。"

白曦讪笑。

灵犀没听出他话中的嘲弄之意，皱着眉头自言自语道："玄飓肯定不会请我……"

墨珑赞许地点头："很有自知之明。"

"那我只能偷偷混进去了。"她又道。

今日方明白何谓怒其不争哀其不幸，墨珑很想发火："你这丫头怎么就说不明白呢？合着这么多话，我们都白说了。"

灵犀道："没有白说，我都听明白了。天镜山庄戒备森严，玄飓又不是善茬，所以我要仔细想想怎么才能偷偷混进去。"

墨珑将身子欺近她，放柔声音，问道："这么多株桃树，你看见没有？"

灵犀莫名其妙地点头："看见了。"

"你挑一株粗点儿的。"

"干吗？"

墨珑这才恼火道："我把你直接撞晕过去还干脆些，省得白费唇舌。"

"珑哥好像是真发火了……"夏侯风朝莫姬低语道。他跟墨珑在一块儿也有七八十年了，甚少见他真动气，眼下这模样似是真恼了。莫姬心事重重，并不曾留意墨珑，自顾怔怔出神。

这厢，灵犀瞪着墨珑："你觉得我进不去？"

墨珑"哼"了一声："你的脑子里，除了硬闯，还能想出别的招吗？"

灵犀语塞，竟无言以对，过了半晌看向他："你有没有好主意？能不能帮我？"

话音刚落，东里长突然爆发出一连串咳嗽，扶着树，弯着腰，咳得惊天动地，让人担心连肺都要咳出来了。小肉球都被他咳得滚到地上去了。

"你没事吧？"灵犀关切道。

东里长脸咳得通红，话都说不出来，连连摆手，双目却只紧紧盯着墨珑。

"小风，还不给老爷子递点儿水喝。"对于如此明显的暗示，墨珑心知肚明，向灵犀慢吞吞道，"天镜山庄与象庭不同，我可进不去。"

"你那么聪明,帮我想个法子吧?"灵犀强调道,"我有钱!"说着,她伸手就去摸钱袋,忽怔了怔,猛地低头看去,原本系钱袋的腰间空空如也。她这才想起来,此前她将钱袋交给聂季,出客栈时却忘了拿回来了。

墨珑顺着她的目光望去,愉悦地调侃道:"没钱了?"

灵犀分外沮丧,没了银两做酬劳,墨珑等人是不会再帮自己了,看来是真的没法子了。

东里长暗松口气,出言劝道:"灵犀姑娘,我们肯定是帮不了你,但大家相识一场,说什么也得劝你几句。天镜山庄去不得,你若陷在里头,那可就是天大的麻烦事儿。玄飓是上古灵禽,地位尊崇,你姐姐来了都不一定能替你解围脱困。"

久久未曾说话的莫姬,低低开口道:"那种地方不是你能去的,别自寻死路。"

夏侯风在旁帮腔:"就是就是,你还是别去了。"

眼看众人都出言相劝,白曦自是不甘人后,连忙道:"俗话说,刀疮药虽好,不割为妙,姑娘你本事虽好,也莫犯险为妙……"

"诸位的好意我心领了。"灵犀抿抿嘴唇,意志坚定,"关于我哥哥的线索只有这么点儿,我必须找着澜南问个清楚,到底伤了我哥哥的人是谁?这些时日,多谢各位相助,在下感激不尽……将来如有机会,咱们江湖再见,就此告辞!"

她从地上拎起小肉球,抱在怀中,朝众人拱拱手,转身离去。

"这就走了?"白曦有点儿蒙,想不明白她一个小姑娘怎么敢孤身一人去闯天镜山庄。

夏侯风有点儿不落忍,看向墨珑:"珑哥?"东里长立时盯了他一眼。

墨珑不动,微垂着头,静默不语,从眼角的余光他能看见灵犀纤细的背影,渐渐淡去……她又快步折回来了!他抬起头望向她,还未说上一句话,便听见灵犀急急询问道:"天镜山庄在哪个方向?"

白曦在旁好意答道:"在北面。"

"哦,谢谢。"

灵犀辨了辨方向,转身再次匆匆离去。

那一瞬间,墨珑很想骂人,他从来就没见过这么不靠谱的人,什么都不懂,虽说是条龙,却连灵力都没有,这样还敢去闯天镜山庄,也不怕被人剁成十七八块扔出来。

"初生牛犊不怕虎呀。"看着灵犀的身影消失在桃林深处,东里长叹了口气,拍拍墨珑肩膀,不知是在安慰自己还是安慰他,"她还是年纪小不懂事,吃点儿苦头就长进了。"

夏侯风迟疑地问道:"咱们真的不管她?万一她……"

东里长打断他:"不是咱们不想帮她,这事是真的帮不了。玄飓是何等人物,就凭咱们这点儿能耐,他动动手指也能捏死一个。"话刚说完,他自己突然愣住,脸色变了变。

"怎么了,老爷子?"夏侯风诧异地追问道。墨珑也看向东里长。

不愿再让墨珑心思烦乱,东里长强自一笑,掩饰道:"没什么,就是觉得玄飓深不可测。"

墨珑却未被他糊弄过去,只因东里长所想之事,他也立时想到了:"你是觉得,在鹿蹄山中伤了灵犀哥哥的人,就是玄飓?"

见他已想到,东里长叹了口气,算是默认了。

听他俩如此说,白曦也越发觉得颇有可能,分析道:"灵犀他哥哥好歹是东海真龙,能耐不会在聂季之下,与人相斗如此惨败,甚至被取了逆鳞,而后又无声无息地消失了。玄飓确实有这个能耐。"

"可是,他和东海什么仇什么怨?要下这般重手?"夏侯风不解。

"这谁知晓呢,玄飓行事向来是任性妄为。"东里长不愿再讨论此事,招呼众人,"走吧走吧,这桃花林中气闷得很,先出桃林,长留城暂时是回不去,咱们也该再寻个好去处了。"

"去哪儿?"莫姬问道,又转头瞥了一眼白曦,"你,难不成打算一直跟着我们?"

因觉得他们不比寻常人,颇有些闯荡的能耐,白曦确是想和他们一道,但听出她语气嫌弃,其他人也没有相邀之意,当下只得讪讪道:"……不是,等出了这片桃林,我自有地方去。"

夏侯风问东里长:"咱们去哪里?"

东里长思量片刻道:"就去姑射国吧,我在那边的原家还存着些银两,咱们去那里,置房置地也方便。"

"存了多少?"莫姬好奇地问道。

"小孩子家家,别问那么多。"东里长辨了辨方向,迈腿朝东面走去,口中不忘催促他们,"快点儿,早点儿出了这片桃林。"

"一谈到银两,每次都这样!老爷子,我觉得咱们应该账目公开……"夏侯风追着东里长喋喋不休。莫姬摇摇头,缓步跟上。

白曦本待抬脚,却见墨珑仍靠着树低头不语,似在沉思。

"喂,走了。"他轻推了墨珑一下,好意提醒道。

墨珑抬头,没理会他,偏头望向北面的桃林深处,目光郁郁。

白曦不得不再次提醒他,指向东面:"不是那边,是这边。"

墨珑想起方才也是他给灵犀指的方向，狠狠瞪了他一眼，什么都没说，疾转了身，快步行去。

"喂，等等我……"白曦有点儿蒙，连忙追上去。

桃花林外，聂季急得就像热锅上的蚂蚁一般。他显出蛟龙原身，在桃花林上空盘旋良久，想看清灵犀他们往何处去了，可是瘴气腾腾如同重重迷雾，压根儿就看不清桃林中的情景。

虽然他已尽量小心，但还是吸入了些许瘴气，头晕目眩阵阵袭来，勉力撑了好一会儿，不得不寻了条溪水，一头扎进去，静静伏在溪底，凭清凉的流水冲刷全身，调整气息。

溪中的小鱼、小虾、螺蛳等，见蛟龙天降，惊得四下乱窜，过了半响，见蛟龙一动不动，又壮着胆子上去轻轻触碰。

压根儿没心思理会鱼虾，聂季自己一肚子闷气。他好不容易找着灵犀，竟然又让她给逃了！想来自己确是大意，未料到那些人竟会帮着灵犀出逃。他咬牙切齿地回想墨珑那行人的形容相貌，利爪一动，掀动溪底的鹅卵石。其中一块鹅卵石正碰在龙爪伤处，疼得他缩了一下，忙举爪细看——龙爪上赫然有道伤痕，溪水在其上薄薄地结了一层冰。

他立时回想起在抓墨珑胳膊时，触感冰冷坚硬，且有一股彻骨寒意顺着爪锋迅速反噬，逼得自己不得不迅速撤爪。如此看来，此人深不可测，灵犀涉世未深，与这些人在一块儿只怕要吃亏。

聂季越想越觉得此事实在不妥，顾不得瘴气尚未完全退去，跃出水面，腾上半空，甩着龙尾，任凭水滴"哗啦啦"往下落。他一路往长留城赶去，急着找聂仲商量对策。

"我说，你怎么走得比我这个老头子还慢？"

东里长转过头来，看向落在队末的墨珑。

墨珑丝毫没有加快脚步的意思，懒懒解释道："昨夜里不是没睡好吗，身上没劲儿。"

夏侯风折回他身边，诧异地关切道："珑哥，年初时咱们五天五夜不睡觉你都跟没事人儿似的，怎的现下这么虚？你这身子骨可大不如前了！"

墨珑看向他，缓缓道："滚！"

夏侯风麻溜地滚回莫姬身边。

白曦自认为很善解人意："你是在想灵犀姑娘吧？"

墨珑白了他一眼。

"其实这姑娘也没什么不好，就是脑筋忒直，都不带拐弯的，加上胆子还忒肥。连个引见的人都没有，她居然敢去天镜山庄。"白曦啧啧道，"说真的，我觉得她能不能走出这片桃花林都成问题，说不定已经转晕了。"

后半句话，他原是调侃一下，当个笑话说，可话语出口之后，没人笑，连他也笑不出来。

众人心中隐隐意识到，越往桃林深处走，瘴气越发浓重，让人辨不清方向，灵犀确实有可能迷路。

夏侯风踌躇片刻，开口道："要不，咱们回去找她，送她出了这片桃花林？"

"不行！"莫姬断然否决，"既然已经分道扬镳，没必要拖泥带水。你觉得她在桃林会迷路，你就要送她出桃林；等出了桃林，你又会觉得天镜山庄太危险，你就要再帮着她去天镜山庄？"

"……没有，我几时说过这话？"夏侯风连忙道。

莫姬冷冷道："你虽未说，可心里就是这么想的。"

"行了！"墨珑沉声喝止他二人，"莫姬，你别忘了，若不是你想要鲛珠，我们与灵犀早就没瓜葛了，她也不会进这片桃花林。"

莫姬语塞片刻，倔强地昂昂头："我和她是各取所需，我可没逼她。"

夏侯风捅捅东里长，示意他说句话劝劝莫姬，东里长低首垂眸，仿若置身事外，不肯置一言。他只好好言朝莫姬道："桃花林既是咱们带她进来的，她若迷路，出了事，岂不成咱们害了她。"

"她在这里出事，也好过进天镜山庄再出事。"莫姬冷口冷面道，"死在这里，总比死在天镜山庄好。"

夏侯风皱紧眉头："你……你心肠怎的这么硬？"

他自与莫姬相识以来，一直倾心爱慕，虽算不上百依百顺，但也是百般温柔，何曾对她出过重口，更不消说这般明明白白的责备。

心中一紧，莫姬咬咬嘴唇，抬眼望他："是，我本就是心如铁石之人，你今日才识得我吗？"

"你……"

夏侯风欲再说话，却被东里长拉住："她有她的苦衷，你别逼她了。"

"她究竟有什么苦衷？"

东里长叹了口气，望向莫姬："因为她，就是好不容易从天镜山庄逃出来的。"

"啊！"

莫说夏侯风，连墨珑、白曦也吃了一惊。

最吃惊的却是莫姬："老爷子，你……你怎么知晓？"

东里长道："你虽然只字不提，但你我相处十数年，总有蛛丝马迹露出。莫忘了我可是五足之龟。"

"你没告诉他们？"莫姬问道。

东里长摇头道："每个人都有些不想说的事情，我也不是多嘴的人。"

墨珑略一沉思："和天镜山庄三百年前那场大火有关？"

"若我没猜错的话，莫姬就是那时候逃出天镜山庄的，而且根脉受损，所以她常常需要收灵气来辅助修行。"东里长看向莫姬，"对吧？"

莫姬缓缓点了点头。

没料到莫姬还会收灵气，白曦初次知晓此事，骇了一跳，不做痕迹地挪了几步，尽量离她远些。

"到底是怎么回事？"夏侯风急道，"你是从天镜山庄逃出来的？是有人要害你吗？是玄飓？"

东里长道："其实我也很想知道，那场大火如此凶猛，你是怎么逃出来的？"

莫姬眼中有泪，她深吸了好几口气，让自己镇定下来，才轻声道："是我姐姐，她拼尽了最后的真元，将我送了出来。"

"你姐姐？你还有姐姐？"夏侯风惊讶道，他从未听莫姬提及家人，倒是他自己常常爹爹娘亲哥哥姐姐的不离口。

"我姐姐是芥园中的一株桂花树，虽说与我姐妹相称，但其实她比我要大许多许多。西王母还未登瑶池之上，她便是昆仑山中的一株小桂花树，是澜南将她移到了天镜山庄。"

东里长叹道："我听说过，芥园中最为有名就是这株桂花树，据说从西王母花园中移植而来，干粗如斗，枝叶溟蒙，樾荫亩许。花开之时，盈盈暗香，数里之外可闻。取其花，或入药，或入菜，或酿酒，都是上上佳品。算起来，她已有上万年的修为，那场大火，连她，也没逃过？"

莫姬泫然欲泣地摇着头："以我姐姐的修为，凡火根本奈何不了她，可那火一烧起来，任凭她怎么挡都挡不住。"

"难道是天火？"东里长意识到什么，悚然而惊。

"我不知晓。"当年那一幕幕草木在火舌吞吐中枯萎焦黑的画面在莫姬脑中清晰如昨，她的身体不由自主地蜷缩起来，"姐姐的花全都枯了，叶子蜷起来。火舌时黑时红，我攀在姐姐身上，疼得很，半截身子都烧焦了……"

夏侯风心中不忍，伸臂搂住她。而在不知不觉间，日光似清冷了许多，整片桃花林无端透着一股寒意，修为最弱的白曦打了个冷战。

"除了地上的火,地下也有火,若非姐姐护着我的根须,我肯定是活不成了。火越烧越烈,周遭都是'噼里啪啦'的声响。"莫姬深吸口气,接着道,"姐姐让我忍着些疼,从根处折断,她用尽真元,挪动根茎,将我的半截身子密密匝匝地包裹起来,推入河中。河中也有火,姐姐包裹住我的根茎被烧得焦黑,一层层剥落,我一直被冲到闸门旁。那闸门原本有结界,我是出不去的,我知晓左右都是死,便狠命撞过去,没想到结界遇火之后,比寻常弱了许多,竟然让我撞了出去。我这才逃出生天。可我姐姐和园中其他姐妹……"

忽有一阵风过,吹得树上叶子沙沙作响,诡异般如泣如诉,墨珑察觉到些许不对劲,抬首警惕地环视周遭,却并未发现其他人影。

"你姐姐修为这么深,能助你逃出来,为何她自己不逃?"白曦不解。

东里长却明白:"她在芥园多年,根茎早已深植入地下百十里,如何走得了?"

夏侯风问道:"除了你,还有没有别人也逃出来了?"

莫姬摇摇头:"我不知晓,我撞出结界之后便晕了过去,顺着河水一直被冲到一处浅滩,费力扎根,养了好几年,用藤条捕捉了好些小兽,收其灵气,才慢慢恢复过来。"

白曦的目光顿时有点儿异样,欲言又止,终于还是忍不住道:"此举有违天道,姑娘难道不知?"

莫姬缓缓抬头,目光狠绝:"我怎会不知,可你告诉我,何为天道?我根脉受损,不收灵气,根本活不下去。难道让我认命等死不成?我姐姐上万年与世无争地修行,最后却被活活烧死,这难道是天道?"

第十一章
决意相助

桃花林中，风声忽转冷厉，树上叶子被刮得扑扑而落……众人吃惊，四下张望，仍是毫无发现。

白曦胆子最小，躲在树后，提心吊胆地问道："会不会是聂季追进来了？还是这林中藏有异兽？"

墨珑向夏侯风使了个眼色："小风。"

夏侯风会意，松开莫姬，退开一步，眨眼工夫便已取下背上的铜弓，挽弓搭箭，瞄准那股越卷越急的风……那股风卷了无数落叶在其内，看上去青翠欲滴，仿佛一条绿龙在林中穿梭。

白曦原本躲在树后，双手扶着树身，陡然间像是受到什么惊吓，跃开数尺，惊慌失措地指着那株树："它……它在说话！"

众人并未听见任何声音，狐疑地看向白曦。白曦点头如捣蒜："真的真的真的，我没骗你们，它刚才真的在说话！"

墨珑试探着将手贴上树身，果然有个声音传入脑中，似挣扎，似呻吟，声音断断续续，磕磕绊绊。林间的那股绿风随着这个声调蹿上蹿下，忽高忽低，俨然便是言者急切而焦灼的心境。

林中的每一株树都在疯狂地摇动着枝叶，幅度之大，让人觉得下一刻整株树都会拔地而起，不禁心惊肉跳。墨珑本能地护住东里长；夏侯风伸长胳膊将莫姬挡个严实；白曦眼看没人疼，自己攥紧拳头，紧挨着墨珑。

风越发猛烈，几乎将所有的落叶都卷起，分成数股，在他们周遭疯狂地呼啸，翻腾交错……

"快跑吧！"白曦尽力朝众人喊道，"这林子成精了！"

说得容易，风势猛烈，夹杂着的落叶锋利如刀片一般，他刚迈出一条腿，衣袍便被飞叶划出数道口子。

整片林子成精，这倒是从未遇见过，墨珑本能地将手伸向背后去拿银铩，摸了个空，才想起已将银铩给了灵犀。东里长能感觉到他的紧张，宽言道："不必太过紧张，从眼下看来，他并无害人之意。"

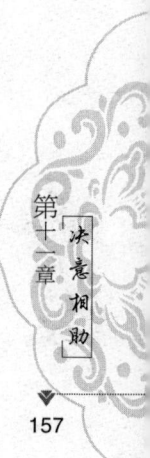

身为草木之人的莫姬，比他们更能感知到桃花林，她轻轻拨开夏侯风的胳膊："他没有恶意，他只是在伤心……很伤心。"

"伤心？"夏侯风莫名其妙且匪夷所思，"摆这么大阵仗是伤心？"

正在此时，被风卷起的落叶纠葛到一起，急剧旋转，内中有光芒闪耀，片刻之后，风骤停，叶子纷纷落下，一位眉目清秀面色苍白的中年书生出现在他们面前。

这书生径直看向莫姬，语气微颤："你方才说，你姐姐是昆仑山上的桂花树？"

莫姬点点头。

"芥园大火，她死了？"他接着问。

莫姬只得又点点头："你认得她？"

"昆仑山上，我与她一起破土而出，一起吸风饮露，一起沐浴日月精华。"书生步履蹒跚，神情中满是痛楚，"澜南带走了她，一别经年，我想她枝繁叶茂，想她华盖满庭，却想不到她已……"

想不到他也是从昆仑山而来，且与姐姐青梅竹马，难怪这般伤心。莫姬欲出言相劝，却又不知该说什么，再看他已是泪眼婆娑。

"你既是在昆仑山，怎么又会到了此地？"墨珑忍不住问道，"这片桃花林都是你……"

"当年娘娘升天，三青鸟奉命留在凡界，娘娘许他们可以带走昆仑一草或一木。澜南喜桂子花香，带走了她；玄飓喜杏花，挖走了廊下的杏树；羽阙不知为何挑了我，将我种在此地。"听起来书生也甚是困惑，"他命我只管开枝散叶，绵延开来，待桃之夭夭，灼灼其华，他自会回来。可我一直也未等到他。"

"羽阙？"墨珑看向东里长，据他所知，这片桃林至少已有数千年，若按书生之言，只怕他已在此上万年了。

东里长摇摇头，示意他也不知。

莫姬试探着问道："是羽阙将你种在此地？是何时的事情？"

"花开花谢多少回……我已不记得了……"书生怅然摇头，"日升月沉，秋尽冬来，每一日像是都一样，对我而言，并无分别。"

他这句话莫姬倒是深有体会，未修人身之前，以草木之身，对于岁月确是没有太多记忆，时间就像静静流淌过的河水，悄无声息。

"娘娘升天，距今有多少年了？"书生反而来问他们。

莫姬愣了愣，望了望旁人，不知该如何作答。倒是白曦掐指算了算，殷勤开口道："有一万三千年多年了。"

"这么久了……"书生呆愣着，怅然而失落的神情叫人看了不忍心，"羽阙怎么不来？他在哪里，你可知晓？"他看向莫姬。

莫姬艰难地答道："传说早在很多年前，他就已经死了。我没见过他，只是听桂花姐姐提起过。"

闻言，书生一动不动，仿佛整个人凝固了，整片桃花林也随他陷入死一般的寂静中。过了良久，他才轻轻道："如此说来，我就不必再等了。"

无人接话，也没人知晓该怎么接话，上万年的寂寞等候，岂是任何言语能够宽慰得了的。而"不必再等"这句话，众人一时也不甚明白。

书生望向莫姬，温和招手道："你过来。"

莫姬不明其意，正欲迈步上前，被夏侯风拦住。他生怕书生对她不利，冲她摇摇头，示意她莫要上前。

"放心吧，她是她拼命要保护的妹妹，我又怎会伤她呢？"书生淡淡笑道。

夏侯风仍在迟疑，莫姬却无端对书生心生亲近，便拨开夏侯风，走到书生面前。

书生伸出手，以一指轻轻点到莫姬眉心处，脉脉暖意从他的指尖注入……待明白他在做什么，莫姬一惊，正想挣开，却被他制止："别动！"

"喂！你做甚……"夏侯风欲上前阻拦，却被墨珑牢牢抓住。

"他正在用自身灵气为莫姬疗伤。"墨珑低低解释道。

夏侯风一惊，愣愣地看着书生与莫姬。

莫约过了半盏茶工夫，书生才缓缓缩回手指，对莫姬道："你的伤已无大碍，以后不要再做夺人灵气这等事情，她若知晓，也会怪你的。"

眼看他面容明显憔悴，莫姬又是愧疚又是感激："……多谢。"

"不必谢我，我不是为了你，只是为了她。"书生不看她，仰头随手摘下一枚青桃，放在掌心中，细细摩挲，"你同我说说她的事儿，好不好？"

想来他对姐姐甚是思念，莫姬自然不会拒绝，当下便细细地讲述起在芥园中的往事，这些埋藏在心底多年的往事，莫说白曦，便是夏侯风、墨珑和东里长都没有听过。

她说着，仿佛又回到年幼时无忧无虑的时光，日头晒得暖洋洋，靠在姐姐身上，与虫儿笑笑闹闹……

他听着，唇角含笑，仿佛岁月静好，仿佛他一直不曾离开过那株暗香盈盈的小桂花树。

不知不觉间，他的身形在一点儿一点儿地变淡，待到莫姬回过神来，他已近似半透明。她大骇："你……你怎么了？"虽然不到半日光景，她也不知怎的，对他的亲近之感竟似相识多年之人，关切溢于言表。

书生不答，将手中那枚青桃递给她："可否帮我把这枚青桃带到芥园，埋在她旁边，算是不负昆仑山上的情谊。"经过他的摩挲，那枚青桃光泽可爱，与众不同。

莫姬迟疑着，并不想接过青桃，尴尬地说道："我……已不想再回芥园，此事还请托付他人。"三百年前的灼心痛楚如梦魇缠身，她对芥园恐惧至极，绝没有勇气再回去。

书生将青果放入她手中："我已将灵气尽数注入其中，其实也是为了一丝缥缈的希望。倘若她还有残根在地底，说不定会有一线生机。"

"灵气尽数注入其中……"莫姬蒙了，无意识地重复着，待回过神来，骇然大惊，"那怎么行？你会活不成的！"

"时候是不多了。"书生语气平和得很，他的身体越发淡去，只剩下寥寥几笔淡墨，仿佛伸手一拂就会散去，"你肯帮我吗？"

"我、我……"莫姬又是纠结又是痛楚，不知道该如何作答。

"……为难的话就罢了。"

书生留下最后一句善解人意的话，身形彻底消散在轻风之中。

莫姬呆愣住，目光四下找寻，却再找不到他的身影。低头看向手中那枚青桃，青翠可爱。究竟该怎么办？她看了眼夏侯风，又望向墨珑、东里长等人，盼着他们能出个主意。

东里长眉头紧皱，一言不发。墨珑眼底复杂，似有话要说，却又不知碍于何事，终究还是沉默不语。反倒是平素脑子最慢的夏侯风想出了个好主意："我们去找灵犀！她不是要去天镜山庄吗，把桃子给她，托她埋到芥园里。我看她那个人也挺仗义的，这点儿小忙她不会不答应。"

他话音才落，便见墨珑挑眉看了他一眼，虽未表态，但也并未反对。东里长眉头皱得更深了，铁疙瘩一般。白曦连声道："我看可行，咱们得赶紧追她去！"

莫姬自己不想回芥园，也不忍辜负桃花树的托付，思前想后，也只有这个法子可行，遂点点头："行，我们去追灵犀。"

"走啊，老爷子。"夏侯风催促东里长。

东里长一脸的不甚情愿，嘟囔道："先说好，找着她，把青桃一给，事情交代清楚就走，别又生出其他事儿来。"说末一句时他看着墨珑。

墨珑不在意："自然如此，她眼下没钱了，无利可图，犯不着为她瞎耽误工夫。"

"你真这么想？"东里长狐疑地看着他。

墨珑还未答话，夏侯风稍有不满地插口道："珑哥，这话可不仗义啊！"

"仗义能当饭吃？还是能当钱使？"墨珑敲了他一记栗暴，心情甚好，懒得与他一般见识，大步朝来时路行去。

夏侯风是个不怕疼的，挠挠脑袋，权当抓痒，转头又去问东里长："灵犀若是肯答应帮这个忙，咱们也不能不仗义……"

东里长没好气地瞪他："你闭嘴，吵得我脑仁疼。"

"老爷子你……"夏侯风不明白自己何时得罪了东里长，一脸莫名其妙，转头去问莫姬："他怎么了？"

莫姬自己满腹心事，压根儿没听见他说什么，一径沉默前行。见夏侯风无趣得很，白曦主动凑上来："他大概是走累了，老人家嘛，体谅体谅。"

夏侯风想想觉可能是，遂不再计较，看了眼白曦："你还跟着我们？"他这话倒没什么恶意，只是随口一问。

白曦一脸义不容辞："必须，万一有什么地方我能帮上忙呢。"

"仗义啊兄弟！"夏侯风拍拍他肩膀，顿生感激之意。

沿着来路而行，以墨珑为先，众人脚步都加快了许多，才用了小半个时辰便回到与灵犀分别之处，接着又往北面行去。

落叶纷纷，灵犀行过的足迹并不清晰。白曦有点儿担心地问："万一她不是一直向北而行，咱们找岔了怎么办？"

"没事，珑哥在头里，肯定能找着。"夏侯风宽慰他，"珑哥的追踪术在野地里最好用。"

莫姬行在最后，走着走着，突然停住脚步，眉心微蹙，仰头四下观望。

"怎么了？"夏侯风关切道。

"你觉不觉得有点儿不对劲？"莫姬看着周遭的落叶，心里有种说不出来的忐忑不安，"叶子落得比方才多，是不是？"

"可能是吧。"夏侯风不是会在意这种细微之处的人，压根儿没留意过。

行在前头的墨珑也停住脚步，皱眉看着地上："不对劲，不到半日光景，落叶几乎把她的足迹全盖住了。这时节，不该是有这么多落叶的时候。"

听见这话，众人皆停步，疑惑地仰头望去——成百上千株桃树，原本青翠的叶子不知从何时开始转黄，触目可及，无边枯黄落叶萧萧而下，而原本挂在枝叶间的青桃也一个个干瘪下去……

莫姬骇然而惊，她意识到眼前的一幕是怎么回事了——灵气已失，这片桃林正在死去，正在悄然无声地死去。

"不好，桃子全瘪了，咱们得赶紧走！"白曦实际得很，没桃子吃，他可挡不住桃花瘴。

夏侯风也有点儿急了，唤墨珑："珑哥！"

落叶重重，墨珑眉头渐锁，他已经无法通过追踪足迹寻找灵犀，只能捕捉她残留下的气味，而这气味也在减弱。他心底升起一丝不祥的预感，不由自主加快了脚步。

"咱们还是想法先赶紧出去吧！"夏侯风赶到墨珑身边道。

墨珑脚下不停，口中说道："也好，你带老爷子走。"

"啊？那你呢……喂……"夏侯风话未说完，墨珑已不再理会他，快步往前行去。

"老爷子，我们呢？"夏侯风转头问东里长。

东里长垂眉耷眼地叹口气，不耐烦地挥挥手，示意他快点儿跟上墨珑，显然并不放心先行离开。

风在林间呼啸而过，渗着透骨的寒意，落叶纷纷扬扬，铺天盖地。灵犀的气味越发微弱，墨珑提气，追踪残余的气味，一口气追出六七里地，却依然没有看见她的身影。

他猛然刹住脚步，一直紧跟着的夏侯风差点儿一头撞上他。

"怎么了？"夏侯风诧异问道。

"消失了。"墨珑紧皱眉头，"她的气味完全消失了。"

"啊？"夏侯风噘着嘴，使劲用鼻子到处嗅，"是不是海鲜味？我也没闻到。"他虽是在山中长大，但论嗅觉远比不上墨珑。

墨珑虽然没指望他，但还是答道："是东海紫藻的气味。"东海紫藻生长在东海海底，气味清冽怡人，可入菜，又可编入竹丝制成席面，是灵犀起居饮食常用之物。

"东海紫藻？"夏侯风没敢再问它是什么气味，想问东里长，可惜他们还落在后头没追上来。

她的气味为何会突然消失？难道出事了？

莫非这片桃花林中除了他们，还有别人？

还是说，聂季想到了克制桃花瘴的法子，闯入林中带走了她？

一时间，各种猜想从墨珑脑中飞掠而过——显然，若是聂季带走她，那倒还好，若是其他情况……

落叶下，有什么东西动了动，伴随着低低的咕噜声。

墨珑皱眉，扒拉了下叶子，一个小肉球骨碌碌地朝他滚过来。

它既然在这里，灵犀应该就在附近了。墨珑仔细查看周遭，忽地，他眼角余光瞥见不远处有什么东西闪了一下，他迅速转头，那东西竟又消失无踪。他缓缓走近，凝神细看，终于看见在层层落叶之下那丝微光。

拨开落叶，是他的银铩，再拨开，是蜷伏在地一动不动的灵犀。墨珑呆怔片刻，即便自己距离她如此近，他还是感受不到她的气息，仿佛眼前的灵犀只是泡沫幻影。

"糟糕，她肯定是中瘴气了！"夏侯风没想太多，疾步上前将她扶起，一阵猛摇，"喂！醒醒！醒醒！"

灵犀全无知觉。

"不会死了吧?"夏侯风嗷嗷叫道,话音刚落便被墨珑推开。

墨珑直接探她颈脉,随即悄然松了口气,没好气地朝夏侯风道:"让莫姬把鲛珠带过来,快!"

夏侯风应了,快步原路折返。

墨珑细察灵犀的状况,按理说,桃花瘴有毒,中了瘴气的人应该是面有黑气,可灵犀此刻的肤色虽然异于平常,却是白得近似透明。或者,是因为龙族体质的差异?墨珑一时无法确定,只是隐约感觉到,可能并不仅仅是瘴气的缘故。

不过片刻,夏侯风便取了鲛珠回来。莫姬虽然对鲛珠很宝贝,但听说灵犀人事不省,丝毫没犹豫,立即拿出鲛珠交给他。同时,东里长等人得知灵犀出了事,也加快脚步往这边赶来。

墨珑小心翼翼地将鲛珠放入灵犀口中……

"她就该多摘些桃子带在身上,行走江湖,太没经验了。是吧,哥?"夏侯风关切地蹲在旁边,口中叨叨着,"幸好咱们回头找她,要不然她指定得死在这里。你说说,她费劲地来找哥哥,哥哥还没找着,自己倒搭上一条命,要多冤有多冤。这东海龙族的人,也忒弱了些,她哥若是和她差不多,那肯定是凶多吉少,我看也不用找了……"

鲛珠护体,可是看上去灵犀并没有丝毫起色,更没有转醒的迹象。

"把老爷子背过来,快!"墨珑打断喋喋不休的夏侯风。

"哦……她是不是要死了?"夏侯风意识到不对劲,有点儿紧张起来。

墨珑一记冷厉的眼风扫过:"快去!"

"哦哦,哦!"

夏侯风不敢再耽搁,忙不迭地飞快折回,一阵风似的把小短腿东里长背了过来。

"老爷子。"墨珑沉声唤道,"鲛珠对她好像没用。"

东里长俯身细察灵犀,探了她鼻息,又把了脉,沉吟良久才道:"她像是进入龟息之中了。"

墨珑听懂了,但夏侯风没听懂,诧异道:"龟息?"

"就是假死状态。"东里长尽可能简单地解释,"这是一种效仿龟族的呼吸吐纳功法,将色声香味触法六感全部关闭,身体消耗降到最小。"

"龟族?可老爷子你也不这样呀?"夏侯风奇道。

这时候,莫姬与白曦才赶到,他们俩速度本就及不上墨珑和夏侯风,加上要提防林中瘴气,不敢大口喘气,故而也不敢将脚步放得太快。

东里长白了夏侯风一眼,懒得再和他解释,皱眉看着灵犀:"莫非她是为了不让瘴气进入体内才关闭六感?可这也说不通,除非她压根儿就不想出这片桃花林。"

墨珑问道:"现下怎么办?怎么才能叫醒她?"

"没法叫醒,她现下等于六感全失,看不见、听不见,打她掐她都没知觉,只能等她自己醒。"

"什……什么……打她掐她都没知觉?我试试。"

白曦还从来没遇见过这种情况,伸手就要去掐灵犀胳膊,还没触到她衣襟,就被墨珑冷冷横了一眼,只得讪讪缩回手。

"没用的,我刚掐过她的虎口,没反应。"他淡淡道。

白曦偷眼瞥灵犀的手,虎口一处青紫赫然在目,颇深,显然掐得很重。他咂咂嘴,没再吭声。

"先出这片桃林再做打算吧。小凤,你把她背上。"东里长叹口气,直起腰来,意有所指道,"早前若让她跟三头蛟回东海,也就没眼下这事了。"

知晓这话东里长其实是对着自己说的,墨珑并未回答,低头拾起地上的银铩,拂去浮尘,背对着东里长蹲下身子:"我背你。"

东里长趴到他背上,不甘心道:"我方才说的话你都听见了?"

"嗯。"墨珑漫不经心地应道。

"那你打算拿她怎么办?"

"她现下不死不活的,我能怎么办?"墨珑没好气道,"出了这片林子就丢路边上,各人有各人的命,我也管不了,行不行?"

东里长见他动了气,只得打圆场:"我也没说不管,你急什么。"

"谁急了?"

"行了行了,当我没说,当我什么都没说。"

东里长悄悄又叹了口气,气息正好喷在墨珑脖颈处。

"你什么都没说,你就会叹气,我不管她不就完了吗?你又叹什么气?"墨珑不依不饶道。

东里长哭笑不得:"我叹口气也不行?"

"当初在酒楼里,我不想管,你偏要管,现下你又来叹什么气?"墨珑不满道,"起初若不是你,现下能生出这些事儿?"

东里长愣了下,才意识到他指的是在长留城时从半缘君手中救下灵犀之事,无可奈何道:"是,都是我多事,行了吧。"

"当初要管的是你,现下说不管也是你……"

"我没说不管,咱们管就是了。管!管到底,行不行?"东里长拍拍他的肩膀哄他。墨珑甚少与他争执,更不消说像现在这般心神不宁,焦躁不安。东里长隐隐意识到,灵犀在墨珑心中已不再像一笔生意。而这点,恐怕连墨珑自己都还没有察觉。

此时此刻的桃花林，已是树叶尽落，成了一片光秃秃的林子。枝干也在开始干枯，水分以肉眼可见的速度离开树身，树皮一点儿一点儿剥落。枯枝在风中折断，劈头盖脸地打在众人身上。

众人只能埋头苦苦前行，又奔了五六里地，方才出了这片桃花林。此时虽未黄昏，却是天色暗沉，头顶处压着层层叠叠的乌云，一场大雨将至。此地近不负郭，远无邻村，远远只见半山腰的茂密树木间露出屋脊檐角，众人想着避雨为上，便匆匆赶去，到了近前才看清这是间老旧的寺庙。

寺庙中有十几位苦修的僧人，对于来客并不拒之门外，但也不热络，向他们指明厢房和灶间所在，便专心念经去了。

厢房颇大，却是简陋至极，旧桌旧椅，草席薄被。夏侯风原本颇有些愤愤，掏了银两，拖着白曦去寻寺僧，半晌两个人灰溜溜地回来。原来僧房比客房还不如，无桌无椅无床，仅有几张草席就地铺开，叫人不好意思再说什么。

好在灶间有柴火，米缸中有米，墙边还堆了一大堆山芋。白曦挽袖净手，煮了一大锅香甜的山芋粥，分给众人吃了。小肉球把脑袋搁在碗边，吧唧吧唧吃得最香。

外头下起瓢泼大雨，砸在屋前的泥地里，很快汇成几条细细的水道，随着雨势，水道渐渐变宽，越发浑浊……墨珑心不在焉地靠在门边上，任由溅起的雨水将靴面打湿，不知一径在想什么。

"她怎么还不醒？"夏侯风支着肘，发愁地看着依然毫无知觉的灵犀。莫姬靠着他，也看着灵犀，想不明白她怎么会进入龟息状态。

白曦出主意道："要不请人来给她念念经，反正咱们就在庙里，都是现成的。"

"念经超度？她又没死！"夏侯风否决掉，转头去问东里长，"怎么办？"

东里长耸耸肩，并不作答，抬抬下巴，示意他去问墨珑。

夏侯风也没多想，扬声就唤墨珑："珑哥，咱们怎么办？"

墨珑没反应，夏侯风又唤了两声："珑哥！珑哥！"

墨珑才回过神来，懒懒回头："怎么了？"

"她若一直不醒，咱们怎么办？"夏侯风问道。

墨珑沉默片刻，淡淡道："把她还给东海的人，反正……她的事儿与我们无关。"

夏侯风怔了怔，还未说话，便听见东里长点头赞同。

"把她交给东海的人最为妥当，我也是这样想。好在，她只是进入龟息状态，与咱们也扯不上干系。"毕竟聂季与他们打过照面，若是灵犀不测，东海将这笔账一股脑算在他们头上，那可冤枉得很。东里长想想就觉得脊背冒汗。

正在说话间，又有一队人冒雨进了寺庙，五六个人，身着皂布敞衣，脚蹬八耳麻鞋，风尘仆仆，推着两辆马车，马车上载满了一个个黑陶大瓮，每个都有半人高。

第十一章　决意相助

这队人马似常来常往，并不需要僧人引路，便熟门熟路地安置了马匹、车辆。看见墨珑等人，他们也颇为诧异，目光里里外外打量了好几遍。白曦心中好奇，理理衣袍，踱着小方便去套近乎。过了好半响，他嘴里叼着块肉脯，连蹦带跳地回来了。

"我都打听到了，你们猜猜，他们是干吗来的？"白曦兴奋得很。

众人各自休息，没人搭理他，除了夏侯风。

"你还蹭人家吃的？"夏侯风很鄙夷地看着他，"……就没想着给我带一块？"

白曦三口两口把肉脯咽下去："跟你说正事呢。你猜猜他们从哪里来？猜三次。"

原本就心事重重的莫姬白了他一眼："不想说就闭嘴。"

"好好好，我告诉你们。"白曦只得道，"他们是从天镜山庄来的！"

此言一出，众人皆是一惊，东里长的脑袋从龟壳中探出，墨珑睁眼望来，莫姬坐直身子……得到如此关注，白曦很是满意，继续道："这里后山有一眼泉水，名唤惠泉。他们就是来此地专门取惠泉水，送往天镜山庄。"

"天镜山庄附近难道没有泉水？"夏侯风奇道，"犯得上大老远来此地取泉水吗？"

"听说是玄飔指定的，煮茶必定要用此地泉水。"白曦像是知晓他接下来会说什么，紧接着道，"他们说了，玄飔的舌头可不一般。有一回运泉水，半途遇着事故，车翻了，泉水也都洒了，他们悄悄换成其他泉水想蒙混过关，结果玄飔一尝就尝了出来。"

东里长捻着须："原来外间那些大瓮是为了运送泉水。"

白曦接着道："取泉水也麻烦得很。待雨停了，他们便得去淘井，然后静候夜半，待新泉涌出才能取。车上那些大瓮，瓮底还叠着碎山石，说是为了保持泉水清冽。对了，还有规矩，须得满月这日取水，误了日子，就得等下月。"

听到此处，莫姬心中一动，下意识地将手笼到袖中，取出那枚青桃。夏侯风看见，把头探过来道："灵犀是不能指望了。反正咱们也出了桃花林，要不……你干脆把这桃丢了吧。"

莫姬不吭声，将青桃在手中摩挲片刻，复又收回袖中。

外间雨下得正紧，初时的微愕已经过去，墨珑复合目养神，心底忍不住想：若是灵犀无恙，倒是可以利用这队人马混进天镜山庄，只是进了山庄之后，估摸她也找不着澜南……

暮钟响起，深沉而绵长，隔着雨声传入众人耳中，紧一阵，慢一阵，不紧不慢又一阵，如此反复两遍，共一百零八响，方才停歇。据说人有一百零八种烦忧，钟鸣一百零八声，便是为了尽除人间烦恼。

罢了罢了，何必想这些多余之事，待下了山，将她还给东海的人，也就算是了了此事。墨珑想着，下意识地转头望了灵犀一眼，顿时愣住——灵犀不知何时醒来，正撑起身子，睁着眼睛看他，一脸的莫名其妙。

"这儿是哪儿？"她问道，"你们……"

听见她的声音，众人纷纷望过去，数白曦最为热情。"你醒了！你终于醒了！"他上前扶着灵犀肩膀，认真端详，"真的醒了？你是怎么醒的？"

灵犀不适地挣开他："到底怎么回事？"

"这话该我们问你，你昏倒在桃花林里头，人事不省。"白曦道，"若不是我们回头去寻你，你死在里头都没人知晓。"

灵犀怔了怔，看其他人面色，知晓白曦说的是实话。

"你怎么会昏倒在里面？"墨珑问道。

"我……我就是觉得有点儿困，"灵犀有点儿逃避，不甚愿意回答，含含糊糊道，"就坐下来打个盹儿，不能算昏倒吧？"

墨珑皱眉盯着她："打个盹儿？"

"嗯。"

"你们龙族打个盹儿就会进入龟息状态？"他恼火道，"怎么叫都不醒！我差点儿以为你……"

灵犀忽然留意到自己虎口处一大块青紫，轻轻一碰就疼，恼道："谁掐的？"

墨珑不愿再理会她，心绪难平，抬脚就出了厢房。

将此举看成做贼心虚，灵犀皱眉问旁人："是不是他掐的？"

夏侯风想都不想就把墨珑给卖了，点了点头，但没忘找补道："珑哥也是为了你好。龙族都像你这么睡觉？不能够吧？"

东里长踱步过来，仔细打量了一番灵犀，亲切和蔼道："我能不能给你把个脉？"

灵犀毫不介意，伸出手腕。

东里长伸出三指按上她的脉搏，与此前不同，此时她的脉息已经恢复如常，对于刚刚从龟息状态中醒来的人，几乎是不可思议。

见东里长神情有异，灵犀问道："怎么了？"

"没什么……"东里长诧异道，"你以往也出现过这种状况吗？"

灵犀干瞪着他，像是不愿作答，又像是不知该如何作答，两个人大眼瞪小眼，片刻之后，东里长只得不再问了。

莫姬问东里长："她真的没事了？"

东里长犯难地答道："看脉象是无碍，可是……"

"既然无碍，那枚鲛珠我可以要回来了吧？"莫姬惦记着鲛珠。

东里长道:"她刚刚才醒,再等等不迟。"

"鲛珠?"灵犀奇道。

莫姬闷闷道:"你之前那模样,还以为你是中了瘴气,就把鲛珠给你先用用。"

凝神细察,果然有股熟悉的清气流转周身,灵犀顿时大为感激。她看得出莫姬将鲛珠看得极为要紧,肯拿出来定然不舍。

"我现下还给你。"说着她就想将鲛珠取出。

莫姬伸手拦住:"算了,再给你使一会儿。要不然再突然昏过去,叫又叫不醒,也是个麻烦。"她语气虽然不好,却听得出内中善意。

夏侯风在旁帮腔道:"你就听她的,我们还有事要请你帮忙呢。"

他话音刚落,莫姬就不满地用手肘顶了顶他,狠狠剜了他一眼。

灵犀奇道:"什么事?"

"不能说。"夏侯风赔着小心问莫姬,"咱们找她不就是为这事吗?"

"什么事?"灵犀偏头追问道。

夏侯风将桃花林中发生的事情原原本本讲了一遍,但隐下莫姬原是芥园中一株凌霄藤。灵犀答应得很爽快:"行,这事容易,我来帮你们办!"

"仗义!"夏侯风重拍她肩膀,"我就晓得你肯定能答应。"

莫姬在旁轻嗤了一声,却什么都未说,扭头看向别处。

吃饱后就没人管的小肉球不知何时溜到外面,淋着雨水,在泥地上撒欢地又蹦又跳,滚了一身的泥水才回来。躺着歇息的白曦最倒霉,小肉球直接蹦跶到他身上,蹭了他半身泥水。

"这混账小东西!"

白曦颇讲究仪表,眼下又没有可换洗的衣袍,心疼得很。揪住小肉球的后脖颈肉,把它提溜起来想教训,觉得手感不对头,疑惑道:"它是不是长大了?怎的这么沉?"

夏侯风伸手提溜过去,掂了掂:"好像是啊,大了一圈,这才几天呀。"他将它高高拎在空中,给众人看。

小肉球不适地扭来扭去,四条小短腿使劲划拉,无奈就是够不着夏侯风,甚是着恼,对准夏侯风一张嘴,一股水箭从它口中激射而出,尽数喷到夏侯风脸上,弄得他一脸狼藉,忙不迭把小肉球丢下来。

灵犀惊喜道:"它还会喷水?"

"喷口水有什么稀奇的。"夏侯风嫌恶地闻着自己身上的口水味,"我也会。小东西,看我待会儿怎么收拾它!"

小肉球一溜烟早已跑得没影。

夜色渐沉，雨水却丝毫没有减弱的势头。众人或在屋内或在廊下避雨，唯独灵犀不惧雨水，顶着雨水在寺庙中溜达了一圈，最后跃上寺庙的屋脊，朝桃花林的方向远眺。

雨幕太大，她看不清，只能隐隐分辨出桃花林的轮廓。忽地天空劈下一道闪电，雷声同时炸响，就在近旁，骇了她一跳，连忙从屋顶跃下。

下落时差点儿撞着人，她站稳一看，正是墨珑。

"没被雷劈死？"墨珑冷冷地打量她湿漉漉的模样。

这话任谁听了都不舒服，灵犀皱眉仰头道："你是不是觉得把我从桃花林里头救出来是笔亏本生意，所以左右看我不顺眼？"

"我是今儿才看你不顺眼吗……喂！你……"

墨珑话未说完，就被灵犀甩了一身水，她倒是干爽多了，只是身上的雨水倒有一半全跑到墨珑身上。

"我不是故意的。"她耸耸肩，示意自己只是随意抖了抖。

墨珑不傻，从她眼神中闪的光就知晓她就是故意的，这种孩子般的报复让他哭笑不得。

"你……你还打算去天镜山庄？"他问，其实不用问也知晓，以她的性格，能改主意除非是失忆。

果然不出所料，灵犀点点头："当然！"

"想好进山庄的法子了吗？"他又问。

灵犀迟疑了片刻，并不是很担心："到时候随机应变，肯定能找着法子进去。"

这个回答也在墨珑意料之中，他深吸口气，几乎是温和地对她说："不见棺材不掉泪，不撞南墙不死心，这两句话你肯定没听说过吧？"

灵犀瞪他。

现下，墨珑最后悔的事情就是帮她逃离聂季，若是他能找着聂季，一定毫不犹豫地把灵犀打包归还，决不耽搁，只是现在……眼睁睁看着她去撞南墙，好像有点儿说不过去，墨珑在心里叹了口气。

"看见那几辆载着大瓮的马车了吗？"他问她。

灵犀不明其意，点点头。

"那是专门为天镜山庄运送泉水的车队。"他看向她，意有所指，"你明白了吗？"

灵犀不算笨，恍然大悟："你是说，我可以躲在大瓮里头，混进去？"

"不怕憋屈？"他挑眉。

灵犀坚定地摇头。

第十一章 决意相助

"从这里到天镜山庄，行陆路颇费时日，我料他们应该是乘舟而上，水路约莫两三日光景。"墨珑沉吟片刻，"要我说，你若一直躲在瓮中，反而容易被发觉，最好是……"

"最好是什么？"灵犀追问道。

墨珑瞥了她一眼，转身往回走："……我同老爷子商量商量。"

在他们这群人中，显然脑瓜最灵光的就是墨珑和东里长，灵犀意识到墨珑有意帮自己进天镜山庄，心中大喜，追上前问道："你们真的肯帮我？可我现下没酬金，赊账行不行？"

墨珑默默翻了个白眼，没搭理她。

厢房内，看见灵犀跟在墨珑身后进来，小脸放着光，东里长本能地意识到事情不妙。待到墨珑开口，他便暗暗在心中叹了口气。

"你真的想明白了？"东里长问墨珑。这话听在旁人耳中，像是在质疑进入天镜山庄的法子，而只有墨珑明白，他是在问，自己真的确定要帮灵犀吗。

"反正也没去过，就当去开开眼。"墨珑故作轻松无谓道。

东里长急了："有这么开眼的吗？那是什么地方……"

夏侯风倒是很想去见识见识，凑过来道："我觉得珑哥这主意不错，咱们可以试试，我也想去。"

眼看这帮孩子一个比一个不省心，东里长只觉得一个头有两个大，烦恼不迭，索性把小脑袋一缩，径直缩回龟壳中，别说夏侯风，连墨珑都不理会。

"老爷子……"夏侯风莫名其妙，上前扒着龟壳往里头瞅，"怎么了？不舒服？"

东里长毫不客气地在龟壳里吼道："烦着呢，走开！"

夏侯风一连吃了两个瘪，又是莫名其妙又是心塞，只得讪讪走开，嘴里嘀咕着："好端端的到底怎么了？我又没得罪他。"

灵犀原本还等着他们商量主意，心里便有点儿着急，拽了拽墨珑的衣袖，把他身子扯得歪下来，才趴到他肩上小声问："他怎么了？"

"还不是被你气的。"墨珑瞥她。

灵犀一头雾水道："和我有什么关系？"

素日里东里长是个脾气还算不错的老头，偶尔不快，也就是自己生生闷气，像这般大声呵斥旁人，倒是极少见的，众人都有点儿蒙，一时也没人敢去打扰他。

第十二章
暗自尾随

长夜无事，天还未亮，雨已停歇。

墨珑睡得浅，听见几声轻轻的压抑的咳嗽声往外头去，睁开眼，正看见东里长佝偻的背影转过门去。

烛火昏黄，不远大殿中传来诵经声，那是僧人们的早课。东里长若有所思地听着，静静站了好一会儿，然后回头看了一眼，似乎早就知晓墨珑就跟在他身后。

墨珑微微一笑，走上前："还气呢？"

东里长没好气："跟着我做什么？"

"要不都说财大气粗呢，您老这脾气见长，"墨珑只管与他玩笑，"看来这些年偷偷攒了不少银两吧。"

"少东拉西扯，我告诉你……"东里长竖起一根手指头，示意他往天上看——水洗过般的夜空，月明星灿，比平日还要亮上几分。

"还记得上回我跟你说过的话吗？你往那儿看！"东里长指向东面。

墨珑循指望去，夜空东面，有三颗星一字排开，分别是心宿太子星，心宿天王星和心宿庶子星。相较而言，眼下虽然是太子星光芒最盛，但光芒中隐约现青白之色；庶子星光芒柔和；天王星光芒最弱……

"上回你说太子星光芒日微，我看着，还是挺亮。"墨珑斜睨东里长。

东里长要他接着看："你留神天王星！"

墨珑复看向天王星，依言看了好一会儿："没有……等等！是不是有红光闪过？"

东里长压抑着欢喜，低低道："你也看见了！天王星又名大火星，眼下火光复起，玄狐一族复兴有望。我们该回青丘了！"

"血咒未除，封印不解，如何回得去？"墨珑摇头，且不解他为何这般操之过急。

"时也命也，也许到了青丘就有转机了。"东里长道，见墨珑未回应，又接着劝道，"咱们这么多年忍辱偷生，在这个当口上，不能再节外生枝了。"

"青丘，我肯定会回去。"墨珑仰头望向心宿三星，眼神阴郁，"赌命，我就没输过。老爷子，你不就是担心进天镜山庄会出事吗？你随我来。"他径直进入大殿之中，此时做完早课的僧人们已散去，殿中无人，只有一地整整齐齐的草编蒲团。

墨珑径直取过角落中老旧的签筒，朝东里长道："若抽不到上签，我就不去天镜山庄，如何？"

东里长一愣："当真？只能抽一次啊。"

"那是自然。"墨珑微微一笑，手指在签筒中稍一拨弄，半分不迟疑，飞快地抽出一根签子，他自己不看，递给东里长。

东里长将信将疑地接过，签头上赫然写着"上签子宫：夏日炎天日最长，人人愁热闷非常；天地也解知人意，熏风拂拂自然凉"，翻到反面，又有十六字小注"进退莫疑。自有佳期。营谋用度。不须妄为"。

还真被他抽着上签，且这签文与眼下情景倒还真对应得上，东里长心里直犯嘀咕。

"是上签吗？"墨珑问道。

东里长把签递还给他，没好气道："你莫不是在和我耍把戏吧？"

扫了眼签文，墨珑微微一笑，捧了他一句："我若是要耍把戏怎瞒得过你。"

"上头可说了，营谋用度，不须妄为。"东里长重重道。

墨珑点头："可也说了，进退莫疑。"

对此事还是心有存疑，东里长说不过，不甚信任地瞅着他："你是不是早就设好了这个套？"

"您老心眼子也太多了，我……"

墨珑话未说完，便听见殿外传来灵犀的声音："你们在这里玩什么？"说话间她就到了眼前，探头瞅签筒，好奇道："这是什么？"

"抽签的。你连这个都没见过？"

墨珑把自己那支签放回去，顺手晃了晃签筒，里头的竹签子哗哗作响。

灵犀大感兴趣："我还从来没抽过，我试试！"话音刚落，她就探身伸手，取了一支竹签子出来。

"……月照天书静处期，忽遭迷雾又昏迷……什么意思啊？"她有点儿蒙，又有点儿明白，"不是好话对吧？"

"我来帮你看看。"东里长在旁说道。

灵犀将竹签子递给他，东里长先看了，忧虑地抬头看了眼墨珑，才凑近烛火低头细看："月照天书静处期，忽遭迷雾又昏迷，宽心祈待云霞散，此时更改好施为。"他又翻到背面，语气越发沉下去："家道忧凶。人口有灾。祈福保庆。忧恐破财。"

"这是一支下签。"他看向灵犀，"说的是，你眼下所做之事，须得停下来，否则恐怕会招致灾劫，轻者破财，重者伤人。"

灵犀怔了一怔。

墨珑的脸隐在经幡的阴影处，让人看不清神情，伸手从东里长手中抽走签子，飞快看完。

这边，灵犀已豁然明白，拍掌欢愉道："我所带的银两全都没了，可不就是破财吗？这签还挺灵的。"她在蒲团上跪下来，朝佛像拜了拜，口中喃喃而语，虔诚得很。

墨珑与东里长面面相觑，皆不知该说什么。

灵犀站起来，细瞅他们两个人神色，笑道："你们被吓着了？放心吧，我出世时，华曦水君就曾为我占过一卦，说我此生自有逍遥福，是上等命格，百秽不侵，不会有事的。"

这样的自信满满只属于孩子，叫人听了心里发虚。墨珑重重将签子丢回签筒，一声不吭出了大殿。

"他又恼了？"灵犀莫名其妙，但已习以为常。

东里长暗叹口气，温颜对她道："灵犀姑娘，不是我故意吓唬你，玄熙性情孤僻，你若有差池，便是令姐赶来也未必保得了你。此事你不如先回东海，让令姐出面，应该更为妥当。"

灵犀看了看他，想了片刻，低头咬咬嘴唇："对，那我还是回去找我姐姐吧。"

她居然同意了，东里长简直怀疑自己是不是听错了："啊？"

"我觉得你说得对。"灵犀很诚恳地重复了一遍，"这事儿找我姐姐会更妥当。"

"所以？"

"所以我就不去天镜山庄了。"灵犀爽快道。

东里长喜出望外，连连点头道："你这么想就对了！就对了！"他如释重负，出大殿的脚步比来时快了数倍，赶着要去告诉墨珑。

待灵犀回到厢房，一进门，就看见墨珑双目炯炯地盯着她看。

"老爷子说，你想明白了？"老实说，以灵犀一根筋的性情，他不太相信她能转变得如此之快，"天镜山庄之事，你打算找你姐姐出面？"

灵犀点头。

墨珑狐疑地盯着她，总觉得不对劲："当真？"

"自然当真。"灵犀朝东里长努努嘴，"我觉得老爷子说得对，这样更为妥当。"

夏侯风在旁问道："你不去了？那枚青桃怎么办？"

灵犀怔了下，忙道："我……我会让我姐姐想法子带进芥园。"

"不用了！"一直在旁静静不语的莫姬突然插了一句，"我想过了，我要去天镜山庄。"

此言一出，众人皆吃了一惊，以夏侯风为甚。

"你要去天镜山庄？你不是最怕……那什么，还做噩梦吗？"夏侯风诧异道。

"他说得对，万一姐姐还有残根在地底，说不定这就是一线生机。"莫姬心意已定，"姐姐和他，都于我有大恩，我总该尽力为他们做点儿事情。"

"我去帮你。"夏侯风忙道。

莫姬却是一口拒绝："不用，你去了只会添乱。"

"我……"夏侯风满腔热情，被兜头浇了一盆冷水，转头向东里长求助，"老爷子，我……"

好不容易让灵犀打消了念头，没想到莫姬又冒出来了，东里长愁得胡须都快掉了，问道："你这是要唱哪出戏啊？好好的怎么……"

莫姬打断他的话："老爷子，我仔细想过了，我须得一个人去，人多反而会碍我的事。"

"胡说，我们怎会碍你的事？"夏侯风急道，"就算你觉得我不中用，还有珑哥和老爷子。"

"我原本就在芥园，天镜山庄草木众多，其中尚有我的故友。"莫姬显然已考虑过，"你们与我不同，对于天镜山庄，你们是外人。你们和我在一起，只会拖累我。"

她这话倒也有理，墨珑沉吟片刻："你打算如何进去？"

莫姬不说话，目光落在院中车上的大瓮上，正是此前墨珑替灵犀出的主意。

灵犀在旁听了半日，这时候方有点儿急了："你……你打算躲大瓮里头？那……"

"那什么？"墨珑警惕地盯着她。

灵犀怔了一下，艰难地对莫姬道："那……你要小心呀！别被他们察觉了。"

莫姬微微一笑："你以为我想躲在大瓮里头？"

"难道不是？"

莫姬却不肯再告诉她："你不是草木之人，这法子我能用但你不能用。再说，你不是决定回去找你姐姐了吗？"

灵犀尴尬地点点头："是啊。"

"那你还不走？天都亮了。"莫姬催促她。

"现下就走？"灵犀愣了愣，颇为踌躇。

"你还有别的事儿？"墨珑在旁已细察她许久，微微挑眉问，"还是舍不得走？"

环顾众人，灵犀方才意识到之前话已出口，现下不走恐怕会惹人疑心，只得道："那……我就此告辞！"

东里长慈爱地嘱咐道："路上小心，盼你早日寻到哥哥。"

"多谢老爷子。"灵犀忙道。

夏侯风有点儿不舍："说不定咱们在天镜山庄还能碰见。"

"啊？"灵犀像是惊着了一般看向他。

"你和你姐姐不是也要往天镜山庄去吗？"夏侯风解释道，"我肯定是要和莫姬去天镜山庄，没准咱们还能碰见。"他也不管莫姬是不是答应，自己便已决定了绝不让她孤身涉险。

灵犀讪讪点头："……是有可能。"

"到时候若是我们需要你帮忙，你肯吗？"夏侯风问道。

"那是当然，还用说吗！"灵犀想都不想便说道。

夏侯风重重拍她肩膀，赞许道："仗义！"

"多余，"莫姬在旁翻了个白眼，冷声道，"我才用不着她帮忙。"

白曦凑上来，笑眯眯道："灵犀姑娘，你回到东海可别忘了我，将来说不定我也会往东海做做小生意。"

十分敷衍地点点头，灵犀看向墨珑。后者慵懒地靠在门边，双目低垂，叫人看不出情绪。

"嗯？"她特意探头盯着他双目看，寻思他或许有话要对自己说。

墨珑懒懒地抬眼皮道："你还不走？从这里回东海，路可还长着呢。"

听他语气，像是嫌自己碍事得很，灵犀只得草草拱手告辞，迈步往寺外行去。刚走出五六步，便听见墨珑出声唤道："等等！"

灵犀回头，以为墨珑有话要嘱咐。

墨珑没再吭声，手指头凌空点向廊下的泥坑——灵犀望去，已经和泥巴一个颜色的小肉球正窝在泥坑中呼呼大睡。

差点儿忘了这个小家伙，灵犀有点儿内疚，过去提溜了它的脖颈肉，将它拎了一同离去。

直至灵犀出了寺庙，东里长偷偷瞄了眼墨珑，见他似无动于衷，心中才暗暗松了口气，清了清嗓子刚想说话，耳边传来一声夏侯风的惨叫，把他骇了一跳，转头就看见莫姬拧着夏侯风的耳朵，疼得他快蹲地上去了。

"谁说要和你去天镜山庄？"莫姬恼道，"自说自话！"

耳朵被拧得通红，夏侯风惨叫连连，倒是一点儿不松口："我肯定不能让你自己去！说什么也不行！"

"你……"莫姬气极，抬头朝东里长道，"老爷子，我把他捆在这庙里，你们谁也不许帮他。"

东里长连连点头："不帮，放心吧，谁也不帮。"

"老爷子，你……"

莫姬说到做到，腰间长鞭解下，手腕一抖，长鞭从头到脚将夏侯风绑了个结实，且在他手腕处绕了数匝。夏侯风张口欲言，藤梢迅速往上攀缘，直接封了他的嘴。

白曦支着肘，眨巴着眼睛，颇同情地看着夏侯风，心中也暗自提醒自己，没事千万别惹莫姬。

"呜呜……呜呜……"夏侯风费劲地扭动，朝东里长直使眼色，见他不理，又朝墨珑抛去求助的眼神。

墨珑倦倦地打了个哈欠，没理会他，目光朝外瞥了一眼，淡淡道："他们去淘井了。"昨日来的那群人，三三两两拿着藤筐、粗绳、木铲等工具往寺外去了。

淘井是个颇费气力的活儿，首先要在泉眼上方搭好木架和轱辘，装好可以摇下泉眼的藤筐。泉水阴冷，下井者先要喝一小壶酒让身子暖起来，抵御寒气。下井后，先将井壁清洗干净，打磨光滑，再用笸箩将井底泥沙都淘出来。遇上讲究人，要求细致，这活儿就得足足干上一天。

莫姬见他们尽数都往泉眼去，估摸没有半日不会回来，大车与水瓮都留在庭中。她纤腰一摆，走近了仔细端详，车篷车底都认认真真瞧了一遍，心里也基本有了数。

东里长踱步过来，皱眉道："可惜藤筐他们寄存在庙中，并不随车带走。"他的意思是，她真身就是藤蔓，化为藤筐，藏身大车，可谓天衣无缝。

"不碍事。"莫姬朝车轮努努嘴，"老爷子，咱们替他们换个车轮就好。"

"这个容易。"东里长捻须笑了笑。

两个人三言两语，便已定下计策。莫姬回到厢房中，拿眼瞥向一动也不能动的夏侯风，见他嘴角被藤鞭擦伤，心中不忍，便收了藤鞭，薄责道："你不许胡来，坏了我的事儿，我可不饶你。"

用舌头随意舔了舔，夏侯风压根儿不在意小小擦伤，急道："反正你一个人去，我不放心，万一出事怎么办？我得跟你一块儿。"跟这个长着榆木脑袋的人真是说不通，莫姬气得直跺脚，伸掌就要劈他。

白曦上前和稀泥："何必着急上火？他也是关心你，一番好意……"

"以关心为名，就可以任性行事吗？"莫姬一记冷厉的眼风扫过来，白曦的话立时被噎在嗓子眼。

另一旁，东里长与墨珑低语片刻，将莫姬的计划告诉他。墨珑沉吟片刻，觉得此计听上去没什么漏洞，且非得莫姬这草木之人才好实行，遂点了点头："就是这一路上，她怕是要吃些苦头。"

"这倒不怕，怕的是小风捅娄子。"东里长朝夏侯风努努嘴，"你忘了，上回在象庭，小风就因为太莽撞，差点儿折在崔阡陌手里。"

墨珑叹了口气："行了，待会儿我跟他聊聊。"

"你……"东里长盯着他，似有话想问，又欲言又止，片刻后才道，"那丫头走了，你就没什么心思？"

"什么心思？她走了不是好事吗？"墨珑目光倒是十分坦然，坦然得让东里长懊悔自己确实想太多了。

"……是，是好事。"东里长絮絮叨叨地自我安慰道，"虽说拿了她的龙牙刃，但这一路咱们尽心尽力了。说起来，桃花林里还救了她一命，也算是两相抵过了吧。"

"那是。"墨珑顺口道，一副压根儿不在意的模样。

东里长见状，也不便再多说，转头看见夏侯风还在和莫姬较真，没好气道："大清早就吵吵得不得安生。小风，你去泉眼瞅一眼，看看那边是什么状况。"

夏侯风不情不愿地挪出来，墨珑拍拍他肩膀："走，我陪你去。"

泉眼位于后山，由寺庙过去有一条人踩出来的小径，此间灌木甚多，郁郁葱葱，其中又以带刺者居多，在其间穿行，一不留神，衣袍容易划出口子，手脚也容易划出血道。

夏侯风打小在山中疯跑，皮粗肉厚，寻常荆棘对他而言就跟挠痒痒一样，压根儿不在意，大大咧咧地往前走。走出数丈才意识到墨珑没跟上来，转头一看，墨珑尚在三丈开外之处，弯腰俯身，似从旁边荆棘上捡了个东西。

"珑哥，什么东西？"他蹿回来，好奇地问道。

墨珑递给他一个大松果，同时不动声色地将手心之物隐入袖中。

夏侯风不疑有他，掰开松果，拣里头的松子吃，边吃边摇头道："这里的松子比不上我小时候所住那座山的松子好吃，没它大，没它香。"

墨珑目光扫过四周，慢悠悠地踱步道："那你为何还要下山？一直待在山上不就好了吗？"

"家规如此，到了年纪就得离家，爹娘抹着眼泪把我赶出来。"想起这事，夏侯风就有点儿怅然，"我家兄弟几个，都是这么被赶出来的。"

墨珑斜睨他："若是让你爹娘时时跟着你，时时照顾你，你就舒服了？"

夏侯风连连摇头："还是算了，他们肯定这也不准那也不许，我还活不活了。"

静默片刻，墨珑轻笑道："说的是，你现下这样，我看莫姬多半也不想活了。"

夏侯风急道："这怎能一样，我是担心她……"

墨珑耸耸肩，看着他，也不说话。夏侯风自己愣了愣，似明白了一点儿，还是忍不住道："可是我真的担心她……"

"今日若换成是你，你希望她陪着你去吗？"墨珑问道。

夏侯风又愣住，低头想了半晌，再没话说。墨珑安抚地拍拍他后背，目光却落在林中深处，那里，一只山鹏扑腾着翅膀飞出，叫声灵动婉转。

围观了一会儿淘泉眼，估摸他们干完活得到黄昏，墨珑与夏侯风折返回寺庙，方才知晓东里长已经帮着莫姬完成了偷梁换柱之计。停在院中其中一辆大车的车轮被卸下，所换上的新车轮正是莫姬所变化。

藤条韧性好，弯成车轮状不成问题，就是色泽上与木轮有差异，东里长在旁帮着掩饰。好在路途泥泞，车轮上都滚了好些泥巴，依样画葫芦给莫姬抹上泥巴，不留意的话倒也不易察觉。

"莫姬呢？"夏侯风屋里屋外找了个遍，没见着她，有点儿发急。

白曦忍着笑，朝院子里努努嘴。

夏侯风满院子又找了一遍，还是没找着，揪着白曦就吼："快说，她人呢？"

被吼得耳膜阵阵发疼，白曦只得道："轮子，轮子！"

夏侯风明白过来，看向大车，恍然大悟地道："原来她想的法子是这样！难怪不要我跟着。这法子真是……真是绝了！"

说着他走到被换下搁到一旁的车轮边上，理所当然地认为它就是莫姬，蹲下身子，认真无比道："你放心，我都想明白了。我不给你添麻烦，但只要你需要，我就在这里，不管什么事儿我都肯帮你。"

众人既感动又无语。

"这孩子真是……傻得没救了。"东里长摇摇头，指示白曦，"赶紧把那轮子劈成柴火烧了，别让人看出来。"

白曦应了一声，起身就去滚车轮。夏侯风怒瞪他："干吗？"

"求你了！哥，你家娘子在那边。"白曦把莫姬的位置指给他。

"娘子"再加上"你家"二字，对于夏侯风来说，宛如仙方，怎么听怎么妥帖，怎么听怎么舒服，怎么听怎么害羞……瞬时他的脸就红了，直红到耳根，配上一脸傻笑，相得益彰。

诸事妥当，直至夜半，月明星稀，清冽的泉水刚刚冒出泉眼，便被取走，置于大瓮之中。运水的人丝毫不耽搁，泉水取足，便立即起运。月色如霜，在喃喃佛经声中，他们一路下山而去。

此番莫姬虽不要旁人插手，但东里长等人也并非无情之人，计划一路跟到天镜山庄外的小镇，在镇上等她七日，若莫姬安然折返，则皆大欢喜。若时限已过，莫姬还未出现，也只得认命。

这个时限是莫姬所定，夏侯风虽不情愿，但心中暗想：倒时候就算我进不了天镜山庄，我也可以一直在镇上等你，七日、七十日、七个月、七年，反正你管不着我。遂他也点头同意。

运水的人一走，夏侯风便按捺不住，东里长拦不住他，眼看他显出原身，腾挪飞跃进林间，化为一阵风呼啸而去。

身为大尾巴羊的白曦，看见夏侯风的真身，还是禁不住抖了一下，连吸几口气让自己保持镇定。他偷眼去瞥墨珑，暗自揣度墨珑真身为何物。

"他们大车脚程慢，咱们等再过两个时辰，天亮了再走也绰绰有余。"墨珑打了个哈欠，回屋睡觉。

白曦凑近东里长，悄悄问道："珑哥和小风一样吗？还是比小风更厉害？"

"你好奇啊？"

白曦连忙点头。

"你猜。"说罢，东里长不紧不慢地踱回屋子去，院中仅留下一头雾水的白曦。

大车载着装满泉水的大瓮，分外沉重，车辙清晰可见。天亮后才启程的墨珑等人轻而易举地就能跟上他们，果然不出所料，车辙一路往西，正是朝着伊水而去。

在伊水河边，夏侯风急得团团打转，好不容易等来了墨珑一行人，忙迎上前道："他们上船走了，我们怎么办？"

顺着伊水一路北上，若风雨神给面儿，船借风势，两日一宿便可到达天镜山庄。玄飓是个讲究的主儿，如此这般，才能保证最清冽的泉水。

"船走了多久？"墨珑问道。

"小半个时辰。"夏侯风又急道，"那艘船是早就在这里候着他们的，这里又没别的船，怎么办？"

"顺着河往前走，肯定有渡口，雇一条船就是，慌什么。"墨珑有点儿好笑地看着夏侯风，"莫姬现下就是一个车轮子，没有人会和她过不去，你犯不上急成这样。"

"那我们赶紧去渡口雇船！"只听着前半截话，夏侯风俯身就背起东里长，"老爷子你太慢了，我背你。还有你！蹄子动起来，动起来！听见没有！"他冲着白曦嚷嚷，紧接着人就蹿出去了。

看夏侯风一口白亮尖牙，白曦颇感憋屈，低声嘀咕了一句："色迷心窍！"随即撒开腿追上前。

独剩下墨珑。带着水腥味的风从河面吹来，吹得苇草低伏下来，沙沙作响，他转头看去，眼底闪过一丝异样。片刻之后，他并未上前细究，转身快步赶路。

第十二章 暗自尾随

他们很快找到了渡口，雇了一条据说当地最快的船。船主母子四人，皆是土生土长的水蛇精。当家主母粗腰肥臀，说起话来掷地有声，一看便知是当家做主之人。

三个小伙子虽然精瘦了些，气力却不小，一人掌舵，两人摇橹，分配得当，船行得飞快。

"放心吧，明日日头落山之前，保管就到了双影镇。"头上簪了朵山茶花的小伙子边掌舵边朝他们笑道，他口中的双影镇便是天镜山庄外的小镇，"你们也是赶巧了，我们原是不想走远道的。只是天气就要转凉，走完这趟，我们就该歇了，等明年开春再来。这不，想着到双影镇买些好酒来存着过冬，可巧你们就要去双影镇。"

"莫非双影镇的酒特别好，与别处不同？"白曦最喜攀谈，与他闲聊道。

"那是自然，双影镇靠着天镜山庄，可谓得天独厚，两大冰川交汇在一处，凿下冰块来酿酒。你是没喝过，三十年的陈酿，一口就能让人醉生梦死。"说到此处，他情不自禁地吧唧嘴，似已迫不及待。他的两个哥哥亦摇头晃脑，显然深有同感。

当家主母叉着腰走过来，张口就骂："就你们几条懒骨头，还敢惦记着三十年陈酿，有五年陈酿喝就不错了。"

听得母亲开口训斥，三个小伙子立时噤声，埋头干活。

"家教真好，夫人真是持家有道。"白曦忙赔笑道。

对这话颇受用，当家主母昂昂头，扭着肥腰到后舱做饭去了。

还是头回见这般情景，夏侯风直咂嘴，压低了嗓门朝他们说道："我以为我娘就够凶了，没想到你家娘亲更凶啊！"

看上去年纪最大的小伙子诚恳地小声道："习惯了就好。"其他两人附和着点头。

"打是疼骂是爱。"白曦替他们找补。

"对对对。"三人忙赞同道。

夏侯风不可思议地转头去看墨珑："珑哥，你见过这样的吗？"

闲闲地靠着舱门，惬意地吹着风，墨珑慢悠悠地"嗯"了一声，然后才道："将来莫姬若有了孩子，多半比这个精彩。"

白曦想笑，又怕被夏侯风龇牙，忍得身子直抖。

夏侯风不服气："胡说，莫姬温柔多了。"

正在这时，簪花的小伙子"咦"了一声，手指向河中："大哥、二哥，你们快看，那是什么物件？"波光粼粼之中，一道碧青的影子快捷无比地从船的右侧掠过，稍纵即逝，让他疑心是不是眼花。

待其他人探头去看时，水底之物已全然无影无踪。

"不像鱼，游得好快！"小伙子不确定道，身子一展，骤然抽长，脚还站在船板上，脑袋却探入河水中。

见状，白曦倒抽一口凉气，立时本能地用双手护住脖子。他也不会水，倘若这些蛇精突然发难，怕是躲也来不及。

两个哥哥看出了他心中所想，连忙安慰他："客官不必害怕，我们自做了渡人的营生，就不沾荤腥。"

说话间，小伙子已经从水中出来，甩甩头，仍是一脸疑惑："不知晓是什么，反正以前肯定没见过。"

墨珑望着水面，唇边掠过一丝无奈的笑意。

船家果然只用了两日一夜便将他们送到了双影镇，与运泉水的船前后脚靠岸。黄昏时分下了船，夏侯风见莫姬所变化的车轮安然无恙，顿时安心了许多，片刻之后又心疼起来——大车载着沉沉的大瓮，车轮从鹅卵石铺成的路上碾压过去，发出"吱吱嘎嘎"的声响。

天镜山庄位于一个河谷之中，两大冰川，狼爪川与羊舌川在河谷交汇。狼爪川因形似狼爪而得名，羊舌川却是因一位上古匠人羊舌笃而得名。羊舌笃擅长打铁，技艺精湛，为制作出上等铁器，常年居于冰川之中，忍受酷寒，引冰川水淬铁。凡他打造的铁器，无论犁头还是锄头，剪子还是菜刀，皆锋利无比，经久耐用，声名远播。故而他当年居住的冰川也以羊舌为名。

他的后人虽挨不住酷寒的折磨，不再居于冰川，但先人的这门手艺总算是传承了下来。双影镇上便有羊舌家的铁铺，前头门厅摆设着各种铁器和利刃刀兵，伙计掌柜忙着迎来送往各色人等；后头大院内，二十几眼炉灶红红火火，精赤上身的汉子们挥着铁锤，豆大的汗珠子顺着背脊往下淌，打铁声此起彼伏，街面上都听得清清楚楚。

"羊舌家的铁器到了长留城能卖出翻倍价来。"白曦很是眼馋，站在店门口直勾勾地往里头看，只惋惜身上钱袋干瘪。

东里长瞥了眼墨珑，有点儿惋惜道："当初那柄银铩便是在这里定制的，可惜……"他没再说下去。

墨珑好笑地揽住东里长的肩："我知晓，为了那柄银铩，你花了大半积蓄，我领情得很，领情得很。要不我在这儿替你定制一根拐杖，如何？挑最贵的，不贵的咱还不要。"

"不要不要，就知晓哄我。"东里长不甚满意地哼唧了一声。

夏侯风全副心思都在运水的车队上，以为他们必定赶着往天镜山庄去，没料到的是，他们居然赶着车进了一间客栈的后院。

"这是怎么回事？"他觉得有些诧异。

东里长替他解惑："通往天镜山庄的桥每隔七日出现一次，午时一个时辰。我方才问过，明日恰好就是第七日，他们现下进不去，只能等明日日中。"

　　"这么麻烦……"白曦直摇头。

　　墨珑展目四顾："天色也不早了，咱们先找家客栈歇脚吧。"

　　夏侯风直愣愣就要往莫姬所在的那家客栈去，被墨珑一把拉住："不能住这家，保不齐会让人疑心，岂不是给莫姬添麻烦。"夏侯风见他说得有理，虽然心中惦记，但也知晓要以大局为重。

　　除了羊舌家的铁铺和用冰川水酿成的好酒，两大冰川的交汇也是一道绚丽风景，来双影镇品酒者多，观景者也多，加上与天镜山庄往来的客商，双影镇最不缺的就是客栈，整个镇子的房屋，客栈占了有一多半。

　　东里长念旧，仍选择去多年前曾经住过的客栈，可惜店主早已易人，他也未见着熟面孔，心中难免生出些许遗憾。墨珑安慰了他几句，他也听不进，闷闷倒头睡去。

　　白曦是头一遭来双影镇，心痒难忍，按捺不住想出去逛逛。正好夏侯风替莫姬忧心，坐立不安，墨珑也想分分他的神，遂让他俩一块儿出去走走，还往白曦手中放了好几块银贝。

　　看见银贝，白曦眼睛骤然闪亮，又要做谦逊推托状："这……多不好意思……"

　　墨珑打断他："你好好带小风散心，酒别多喝，免得他生事。你自己再买件棉袍，这里比长留城要冷得多。"

　　这话俨然是将他当自家人看待，让他照顾好小风，白曦心中感动，连连点头："放心吧，我肯定看好他。"

　　看着他俩出门去逛，东里长闷头睡觉，墨珑独自叫了碗白汤小馄饨，慢条斯理地吃。待他吃完，天色已全暗了下来，他这才信步出了客栈，往天镜山庄的方向行去。

　　入夜之后，风骤然大起来，带着细细碎碎的冰碴子，打在脸上，凉凉的，有点儿疼。墨珑出了双影镇，继续往北走，他走路轻而快，无声无息，不多时便到了镜湖边。头顶的苍穹几乎是透明的，黛蓝而深邃，银河横空而过，星光璀璨。两大冰川在夜色下泛着幽幽的蓝光，轮廓清晰可见，它们直延伸入镜湖。

　　镜湖形如其名，湖面平整如镜，倒映着熠熠星光。镜湖的另一边，便是天镜山庄的入口，被浓重的雾气所遮挡，外面的人根本看不清是什么模样。

　　与热闹喧嚣的双影镇相比，越发显得此间寂静得好似渗着丝丝寒意。而就在墨珑前头不远处的一个人影，也显得越发孤单清冷。

　　墨珑看着那个熟悉的人影，轻轻叹了口气，不出他所料，以她一根筋的德行，果然被困在这里了。

听见叹气声，灵犀身子一僵，转头望过来，看见有人在湖边，偏生又看不清模样，只得喊回去："谁？谁在那里？"

墨珑掏出火折子，迎风晃了晃。

火光亮起的那瞬，灵犀就呆住了，紧接着又看见墨珑面上戏谑的神情，不由得又窘又恼，没好气地问道："你怎的会在这儿？"

"这话好像该我问你吧？"墨珑反问她，"你不是回东海了吗？"

灵犀语塞，含含糊糊地嘟囔了一句什么。

墨珑没听清："嗯？"

灵犀没奈何，只得朗声道："我改主意了行不行？"

"哦。"墨珑点点头，表示了解，遂转过身去，竟是就要离开。

灵犀一看便急了，嚷道："喂！你别走！能不能帮我个忙？"

墨珑慢条斯理地转过身："嗯？"

"我的脚被冻住了，一点儿也动不了，你有没有法子？"灵犀向他求助。她的双足被牢牢冻在镜湖的冰面上，半分挪动不得，在这地方已站了小半个时辰，更糟的是，彻骨的寒意还在往上蔓延，估摸再过一会儿，冰面就能覆盖到膝盖以上。与她正相反的是小肉球，它在冰面上玩得正欢，哧溜滑过来，哧溜滑过去，一点儿也没事儿。

看灵犀可怜兮兮地在冰面上挨冻，墨珑倒是一点儿也不着急："你事先就没打听打听，双影镇的人都知晓，这镜湖轻易不能踏入。"

灵犀闷闷道："我自然是打听了。"

"那你还……"墨珑顿了一瞬就明白了，"你不信邪，非得自己来试试。"

灵犀低头不吭声，算是默认。

此刻墨珑无比理解她姐姐："我若是你姐姐，我也关着你，出门还得五花大绑。"

灵犀怒瞪他："不帮忙就算了，何必说风凉话。"

墨珑也很干脆，掉头就走了。

没想到他真走了，灵犀愣住，想张口喊他，却又抹不开面子，就这么眼睁睁看着他走出视野，消失无踪。

风越发狠厉起来，她甚是烦恼地看着双足，身为龙族，她倒不担心被冻死在这里，只是这般模样挨到天明，让一大堆闲杂人等指指点点，成为他们茶余饭后的谈资，着实丢人。无忧无虑的小肉球时而奔过来仰头看看她，可惜一点儿也帮不上忙。

方才她试着用银铩用力敲击冰面，凭她的气力，倒是刺出了几个小洞，但随即从这几个洞冒出尖锐的冰凌，贴着身侧，还有一根从灵犀脸旁堪堪划过，面颊生疼，想是划破皮了。

第十二章 暗自尾随

这个破地方！灵犀恼怒得很，试着挪挪脚，无奈任凭她怎么拼尽全力，就像无形中有密密匝匝的绳索捆住她的脚面，将她牢牢绑定在冰面上。折腾了半晌，她气力耗尽，不得不放弃挣扎，认命地想来日姐姐若知晓她在外头这般丢面子，想必一定气得很，不知要怎么罚自己。

正当她低垂着头一径胡思乱想，听见有人唤她："喂！醒醒，现下还不是睡觉的时候。"

她抬头看去，墨珑不知何时又回来了，左肩上还擩着一叠厚厚长长的毛毡，风过，一股刺鼻的气味扑面而来。

"火油！"她闻出来了。

墨珑左臂一舒，喝道："接着！"厚厚的毛毡就向她抛了过来，带着难闻的火油味。

幸而灵犀气力甚大，才没被这摞厚毛毡直接砸到地上去，费劲地接住，触手处又湿又滑，才知晓毛毡上全都被浇了火油。

"把毛毡都铺在你周围。"墨珑朝她道。

灵犀心喜，依言将毛毡绕着自己铺成一个圈。

"我教你避火咒，你记好了。"

面上喜色在听到"避火咒"三个字后便消退，她沮丧地抬眼看他道："你教我也没用，我没有灵力，根本用不了。"

差点儿把这层忘了，墨珑望着她摇头："你还真是个麻烦。"

灵犀刚想还嘴，便见他轻飘飘地跃起，足尖在冰面轻点，一个起落便到了她跟前。

"你……"她话未说出口，墨珑已伸臂将她揽入怀中，另一手晃亮火折子，往毛毡上一丢……几乎是在顷刻间，烈焰腾地蹿起，熊熊火光环绕在他们周遭，墨珑掐诀念咒，护灵犀避开吞吐的火舌。

冰面甚厚，好在墨珑特地用牦牛毛制成的厚毛毡，在火油帮助下，没有被冰面寒意所击退，顽强地燃烧着。

灵犀被墨珑牢牢护在臂膀内，听见毛毡燃烧发出的噼啪声，听见脚下冰面裂开的咔嚓声，还听见了墨珑的心跳声——"怦、怦、怦……"他的心跳比她稍快些，稳健而有力，即使此时身处险境，她却莫名很安心。

原来心跳这么好听，她自顾自想，陆上的都比海里的要跳得快吗？这倒是奇怪。

墨珑一面念避火咒，一面留意着灵犀脚下的冰面，看准时机道："走！"

灵犀本能地抬脚，感觉到已有些许松动，心中大喜，使劲一挣，双脚果然脱困。墨珑挟着她，飞掠而出，回到湖边，这才松开她。

"原来这么容易就能出来！"灵犀喜滋滋地回头去看冰面上还未燃尽的毛毡。

"容易？"墨珑很想吐血，为了帮她弄得一身火油味，估摸鼻子得失灵一两日，"要不你回去再试一次？"

"那倒不用。这次真是多谢你了，否则在冰面困到明早，被瞧见就太丢人了。"灵犀笑道，"这次真是巧，正好你到湖边来。"

"不巧。"墨珑慢吞吞地说道。

灵犀没听懂："嗯？"

墨珑探手入袖，指尖拈出一物，递给她："这是你落下的。"

灵犀接过一看，是一枚小小的珍珠，是自己发间的小珍珠："你在何处捡到的？"

"寺庙后山，通往泉眼的树丛里。"墨珑偏头看她，见她面露尴尬之色，遂继续道，"你其实一直跟着送水的车队，直到他们上了船，你不知道该怎么办，就躲在岸边芦苇丛里等着。后来看我们雇了船，你就在水底一路跟着船到了双影镇。"

灵犀瞠目结舌，讪讪地说不出话来。

墨珑接着道："今夜我到此地并非巧合，而是我知道，你一定想趁夜偷偷摸摸穿过镜湖进入天镜山庄。"

灵犀无言以对。

"不过我没想到的是……"墨珑顿了下，瞅她的眼神颇为无奈，"你事先已打听过镜湖的危险，居然什么防备措施都没有就敢往里头闯。你是笨呢，还是一腔孤勇？"

"你才笨呢！"灵犀恼怒道，"我打听过，听说有种靴子用深海鱼油浸泡过，不易被冻上，可惜我身上没钱，买不起。"

昔日出手那般阔绰，如今瞧她这般模样，墨珑叹了口气："你住哪里？"

似乎觉得他问了个蠢问题，灵犀干瞪着他，硬邦邦道："我哪有钱住店？"

墨珑怔了怔："饭也没吃？"

灵犀垂着头，闷闷地"嗯"了一声。

"我若是你姐，我真的……"墨珑话说到一半，正对上她没好气的眼神，终是没忍心说下去，"走吧，我带你吃饭去。"

"我没钱。"

"……我有钱。"墨珑瞥她，"就算我扶危救困，仗义疏财吧，哼……八百年都没干过这种事儿了。"

灵犀愣住："要不，算我赊账？"

湖边风大，墨珑不耐烦和她啰唆，唤了小肉球回来，拉了她就走。

第十三章

天镜山庄

"这个,这个,还有那个……"

墨珑盯着墙上的粉漆水牌,手指轻点,店小二在旁殷勤而认真地听着。

"这几个菜不要,"墨珑道,"其他菜各来一份,让厨子麻利点儿,快些上菜。"

店小二先是一愣,转而才明白过来,连连点头。很快,一道道热气腾腾的菜肴流水般端上来,已两三日没吃过正经东西的灵犀先用鱼汤泡了几块饼端给小肉球。她也是饿极了,运箸如风,半晌便吃了大半,这才稍稍缓下来。

墨珑在旁支着肘看她吃,忍了忍,没忍住,还是想骂她:"你也是笨,没了银两,连顿饭都吃不上。"

"……没钱怎么吃饭?"灵犀莫名其妙,伸手给自己盛了一碗牛肉羹。

"不花钱,照样能办许多事儿。"墨珑看她,想了想道,"你不是想买那双靴子吗?待会儿我就教教你,怎样不花一个子儿,就能买到。"

灵犀自然不信,不服道:"不就是生抢吗?要让我姐知晓我在外头干这事儿,肯定得打折我的腿。"

"谁说要抢……笨死你算了。"墨珑斜睨她,"快吃,吃完我带你长长见识。"

灵犀虽然不甚相信,但依言风卷残云般将桌上饭菜清扫一空。望着一桌子空盘,墨珑直摇头:"你这两日不会什么都没吃吧?"

"在河里头吃了条生鱼。"灵犀回想那条鱼的味道,眉头拧起,苦大仇深道,"一股河腥味,难吃不说,刺还多,比我们海里头的差远了。"

"行了行了,谁不知晓海鲜好吃,嘚瑟什么。"

吃饱后,身子也暖和起来,极为舒适,灵犀舒展身子,朝他笑道:"以后你到东海来,我也请你吃饭。我们东海好吃的多着呢,一顿吃不完,一天也吃不完,你连住三个月才好。"

墨珑挑了挑眉,笑道:"连住三个月,到时候就算你不赶我,你姐也得赶我吧。"

"怎么会?你是我在陆上结识的好友,自然是东海的上宾。"灵犀越说越欢喜,"我找一枚避水珠给你,你想来就能来,就算姐姐关着我,我出不去,你也能来找我玩。"

"我才没那闲工夫。"墨珑佯作不屑地应道。

他唤过店小二,付了账,抬脚往外走,背对着灵犀时,唇边禁不住泛起笑意来。

街面上,灯火阑珊,人流熙熙攘攘。

人多方才好行事,墨珑很是满意,转头将灵犀打量了一番,自言自语道:"索性把一套行头都置办齐了,省得麻烦。"

灵犀听得懵懵懂懂,压根儿没弄懂他究竟要如何行事。

"你怎么不把它卖掉?"墨珑突然指向跟在她脚边的小肉球,"虽然不知晓它是什么,但它能在镜湖冰面上来去自如,说不定能卖个好价钱。"

"当然不行!"灵犀立时皱眉,"它是我从象庭带出来的,自然要好好待它,怎能卖掉?"

墨珑好笑道:"让它陪着你饿肚子,这也算好好待它吗?"其实早就料到她舍不得小肉球,他闲话不说,拉着她逛街,直到逛到一家小店铺,买下两个一模一样的锦织钱袋,把其中一个递给灵犀。

灵犀不解:"我没钱,要钱袋有何用?"

"拿着,去装一袋小石头。"

也不让她再问,墨珑不由分说推她去,她只得依言去装了一袋子鹅卵石。钱袋拿在手中,沉甸甸的,不打开看还真以为有一袋子银两。

灵犀虽然费解,但有点儿明白:"你想用它骗人?"

"不懂就别瞎说!"墨珑满意地掂了掂手中两个钱袋,一个装着金贝,一个装着鹅卵石,放入袖中揣好。

镇上有好几家成衣铺子,墨珑想都没想,就带她进了最大的那间铺子。因双影镇地处冰川之畔,自是寒冷非常,所售的衣物皆以厚重保暖为主。这家铺子所售物件十分齐全,从靴子到衣物,再到暖帽都有。

墨珑携着灵犀,阔步走入店中,掏出沉甸甸的钱袋往柜台上一放,朗声道:"给我家娘子拿件披风来,再拿双靴子,都要上好的!"

"我家娘子"?是谁?我吗?

灵犀愣住,转头疑惑地看向他。

"娘子,你逛累了,先坐下来歇会儿。"他用力捏了捏她的手,示意她配合自己,转头又朝店家道,"店家,把你们上等的披风都拿出来,不要狐毛的。"

店家是一头牦牛精,厚厚的毛发梳理得甚是整齐,声音也浑厚,连忙叫伙计去拿披风和靴子给灵犀试穿。

"这件雪貂皮的不错。"墨珑边看灵犀试穿边点头。

店家笑道："客官眼光真好，这件貂皮披风是昨日刚刚到的货，皮料做工都是最好的，就是价钱……贵了些。"

"不贵我还不买呢。"墨珑做财大气粗状，将自己放在柜台上的钱袋打开，露出内中的金贝，"给自家娘子花钱，可不能省。"

"那是，那是。尊夫人这般容貌，客官您好福气呀。"

店家笑道，这种舍得花钱的客官向来最受欢迎。这一整袋的金贝，莫说买一两件披风，便是买下三四十件也足够了。

灵犀莫名其妙地试过披风，又试了靴子，一双眼睛直朝墨珑看，不知道他究竟要做什么。

墨珑这才走过来，伸臂将她搂入怀中，在她耳畔悄声道："一会儿无论我问你什么，你都摇头。"

自从进店以来，又是娘子，又是试衣，又是试靴子，灵犀绞尽脑汁也没搞懂他葫芦里究竟卖的什么药。正当她疑惑之时，便听见墨珑问道："娘子，这件貂裘毛色甚好，我看着甚好，你喜不喜欢？"

灵犀一怔，对上他的双目，才反应过来，连忙摇摇头。

"不喜欢啊。"墨珑做出很遗憾的模样，"靴子呢？"

店家忙插嘴道："这双鹿皮靴子可是上等货，又轻又暖。"

"你穿着可舒服？喜不喜欢？"墨珑又问。

灵犀又摇了摇头。

店家有点儿急了，不愿放走这样的大主顾，忙道："不要紧，我们店里头还有别的款式，夫人再试试。"

墨珑低首柔声问灵犀："你要不要再试试？"

虽然有点儿同情店家，但灵犀还是谨记他的话，一路摇头到底。

墨珑遗憾地对店家道："罢了，看来她不喜欢。没事，等下回有新货，我们再来逛逛。"他收好钱袋，仍携灵犀出了店门。

行出数十步，估摸着店家已经看不见他们了，灵犀这才迅速挣开墨珑的臂膀，恼道："这都什么呀？我才不是你娘子！你就是为了耍弄我，对不对？"

墨珑抱臂看她，笑道："怎的？你又不吃亏。"

不知该怎么接这话，灵犀涨红了脸："反正，就是不行！"

"行了行了，我逗你玩呢。方才只是前戏，真正的大戏还未上场。"墨珑施施然往前走，一派悠然。

灵犀越发费解，追上他，揪着衣袖问道："还有什么大戏？"

墨珑晃着脑袋，不肯说。

"你不会是还想要我吧？"灵犀狐疑地盯着他，甚是不满，"就算我骗过你一回，我也向你赔礼了，何必再三耍弄我？"

墨珑停步瞥她，疑惑道："你何时向我赔礼了？"

灵犀语塞片刻，低头抠手指头，低低道："我是在心里……没说出来而已。"

墨珑本想绷着脸，没忍住还是笑了出来，用手戳她眉心："莫以小人之心度君子之腹。"

不远处的酒楼，白曦陪着微醺的夏侯风出来，十分尽职尽责地扶着他，不经意抬头间看见墨珑与灵犀，怔了怔。

"她怎么会在这里？"他自言自语，"头回见珑哥笑得跟朵花似的。"

夏侯风转头："嗯？你说什么？"

"灵犀在那里，和……"白曦手一指，方才还在那里的两个人眨眼间却都不见了，他愣住，四下张望，仍是没有看见。

夏侯风眯眼看去，没看见，又揉揉眼睛："灵犀？她怎的会在这里？"

"……人怎的没了？"

"眼花了吧你。"

白曦扶着夏侯风回客栈，不甘心地又回头望了两次，仍是没看见人，只得承认方才是自己眼花。

墨珑正拉着灵犀在一家糕点铺子里头挑挑拣拣。

"爱吃甜的……"他弯着腰，挑选得非常仔细，"不能有桂花味，他嫌腻味，花生也不吃……"

一旁摆着一溜专供免费品尝的瓷盘，灵犀百无聊赖地一盘盘吃过来。她已经不想再问此举有何用意，虽然心里好奇得要命，但也不想让墨珑耍着自己玩。

墨珑挑好糕点，店家用油纸密密实实地包裹好——酥油奶饼一盒，酒皮澄沙饽饽一盒，酥黄酸酪葡萄干饽饽一盒，金银竹节卷一盒。

"我可吃不了这么多。"灵犀事先声明。

墨珑把一摞盒子往她怀里一放："这些是给老爷子买的。走，带你去喝茶！"

"我不想喝茶！"灵犀断然拒绝。

"必须喝，正戏就要开场了。"

"……"

墨珑拉着灵犀往回走，快到方才那家成衣铺时，拐进了成衣铺斜对面的茶水铺子，拣了张最靠街面的桌子坐下。

灵犀警惕地盯着他："你到底要做什么？不许再叫我娘子。"

"放心,你只要坐在这里喝茶就行。"

将糕点盒子在桌上摆好,又要了一壶最便宜的高末,墨珑让灵犀坐着别动,自己则大步往成衣铺走去。

也不知他到底设了个什么局,灵犀颦眉望着成衣铺。

"店家!"墨珑一进门便大声道,"把方才我家娘子试的披风和靴子都拿出来。"仍是把钱袋往柜台上重重一放。

店家眼睛一亮:"客官,您又回来了!"

"又逛了几家,我家娘子还是觉得你家的最好,所以就折回来了,她还想再试试。"墨珑道,"你把方才她最后试的貂毛披风和鹿皮靴子拿来。"

店家忙命伙计拿给墨珑,同时问道:"夫人呢?"

墨珑朝门外努努嘴:"她身子弱,逛累了,正喝茶歇息。我拿过去给她试。"

"拿过去?"店家犹豫片刻,目光瞥见柜台上的钱袋,心道,这钱袋里头的钱够买三四十件,也不怕他跑了。

"就在对面,难不成你还怕我们跑了?"墨珑挑眉。

"哪里哪里,客官你只管拿过去让夫人试。"店家忙道。

"多谢。"

墨珑拿着披风和靴子,穿过街面,在灵犀诧异的目光下回到她身边。

"来,穿上!"

灵犀压低声音问道:"怎么回事?"

"你只管穿。"墨珑把披风给她罩上,又催着她换靴子。

瞥见店家正往这儿探头探脑,灵犀只得不情不愿地穿上:"然后呢?"

"接着喝茶,不急。"

墨珑好整以暇地端起盖碗,吹了吹上面的浮沫,慢悠悠地品了一口,实际上眼角的余光一刻不离成衣铺的店家——看见里头似有伙计唤他,店家不得不转头,不放心地又朝茶铺看了一眼,这才回身处理事务。

说时迟,那时快,墨珑一手拎起糕点盒子,一手拉起灵犀就朝茶铺里面走去,飞快地从茶铺的后院穿出,直达街边小巷,再沿着小巷七拐八弯……等停住脚步时,他们已经在伊水河旁,周遭夜色沉沉,只能听见河水静静的流淌声。

穿着貂裘,灵犀跑出一身汗,气还没喘匀就问道:"你……你真没给钱?"

"废话。"墨珑理所当然道,"给钱了还用得着跑吗?"

"可是……他怎会愿意让你把衣物拿出来呢?"

墨珑方才把这骗局其中的关窍讲给她听,灵犀这才明白他为何要买两个一模一样的钱袋。

"店家以为你有那么多钱在店里，自然不会不回去。"她咬咬嘴唇道，"等他打开钱袋，岂不是……"

"原以为是金贝，没想到是一袋子石头。"墨珑笑得轻松惬意，"想必脸色一定不好看，可惜啊，看不到。"

灵犀闷闷道："咱们与他无冤无仇，何必这样坑他？"

墨珑不在意："他自己看到一袋子金贝，抵得过那一屋子的衣物，心里起了贪念，怎能说我们坑他。"

"这怎的能叫贪念？"灵犀反驳道，"人人都喜欢钱，他本本分分做生意赚钱，这有何错！当初你们肯帮我去象庭，不也是因为我肯出钱吗？"

听到此处，墨珑面色一沉，语气骤然不善："你拿我和他相提并论？在你眼里，我和他是一样的？"

"不是。"灵犀不明白他为何陡然恼了，解释道，"我就是觉得这样骗人不厚道……"

墨珑打断她，冷哼道："你以为我是什么大善人吗？"

"我……"灵犀愣住。

"东海龙族的小公主，你地位尊贵，养尊处优，自然看不惯我们这等混江湖的行径。"墨珑欺近她，冷冷道，"不厚道？这些年我早就不知道什么叫厚道了。"说完，他径直大步走了，压根儿不再理会她。

灵犀孤身一人站在河边，怔了半日。河边风大，身上的汗被风一吹，她禁不住哆嗦了下，拢了拢貂裘，低下头很认真想了想，然后捡起地上的糕点盒子，往双影镇走去。

来的时候一直是被墨珑拉着跑，她记不住来路，只朝着灯火亮堂的地方去，不多时便回到了双影镇的街面上。没犹豫，她直接回到了方才那家成衣铺，找到店家，脱下貂裘就要还给他。

"衣衫还你……"

店家诧异地问道："夫人还是不喜欢？"

原以为店家见到她会大怒，追着她要回貂裘和靴子，怎么也没想到他还是这般殷勤，灵犀愣住："那什么……钱……"

"方才你家相公已经来付过钱了。"店家忙道。

灵犀愣住："他刚刚来过？"

店家点点头。

灵犀抱着貂裘，立在店门口四下张望，却已看不见墨珑的身影，心下怅然若失。她也不知墨珑住在哪家客栈，该往何处寻他，完全没有头绪，又是沮丧，又是懊恼。

跟在她脚边的小肉球，嗷嗷叫了两声，拔腿就跑。

"你去哪儿？"

灵犀忙追上去，直追出数丈远，才见小肉球停在一个人脚边。它正热络地直拿自己圆滚滚的身子去蹭那个人的靴面。

"你在这儿呀！"灵犀喜道。

墨珑低头看看小肉球，再抬头瞥了一眼灵犀，冷哼道："你的眼神还不如它呢。"

"我……"

灵犀刚想回答就被他打断。

"你还是别说话了。"墨珑仍是皱着眉头，瞪她道。

灵犀郁闷道："我没说什么呀，又不是故意要惹你着恼。"

墨珑沉着脸："跟我走，不许再说话！"

小肉球很乖，跟在他身后"嗒嗒"走。

灵犀越发郁闷，低声咕哝："说翻脸就翻脸，比我姐姐脾气还大。"她跺跺脚，只得跟过去。

墨珑将她带回客栈，另为她安排了房间，临了嘱咐了四个字："不许乱跑。"

"我……"灵犀还有话想说。

"你不许说话，只管听着就行。"

"喂！你……"灵犀不满。

墨珑对此反应是直接把门一关，压根儿不再理会她。

双影镇的清晨是从滚滚的车轮声中醒来，陆续又有船靠岸，一辆又一辆大车从码头穿过双影镇的街面，有运泉水的，运柑橘的，运宣纸的，还有些车辆罩着厚重的车帷，叫人瞧不清里面是人是怪。

灵犀所住的厢房临街，一大早便被吵醒，披衣推窗，瞅着一辆辆马车排着队往镜湖的方向驶去，猛然想到有这么多车，自己随便躲在一辆马车上，说不定就能混进天镜山庄。

急匆匆穿好衣袍，套好靴袜，她才拉开房门，就愣住了——门外站着正预备抬手敲门的东里长，他也愣住了，且惊讶程度远胜于灵犀。

"你……你……怎么会在这里？"他手指头指着她，绿豆小眼瞪得滚圆。

不等灵犀回答，他伸长脖子往里探去："墨珑人呢？这明明是他的厢房。你跟他……他跟你……"东里长声音有点儿哆嗦，也不知是气的，还是震惊太过。

灵犀没明白他什么意思，诧异道："我跟他怎么了？"

这时候，另一头厢房的门打开，出来的是墨珑，后头还跟着揉眼睛的夏侯风。

"老爷子,我在小风这儿。你瞎想什么呢?"墨珑抱怨着,走过来就拖东里长。

东里长不依不饶,不肯动弹,指着灵犀道:"她怎么会在这里?你说!是不是你们俩串通好了骗我!"他原以为灵犀真的走了,甚是安心,没想到她居然凭空出现,而且就在墨珑房中。

"谁骗你了,你想多了。"墨珑料到他会不满,但没想到他会发这么大脾气,"老爷子,来来来,咱们进去坐下说话。"他半扶半推地把东里长弄进去,示意小风赶紧倒茶。

灵犀在一旁干站着,想试着开口解释:"我们……"

刚说两个字就被墨珑打断,要她噤声:"你别说话。"

灵犀无奈,心里还记挂着混进车队的大事,抬脚就想走,却又被墨珑拖回来,重重盯了她一眼,虽未开口,意思却也非常明显——老老实实待着,不许乱跑。

"老爷子,我也是昨晚才碰巧遇上她。"在东里长面前,墨珑先把自己撇清,"昨夜我到镜湖边走了走,就碰上这丫头被冻在镜湖里头,动弹不得。那时候我就想,干脆装着没看见,反正她跟咱们也没关系了。"

听到此处,东里长张了张口,想说什么,又强忍住。倒是夏侯风插口道:"那怎么行,好歹相识一场,太不仗义了!"

就等着这话,墨珑接着道:"我估摸着回头跟老爷子这么一说,他肯定也要骂我不仗义,所以我就帮了她一把。"

东里长哼了声。

"把这丫头从湖里弄出来,我才知晓,她因为身上没了银两,又不懂随机应变,是既没饭吃,也没地儿住。没法子,我只好把她带回来了。"墨珑补充道,"她住我这屋,我和小风一块儿挤了挤。"

东里长挑不出他毛病,没话说,皱眉片刻,转向灵犀:"你,怎么回事?不是说回东海吗?"

灵犀不吭声,低头看地上。

"学会骗人了啊,有长进!"东里长直哼哼。

墨珑把桌上的糕点盒子推过来给东里长,打圆场道:"这是昨夜在街上特地给你买的。"

"不吃。"东里长气性很大。

墨珑打开盒子,好声好气道:"酥油奶饼,金银竹节卷……"

"不饿!"东里长把头撇到一旁。

"酒皮澄沙饽饽,酥黄酸酪葡萄干饽饽。"墨珑笑道,"您不是一直惦记着这口儿吗?"

"谁说的？我不吃。"

"那就是我记岔了。"墨珑也不勉强，转头朝夏侯风道，"……小风，你拿着这些点心，跟小白分了吧。"

东里长立时伸手按住糕点盒子："我现下不饿，说不准待会儿就饿了。"

老爷子总算有顺台阶下来的意思，墨珑笑道："您先尝一个，看还是不是那个味儿。"说罢，他殷勤地递了个酒皮澄沙饽饽，直送到东里长嘴边。

一股子熟悉的糟卤酒香扑鼻而来，东里长没忍住，接到手里咬了一口，边嚼边看墨珑："别以为我吃了东西，就是消气了。"

"没有。"墨珑再给他倒上茶水，笑眯眯道，"您先吃，吃饱了再教训我们。"

东里长白了他一眼。

灵犀在旁暗暗佩服：原来这样就能哄人，下回姐姐着恼了，自己也试试这哄人的法子。

吃了两块饽饽，东里长想想还是不放心，问墨珑道："你打算拿她怎么办？这孩子也忒不让人省心了。"

"谁说不是呢？"墨珑附和着，顺带瞥了灵犀一眼。

灵犀装着什么都没听见，双目漫无目的地游移。

墨珑附耳对东里长道："不过我也想好了，这丫头是不见棺材不掉泪，昨夜里她已经在镜湖吃过亏，今儿我再带她去见识见识，保管她就得打消念头。"

东里长一怔，抬眼看他，还是不甚放心："可别再生出其他事儿来。"

"放心。"

还未到日中，镜湖外的雪地里已排满长长的车队，却是极为安静，在漫天风雪中，除了脚步声、马蹄声和马匹偶尔打个响鼻，几乎听不见其他声音。没有人打招呼，没有人闲聊，甚至连喘气声都刻意被压制在最小。

灵犀不太明白，墨珑所谓的带自己见识见识，就是来镜湖前看车队？墨珑也不解释，只让她等着看。夏侯风实在惦记莫姬，也跟了来，很快找到运送泉水的两辆大车，不敢靠太近，双目可怜巴巴地一直看着。白曦就在旁陪着他。东里长本不愿意来，可对这几只小崽子着实放心不下，站得远远的往这边看。

还是头回见这么长却又这么安静的车队，灵犀缓缓顺着车队往前走，直走到最前头，才看见伫立在镜湖前的一对铜雀。昨夜她来时，只看见黑乎乎两团影子，现在才算看清它们的模样。

片片铜羽，丝丝分明，栩栩如生，它们就这样静静立在雪地上，静静承受着寒风，承受着雨雪，已有数千年之久……

午时将至。

阴霾天地,漫天风雪,忽有一声清冽高亢的鹤鸣,裂开混沌天地。两只白鹤不知从何处而来,白羽胜雪,如玉如璧,轻飘飘地落在镜湖冰面上。

灵犀禁不住轻轻"呀"了一声,生怕它们被冰面冻上,如此轻灵如仙的生物,任凭是谁都不忍看见它们受苦。墨珑拉她往后退了退,示意她莫要出声,只管看着就是。

冷厉绝寒的冰面,在白鹤脚下却是异常温和,它们翩然几个起落,飞羽振起,雪花消散,利爪在冰面上留下淡淡的痕迹——从没想到,羽禽竟能美到如此境地,灵犀看得入神。突然,冰面下传来隐隐的隆隆之声,把她骇了一跳,忙询问地看向墨珑。后者气定神闲,似早就知晓,示意她接着看下去。

隆隆声越来越大,湖面开裂,冰屑四下飞溅,一座长长的拱桥从湖底升起,通体洁白,雕栏玉砌。待桥身落定,桥头正好就在铜雀身后。灵犀这才知晓那对铜雀原来是拱桥所在的标识。

桥的另一头延伸向天镜山庄,雾气弥漫,叫人根本看不清楚那边是什么光景。很快,一群黑影自雾中飞出,尖喙如钩,利眼藏锋,竟是一只只苍鹰。幸好,虽然目带凶光,它们并无攻击之意,在拱桥上方盘旋几圈,便前前后后,参差不齐地停栖在桥栏上。

灵犀着实好奇得很,忍不住想问:"它们……"

墨珑朝她打了个噤声的手势,仍不让她说话。

桥的那头传来齐整的脚步声,很快出现了一队青衣人,衣袍整洁,发髻一丝不乱,有三四十人。他们大步朝铜雀桥头行来。

看见青衣人,原本等待的车队,纷纷将拉车的马匹卸下。为首的青衣人行到最前头的大车前,将套车的绳索往自己身上一搭,拉着车便上桥。那车上运载着六缸海盐,少说也有近千斤,他竟然拉着就走,轻轻松松,毫不费劲。其他的青衣人也如他一般,依次拉上其他大车。

青衣人走得并不快,拉着大车,在桥栏上苍鹰的注视下缓缓往前走。车轮碾过桥面,声响很怪,和碾过冰面的声音一样。灵犀听在耳中,有种莫名的紧张。

突然,一只苍鹰凌空飞起,双爪扑向一辆载着柑橘的大车,利爪一钩,直接拎起一箩筐柑橘,在空中抖落——箩筐中掉出来的,除了一个个柑橘,还有一头将自己盘成团的白耳白喙的狙如鼠。

露了馅的狙如鼠在半空中惊魂未定,立时有另一只苍鹰扇动黑羽,腾空朝它扑去,在狙如鼠堪堪落到桥面时,又将它拎起,重重抛至镜湖冰面。狙如鼠立时被冻在冰面上,身上几处被鹰爪所伤,虽不致命,却是动弹不得,甚是狼狈。

第十三章 天镜山庄

见状，灵犀倒吸一口凉气，这才明白这群苍鹰为何要停栖在桥栏之上。寻常苍鹰已有敏锐的目力和嗅觉，这群苍鹰来自天镜山庄，想必比寻常苍鹰还要厉害上几分。

她正想着，忽又见一只体形较大的苍鹰扑向一辆载着食盐的大车。盐装在大瓮中，用木塞封存好，苍鹰利爪力量甚大，仅凭双爪便把大瓮拎起，直至半空才松爪，大瓮落地裂成数块碎片，白花花的盐洒了满地，一只极不起眼的灰白色小甲虫混在其中，惊慌失措地想逃走。

鹰喙一啄，再一甩，小甲虫被摔在冰面上，腾地显出原形——竟是一位穿着灰白衣袍的矮小老者，毫无例外，也被冻在了冰面上。

狙如鼠和矮小老者，你看看我，我看看你，尴尬中透着亲近，亲近中透着生疏。

镜湖边，灵犀看得目瞪口呆，变身为小小甲虫，藏在封存的盐瓮里，居然都能被找出来。按她原先的设想，藏身在运水的大瓮中，岂不是很容易就会被发觉，然后……她目光移向被冻在冰面上的狙如鼠和那个矮小老者，众目睽睽之下，着实丢人。

此时最紧张的人是夏侯风，心中忐忑不已，生怕莫姬也被抓出来。眼看运泉水的大车也上了拱桥，在群鹰虎视眈眈中，缓缓而行……一只苍鹰偏头盯着，忽然扇了扇翅膀，幸而只是它只是舒展一下，并未飞起，但已骇得夏侯风心跳如鼓，手心中全是汗。墨珑、东里长等人也是紧紧地盯着，替莫姬攥着一把汗。

运泉水的车一直行到拱桥中间，尚未有苍鹰扑过去。

前几个被揪出来的都是在桥的前半截就被苍鹰发现，夏侯风抽隙给自己喘了口气，岂料一口气还没换好，最大的那只苍鹰双目阴沉，扑腾着翅膀，直飞到莫姬那辆大车上，就立在车辕边——它不动，却也不走，像是本能地察觉到这车有异常，却一时找不到异常所在。

夏侯风心慌至极，手边无可凭借之物，一把拽住白曦。无意之中，气力比寻常还要大出数倍，可怜白曦疼得咬紧牙关，硬是忍着没叫出声来。

一直在冰面上优雅踱步的白鹤，昂起头颈，见苍鹰遇上难题，展开白羽，飞上桥面。只偏头看了一眼大车，它便伸出又长又尖的喙，轻轻啄了啄车轮……白曦没忍住，低低地痛叫一声，因为紧张过度的夏侯风差点儿捏碎他的臂骨。估计莫姬也要被抓出来，灵犀没敢看，紧揪着墨珑的衣袖，把头埋进去。

等了好半晌，并未听见物件被砸落在冰面的动静，她才探出来，轻轻"咦"了一声。运泉水的大车已经平安无事地过了桥，驶入浓雾之中，进了天镜山庄。

"怎么回事？"她诧异道。

墨珑目光复杂，紧盯着大车消失的桥那头不吭声。他也没弄懂到底怎么回事，白鹤明明已经发现了莫姬，为何放过了她？东里长也不懂，更不消说夏侯风和白曦。

也许方才那一啄只是试探，莫姬忍痛挨了过去，没有露出破绽，所以白鹤没有继续为难她？

心有余悸的灵犀站着镜湖边，看着所有的车队都过了拱桥，其间又有想混进天镜山庄的人或精怪被揪出来，丢落在镜湖冰面上。最后，卸空了的大车又一辆辆被送了出来，仍回到桥的这边。

运泉水的大车，少了一辆，正是莫姬所在的那辆车。运水的人不明白怎么回事，青衣人只简短告知车在庄内坏了，会另外用银两找补。天镜山庄出手向来大方，既然肯补银两，必然是只多不少，运水的人立时就不再计较。

车坏了？这点儿信息实在让人无法预料莫姬究竟是否安然无恙。

夏侯风急得直抓头发，却是一点儿法子也没有，眼睁睁看着青衣人折回，苍鹰与白鹤振翅归去，拱桥复沉入湖底。

"怎么办？怎么办？她到底……"夏侯风心里一阵阵发慌，拉着东里长问道。

东里长其实心里也没底，但还是安慰他道："莫姬比你聪明得多，方才那关能过，到了里头，她应该会随机应变。我们且在外头安心等着，不要自己慌了阵脚。"

夏侯风喃喃道："还得等上七日……万一七日到了，她没出来怎么办？"

东里长语塞。

灵犀在旁理所当然道："到时候我们想法儿进去找她就是。"

东里长立时气恼，瞪她道："看了今日这般情景，灵犀姑娘不知有何妙招？"

"我……"这下轮到灵犀语塞，她踌躇片刻，转头看向镜湖冰面上的狙如鼠，还有矮小老头等，不禁同情地问道，"他们怎么办？会被冻死吗？"

"他们若有同伴，待会儿等没人了就会来救他们。"墨珑不甚在意道，"就算没同伴，双影镇还有专门做这等生意的，谈妥了价钱就能把人弄出来。"

灵犀点点头，过了半晌，诧异地问道："为何有这么多人想进天镜山庄？他们也想找澜南？"

墨珑冷笑道："据说在天镜山庄内，上古时代的奇珍异宝不计其数，得其一便可富甲一方，且还有可修仙的丹药和秘方，可令人白日飞升。外间的人听了这些传闻，自然钟情于天镜山庄。"

原来如此，灵犀默默地想到，外间也有传说东海水府有各色珍宝，常有人试图潜入水府，起先会把他们关上数月，以示惩戒。可就算这样，还是有断不了的人。为了此事，姐姐不堪其扰，后来干脆也不关他们了，抓着就让巡海夜叉教训一顿再丢回沙滩上，这才稍稍好些。

天镜山庄只将这些人丢在冰面上，自然也是惩戒之意。只是山庄戒备如此森严，怎么才能想个法子混进去呢？

"走了走了！"

东里长怕冷，不愿在这里多待，再则他总觉得灵犀不会死心。这个丫头在山寺时就骗了他，说要回东海去找姐姐，结果自己偷偷摸摸来了天镜山庄。明明还是个孩子，明明知晓让东海大公主出面事情会容易得多，可她偏偏就是要自己来做，执拗至此，究竟是何缘故？

回到双影镇，夏侯风因为担心着莫姬，心事重重；白曦因为胳膊太疼，默默找药酒疗伤；灵犀因为想不出好法子而满腹心事。众人各自回屋，默默无语。

东里长和墨珑在廊上相互交换了下眼神，前者仍是担忧，后者却已轻松许多。在墨珑看来，灵犀虽然做事一根筋，又有一身蛮力，但好在她没灵力，能力着实有限，在天镜山庄这等严密防护之下，他料她也无计可施。且让她沮丧几日，他在旁时不时再泼点儿冷水，估摸着她就不得不打消主意回东海去。

其实想想，她没灵力应该是老天开眼，墨珑心想，否则，依她的性子，即便撞了南墙也不会回头，那时候不知要闯出多大的祸来。

东里长叹着气回了房，墨珑立了片刻，想到老爷子在镜湖边冻了半日，遂去客栈的灶间弄了热水，端到东里长房中给他泡泡脚，驱驱寒气。

升腾的热气，将双足往木盆中一放，感受着暖流从脚底慢慢向四肢百骸蔓延，东里长舒服地眯了一会儿眼，然后似忽然想到什么，睁眼看向桌边摆弄杯子径自走神的墨珑。

"我有一事想不明白，灵犀哥哥失踪，对于东海来说是件大事，为何只有灵犀一个人来寻他？"

墨珑也不明白："龙族的事情谁弄得清呢。"

"你去问问。"东里长本能地感觉，从这事儿入手的话，说不定有望彻底打消灵犀进天镜山庄的念头。

墨珑懒懒的，不想动弹："若是能说，她肯定早就说了。"

"都到现在这种地步了，她眼下又没钱，咱们总不能一直围着她转吧。"东里长见墨珑眉头微微一挑，便转了语气又道，"我也不是那个意思，咱们就是送她些银钱也不打紧。可你别忘了，她身后是东海，东海的人现下还在四处寻她。若是找到了她，头一件事儿是看她是否还好端端的，第二件事儿就得问龙牙刃，到时候怎么办？"

墨珑不吭声，倦倦地伸了个懒腰。

"到了那个时候,你想过应对之策吗?"东里长偏偏要追问他。

墨珑只得告饶,起身逃也似的出门去:"……我去问问她,好了吧!"

东里长看着他出门去,才摇摇头,叹道:"这俩孩子。"

敲了灵犀房门,没人应,墨珑心里一紧:她不会是又偷偷溜到哪里去了吧?脑中才这么一想,手上便加了劲道,门压根儿也没闩好,架不住他的劲道,"砰"的一下就推开了。

屋内正骑在窗口往外探头的灵犀吓了一跳,转头看见墨珑进来,惊讶道:"怎么了?"

"这话该我问你,敲门都不应。"看见她尚在屋内,墨珑这才放下心来,瞧她模样好笑,问道,"你,这是打算出去做飞贼?"

"不是不是。"灵犀招手让他也到窗边,指着街面上一个人影问道,"你目力好,帮我看看,是不是那个被丢到湖面上的老头儿?"

"这么快就出来了?"

墨珑将信将疑,把她的脑袋拨拉到一旁,自己探身望去——不远处酒幌下果然有个灰白衣袍的老者,瞧模样和打扮,倒真是之前那个人。

"是他吗?"灵犀偏头问。

"有八成像。"

他话音刚落,灵犀跳起来就往外去,被他拉住:"你干吗?"

"找他聊聊。"灵犀急道,"他也想进天镜山庄,我也想进天镜山庄,加上小风,三个臭皮匠,顶得上一个……"

墨珑毫不留情地打断她的话:"这些都是庸人用来自我安慰的话,事实上,莫说三个,就是三百个臭皮匠,也不会想出一个真正的好主意。"

灵犀有点儿恼了。

墨珑无动于衷,慢悠悠道:"良药苦口,忠言逆耳。这事不是人越多就越好办,你当是码头上扛大个儿呢。"

虽然很想反驳,可又不得不承认他说得有理,灵犀只能瞪着他:"你想说我笨,就直说。"

"我可没说。"墨珑放缓语气,"不过有件事我倒是想问问你……"

"嗯?"

"你哥哥,为何只有你来寻他?东海的其他人呢?你姐姐不关心他吗?"

"当然不是!"灵犀立即反驳道,说完便不再吭声。她默默行到窗边,把窗子关好,才转过身来,面色分外凝重:"他们,包括我姐姐,都认为他死了。"

墨珑立即想起东里长说过的话——"逆鳞为白色，方才那片已离体多时，魊青黯淡，这条龙恐怕早已亡故。"他想说话，却又不知该说什么。

"可是我觉得，他还活着。"灵犀咬了咬嘴唇，"大概因为我与哥哥是一卵双胞，冥冥之中，我能感觉到他尚在世间。"

"你哥哥……灵均，对吧？"

灵犀点点头。

"他为何会离开东海？莫非和你一样，也是偷偷溜出来的？"墨珑问道。

灵犀沉默了好一会儿，神色难过："哥哥是家中唯一的长子，姐姐想着他成年后必是要执掌东海，平日对他的教导颇为严苛。后来有一回哥哥做错了事，闯出祸来，姐姐要重罚他，两个人发生了冲突，之后哥哥便闯出水府，再不肯回来。"

"你姐姐不找他吗？"

"找过，他一直对姐姐避而不见。东海事务繁重，姐姐无法在外逗留太久，便让人暗中保护他。哥哥聪明得很，把那些人全都甩了，从此便没了他的音信。"灵犀顿了顿，语音哽咽，"后来，玉匮上哥哥的名字变了色……"

"变了色？"

"嗯，我们龙族玉匮是很有灵性的，有人死去，玉匮上的名字也会跟着发白。听说那时候姐姐把东海能派出去的人手全派出去了，自己也足足在外头找了三年，可始终没有找到他。"灵犀声音越发低沉，"因为这事儿，姐姐一直很自责。我帮不上忙，在旁看着她，心里难受得很。"

"所以你就想自己把哥哥找回来。"墨珑支着肘，偏着头看她。

她重重地点点头："我觉得，他还活着，我肯定能找着他！"

对于这种没由来且冒着傻气的自信，墨珑很想浇盆冷水，可看着她认真的双目，他噎了一下，出口的话变成："慢慢来，总会有法子找着他的。"

听见他这么说，灵犀欢喜得很，眼睛发亮道："你也觉得我会找着他，对不对！"

墨珑想改口已然来不及，只得道："找人也有许多法子，别用最笨的那种。"

"我请你们帮我，难道还不算聪明？"灵犀笑道。

墨珑无言以对，想了想，她好像也就做了这么一件聪明事儿。

第十四章
借机入庄

接下来几日,双影镇一切如常,热热闹闹的街面并不因为闲杂人等的郁郁寡欢而有所改变。

灵犀到镜湖边去了好几次,皆是无功而返,绞尽脑汁想出的几个主意皆被墨珑驳了,且驳得有理有据,她只能心服口服。夏侯风的状况更严重,先是每日早起到镜湖边痴等,天黑才回。后来竟连天黑也不肯回来了,墨珑和东里长劝不动他,只得让白曦每日里为他送些吃的。

想不出主意的日子过得飞快,眼看明日又是天镜山庄重开之日,灵犀在街面上漫无目的地乱转,不经意间碰见了灰袍老头,正一脸阴郁地低头行路。

"你……"灵犀忙招呼他,"我认得你,那日你被摔在冰面上。"

灰袍老头面色越发不好看,沉声道:"让开!"

"我不是想笑话你,"灵犀忙解释道,"我和你一样,也想进天镜山庄,可是想不出法子。"

灰袍老头面色稍霁,问道:"你为何想进去?"

"找人。你呢?"

"找一种草药。"

"明日你还去吗?"灵犀其实想问的是,他是否又想出别的主意了?

老头警惕地盯了她一眼,不答反问:"你想找谁?"

"澜南,听说她就住在山庄里面。"灵犀如实答道。

显然觉得她的目的难以企及,老头嗤之以鼻:"找到了她又如何?"

"有事问她。"灵犀不满他的态度,也问道,"你要药材做什么?"

"救人!"

"救谁?"

老头闷闷道:"……我家老太婆。"

闻言,灵犀一愣:"她病了?"

灰袍老头抬着头,看着远处的冰川,神情愤愤:"大夫说熬不过今年冬天。可她答应过我,要陪我五十年。"

"你们……在一起多久了？"灵犀小心地问道。

"四十八年三个月十二天。"

"那还差两年……"灵犀脑子算不过来，"不是，还差一年多，对吧？"

"差一天也不行！一个时辰也不行！"

明明是满脸皱纹的老头，现下看着却像个耍脾气的孩子，灵犀怔怔看着他，直到身后有人握住她的双肩，才回过神来，转头望去，却是墨珑。

墨珑远远瞧见灵犀与老头站在一起，生怕她傻里傻气地反被人家利用，忙赶了过来想要拉她走。

灵犀不肯走，问老头道："你要的是什么药材？若我想到法儿进得去，也可帮你找找。"

老头一愣："……红杉的树皮，要三千年以上的红杉。"

灵犀点了点头："我记着了。"

墨珑皱眉，将灵犀拽了走，不满地责备道："你瞎答应什么，自己没着没落的，还有闲工夫管别人的闲事。"

"我不是答应……"灵犀辩解道，"我就是说，万一我能进去，帮他找找药材，不就是顺便的事儿嘛。"

若换作是小风，墨珑就直接踹一脚，却是拿她没法子，手指在她额头轻敲一记："顶着鹅毛不知轻，压着磨盘不知重。"

灵犀没听懂："什么意思？"

"笨死你算了。"墨珑懒得解释。

身后传来气喘吁吁的声音："姑娘，你等等！"

灵犀回头，竟是那老者追了过来，忙立住。墨珑不动声色地站在灵犀身前，冷冷看着老者："有事？"

老头站定，双目中有孤注一掷的疯狂："姑娘，你想帮我对不对？现下有个忙，你就能帮上我！"

灵犀刚想问，就被墨珑制止。

老头根本不理墨珑，热切地看着灵犀："我打听到了，明日有人要进天镜山庄。"

"有人？"灵犀愣了愣。

"天镜山庄平日里外人根本无法入内，极为难得才会请人入庄。"老者将身子附上前，被墨珑厌恶地挡住，"我们俩合作，将来人杀了，我扮成他的样子进山庄。"

墨珑冷哼。

灵犀惊异地看着老者，半晌才道："你老婆是一条命，那个人也是一条命，你怎能如此？"

"我只管她,旁人死活与我有何相干!"老者怒道。

不理会他,墨珑拉着灵犀就走。灵犀心中仍在讶然,懵懵懂懂跟着他,直到进客栈时,她差点儿被客栈门槛绊倒才回过神来。

"还发什么呆!"墨珑没好气道,"若非我在,你现下是不是已经和那老头商量着怎么杀人放火了?"

灵犀恼道:"我看着有那么傻吗?"

"不傻,就是好骗!"墨珑也恼,"那老头是谁?家住哪儿?家里都有什么人?做的什么营生?坑蒙拐骗还是打家劫舍?你都问清楚了吗?你就跟人攀谈……"

"我……"灵犀想说话,没找到空儿插嘴。

墨珑不停歇地教训她:"……若不是我拦着,他方才就能把你哄了走。我用脖颈都想得到,他出主意你操刀,杀了人算你的,得益的人是他……"

东里长刚从后厨转过来,端了碗热气腾腾的芝麻汤圆,是他求着厨子刚刚做的。"怎么了?气得小脸一个青一个白。"他瞅着他们俩问。

墨珑气恼道:"你问她。"

已经被骂得心头火起,灵犀不吭声,闷头往里走,径直回屋去。

"到底怎么了?"东里长只得问墨珑。

墨珑将方才之事简要地说了一遍,依然气恼:"老爷子你说说,她行事是不是没轻没重,对人一点儿戒备之心都没有!"

东里长望了眼灵犀厢房的方向,确定她听不见,才慢吞吞道:"她若不是这样,当初又怎么会被我们骗。"

闻言,墨珑语塞,面色不大好看,半晌才讪讪道:"不能算骗吧。"

东里长耸耸肩,低头舀了个圆滚滚的汤圆,刚想吃,闻着香味的小肉球飞快跃上长凳,再跃上桌面,蹲在碗旁,眼巴巴地瞅着木勺里的汤圆……

"唉……"东里长没忍心,喂了它一个,"小家伙,怎么哪儿都有你!"

瞥了眼灵犀离开的方向,墨珑在旁坐下,重重叹了口气,顺手捏了捏小肉球,光溜溜,暖乎乎的。

"我看它应该是水族,灵犀该早点儿带它回东海。"东里长看了他一眼,劝道,"虽说咱们就盼着她想不出法子,进不了天镜山庄,可她心里肯定急得很,你这个时候骂她,不是火上浇油、雪上加霜吗?"

"我……我就是没忍住。"

墨珑也有点儿懊恼,小肉球在他手中被捏来捏去,灵活地变成各种形状。

东里长只得安慰他:"行了,到了明日,她折腾不出花样来就会乖乖回东海。咱们也可以走了,这地方不适合我这老头子,冻得骨头缝儿生冷。"

"明日……也不知莫姬能不能出来，若是她……"墨珑心事重重，"小风怕是不肯走。"

东里长叹了口气，良久才道："各人有各人的路，各人有各人的命。莫姬原就生在天镜山庄，她在里头究竟会如何，谁也说不好。唉……操心也是白操心。"

次日一早，天才蒙蒙亮，灵犀就到了镜湖边，一眼就看见了夏侯风。

已经在湖边连守了几日的夏侯风蜷缩在一块大石后面，看上去既憔悴又邋遢，人也瘦了一整圈，眼睛冻得通红。

白曦是一路跑过来的，热乎乎的煎饼用油纸包好，他生怕冷了，一直揣自己怀里，给夏侯风送过来。后者吃得满手油，然后胡乱用衣袖抹了抹，接着瞪着眼睛看着湖面。

"再这么下去，非得魔怔了不可。"白曦小声对墨珑道。

墨珑看他这般模样，也是一点儿法子也没有，只能希望今日莫姬能从天镜山庄出来。

随着日头渐渐升高，镜湖外来了越来越多的车队，仍像之前那般排起长队来。东里长也来了，陪着夏侯风一块儿待着，担心他待会儿万一见不着莫姬想不开。

灵犀的目光缓缓地从一辆大车挪到另一辆大车上，脑中思绪纷沓，一会儿想自己是不是豁出去试一回，说不定运气极好，能逃过苍鹰的利目；一会儿又想，那灰袍老头不知这一回变个什么玩意儿；一会儿又想，自己若通变身之术，便变成一只苍鹰，混迹其中，叫他们找也找不出来……在她近旁，墨珑双手抱臂，看似懒散地斜靠在一块大石上，实际上他一直留意着灵犀的举动，生怕她冲动之下孤注一掷，做出什么傻事来。

在灵犀的一径胡思乱想中，镜湖上白鹤翩然落至冰面，拱桥升起，一辆辆大车开始有序地由青衣人拉上桥去。看她始终没动静，墨珑也稍稍松了口气。

就在这时，排在最后的一辆马车引起了灵犀的注意。这辆马车盖着厚厚的夹棉车帘，倒也寻常。车内的人，估计便是昨日灰袍老者所说的，要进天镜山庄的人。只是，马车车辕的样式与寻常马车有些不同，辕头上雕了朵小小的花，灵犀觉得那朵花儿很是眼熟，像是在何处曾见过。

前面，又有人被苍鹰丢下拱桥，重重摔在冰面上。

灵犀听见冰块碎裂的声音，脑中一闪，终于想起那朵花儿在何处见过了！三年前北海送聘礼的时候，她在胡杨木盒上看到过这个花纹，姐姐告诉她，这是北海特有的冰莲。

莫非这是北海的马车？那么马车内莫非是北海水族的人？

眼睛一亮，灵犀心中复燃起希望，若是北海水族的人，那么自己也许可以说服他带自己进去。刚想迈出脚，她迟疑一瞬，警惕地往墨珑那边瞥了一眼，生怕被他察觉。昨日被他骂了一顿之后，到现下两个人还不曾说过话，她压根儿不用想就知晓，若被墨珑知晓她的主意，不但不会让她试试，还得再饶上一顿骂。

墨珑的目光正落在冰面上，刚刚被摔落冰面的是一只狐狸，银白的皮毛染上鲜血分外刺目……他收回目光，猛然察觉原本在眼角余光中的那个身影不见了，骤然一惊，迅速转头四下搜索，堪堪看见灵犀的一方衣角消失在最后一辆马车上。

她……她竟然就这样直接跃上别人的马车。

墨珑很想吐血，他很清醒地知晓，想让灵犀改掉这种莽撞的作风，最好的法子就是让她结结实实地吃一次亏，自己只要袖手旁观就好。这般想着，他足尖疾点，再顾不得多想，也跃上了那辆马车。

对于北海二太子卓酌来说，今日是个好日子，他等了许久终于等来的日子，为了今日他已提前一个月便开始斋戒沐浴。

此时，他在马车中正襟危坐，身畔是各色玫瑰芍药花瓣装的玉色夹纱新枕，坐垫用的是茱萸纹锦，面前摆着绘着有凤来仪的水晶壶。鼻端闻着盈盈花香，香气来自悬挂在马车四角的小香球，想到多年夙愿即将成真，卓酌嘴角的笑意停不住地往外泛，好在马车内只有两个随伺的小童，不算是外人，早已习惯了他这模样。

灵犀闯进马车之时，正是卓酌笑得颇为陶醉之时，脸上原本的笑意被骇得僵住——"你、你、你……"他堪堪仰倒，幸而身后随侍及时扶住他，"你是何人？"

虽然同为龙族，但两个人却不甚相熟。那时候灵犀尚年幼，因先天不足而身体虚弱，卓酌奉母命送了些北海特有的滋补药材到东海，短短见过一面，对彼此都未留下印象。

"你是谁？是从北海……"灵犀话音未落，墨珑自她身后跃入车中，动作轻巧。

见来者奇怪，恐有恶意，两名随侍先后拔剑相向，喝问道："来者何人？竟敢对二太子无礼！"

"你是二太子？我是灵犀！"灵犀先是一喜，转而想起一事，立时颦眉责问，"你为何要向我姐姐退婚？"闻言，墨珑莫名其妙地转头看她，原以为她一心想进天镜山庄才会进这辆马车，怎的现下看来倒像是专门为她姐姐抱不平来的？

卓酌愣了愣，好在灵犀的眉目与她姐姐甚是相似，且又提到退婚一事。

"东海，灵犀？"他拦下左右随侍，又吃惊又心虚，"……你怎的会来这里？"

"你先说，你为何要向我姐退婚？"灵犀问他，语气不善，"还有，你怎的会在这里？"

卓酌面露难堪之色，低头理理衣袍，复端坐好，诚恳地看着灵犀："退婚之事，实在是情非得已，我也曾向令姐解释过个中缘由，得到她的谅解。至于我来天镜山庄，是受庄主之请，专门为了修复山庄中的字画而来。"

龙族中人以呼风唤雨翻江倒海为能事，倒不曾听说还有别的天赋，灵犀微微吃惊："你还会修复字画？"

"我曾经拜在杨衡门下，修习数载，方略懂皮毛。"卓酌谦逊道。

灵犀不懂："你堂堂北海二太子，学修复书画做甚？"

卓酌微微笑道："人各有志兮何以思量。"

灵犀怔了怔，随即意识到眼下不是能闲聊的时候，立时道："我也要进天镜山庄，你带我进去。"

"这怎么行？"卓酌吓了一跳，立时反对，"天镜山庄的规矩你应该知晓，断断不容闲杂人等入内。"

"我知晓，可是我有要紧事儿必须进去。"灵犀急切地看着他，"此事与我哥哥有关。"

"灵均！"卓酌又是一惊，"他已多年没有音信，怎么……莫非他在天镜山庄？"

灵犀实话实说："我也不知道，但他最后的下落与天镜山庄的人有关。"

卓酌迟疑了，同为龙族中人，他很清楚灵均对于东海水府来说有多么重要。

见状，墨珑适时地插了一句："退婚一事，你已有负东海；灵均一事，还请出手相助。"对于退婚之事，虽然他并不清楚，但卓酌短短数语之中，墨珑看出他为人颇有些书生意气，遂出言帮灵犀相劝。

卓酌看向墨珑，诧异道："阁下是？"

"他是我结识的朋友。"灵犀忙解释，又补上一句，"为人仗义，十分可信。"

墨珑朝卓酌施礼："灵犀为寻哥哥，孤身一人跋山涉水，在下感其心意，故而鼎力相助。"此言话中有话，且就是说给卓酌听，他并非龙族中人，都能鼎力相助，而卓酌身为龙族中人，岂有袖手旁观之理。

近旁便是灵犀焦切的目光，卓酌仍是犹豫，语气却已有松动："灵均之事，便是龙族之事，我自然是想帮忙。只是此前已经和天镜山庄知会过，一行仅有三个人，恐难更改。"

墨珑微微一笑，指着他身后两名随侍说道："此事容易，我与灵犀可以扮作你的随侍。"

"好主意！"灵犀喜道。

卓酌愣住："不可不可，身旁无人，甚是不便，甚是不便呀。"

他好歹是北海二太子，身份尊贵，从小到大无论走到何处，起居餐饮都有人在旁服侍，身旁骤然没了人，他自然是不适应。

灵犀又哄又劝："没事，有我呢，我会做好多事儿……对了，还有他，他还会做饭，他做的生鱼刺身我吃过，特别好吃。"她又忙着称赞墨珑。

墨珑瞥了她一眼，没吭声。

"等等，等等……灵犀，令姐怎么会让你独自出来？"卓酌觉得不对劲，"你不会是偷偷……"

灵犀飞快地打断他："华曒水君找到了哥哥的逆鳞，我与哥哥一卵双胞，我能感觉到他还活着，自然要来寻他。"

"逆鳞？"卓酌一惊，他此前并不知此事，"灵均逆鳞离体？"

隐隐可听见外间车轮碾上桥面的声响，这辆马车已经越来越靠近拱桥，没有工夫再耽搁下去了。灵犀急了，俯身朝卓酌深拜："若能得二太子相助，灵犀必当铭感五内，涌泉相报。"

听说灵均逆鳞离体，显是生死未卜，卓酌本就觉得有负清樾，眼看灵犀朝自己行大礼，忙伸臂扶起她："事关灵均生死，我怎能袖手旁观……你们二人下车去吧。"后一句话是对两名随侍说的。

灵犀闻言大喜，俯身又是一拜："多谢二太子！"

"二太子，我们……"两名随侍觉得不妥。

卓酌抬手阻止他们说话，温和道："修复书画，短则一两年，长则三五年也不一定，你们就先回北海吧。"

此时马车已到铜雀面前，两名随侍无法，只得下车，眼睁睁看着青衣人将载着二太子的马车拉上拱桥。

灵犀在马车上，想着马上就能进天镜山庄，不用躲也不用藏，而是这般正大光明地进天镜山庄，心中又是紧张又是欢喜，偷偷将车帘撩起一丝小缝，好奇地去看桥栏上的苍鹰。

刚将目光投出，就正正对上桥栏上体形最大的那只灰褐苍鹰，鹰目炯炯，锐如刀锋，灵犀本就心虚，被它一盯，骇得连忙放下车帘，再不敢乱动。

镜湖边上，东里长面色突变，举目四顾，都没有找到灵犀与墨珑，一种不祥的预感从心底升起，他还得默默安慰自己：不可能，天镜山庄戒备森严，他们不可能混进去！

就在这时，东里长看见从最后一辆马车上下来两位素锦佩剑的侍卫，随后这辆马车上了拱桥。

为何此二人要从马车下来？他心中疑窦丛生，但并未让他疑惑太久，紧接着马车的后车帘被撩开，一只手伸出来，比画了个"七"字。

这个臭小子！

那刻，东里长很想骂街！

他不知晓马车内究竟是什么人，也想不出灵犀和墨珑究竟用了什么法子替换下了两名侍卫。他只知晓，天镜山庄神秘莫测，墨珑陪灵犀进去实在过于冒险。

若是可以的话，他希望能回到长留城的那日，他一定对灵犀和半缘君视而不见，听而不闻。只是这天底下，又哪里有后悔药可以吃。东里长沮丧地甩着脖子，恨不得把自己清炖了。

"老爷子，你怎么了？"白曦不明就里，担忧地看着他，生怕他不留神把脑袋给甩出去。

东里长闷闷道："我们得在镇上再等下去。"

夏侯风猛然抬头，急迫地问道："是不是有莫姬的消息，她让我们等下去？她要我们等几日？"

"不管几日都得等，墨珑也进去了。"东里长没好气地说道。墨珑虽然比画了"七"字，是让他等七日的意思，但对于东里长来说，只要墨珑不出来，他就会一直等下去。

夏侯风跳起来："珑哥进去了？什么时候？他……他怎么不带我？"

"他怎么进去的？"白曦更想不明白，此前并没听说有什么好法子可以混进天镜山庄。

东里长又烦又躁，吼回去："他压根儿什么都没告诉我！也没带着我！臭小子，学会瞒着我了。也不想想我是什么人，她又是什么人！连个亲疏里外都不会分！"

甚少见到他这般模样，惊得夏侯风和白曦连忙噤声，不敢再问。

虽然在心里怪墨珑不带上自己，但夏侯风转念一想，墨珑比自己有本事，主意也多，更帮得上莫姬。如此想来，他反而稍稍心安。

马车正驶过重重浓雾。

车轮颠了一下，再往前行去，碾过地面的声音已变得不同。灵犀心中暗忖：下桥了？已经到了天镜山庄？

马车依然往前行去，路面不甚平整，颠了几次，且能听见潺潺的流水声。天镜山庄名气那般大，再看那座白玉拱桥精致的做工和质地，她估摸着整个山庄大概如琼楼玉宇一般精美绝伦。

心中越发痒痒，她急不可待地又想撩开车帘偷偷看一眼，偷瞥了下墨珑和卓酌。卓酌仍是正襟危坐，目不斜视，虽然极力掩饰，但仍看得出他有点儿紧张。墨珑斜靠着车壁，恰好也在斜瞥着她……

"待会儿就能下车了,你急什么?"他一眼就看穿她的心思。

灵犀奇道:"你怎的知道待会儿就能下车?"

墨珑解释道:"他们还会把马车送回桥那头去,来回大概就一炷香的工夫。"

"你们……"

对于他们二人,卓酌想问,却又不知从何问起。灵犀他自然是知根知底的,但对于墨珑他则完全不了解。此时回想,方才短短三言两语间,墨珑聪明机敏,洞悉人心,绝非寻常人等。

"嗯?"灵犀等着他往下说。

马车却在此时停住,外间有人朗声有礼道:"请卓公子下马车。"

卓酌一怔,随即理理衣袍,又仔细地整了整青玉冠,刚预备起身,却又停住,略有些尴尬地看向灵犀和墨珑:"你们……谁先下去扶我?"他当二太子久矣,出入马车无人相扶这种事儿对他而言着实是太跌份了。

"我来我来!"

本就急着下马车的灵犀殷勤道,说着便跃下车去。甫下马车的那瞬,看见周遭的情景,她顿时愣住——哪有亭台楼阁,哪有雕栏玉砌,极目四眺,周遭是赤红的荒地,近旁只有一条溪水,碎冰在水中相互撞击,想来是冰川融水。

卓酌还在马车上等着灵犀撩开车帘,扶自己下车,等了半晌也不见她有动静,只得看向墨珑。

对于这位北海二太子的做派虽然不甚顺眼,但看在他人还算不错的分儿上,墨珑暗叹口气,跃下马车,做恭敬状,一手撩起车帘,一手去扶卓酌。卓酌这才总算从马车上下来。

眼前荒凉的景象,莫说卓酌,墨珑也是一愣。

一位白衣红冠者举步上前,目光先扫过墨珑和灵犀,才看向卓酌,有礼道:"前头过小风口,马车不能过去,公子的马车上若有随身要紧东西,现下就拿下来吧。"

卓酌点头,转身朝灵犀墨珑二人使眼色:"你们俩把东西都搬下来吧。"

灵犀应了声,复爬上马车,一看就呆了——方才未曾留意,这时才发觉马车后半部整整齐齐摞着八口红漆沉香木箱,她气力已算不小,搬起一口箱子都觉得沉甸甸直往下坠。

"八口箱子都要搬?"她探头问卓酌。

卓酌理所当然地点头。

灵犀无语,低头与墨珑附耳:"我猜他把北海的家当都搬来了。"

墨珑所在意的并不是这个,低声问她:"方才说话的白衣人你可曾留意?"

"我看见了。"灵犀只是看见,却不知该留意什么,"他怎的了?"

"他就是冰面上的白鹤之一。"

灵犀吃了一惊,将头探出车帘外,正看见白衣人立在车前,虽是背对,但衣袂飘飘,翩然出尘,确是隐隐有白鹤优雅之态。

"你怎的知晓是他?"把脑袋缩回来,灵犀问道。

墨珑耸耸肩,不肯说,朝箱子努努嘴,催促她道:"赶紧搬!"他自己只搬了一个箱子,便靠着箱子歇息,看着灵犀费劲地把其他箱子一个个搬下来。

白衣人回过身,看见地上整整齐齐的八口箱子,也愣了愣,显然也没料到卓酌竟然带了这么多东西:"卓公子可是担心在山庄内住不惯?"

卓酌忙笑道:"公子见笑,这里头除了我必需的物件,还有想进呈给澜南上仙和玄飔上仙的礼品。"

白衣人含笑道:"卓公子多礼,在下雪心亭,尊玄飔上仙之命,负责庄内的一些杂事,有任何事情,只管找我便是。"

"雪总管。"玄飔上仙驾下的人,卓酌自然不敢失仪,连忙见礼。

"不敢当,我在家行五,您唤我小五或是雪五都可以。"

八个箱子,就凭两名随侍自然是拿不了,雪心亭招手唤来几名青衣人抬箱子。灵犀在旁好奇地偷偷打量他,很想知晓另一只白鹤在何处,是否也是他的手足兄弟。

不经意间,雪五偏过头,含笑看向灵犀。

灵犀这才发觉,他的双目又黑又亮,稀世宝石一般。对于她偷偷瞧自己,他自是了然于胸,但目光中没有丝毫责怪之意,只是温柔地看着她,然后对她笑了笑。

这一笑,温和而宽厚,暖如旭日,直叫灵犀看呆了去。

看小姑娘呆愣的模样,雪五忍俊不禁,伸手摸摸她的头,笑道:"小丫头挺可爱的。"

灵犀从未见过这样的人,仿佛他自己便会发光一般,似白日初出,又似明月舒光。不知晓为何,他摸自己的头,灵犀很是乖顺,非但没有半分反感,居然还觉得十分受用,觉得再让他多摸几次也无妨。

墨珑看了一会儿,面无表情地转开脸。

前头两山相夹,中间留了一道七八丈的豁口。豁口处的风不仅冷得彻骨,且分外冷厉,刮得人走路直打晃,想来就是被叫作小风口的缘故。

卓酌披袍扶冠,顶着风口,一步一步往前挪,行得十分艰难。雪五见灵犀和墨珑都落在后头,压根儿顾不上卓酌,便亲自来扶他。

灵犀在后头看得颇为羡慕,想着若雪五能来扶她该有多好,连墨珑冲她说的话都没听清楚。

"你说什么？"她复问道。

"我说……"墨珑举袖挡风，冲她嚷道，"你口水都快滴下来了。"

"哪有？"灵犀莫名其妙，还是抹了抹嘴角，没明白墨珑话中之意，待想问明白，他压根儿不理会她，径直行到前头去了。

过了小风口，风势顿缓，不知不觉间寒意消退，风吹过脸颊已能感觉到丝丝暖意。风中还带着某种淡淡的香味，香而不腻，清爽沁人。

行到最高处，灵犀往下望去，再次被眼前的景致惊呆了——山谷中是缓缓起伏的丘陵，被碧油油的绿草所覆盖，如同披着一条最柔软的毯子。一片片的杏树错落其间，杏花开得正盛。红的，粉的，白的，一簇簇，一团团，远远望去，似烟似雾。一些屋子零零落落地点缀在花海间，可见炊烟袅袅。

这般的美，隐在这山谷之中，有种与世相隔般的安宁与清幽，让人的心也在不经意间静了下来。

雪心亭用手往西南面遥遥一指："卓公子，给你安排的屋子在那里，靠着溪水，方便你做活儿。"

卓酌有点儿愣住："……不让我进山庄吗？"

雪心亭笑道："卓公子，这就是我们庄子。我的屋子离你不远。你瞧那里……"他的手指向北面掩在杏花中的一栋木屋，"那是玄飓上仙的屋子，不过这几日恰巧他不在。"

眼前这个宁静的小村庄竟然就是外头传得神乎其神的天镜山庄。玄飓上仙是何等人，西王母驾下的青鸟，领命存世数千年。传说八千年前那场与幽冥界的恶战，他身披战袍，率兵百万，苦战数月，赫赫威名，流传至今。万万没想到，他的住所，也不过就是普普通通的一栋木屋子。

"天镜山庄怎么会是这般模样？"灵犀揉揉眼睛，还是觉得不可置信，疑心道，"你是不是给我们用了障眼法？"

雪心亭笑道："我知晓外头对庄子有许多猜测，便是天镜山庄这个名字，也是外头的人胡诌的，竟不知怎的就传开了。"

"原本唤作什么？"灵犀问道。

"依着玄飓上仙，此庄就唤不言庄。"

灵犀不解其意："不言？"

"但看花开落，不言人是非。"

雪心亭温和地笑着，引着他们走入庄子。

人从花下走过，一大团一大团的杏花就在头顶上，蓬蓬的，像一团团松软的云朵。或近或远，还能看见马匹在低头吃着草，仰头处，有鸟儿飞过……墨珑缓步而行，敏锐地观察到，有的树上停栖着一两只苍鹰，还有其他飞禽。它们双目炯炯，时时在留意着四周，包括他们这些外来者。

还有草地上零零落落的马匹，他亲眼看见两名青衣人将水瓮运入屋子，出来之后就地打了个滚，变成马匹悠闲吃草去了。这个庄子看似悠闲自在，实际上外松内紧。他们需要谨慎小心，处处都得守着山庄的规矩，行差踏错一步就可能被发觉。

卓酌同样也在东瞅瞅西看看，但他所关心的与墨珑全然不同。快到木屋时，他终于还是忍不住问道："不知澜南上仙住在何处？"

雪心亭并不立即回答，有礼地问道："卓公子寻她有事？"

卓酌连忙道："不是不是。只是在下久闻澜南上仙之名，仰慕已久，所以……想着若能得见真人，可谓三生有幸。"

雪心亭含笑道："卓公子的心意，我一定转呈上仙。"

"多谢多谢。"

"公子一路劳顿，请好好歇息。"此时已到了木屋，雪心亭做了个相请的手势，然后便走了。

卓酌目送他的背影离开，才叹了口气。

灵犀在看雪心亭的背影，翩翩白衣，怎么看都那么好看。忽地想到一事，她转头去问墨珑："镜湖上的白鹤有两只，雪心亭是其一，那么还有一个是谁？"

"我怎么知晓？"

墨珑对她爱搭不理，折身就率先进了木屋。灵犀紧跟着进来，卓酌最后迈进屋来。

木屋虽然简朴，却极为干净，连最偏僻的角落都洗刷得一尘不染。楼上三间厢房，被褥整洁。楼下除了厅堂和灶间，还有一间颇大的屋子，文房四宝整整齐齐，想来是为卓酌备下的。

厅堂条案上摆着一大盘橘子，皮宽而绽，色黄而深。灵犀随手拿了一个，剥开来吃，瓤坚而脆，味甜而鲜，吃罢一个忍不住又伸手拿了一个。瞧见墨珑从屏风后绕出来，她忙拿一个橘子递上前："你尝尝，这里的橘子好吃得很。"

墨珑不接，瞥了她一眼，问道："你是不是觉得这儿样样都好？"

灵犀也没多想，点头道："和我原先所想，完全不一样。我原以为，天镜山庄应该是……"她不知该怎么说，用手比画来比画去，"比东海水府还要冷冰冰些，规矩又多，人人面上都看不出心情来，个个板着脸……"

"你等等……你们东海水府冷冰冰的？"墨珑问道。

方才说漏了嘴，灵犀有点儿尴尬，往回找补道："……也不是，只是我姐心情不好的时候，大家都不敢惹到她，所以……"

墨珑摇头道:"看来你姐经常心情不好。"

灵犀幽幽叹了口气道:"从小到大,我见她笑的次数,一只手就能数过来。她若是能像雪公子那般对我笑,该有多好……你做什么?"她敏捷地侧身躲过墨珑伸来的手,戒备地盯着他。

墨珑收手,双手抱臂,偏头看她:"你躲什么?雪心亭摸你脑袋的时候怎么不见你躲?"

"他……他是好意。"灵犀忙道。

"我也是好意。"墨珑挑眉。

灵犀狐疑地看着他:"你有什么好意?"

"你待会儿就知晓了。"

见墨珑复伸出手,灵犀缩着脖子,总算是忍着没动,让他摸了两下,随即跳开,喝问道:"到底什么好意?"

"摸摸你脑袋,看你魂儿还在不在,是不是见了雪心亭就飘走了。"他微微笑道。

灵犀这才明白他是在取笑自己,大怒,跳起来也要去摸他的脑袋。两个人一追一逃,在屋前屋后转了好几圈,最后灵犀将墨珑扑倒在杏花树下,把他的头发胡噜成一团才作罢。

杏花飘落,洒落在身,墨珑索性不起来了,双手往脑后一枕,看着头顶胭脂万点,如梦如幻,不知在想什么……灵犀见他看得出神,也在他身侧躺下,望着头顶的绚烂,用嘴去吹飘落的花瓣,惬意得很。

"上仙就是上仙,知晓怎么过日子才舒坦。"墨珑叹道,"这样的好地方,我来了都不想走。"

"我也是……要是雪公子就是我哥哥该多好。"

灵犀眼睛亮晶晶的。

墨珑愣了下,转过头,这么近的距离,他几乎能数清她的每根睫毛,能看清她瞳仁上映的影子:"你希望他当你哥?"

灵犀叹息地点着头:"我没见过我哥,我从蚌壳中醒来时,他已经离家很久了。我想,他应该就像雪公子那样,温和又宽厚,什么时候都不会发火……不像我姐姐,唉!"

墨珑侧身躺着,支着肘,叹道:"难怪你这么想找你哥。"

灵犀猛地坐起身,向四周张望:"咱们还不知晓澜南上仙住哪里,怎么找她?还有,莫姬呢?"

墨珑朝她打了个噤声的手势,灵犀不明白。他低声道:"这里你所看见的鸟儿,马匹都是成了精的,你说的话,它们都听得懂。"

灵犀吃了一惊，连忙掩了口，眼珠子骨碌骨碌打量周遭，还是不放心，对墨珑附耳道："你说，这些树会不会也是成精的？"

"这还用说。"

这下灵犀连树底下都不敢待了："走走走，咱们赶紧回屋！"她拖起墨珑就往屋里走，她气力大，墨珑压根儿也拗不过她，乖乖跟着她进了屋。

卓酗正在屋内看着八口箱子发呆，箱子里的物件都是他提前数月就开始备下的，可装箱的是他的随侍，并不是他。原本他只要吩咐一句，随侍就会把他所需之物从箱中取出，呈到他面前。可是现下……他只是想要一件家常穿的宽松袍子，可压根儿不知道这件袍子被压在哪个箱底。

"二太子，你知不知晓，外头那些鸟儿都是……"灵犀急着要告诫卓酗，却看见他愁眉不展，"你怎么了？"

卓酗叹了口气："我找不着袍子。"

灵犀奇道："你连箱子都没打开，当然找不着。"

"我不知晓在哪个箱子，怎么打开箱子？"

"你不打开箱子，当然不知晓在哪个箱子。"灵犀不太明白这位北海二太子。

两个人你瞪我，我瞪你，墨珑歪靠着门框，饶有兴趣地看着他们俩，心想：灵犀虽也有些小公主脾气，烧饭做菜都不会，但和卓酗比起来，她也算不得娇气。

半晌，卓酗败下阵来，沮丧道："我从来没做过这些事儿，都是身边的人……偏偏又被你们换走了。"

他如此一说，灵犀不免有点儿内疚，道："要不，我来找？"

"你……"卓酗迟疑了一瞬，左右无人，不是客套的时候，遂让到旁边，嘱咐道，"箱子里头还有我专程为两位上仙备下的礼物，你当心莫要弄乱了。"

灵犀满口答应，想起方才自己没说完的话，忙打眼色给墨珑："那事儿，你跟他说说。"

"什么事儿？"卓酗诧异。

"不是什么大事，咱们到厅堂再说吧。"

墨珑倒不甚在意，转身就走，卓酗一步三回头地跟他出了屋子，到厅堂坐下。

第十五章
澜南上仙

　　这木屋看似寻常，各色家具物件却是朴而不俗，直而不拙，预备得也极是齐全。墨珑打开竹柜，里头茶具和成盒的茶饼都是现成的，在风炉上滚了水，掰下一块茶饼放进去，不多一会儿，茶水煮开，满室清香。

　　卓酌闻着香，啧啧赞赏，拿了茶饼来端详。墨珑盛出三杯茶来，拨了拨炉灰，这才坐下。

　　"方才灵犀让你同我说什么？"品了口茶，卓酌才问道。

　　墨珑道："也没什么，我告诉她，这庄子里头的飞禽走兽，莫瞧它们只以原身示人，它们可都是修炼多年，非寻常精怪可比。"

　　卓酌露出惊讶之色。

　　墨珑装着没瞧见，接着又道："灵犀阅历尚浅，故而大惊小怪，赶着要告诉你。其实，卓公子您早就看出来了吧。"

　　闻言，卓酌忙收起惊讶之色，点头道："对，我也看出来……毕竟这里是两位上仙所住之处，祥瑞之地，它们成精也是意料之中、意料之中……没什么可大惊小怪。"

　　墨珑微微一笑，端茶轻抿，水汽氤氲，他的面容若隐若现，叫人捉摸不透。

　　卓酌忽然意识到，对于面前的这个人，自己可称得上是一无所知，冲动之下将他也带入了天镜山庄，万一他生出什么事端，惹怒了两位上仙，那自己岂不是罪该万死。

　　"你……"卓酌打量着墨珑，斟酌了一下才问道，"你是如何识得灵犀的？"

　　墨珑倒也不瞒他，便将自己在西山石壁泉如何遇见灵犀，后来在长留城又是如何从半缘君手中救出灵犀的经过一一道来，该详说的详说，该一言蔽之的一言蔽之，听得卓酌直愣神。

　　"原来如此。"卓酌叹道，"灵犀这孩子也真是不让人省心，也不想想，万一她出点儿差错，清樾只怕要把整个长留城都翻过来。"

　　墨珑此时方问出心中已疑惑许久的问题："灵犀为何没有灵力？"

　　"嘘……"

卓酌连忙朝他打了手势，探身去看屏风后的楼梯，确定灵犀没有下来，也没有躲在楼梯处偷听，这才放心地复坐下来。

"此事我原不该告诉你，但灵犀既然连没有灵力一事都肯让你知晓，想必对你信任颇深。"他先喝了口茶，才看向墨珑问道，"当年东海水府龙君夫妇二人以身殉柱之事，你该知晓吧？"

墨珑点点头："听说过。"

"当时夫人腹中已怀有龙胎，不忍孩儿随自己殒命，提前剥下龙胎，养在巨蚌之中。"

"我知晓，是灵犀和她哥哥灵均。"

"问题就出在这里！"卓酌叹了口气，"灵犀与灵均在胎中各有先天不足，比起灵均来，灵犀更甚。若夫人顺顺当当地保胎，灵犀就会自然消失，她的那部分用于补足灵均，可是……"

墨珑愣住，半晌说不出话来："你的意思是说，灵犀本就不该存在？"

卓酌沉重地点了点头："龙族玉匮上有灵均的名字，但没有她。我没记错的话，她是二百年前才从蚌中醒来，身子很弱，时不时就会陷入昏睡……"

立时想起桃花林中晕厥过去的灵犀，墨珑皱眉，不解问道："可她的气力那么大，怎么看也不像是身子弱的人。"

"那都是后天硬生生给补出来的。"卓酌说道，"灵均不知所终，清樾独自执掌东海，对灵犀是疼到骨子里去了，生怕她有个三长两短。四海之内，但凡对身子有好处的，她全都搜罗了去，我们北海每年都往东海送好几回补品。这次，清樾肯让灵犀出门，想必她身子已经大好了吧。"

"……"

"她样样都好，就是喜欢关着我，还成日逼我喝药，就这点不好，特别不好。"——现下再想起此前灵犀说过的话，又是另一番滋味，墨珑怔怔地一径出神，浑然忘了旁边的卓酌。

过了好一会儿，屏风后楼梯响，有人"噔噔噔"一溜小跑地从楼上下来。

手里捧着一包松仁，灵犀闻着茶香，绕过屏风，喜道："你们在喝茶，正好！二太子，怪不得你的行装这么多，原来连随身零嘴都带着。瞧，这是松子，我刚找出来的。"

看见她手中的锦袋，卓酌忙跳起来，探身就来取："不可！不可……不能动呀！"

灵犀愣住，诧异道："坏了？还是有毒？"

卓酌先从她手中拿过那袋松仁，爱惜道："这是我想呈给澜南上仙的松仁，每一颗都是经过我千挑万选，可不能随意乱动。"

"我以为这是你家随侍为你带着解馋……"灵犀怎么也想不到一袋松仁会是礼品,"你放心,我一颗都没动过。"

"别的东西,你没动吧?"

"……应该没有……吧。"灵犀也在努力回想。

卓酌想想不放心,忙赶上楼,到厢房中查看。

自觉好像是闯了祸,灵犀没敢跟上去,磨磨蹭蹭地在墨珑旁边坐下,留神着楼上的动静,不经意间才发觉墨珑一直在看着她,眼神与平常有点儿不一样,看得她心里直发虚。

"怎的了?"她不安地抿抿嘴唇,忽又觉得冤枉得很,"我就是替他收拾东西来着,我没干什么坏事呀。"

墨珑方垂下目光,涩然一笑,把方才倒好的那杯茶朝她推过来:"喝吧。"

"真不明白,他竟会给澜南送一袋松仁,怎么想的?"灵犀不解,"他们北海的宝贝多着呢,随便拿一样出来也不算失礼。"

墨珑提示她:"你莫忘了,澜南上仙的真身是什么。"

"青鸟澜南。"灵犀恍然大悟,说道,"她是飞禽,自然喜欢树果。卓酌倒是懂得投其所好。"

转而她想到一事,偷偷取笑卓酌:"你说,他会不会预备一袋子小虫?"

看她笑靥如花,墨珑有点儿愣神——原不该存在的人,怎么会是她?这样鲜活地在自己面前的人,怎会是原不该存在的人?

灵犀刚喝了口茶,便听见楼上传来卓酌唤她的声音,短短两字"灵犀",说不尽地愁肠百转,听得她寒毛直竖,本能地求助地看向墨珑。

"怕什么,又不是拆了他的屋子。"

墨珑毫不在意,起身拉了她,往楼上去。

说虽是这么说,但走进卓酌厢房的一瞬,墨珑也稍稍有点儿惭愧——八口箱子都被打开,里面的所有物件都被取了出来,放在床上、桌上、椅子上、凳子上,还有地上,看得人眼花缭乱,倒是不收拾的时候还好些。

卓酌立在屋中,愁眉苦脸。

因为实在无从下脚,生怕踩了什么再惹着卓酌,墨珑只得站在门口安慰他:"至少东西都拿出来了,起码……一目了然,你想要什么直接拿就成。"

"是啊是啊……"灵犀从墨珑身后探头附和道,"我也可以帮你拿。"

卓酌欲哭无泪:"可我连个坐的地儿都没有,连床也……躺的地儿也没有。"

"我帮你再收回箱子里?"灵犀好意问道。

卓酌防贼般看着她:"不要!"

拿他俩没法子，墨珑弯腰将一地横七竖八的靴子整理好，一溜边地都摆到墙脚去，颇开眼界："带这么多双靴子？"

"不多。"卓酃指给他看，"春夏秋冬各两双，雨季两双，雪季两双，已经是减了又减了。"

"这日子过的，讲究。"墨珑笑了笑，倒无嘲讽之意，示意他道，"你也别站着了。谷内还算和暖，你把这些厚袍子先收入箱中，哪个箱子自己得记清楚了。"

无人可差遣，卓酃无奈至极，但也只得亲自动手收拾。

"这是何物？"墨珑看见地上有两个竹编细筐，内中不知装着何物。

卓酃连声道："不能碰！这个不能碰！"说着他就赶忙过来，脚下被一盏琉璃灯绊了一跤，整个人往下跌，幸而墨珑眼疾手快，扶了他一把。

"多谢多谢！"卓酃一面道谢一面还是忙着去看竹编细筐，不放心地问灵犀："你没碰过这个吧？"

灵犀颇无辜："我只把它们从箱中拿出来而已，你不用这般紧张……里头到底装了什么？"

看到竹编细筐上的丝带系得好端端的，并没有被解开过，卓酃这才松了口气，轻声答道："是烟火。"

灵犀还没听清，墨珑吃了一惊："这里头是火药？"

卓酃解释道："是烟火，是我特意找了制作火器的工匠，为澜南上仙准备的烟火。你们可千万莫要乱动，万一沾着火星子或是受了潮可就不好办了。"

墨珑挑眉笑道："怎的都是为澜南上仙预备的？"

卓酃轻咳两声，装着没听见，低头收拾了两件袍子，眼角瞥见灵犀正预备悄悄进来，连忙喝止："你别进来，就待外头。"

灵犀讪讪缩回脚。

墨珑瞥了她一眼，忽挑眉问卓酃："你堂堂北海二太子，为何要到天镜山庄来修书画，连东海的乘龙快婿都不当？"

听他这么问，卓酃迟疑了片刻，面上竟显露出几分羞涩，悠悠一叹道："莫说来此间修书画，便是来此间牧马放羊，我也是肯的。"

"卓兄之意，莫非在此间有意中人？"墨珑诧异问道，这诧异确实是真诧异，一点儿不作伪。

"意中人！"立在门口的灵犀比他惊诧十倍有余，"这就是你退婚的原因？"

"没有没有没有！不是不是不是！"卓酃慌忙解释，"绝对不是！我可以对天起誓，我对她绝对没有半点儿非分之想。"

墨珑挑眉："她？是谁？"

卓酌方才意识到自己说漏了嘴，愣在当地。

"谁呀？"灵犀也分外好奇，"比我姐还好？不能够吧，四海之内，能胜过我姐的，应该不多。"

卓酌踌躇半晌，欲言又止，过了好一会儿才道："我话先说在前头，我对她只有仰慕之情，绝无半分亵渎，你们千万不可误会。"

"没人误会，你快说！"墨珑催促他。

"是……是澜南上仙。"

不知何时，灵犀已经进了屋，卓酌的声音虽然很低，但墨珑和她还是听得清清楚楚。

"你居然……"饶是墨珑深知世事难料，此刻也吃惊不小，"你怎么会……怎么可能？"

灵犀却是惊喜："如此说来，你见过澜南上仙？"

"没有没有没有！我没见过她，要不然我也不用千辛万苦地去学修复书画。"卓酌觉着这事着实很难解释清楚，"我只是在很多年前，见过一幅她的画像。"

"画像？"

"那幅画像是羽阙上仙所绘，画中澜南上仙倚栏赏月，传神至极。"

说起此事，卓酌心中颇为感慨，身旁无处可坐，便干脆席地坐下，神情悠然向往："那是我第一次见到她，我就想，世上竟然有这般女子，幽兰之芳，惊鸿之态，皆不足以形容出她半分。"

"想不出来。"灵犀不解，"你说得仔细点儿。"

"说不出的……"卓酌叹息道，"用言语怎说得出，形容不尽，不如不说，否则只会亵渎佳人。"

灵犀听得莫名其妙，与墨珑对视一眼。墨珑不出声，用手指虚点卓酌，以口型对她道："花痴。"

得此提示，再看卓酌做梦般的神情，灵犀恍然大悟。

卓酌浑然不觉，犹自沉浸。

墨珑试探着问道："所以，你特地去学修复书画，就是为了可以进天镜山庄，见澜南上仙一面？"

"天镜山庄极少让外人进入，此事也是我打听了好久，才知晓山庄内的书画每隔四五百年就需要修复一次。上次修复书画的正巧是倚帝山的一名老道，我便专程上山拜师学艺。"

"四五百年！"灵犀啧啧叹道，"你倒是好耐性。"

卓酌摇头："若能得见仙颜，四五百年算什么，便是四五千年也算不得什么。"

无言以对，灵犀偷偷朝墨珑摆口型——"果然是花痴！"

墨珑忍笑不语。

灵犀用手指戳戳卓酌肩膀，问道："我姐呢？你说说她如何？"

"清樾……"卓酌瞬间清醒过来，讪讪道，"她其实挺好的，就是……就是……灵犀，你和她在一块儿那么久，你该比我明白。"

灵犀理所当然道："我当然明白，论才貌，四海八荒，姐姐可都算是一等一的！我听聂仲说过，有一回她上夏州国办事，夏州国的君主一看见她就痴了，我姐说什么他都应承，就是不肯让我姐走，留了又留，为我姐作了好多诗。他还背了一首给我听，又是佳人又是玉貌，酸溜溜的，我也记不住。"

"这点我自然知晓，清樾之貌，四海之内也是有名的。"卓酌道，"她样样都好，就是性情上……"

想起自家姐姐的性情，灵犀似也颇有为难之色："性情嘛，反正……什么都是她说了算，杀伐决断，说一不二，这不能算是缺点吧。"

卓酌面露敬畏之色，连连点头，总算说了实话："其实，我有点儿怕你姐。"

"我也是。"灵犀也老实承认。

两个人顿时生出同是天涯沦落人的惺惺相惜之感。

墨珑倒是不以为然，插口道："她自少女时便独立执掌东海，若无这份魄力，东海水族早已分崩离析。"

"可我天生就是做不了大事的人。"卓酌低低道。

墨珑淡淡一笑："哪有什么天生做大事的人，都是被逼出来的。"

"这门亲事是我父君所定，原也没问过我。"卓酌颇感无奈，"我对清樾有敬慕之意，却无男女之情。我不想耽误自己，也不想耽误了她……"

灵犀偏头想了一会儿："也是，你脑子里心心念念都是澜南上仙，将来便是和我姐在一起，对她也是有限得很。我姐该找一个全心全意对她好的人才行。"

"正是此意。"

能得到灵犀的谅解，卓酌也是长松了口气。

窗外，一只银喉长尾山雀扑扇着翅膀飞进来，落地之时，已变身为一名伶伶俐俐的小姑娘。

看着满屋狼藉和席地而坐的卓酌等人，小山雀抿嘴忍着笑，先是施一礼，然后才开口说道："雪五让我问问你们，饭食你们预备如何安置？你们若是自己生火做饭，灶间里色色俱全。若是有难处，我们也可送些现成的吃食，只是担心不合你们的口味。"

此时，卓酌已起身理了理衣袍，有礼道："多谢关心，我们自己做饭就好。"

小山雀点点头,又道:"对了,有一事我还得提醒你们一句,在谷内可施不了法术。"

墨珑与卓酌都有些诧异,唯独灵犀无所谓,她本来就不会法术。

小山雀正待转身离开,被卓酌唤住。

"这位仙子请留步。"

小山雀扑哧一笑,声音脆生生的:"我可不是仙子,差得远着呢,你莫要混叫。"

卓酌忙改了口:"这位姑娘,可否借问一事?"

"你说。"

"我对玄飓和澜南两位上仙仰慕已久,不知是否有幸得见?我知晓玄飓上仙这几日不在谷中,澜南上仙是否在谷中呢?"

小山雀道:"澜南上仙不住在谷中,她住在雪峰上。"

"啊!不住在谷中?"卓酌惊讶至极。

小山雀行到窗边,向外遥遥一指:"你瞧,就是那座雪峰。"

卓酌行到窗边,沿着她所指之处望去,果然就在山谷近旁便有一座高耸的雪峰,白雪皑皑。

"其实也不远,往北面走,过了老风口,就到雪峰了,君上常去。"小山雀补充道,"不过你们去不了。"

"这是为何?"卓酌不解。

灵犀有点儿着急,被墨珑拉住,对她轻轻摇了摇头,示意她继续听下去。

"你们进谷时经过了小风口,是不是?"小山雀问道。

卓酌点头。

"小风口的风虽厉害,却远远及不上老风口。"小山雀说道,"老风口的风刺骨剜心,极度深寒,瞬间就能把人冻死,连雪九那么高的修为,都得靠君上给他的避风珠才过得去。"

灵犀上前追问道:"如此说来,你们谷中的人也没法去?"

小山雀连点头也很有韵律:"除了君上和雪九,没人能过老风口。"

"那,澜南上仙会来谷中吗?"灵犀急切问道。

小山雀偏头想了想,才道:"听说以前来过,不过她已经很久都没有来了,我从来没有见过她。"

万万没想到已经进了天镜山庄,澜南上仙却还是如此遥不可及,灵犀郁郁寡欢地回来坐下。卓酌强打着精神,送走小山雀,待转过身来,已是一脸落寞。

"怎么办?"灵犀本能地向墨珑求助。

墨珑耸耸肩,也不言语,拉她起身。

灵犀顿时满是期待，颠颠跟着他走："你有法子是不是？"

"她说得明明白白，还会有什么法子？"墨珑头也不回地应道。

"那你拉我做什么？"

"做饭啊。"墨珑转头瞥了她一眼，"二太子我是不指望了，你总得过来给我打下手吧。"

"……"

还以为是什么要紧事，灵犀无精打采地应了声，拖着脚步跟他走。

此时的双影镇，东里长急得就像热锅上的蚂蚁，在房内绕着圈地来回走动，夏侯风都快被他绕晕了。白曦不明就里，也没敢开口问，抱着小肉球坐在一旁。

"老爷子，你……"夏侯风既不解又有点儿愤愤不平，"莫姬进天镜山庄也不见你着急，珑哥和灵犀进去你怎的急成这样？"

"他们俩能一样吗？"正是着急上火的时候，东里长直接嚷回去，"莫姬打小就在天镜山庄长大的，能一样吗？"

夏侯风本就是不善言辞之人，被他这么一嚷，便有点儿气短了，低声下气问道："珑哥进去有什么危险吗？"

东里长瞪了他一眼，不吭声。

白曦也不解："我也想不明白，说起来，天镜山庄的戒备也太森严了，不像是宝贝太多怕人惦记，倒像是有什么见不得人的事情。"

"别胡说八道！"东里长立即喝止他，内心的阴霾正在慢慢扩散。

论察言观色，白曦是好手，一下子看出东里长不对劲的地方，压低了嗓音道："老爷子，珑哥在山庄里头，不光是你，我们也担心。有什么事儿您别自己扛着，说出来，我们也好帮着想想法子。"

闻言，东里长沉默了片刻，才道："把门关好。"

看来老爷子是预备向他们透个实底，白曦跳起来，行到门口，张望了下，确定左右无人偷听，这才关门上闩。如此他还不放心，又将窗子也严严实实地关上，这才回到东里长面前，抱起小肉球，想了想，双手塞住小肉球的耳朵眼，这才安心看向东里长。

东里长看了看白曦，又看了看夏侯风，踌躇了半晌，才道："你们俩都还小，可曾听说过八千年前那场幽冥之战？"

夏侯风实诚地摇摇头。

白曦则点了点头："我曾听说过一点点，当时羽阙上仙领帅，玄飓与澜南上仙为辅，率众人迎战幽冥恶鬼。"

"不错。"东里长沉声道,"那之后,羽阙上仙就不知所终,而玄飓与澜南则隐于天镜山庄,深居简出,见过他们的人少之又少。"

夏侯风没听懂:"上仙,总是要摆摆架子的吧。"

东里长盯了他一眼:"你还记不记得莫姬在桃花林中说过的事儿?"

"哪件事儿?"

白曦已反应过来:"她说芥园大火。"

"不错!"东里长重重道,"她当时说'火舌时红时黑',还有'除了地上有火,地下也有火',你们可明白这意味着什么?"

夏侯风和白曦紧张地看着他:"什么?"

"若我所猜不错的话,"东里长顿了顿,才继续说道,"这火是幽冥地火!"

两个人顿时悚然而惊,白曦不敢置信:"天镜山庄里头怎么会有幽冥地火?"

东里长摇摇头:"内中缘故,不得而知,但我就是隐隐觉得,天镜山庄之所以这般戒备森严,很可能是因为幽冥地火的缘故。莫姬当年被火所伤,身上戾气甚重,你应该能感觉到。"后一句,他问的是夏侯风。

夏侯风愣了愣:"她只是脾气差了些,不能算是戾气重吧。"

"只是脾气不好?她连夺人灵气这种有违天道的事情都视为理所当然,你难道看不见吗?"东里长叹道,"当初若非你对她情有独钟,我又看她一个草木之人,身有沉疴,孤苦伶仃,我是断断不会留下她的。"

闻言,夏侯风有点儿恼了:"所以你就眼睁睁看她进天镜山庄也不劝阻,你是不是就巴不得她能早些离开?"

"你这孩子!"东里长气急,"我若是那等人,早几天就走了,还用得着在这儿陪着你等吗?"

眼看一老一小脸红脖子粗,白曦连忙岔开话题:"咱们说正事,说正事要紧。这个……幽冥地火我不太明白,伤了人很严重吗?"

"幽冥地火是十八层地狱中恶鬼的戾气所化,魔性极强,能逐渐噬人心性,只有心志坚定者能与之抗衡。"东里长叹了口气,"莫姬当时被护着,伤得不重,但这些年她的心性越发……显然是被魔气吞噬。小风,你该察觉得到才是。"

夏侯风低头不语,白曦在旁喃喃自语:"难怪了,我总觉得她有点儿不对劲,原来是这个缘故。"夏侯风闻言,立时抬头狠狠瞪了他一眼,白曦只得噤声。

灶间的案台上,有南瓜、冬瓜、茄子、萝卜、竹笋……各式各样的蔬菜,地上角落里堆着一堆地瓜、大小山芋。墨珑将灶间上上下下打量了一圈,也没找到一丁点儿肉星儿,更别提鱼虾海鲜等。

"敢情天镜山庄里头都吃素斋。"他长叹了口气，转头去问心不在焉的灵犀，"你想吃什么？"

灵犀满脑子都是雪峰和老风口，压根儿没留意周围，顺口便道："刺身吧，上回你做的很好吃。"

墨珑拍拍她肩膀，硬将她拉回神，挑眉道："当时怎的没听见你夸我？"

"那时候你得意得很，又瞧不起我，我还上赶着去夸你，我傻呀？"灵犀回道。

"你可不就是傻。"墨珑轻笑道。

灵犀有点儿郁闷地看着他。

"行了，你先看看这里都有些什么，然后再想想吃什么。"墨珑扳着她的肩膀，哄小孩一般，"我话说在前头，素斋我可不擅长。"

灵犀低头，这才发觉屋内全是瓜果蔬菜，完全没荤腥："你看着办吧，我不挑嘴，能吃就行。"她心里装着烦心事，便是山珍海味摆在面前也无心品尝。

墨珑捧起南瓜放到她面前："你帮我切南瓜，记得劲儿小点儿，人家的案板，弄坏了说不过去。"

灵犀漫不经心地应着，把南瓜抱过来，她从来没下厨做过事，看着南瓜压根儿不知从何下手……

挑了个竹笋，在手中掂了掂，墨珑转头，看见灵犀抱着南瓜摸来摸去，忍不住扑哧一笑："你摸它做甚，把它洗净了，剁了它。"

"怎么剁？"

"剁成块，若你闲得慌，切成小片也行。"

灵犀应了，抱着南瓜就去找水瓢，墨珑摇头笑了笑，转身去忙别的事儿。

泡发香菇，竹笋切丝，萝卜切小丁，玉米剥粒，再挑些红枣洗净去核，然后和一点儿糯米面团，墨珑有条不紊，耳边就听见灵犀那边"咚咚咚"地没停过。

一小团糯米塞入中空的红枣，均匀而整齐地码在笼屉里，将笼屉上锅生火。洗净米粒，也同样上锅小蒸一会儿。墨珑转身看了眼灵犀，她果然半点儿厨艺也不会，南瓜已被她剁碎了，块不成块，片不成片。

墨珑笑了笑，由着她胡乱切，反正不管她弄成什么样，他也能煮熟。

萝卜丁，香菇丁，玉米粒和姜片炒香，和蒸过的饭一起拌匀，放到洗净的荷叶中包好，放到笼屉中上锅蒸。

笋丝在滚水中过一遍，去除涩味，然后下锅清炒。

做完这些，他复看向灵犀，南瓜已经快被她剁成南瓜泥了。她手虽然在动，脑子却是一径地神游太虚，也不知在想什么。

"行了。"他道。

灵犀方才停了手,想着一件极其重大的事情,忍不住抬头问他道:"你说,我的鲛珠能不能当避风珠用?说不定我能过老风口。"

她怎的就是不肯放弃?墨珑眸色一沉:"若是鲛珠有用,你就不会被冻在镜湖上了。"

灵犀仍是不肯放弃:"老风口和镜湖又不一样,说不定……"

"说不定?"墨珑是真恼了,"你不知晓会送命的吗?你若是敢去,我就打折你的腿,把你送回东海。"

"……"

灵犀还从未见过他这般模样,吓了一跳,咬着嘴唇看他。

墨珑却是气未消意未平:"难怪你姐要把你关起来,若换了是我,捆起来也不为过。"

灵犀瞪了他一眼,不吭声了。

"你为何非得找到你哥?为此送了命也甘心吗?"墨珑质问她。自从听了卓酌的话,他心里便隐隐有点儿不安——灵犀不该存在,她的那部分本应用于补足灵均。

难道,即便灵犀已经活了下来,但她的宿命,仍是注定要为灵均而牺牲吗?

"他是我哥哥,既然我能感觉到他还活着,当然要找着他。"灵犀理所当然地说道,"你不知晓,这些年为了我哥的事儿,我姐姐就没有一天真正欢喜过。"

"就是为了找到哥哥,让你姐姐欢喜。你自己呢?"

"我……"灵犀声音低下去,"你也知晓,我……我的名字压根儿就不在玉匮上,连想证明自己是龙族都没法子。而且我又没有灵力,人也没什么用。在东海水府里头,一点儿忙都帮不上。"

墨珑默默地望着她。

"实话跟你说,虽然他们一直想瞒着我,可我也察觉到了,我是有点儿不对劲。"灵犀接着说道,"你记不记得在桃花林的时候我昏过去了,其实在家时也会这样,时长时短,有一回我醒来时发觉姐姐瘦了一大圈,才知晓我竟然昏迷了足足三个月,姐姐以为我醒不过来了。"

也就是说,在桃花林晕厥过去的她,那时候就有可能根本醒不过来。墨珑莫名有点儿心慌,双目紧紧地盯着她。

不愿手足无措地干站着,灵犀复拿了刀,使劲拌南瓜泥,倔强地说道:"万一有一日我真的没有醒过来,水府里头就剩下我姐孤零零一个人,她怎么办?我总得做点儿什么吧。"

墨珑说不出话来,默默拿过她手中的刀,把南瓜泥拢了拢,嗓子略有点儿哑:"你喜欢吃甜的还是咸的?"

灵犀呆愣愣的，片刻后才答道："甜的。"

"猜着了，口味和小孩一样。"

墨珑将南瓜泥也摆上笼屉……灵犀就在旁看着他一步步地炒芝麻，拌上糖和香油，再把糯米粉和蒸好的南瓜泥拌到一起，揉成面团，香喷喷的芝麻包入一个个小面团中，放在掌中压扁，然后放入锅中用小火慢煎。

像这样有条不紊的步骤，也让墨珑原本激荡的内心慢慢平静下来。

一会儿工夫，煎得金黄金黄的南瓜饼便摆到盘中。

"尝尝吧，毕竟是你自己剁出来的南瓜。"他把盘子朝她推过去。

灵犀吃了一个，点点头，又吃了一个，赞赏道："你的手艺可真好，我怎的就不会呢？"

"以后……"墨珑顿了顿，别开脸去，改口道，"我会的菜还多着呢，你若肯乖乖的，日后我一道道做给你吃。"

灵犀大喜："说好了，你可不能赖账。"

墨珑淡淡一笑，又说道："那件事我来想法子，你切记不可轻举妄动，任何事情都须先和我商量。"

"你有法子？"

"……既然用避风珠就可以过老风口，那我们想法子拿到避风珠就是了。"墨珑朝她点头，"你莫给我添乱就好。"

"对啊！"灵犀只欢喜了一瞬，继而狐疑地看着他，"你是说，偷？"

墨珑更正她："我方才说的是'拿'。"

"避风珠又不是我们的，是那个……"灵犀回想小山雀的话，"是雪九。雪九是谁？"

墨珑不答："这事不用你操心，我来想法子。"

灵犀将信将疑："你有什么法子？"

墨珑不理会她，转头看荷叶饭已蒸熟，吩咐灵犀道："去叫那位二公子来用饭吧。"

灵犀只得去了，直至她的身影消失，墨珑才轻轻叹了口气，探手入怀，火浣布裹好的烈火璧一直贴身存放——烈火璧，十日之炎，能不能对抗得了老风口的极度深寒？他心里没有底。灵犀身子弱，又没有灵力，自然不能让她来冒这个险。

方才说什么偷避风珠，只不过是为了哄住灵犀。

雪五是雪心亭，雪九想来可能是另一只白鹤。此前墨珑倒是曾经听说过，玄飓上仙座下有左右使，也是自昆仑山而来，想必便是这两只白鹤。他们都是跟随玄飓上仙上万年的精怪，虽然举手投足间谦和有礼，不显山不露水，但墨珑心中明白，越是这样的人越不可小觑。想从他们手中偷得避风珠，完全是不可能的事情。

双影镇上，心焦如焚却又无计可施的东里长最终做出了决定。

"找到东海的人，让他们出面！"他决然道。

与墨珑的安危比起来，龙牙刃已不值一提，东里长很清楚地知晓，引来东海的人，必定会追究龙牙刃的下落，到时候大不了交出龙牙刃，赔礼赔罪，怎么着都行，横竖他这张老脸可以豁出去。

夏侯风和白曦都不知晓龙牙刃之事，听他这样说，并无反对之意。"东海的人来了，能不能把莫姬也弄出来？"夏侯风关切问道。

"那得看人家愿不愿意了。"东里长叹口气，眉心打着结，"现下要紧的事是怎么才能最快找到东海的人。此地距离东海太过遥远，而且无人引见也进不了东海水府。双头蛟和三头蛟眼下在何处？"

他这话虽是自言自语，但一直在听的夏侯风和白曦还是齐刷刷地摇了摇头。看见他们俩一点儿忙也帮不上，东里长越发焦躁起来。

"他们曾经告诉过我，若要寻他们，就到长留城的城南盖家，拿着这枚珍珠就行。"白曦想起这事儿，为难道，"可长留城离这儿也远着呢。"

"太远了。"东里长连连摇头，当初觉得腾云术太耗灵力，虽懂法门，却不愿修习，他现下真是后悔也来不及。

骤然间，他似乎察觉到了什么，疾看向白曦："等等，你方才说什么？"

白曦被他看得直发毛："什么什么？"

"你方才说的那句话，再复述一遍。"

"……可长留城离这里也远着呢。"

东里长烦躁地摇头，柔软的脖子，让人疑心他会把整个头甩出去："不是，再前面一句。"

白曦想了想："他们曾经告诉过我，若要寻他们，就到长留城的城南盖家，拿着这枚珍珠就行。"

"珍珠！"

白曦把珍珠递给他看，东里长却一把格开他的手："不，我说的不是这枚珍珠，而是……你们还记不记得，今日在镜湖边上，有戴金丝冠之人，冠上镶着数枚珍珠。"

夏侯风当时一门心思都在关心莫姬是否回来，完全没留意过其他人，茫茫然摇了摇头。白曦目力不错，且对于值钱物件有种天生的敏锐："我大概记得，是有两个人戴着金丝冠，从最后一辆车上下来的。"

"不错，就是他们，素锦佩剑，头戴金丝冠。他们很可能是东海……不对，不是东海，若是东海的人，灵犀早就该知晓。也许是其他水族中人。"其实东里长早该想到的，只是之前他被墨珑气昏了头，一时间竟没有意识到其中关系。也许正因为是水族中人，才会轻易让灵犀和墨珑上了马车，进了天镜山庄，并且为此换下两个人。

"走走走！"东里长起身就朝外走，同时催促夏侯风和白曦。

夏侯风一头雾水："去哪儿？"

"去找那两个人！"白曦已明白过来。

"找他们有何用？"

"他们应该是水族中人，和龙族一定有联系。"白曦拖着他，急急出门追上东里长。

素日走起路来慢得一摇三晃的东里长，现下快得让人疑心他究竟还是不是一头老火龟。

番外

由阴山往天山去，要向西行约九百六十里路，其间经过符惕山、三危山等等大山。

经符惕山，靠东有条大道，绕山而行，路甚是平整，可从此路过去往天山的行人却不多。只因符惕山中隐居着一位风雨神，脾气甚是古怪，山中难免多怪雨，或猩红如血，或奇酸如醋，冰雹从鸽子蛋大小到磨盘大小皆属寻常。又常有大雾罩山，那雾来无影去无踪，狂风刮不走，日头晒不散，浓稠得似牛乳一般，一尺开外不见人影。如此这般，大多数人宁愿多绕数十里路，从河道走。

这河道便是洵水，从轩辕丘穿过。因河底铺满红色细沙，洵水一眼看上去便是赤色的。沿着洵水七零八落地分布着几个渡口，其中以雷泽渡口来往人数最多。数千年下来，雷泽渡口早已不仅仅是个渡口，而是发展成了一座小镇。

老水獭原是在此地做渡船的营生，但不要船资，心愿是渡满十二万九千六百人。后来有一年山洪暴发，他被顺水而下的落石砸伤了腿，行动不方便，只得在河边开了一间粥铺，供人喝大麦粥。长年累月在灶边烧火，烟熏火燎的，老水獭原本还算浓密的皮毛被连累得不轻，毛秃了好些，剩下的又黄又短，还都分了叉。

与老水獭做邻居的是一只花面狸，借着粥铺摆了个占卜的摊子。占卜工具极简单，只需一把麦粒。把麦粒往桌面上一撒，看麦粒摆出的形状便可知吉凶。花面狸每日只占三卦，剩余的时间都靠着松木桌打盹儿，他那一身皮毛油光水滑，爪子扣着半倒的粥碗，看上去不像个算卦的，倒像是老水獭养的贮备粮。

这日，黄昏时分，老水獭刚捅了捅炉火，直起腰来，转身就差点儿撞上一人。

"干吗呀你？别挡道。"老水獭拨开花面狸。

花面狸一脸忧虑地看着他，语气沉重："方才我替你算了一卦，从卦象上看……"

老水獭径直去后院拿柴火，压根儿就不理会他。

花面狸追着他，急道："你就不想知晓是凶是吉？"

"上回你给我算了个大凶之卦。"老水獭不耐烦地说道，"结果你家的房顶塌了，你这卦还是留给自己吧。"

"不能这么说，我家房顶归我家房顶，你的卦归你的卦。我记得上次卜了那卦之后，你就烧煳了一锅大麦粥。"花面狸一直跟到后院柴房，好言好语解释道，"这次的卦象显示，有朋自远方来，你是乐乎还是不乐乎……"话未说完，他撞到了老水獭的后背，鼻子被老水獭的糙毛弄得直痒痒，接连打了几个喷嚏。

"怎么了？"花面狸问道，"你愣着做甚？乐傻了？"

老水獭没回答，往旁边挪了两步，指着柴堆中露出的半截尾巴："现下就来了？"

"咦！"

花面狸凑近，细瞧那半截银黑尾巴，接着把自己的尾巴也盘到眼前，比了比，惋惜道："不是我家亲戚，闻着味儿，恐怕是远亲。"

老水獭试着拨弄了一下柴火，将遮住那尾巴主人的柴火尽数移开，这才发觉中空的柴火堆里躺着一只银黑狐狸，一动不动的，对周遭的动静毫无觉察，也不知是死了还是昏睡着。

顺手操起一根柴火，花面狸捅了捅狐狸，没动静，他特地挑狐狸最柔软的腹部，又捅了捅……狐狸略微睁眼，盯着他们俩，龇了龇牙，喉咙深处发出低低的咆哮声，然而只持续了一小会儿，便因为体力不支而复陷入昏睡之中。

"我看它绝非善类，还是赶紧丢出去吧。"花面狸道，"俗话说，十只狐狸九只贼，还有一只善作伪。"

老水獭上前，轻柔地抱起狐狸，滚烫的触感立时让他意识到这只狐狸正在发高烧。他将狐狸抱出柴房，径直抱到自己的屋子。屋中甚是简陋，不过一桌一炕而已。

他将狐狸放到炕上，伸爪子探了探脉搏，忧心道："脉象这么弱，正气不足，如何受得住这样烧……"

花面狸跟进来，瞅着狐狸道："不如我算上一卦，看它能不能活过今夜？"

老水獭转头瞪了他一眼，一瘸一拐地走到前头舀了碗大麦粥回来，然后扶起狐狸，用木勺一点点把粥汤喂入狐狸口中。只是这只狐狸实在虚弱，只能咽下一点儿，大半粥汤都洒落在它胸前的皮毛上。

"你可得想清楚了，现下救了，保不齐日后它就要恩将仇报。"花面狸在旁边，不帮忙不提，一张嘴就没消停过，"我跟你说，我二大爷当年就好心救过一只白狐狸，大雪天生怕他在外头冻死饿死，便留他在家中当一名杂役，虽说要干活，可至少有吃有喝，是不是？你猜后来怎么着，那只白狐狸偷了他家东西跑了。听说后来在长留城他还碰见过那只白狐狸，可狐狸却说压根儿不认得他，你说气不气人？还有……"

在花面狸的唠叨声中，老水獭喂完了一碗米汤，然后绞了干净布巾帮狐狸把身上的污物擦干净，又从木架上取下存钱的陶罐，从里头掏出些许铜贝，一枚一枚地数着。

"你干吗？还要给它花钱？我告诉你，你会血本无归的。"花面狸忙伸手拦他，"喂几碗粥就行了，活不活看它自己的造化。"

"哎呀，你把爪子拿开。"老水獭不满，"我知晓，去年有只狐狸找你算卦没给钱，所以你不喜欢狐狸。"

"何止去年，还有大前年，大大前年……"花面狸自认为已是苦口婆心，"狐狸天性狡诈多变，你斗不过它的。"

老水獭数好铜贝，揣在胸前的布兜里，吩咐道："你帮我看会儿粥铺，我去去就来。"

"你快点儿回来，莫耽误我做生意啊！"花面狸拿他没法子，看着他走远，叨叨道，"一个破烂粥铺有什么好看的，就算穷疯了，也没人会来打劫你这家粥铺。"说归说，他不甚放心地瞥了炕上的狐狸一眼，还是走到前头的粥铺坐着。

过了一会儿，老水獭没回来，倒来了一名老者，拄着拐杖，驼着背，脖子柔软而细长，他面带微笑地问道："此间是粥铺？可有粥喝？"

花面狸起身招呼："有，一枚小铜贝一碗，喝完了还可以免费添粥。"这是粥铺的老规矩了，有一回来了头河马精，得知可以免费添粥，便将一整锅的大麦粥都喝光了，花面狸替老水獭心疼了半日。

"来一碗吧。"老者取出一枚小铜贝放到桌上。

花面狸替老水獭收了铜贝，拿着大铜勺盛了碗粥，端给老者："您老慢用……看您老眉头紧锁，似有心事，要不要算一卦？"

老者吹了吹粥上的热气，然后说道："多谢，占卜之术，我也略懂一二，还是不算了吧。"

"原来是同行！"花面狸打量着老者，见他衣袍破旧，甚是落魄，顿时起了惺惺相惜之感，"唉，这年头，咱们这行当是越来越难讨口饭吃了。您老这是从何处过来？"

"东边。"老者简洁地回道，然后慢慢喝着粥，似不愿多谈论自身。

花面狸还要问，老水獭已回来了，他手里拎着竹篮，篮子里有一堆已晒干的山药片。

"你买山药片做什么？"花面狸不解。

老水獭将竹篮搁旁边，随即就抓了一把山药片扔到锅里，和大麦粥一起煮："山药补气，那狐狸正气不足，身子又虚，用不得猛药，只能慢慢替它补着。"

"你还真打算养着它啊？"花面狸撇撇嘴，"也行，看看以后它是能看家，还是能护院。"

老水獭不言语，拿大铜勺慢慢搅动大麦粥，让山药片和麦粒融在一起……

喝粥的老者将空碗端端正正地放在桌上，朝老水獭有礼道："多谢了！"这才起身离开。

花面狸瞧着老者的背影，耸耸肩："这老头有点儿怪，明明是我给他盛的粥，为何要谢你？"

老水獭心无旁骛，专心地煮着大麦山药粥。

三日之后，银黑狐狸总算恢复了些许意识，烧也退了，只是成日里蜷在炕上懒得动弹。老水獭生怕它又闷出病来，便将它带到前头粥铺，让它帮忙看着铺子，也多沾点儿人气。

原是想让它待在花面狸旁边，不想它自己踱到灶台后头，懒懒一靠，间或用爪子添些柴火。老水獭在旁拉着风箱，见它用爪子拿起柴火甚是稳当，倒不像是山野间的野狐狸。

"你从哪儿来？"老水獭试探问道。自打来到这儿，他从未见过这只狐狸开口说话，原以为它是只未修行的野狐狸，但从拿柴火一节，他意识到，这只狐狸没准儿会说话，只是不愿说而已。

银黑狐狸跟没听见似的，举着爪子，把柴火往灶眼里捅了捅，然后收回爪子，往身后墙上一靠，尾巴蜷起来，合目养神。

花面狸探身过来瞧，问道："你跟谁说话呢？"

老水獭朝狐狸努努嘴。

"它就是只野狐狸，"花面狸瞧狐狸自顾自地闭眼睡觉，啧啧道，"怎么懒成这样？逮哪儿睡哪儿。我说，你捡了它，就是笔亏本买卖！"

老水獭不吭气，舀了碗大麦粥放在狐狸旁边，让它饿了就能自己舔着吃。

于是这狐狸就在粥铺里住了下来，成日里就干两件事情：添柴、睡觉。其间那驼背老者又来过几次，都是喝碗粥就走了，只是每次都很郑重地谢过老水獭，弄得花面狸十分诧异。

这一日，天降暴雨，渡口上的船刚到，便下来五六个汉子，淋着大雨，一头便钻进了粥铺。

"切两斤牛肉！再来二十个烧饼！"汉子朝老水獭喝道。

老水獭一愣："小店是粥铺，只卖大麦粥，别的没有。"

那些汉子淋了一身雨，本就不高兴，听到老水獭这般回答，更是不快："没有？那就出去买，我们又不是不给钱！"

说着，抬脚往灶台这边过来，想要脱衣袍烤火。

"抱歉，小店只有大麦粥，各位爷想吃别的，不如换家店吧。"老水獭又说道。

花面狸瞧这群人绝非善类，自然不敢上前招揽生意，躲到一边，悄悄对老水獭摆摆手，示意他莫要与这些人硬杠。

那些汉子听了这话果然怒了，为首者喝道："你是在赶我们走？开店迎客，岂有这等道理！莫不是以为我们没银两，故意怠慢我们？"

"绝无此意，绝无此意……"老水獭忙解释道。

一名烤火的汉子瞧见蜷在灶台旁的银黑狐狸，眼睛一亮："老大！这里有只狐狸，皮毛还不错！"说着伸出大掌，拎着狐狸脖颈，把它提溜起来，让众人观赏。

当即便有两个人伸手来摸狐狸，见这只狐狸毛如银针，根根发亮，连声赞赏道："果然是上等皮毛，老大，剥下这皮，到了长留城肯定能卖个好价钱！"

银黑狐狸在他们手中也不挣扎，仍是平日里那副无精打采的模样，耷拉着脑袋，任由他们将自己提溜来提溜去。

老水獭忙道："不可不可，它是我家的狐狸，可不能拿去剥皮。"

为首的汉子端详着狐狸的品相，也甚是满意，斜睨了老水獭一眼："急什么？我们不白要这只狐狸，给你钱就是了。"说着伸手去钱袋中掏拿。

"不是钱的事儿，这只狐狸我不卖。"老水獭急道，伸手想从汉子们手中将狐狸抱过来，却被其中一名汉子格开，跟跄退开几步。

瞬间，银黑狐狸眼中闪过一抹微不可察的寒光。

为首的汉子自钱袋中掏出十几枚小铜贝，往桌上一拍，粗声道："行了，这只狐狸归我们了！"

花面狸看那些铜贝不过才十二三枚，莫说买只狐狸，就是在街头买一盒糕点都不够，实在替老水獭冤得慌，忍不住开口说道："这只狐狸少说也值两枚银贝，这点儿铜贝如何够呢？"

话音刚落，汉子重重一拍桌子，朝花面狸横眉瞪眼："你算哪根葱啊？这只狐狸就值这个价，难道我还会占你们便宜？"

"可不就是占便宜吗……"这话花面狸没胆说出口，只能在心里嘀咕。

老水獭急道："不行，这只狐狸不卖，多少钱都不卖！你们赶紧把它放下！"

他毕竟年纪大了，每日除了煮粥，没有别的修行，着实不是这些大汉的对手。他上前去抢狐狸，被几名大汉骂骂咧咧推推搡搡。他不肯放弃，坚持要回狐狸，拎着狐狸的汉子不耐烦，便挥拳相向，正中老水獭面门，顿时老水獭眼前直冒金星，鼻子疼痛难忍，淌出了两股鲜血。

花面狸吓得不轻，忙上前来扶他。老水獭只觉得眼前天旋地转，然后眼前一黑，便晕了过去。

等他幽幽醒来时，感觉脸上有个毛茸茸的东西扫来扫去，弄得他很是痒痒，睁眼用手拨弄，才发现是花面狸的尾巴。

"你醒了！"花面狸跳下炕，热切地望着他，一脸古怪至极的神情，像是有天大的秘密要告诉他。

老水獭摸摸鼻子，淌出来的鼻血想必是花面狸帮他擦过了，可鼻子还是阵阵生疼。他还有点儿蒙，摸着鼻子，渐渐回想起了发生的事情。

"狐狸呢？没被他们带走吧？"一想起来，他忙问花面狸。

花面狸连声说道："没有没有，你就放心吧。"

老水獭这才稍稍安心："那些人走了？"

"走了。"花面狸朝他倾过身子来，"你猜猜，他们是怎么走的？"

老水獭摇摇头，猜想是不是因为见了血，那些汉子不愿惹上事，所以才走了。

花面狸清了清嗓子，朝他郑重说道："你捡回来的那只狐狸，不是一般的狐狸，你知道吧？"

"它怎么了？"老水獭忙问道。

"它变成人了，而且还把那些人打了个落花流水，屁滚尿流，最后那些人落荒而逃。"花面狸啧啧称奇，"幸好我平时谨言慎行，没得罪过他，要不然可就危险了。"

老水獭瞠目结舌地看着花面狸，惊讶道："原来他已经修得人身了！"

"是呀，这家伙藏得够深的，我还一直当他是只寻常狐狸……"花面狸自顾自地念叨着。

老水獭回想银黑狐狸这些日子在粥铺中的模样，他总是懒懒的，倦倦的，除了偶尔添下柴火，其余时候都蜷着身子打盹儿，没有一点儿修行的模样。

若说他是故意隐藏真本事，留在粥铺中是别有图谋，老水獭无论如何也没法相信。他所有家当就是这家粥铺，掘地三尺也挖不出金银，谁会来费这劲儿呢？

这只狐狸倒更像是自暴自弃，情愿这般混沌度日。

"他在哪儿？"老水獭问道。

"在前头收拾东西呢，打碎了好些碗，还有桌椅也……"花面狸安慰老水獭，"不要紧，反正你那些家伙什儿本就不值钱。"

老水獭下了炕，往前头粥铺走去，刚进去就看见一人身着玄衣，背对着自己，正在修一条断腿的条凳，对上木楔，锤子"当当当"地敲着。

"你……"老水獭一时不知道该怎么称呼他，"你是狐狸吧？"

那人放下条凳，转过身来，老水獭这才看清他，模样甚是年轻，还很清秀俊逸，只是眉宇间仍是银黑狐狸懒懒倦倦的神情，一望便知他就是那只狐狸。

"在下墨珑。"他看着老水獭说道。

"哦。"老水獭看着墨珑，过了片刻才问道，"方才，没伤着你吧？"

"没有。"

两个人都不是话多的人，静默半晌，墨珑接着低头去修桌椅，老水獭也接着去煮他的大麦粥。

花面狸迈步进来，见这两个人跟没事人儿似的，各自忙各自的事情，顿时非常失望。依着他，肯定要让这只狐狸坐下来，然后好好问清楚：从哪里来？到哪里去？家里都有什么人？躲在这里是避仇还是逃难？

"你怎么也不问问他？"花面狸绕到灶台后头，捅捅老水獭。

老水獭回道："他说了，他叫墨珑。"

"别的呢？"

"什么别的？"老水獭不解。

生怕墨珑听见，花面狸压低声音："他是什么人呀？你是没看见他打架的模样，那绝对不是一般的狐狸，好人坏人你得分清楚了。"

老水獭挥手赶他："什么好不好坏不坏？这有啥可问的？他都在我这儿住这么久了，我看挺好。"

"你……"花面狸拿指头戳他，"你怎么就不长心眼呢？"

"心眼有一个就够用了，长那么多心眼又不管饱。"

老水獭弯腰捅捅灶眼，然后往窗外看了一眼，叹息道："这雨一下，桃花汛就快了。"

"每年这会儿，生意最不好。"花面狸也看向窗外的大雨，愁眉苦脸道。

接下来的日子，雨水淅淅沥沥，时大时小，就没有停过。然而，让花面狸意外的是，粥铺的生意居然出奇地好，连带着他的占卦生意都红红火火，竟是在此间数年里生意最好的时节。他每日三卦又三卦，然后又是最后三卦，早已打破每日三卦的规矩。

至于生意红火的缘由，花面狸不太愿意承认，他支着肘望向门外，对面是个兔儿精的糕点铺子，时不时就能看见几对长耳朵往这边探着。

正想着，兔儿老爹领着两个闺女进了粥铺，张口就要了三碗大麦粥，要知晓，两家门对门快二十年了，兔儿老爹从来舍不得花钱喝一碗粥，今日还真是日头打西边出来了。

三只兔儿斯斯文文地围着桌子喝粥，长耳朵服帖地垂在脑后，圆圆的眼睛却在店里到处打量。大概出于羞涩的天性，大麦粥喝到快见底了，兔儿爹才抿抿嘴，赔着笑问老水獭："你家小哥怎么不在？"

"你不会也是来提亲的吧？"花面狸惊诧道，狐狸和兔子？他真不知道这些兔儿精是怎么想的。

此言一出，两个兔儿闺女面上添了些许红云，将头垂得更低了，长耳朵在脑后一动一动。

"我这两个闺女也到了该出阁的年纪，我总得为她们找个好人家呀。"兔儿爹笑道，"我看你们店里的小哥人不错，又老实又肯干，又会些拳脚功夫，也不怕叫人欺负了去，若肯做个上门女婿，当真不错。"

"他老实？"花面狸劝兔儿爹，"他就是话少而已，话少跟老实可不是一回事儿。再说，他肯干？他每日除了添点儿柴火还是添点儿柴火。你招他做上门女婿，还不如招我呢。"

闻言，俩兔儿闺女飞快地瞥了花面狸一眼，不满地动了动耳朵。

老水獭瞪了花面狸一眼，朝兔儿爹略为难地说道："这事……我看他好像还未有成家的意思。"

兔儿爹听了这话，非但不气馁，反而精神一振："也就是说，这位小哥还不曾议过亲？"

老水獭是老实人，被他这么一问，顿时愣了愣，忙道："这个我也不清楚，没问过他。"

此时正好墨珑抱着一捆柴火进来，俩兔儿闺女看见他，齐齐红了脸，连带一对长耳朵都红了，头埋得更低。兔儿爹看见他，忙站起来，快步走到他跟前："你……你是叫墨珑，对吧？"

墨珑"嗯"了一声，再不多话。他抱着柴火要去灶台边上，却被兔儿爹挡着路，只能站在原地看着兔儿爹。

"墨家小哥，你……"兔儿爹原本倒是想好了一套说辞，也不知怎的，墨珑往他跟前一站，他忽又觉得原来的说辞着实不妥，想要再换套说辞，可一时又结结巴巴说不出来，站了半晌才问道："小哥可是打算在此地常住？有没有成家的打算？"

俩兔儿闺女虽坐在原地不动，头也埋得很低，仿佛连看都不敢看墨珑一眼，但耳朵全齐刷刷地竖了起来。

墨珑面无表情地说道："我在家中已定过亲了。"听他这话，不仅兔儿爹吃了一惊，就连老水獭和花面狸也都有点儿惊讶，他们还是头一遭听墨珑说起家里的事。

俩兔儿闺女失望至极，长耳朵全都耷拉下去。兔儿爹也甚是失望，追问道："当真？"

墨珑却已不耐烦再答，抱着柴火硬生生从旁边挤过，自顾自到灶台后，不再理会他们。

见兔儿爹颇尴尬地立在当地，花面狸凑上前道："我打算在此地常住，而且有成家的打算。"

兔儿爹看着花面狸鼻子上的白毛，勉强应了一声，转头唤俩闺女走了。

"没眼光！"花面狸"嗤"了一声，回到自己桌边，想起自己也是花样年华，竟然无人问津，着实可悲可叹，无心再招揽生意，便也走了。

店内再无旁人。

老水獭边拉风箱边看墨珑，后者虽说以人身示人，却丝毫没有改变过往的习惯，他仍是添了根柴火，然后就往墙上一靠，合目休息。

老水獭却知晓他并未睡着，拉了几下风箱后，他开口道："你来了这么久，我也没和你说过我的事，今日无事，你想听听吗？"

墨珑眼皮抬了抬，但没睁开，"嗯"了一声。

灶膛里噼啪作响，老水獭抄起烧火棍捅了捅，接着说道："我原先是在这条河上做渡船生意的，那时候我许了个愿，要渡满十二万九千六百人，每个人都只收一枚小铜贝，够我吃喝就好……"

墨珑仍闭着眼，似睡非睡。

老水獭的脸被灶膛里头的火光映得红通通的："我还记得那天，日头特别烈，我还戴着斗笠。忽然之间，所有的事儿都不对劲了，原本清澈的河水突然发浑，一阵阵往上冒泡。我就在河心，船上还载着三名客官，我记得真真的，两只小尾寒羊还有一头穿山甲，那两只羊是要去走亲戚的……"

不知何时，墨珑睁开眼睛，看着老水獭。

"……洄水的上游传来轰隆隆的声音，一开始我还以为是天上在打雷，"老水獭苦笑了一下，"谁能想到是洄水上游地母震怒，乱石崩塌，全部滚入河中，被河水冲了下来。等我想将船摇到岸边，已然来不及了，乱石冲下来，船被大石砸了两下就散架了，我掉到水里，想救那两只羊和穿山甲，可哪里还找得到他们，喊也没有用，耳边全是隆隆巨响。"

墨珑静静地望着他。

老水獭接着说道："现下你也看见了，我的腿就是那时候被石头撞伤的。其实当时伤了不止一处，我在水中已被砸晕过去了，后来被冲到岸上也算是命大，却不知那两只羊和穿山甲最后如何，我再也没有见过他们。"

"捡回一条命之后，我在家中躺了三个月，不是因为伤没好，而是因为想不明白。船也没了，不知晓自己该做什么，想渡人也渡不成了，就这么天天在家中躺着，动也不想动一下，比你现下的样子还糟糕。"

"后来呢？"墨珑心知他在奚落自己，挑眉道。

"后来？"老水獭笑道，"后来我就想明白了，躺着什么都不会变，日子得过，事情得做，我就支了个粥铺，慢慢做到现在。"

墨珑默默听着，不吭声。

"方才听你说家中已给你定过亲了。"老水獭这时才转头看向他，"我想你大概也是遇着坎儿了，才会流落到我这儿来。可你日日在这里，什么都不会变。人呀，总得往前走，不管是瘸着往前走，爬着往前走，不管能走多远，总得继续往前走。"

墨珑静默了良久，才起身伸了个懒腰，然后斜眼睇他："……老家伙，你是嫌我喝多了你家麦粥，想赶我走吧。"

老水獭笑着摇摇头，没接话。

如此又过了几日，墨珑依旧如之前那般烧柴打盹儿，只是有时候也会靠着窗，盯着窗外的雨出神，也不知在想什么。

这日天气终于放晴，花面狸替人占了一卦，恰巧是上吉之卦，得了一笔丰厚的卦金，他心情甚好，起身想去糕点铺子买几块垂涎已久的桃花糕来尝尝。

不巧的是，兔儿精的糕点铺子今儿竟然没开张，弄得他失望至极，到临近几家店铺一打听，这才知晓兔儿爹没开张的缘故。

"出大事了！出大事了！"花面狸快步回到粥铺，朝老水獭和墨珑嚷嚷道。

墨珑仍靠在灶台后合目养神，听见花面狸的话，连眼皮都未抬。老水獭舀了碗粥，才看向花面狸："怎么了？"

"兔儿精那俩闺女去卓吾山脚赶集，结果被山上的贼人绑了票，如今兔儿爹正到处筹钱呢，说是今晚不把钱凑齐，俩闺女，一个清炖，一个红烧。"花面狸啧啧道，"穷凶极恶！穷凶极恶呀！"

老水獭吓了一跳："索要多少钱？"

"听说是笔大数目，要五百枚银贝！"

原本老水獭还想着自己是不是能帮上些忙，听见这数目，便无奈道："这如何筹得到？兔儿爹便是把铺面转卖出去，也不过二三十枚银贝，这贼人要五百枚，岂不是要急煞他？"

"谁说不是呢！"花面狸叹道，"都怪兔儿爹，平日里太宠这俩闺女了，自己省吃俭用，钱都花在她们俩身上，吃穿用戴都是好的，这回去卓吾山脚还是雇了两顶轿子去的呢，一下就被贼人盯上了！"

"这可怎么办才好？"

老水獭连连叹气。

灶台后头，墨珑懒懒地睁开了眼睛，问了一句："那伙贼人是什么来历？"

难得听他开口说话，花面狸探身看他，诧异道："你对此事也有兴趣？"

墨珑不想回答，复闭上眼睛。

花面狸只得告诉他："那伙贼人是卓吾山上的一群狒狒，为首者据说已有五百年以上修为，很是难惹，这些年他们掠夺财物，祸害不小。"

墨珑"嗯"了一声，仍旧睡觉，听见了就跟没听见一般。

"那日看你也有些拳脚功夫，怎么，你想去救那两个兔儿闺女？"花面狸问道。

墨珑侧了身自顾自地打盹儿。花面狸自觉无趣，便讪讪地回了桌。

到了午时，驼背老者拄着拐杖进了铺子，仍旧要一碗大麦粥。老水獭正要给他盛粥，就被墨珑按住了手，连土陶碗也被他搁了回去。

"嗯？"老水獭不解。

墨珑径直走到驼背老者面前，淡淡说道："老爷子，你陪我去趟卓吾山吧。"

驼背老者站起身，看着他，目中似有泪，随后点了点头："好。"

两个人便出了粥铺，剩下老水獭与花面狸一头雾水。

"怎么他们俩竟是认得的？"花面狸莫名其妙地说道，"那个老头儿来粥铺这么多次，两个人怎么从来没说过话呢？"他这话也不知是在问老水獭，还是自言自语。

老水獭担忧道："他们去卓吾山？当真要去找那伙贼人？若是敌不过怎么办？"

"既然敢去，想必是有法子吧。这个狐狸真是处处透着古怪。"花面狸摇头道。

直至掌灯时分，墨珑和驼背老者才回来，不仅带回了兔儿家俩闺女，还拉回了几车财物，拉车的是几只低眉顺眼十分乖巧的狒狒。

见闺女平安归来，兔儿爹自然喜不自禁，三个人抱头，又哭又笑，原本的红眼睛显得更红。

墨珑命狒狒们将车停在街道上，便命他们散了，各自回山上去。镇上众人陆陆续续都出来看热闹，围着大车，看里头的财物。

"这些财物哪儿来的？"花面狸好奇地问道。

"把狒狒窝端了，算是抄家吧。"墨珑不甚在意地说道，"就全带下来了，你们自己看看，有用得着的，就分了吧。"

众人闻言哑然，皆呆愣在原地，疑心自己是不是听错了。

墨珑说罢，便丢下车，自顾自地进了粥铺。老水獭见他平安回来，立即安心多了。他盛了碗大麦粥给墨珑，笑道："辛苦你了，还不知你有这般本事。"

"不是什么难事，狒狒都爱吃酒，用了十几坛子酒把他们灌醉。我家老爷子再用点儿小法术，也就解决了。"墨珑接过大麦粥，喝了一口，暖暖的，很是舒服。

"你家老爷子？"老水獭看向墨珑身后的驼背老者。

驼背老者朝他施礼道:"在下东里长,这些时日,多谢你照顾我家少主。家中出了大变故后,他连我都不想见,幸好有你出手相助。"

忽然,兔儿一家三口都进来了,兔儿爹红着眼睛,紧紧盯着墨珑,感激道:"救命之恩,无以为报。我……我……只能以身相许!"

东里长吓了一跳:"你?以身相许?"

"不不不,不是我,"兔儿爹忙道,"是我闺女。"

"以身相许就免了。"墨珑压根儿不看那俩兔儿闺女,很干脆地说道,"你若当真想谢我,就给钱吧。"

兔儿爹讪讪地问道:"你想要多少钱?"

墨珑看向东里长,东里长和蔼可亲地说道:"我看糕点铺生意不错,五枚银贝你该拿得出来吧?"

兔儿爹只能点点头,带着东里长回去拿钱。俩兔儿闺女又是不舍又是怨憎地将墨珑望了望,便也转身走了。

墨珑看向老水獭:"我要走了。"

老水獭似早就料到会有这么一天,便笑道:"终于决定了?"

"不是你说的吗?不往前走事情永远不会变,不管是瘸着走还是爬着走,总得接着往前走。"墨珑淡淡一笑,然后转身走了。

老水獭看着他的背影,低头一笑,接着煮自己的大麦粥。

意林精品图书推荐

《我不成仙 一 断尘绝念》
简介：不想成仙却毅然修仙，她见愁只想有朝一日对那人说："纵你成仙，亦不可逃！"
定价：28.80元

《我不成仙 二 杀红小界》
简介：血衣作战袍，刻骨为利刃。她的通天坦途，便是他的穷途末路！
定价：28.80元

《我不成仙 三 流星赶月》
简介：敏锐与直觉，无一欠缺；缜密与果决，兼而有之。力敌群雄者，舍她其谁！
定价：28.80元

《倾世萌狐1》
简介：避难避到了王爷家，竟然有去无回？冷酷王爷"情斗"憨萌灵狐，甜宠升级，深情不改！
定价：29.80元

《符神传说①斩焰少年行》
简介：接通元灵符界，交易、对战、派单……现实与虚拟之间，体味什么叫酣畅淋漓！
定价：28.80元

《符神传说②东川起风云》
简介：逆转鬼煞岭、入蛮荒探迷城，跨越空间界限，开启异度奇幻热血征程！
定价：28.80元

《符神传说③刀芒惊天下》
简介：巧进黑狱筑识海，烈焱龙雀惊天下。勇探天符浩土，领略异闻传奇！
定价：28.80元

《我的画风不太对①》
简介：当外星玩家遇到地球萌妹，爆笑爱情悬疑大戏惊喜上演！
定价：29.80元

《禁域①墓地神婴》
简介：皇者重现世间，只为触底反击，再创传奇！踏破乾坤纵横时空，禁域绝密即将揭晓！
定价：28.80元

《禁域②宗门斗者》
简介：扶桑谷内迷雾重重，时间长河、神秘女子……时空彼端，究竟有着怎样的秘密？
定价：28.80元

《风之守望者①》
简介：如何成为一个良好的被负责人？会做饭还会洗衣服就把最强黑服负责人拿下！
定价：24.80元

《风之守望者②》
简介：拯救学长大作战，开始！学长，我们要毁灭世界吗？
定价：24.80元

《我的人生无须证明给你看》
简介：ONE·一个《读者》《意林》《花火》人气作者马叛2017年全新作品。
定价：32.80元

《那个神秘的宣愉小姐》
简介：青春、古风双料大神苏缅绵首部青春心理治愈小说，一场治愈并守护爱情的计划……
定价：32.80元

《这一杯，我敬的是年少无知》
简介：悬疑推理小说作家何慕，出道六年，首部都市情感类短篇小说集。
定价：32.80元

《光年未至，盛夏已满》
简介：意林彩绘英文系列精选《绘英语》杂志中最受读者欢迎的内容，轻而易举让英语变强！
定价：29.80元

《我不愿让你一个人走过青春的荒芜》
简介：95后模特级作者谢宁远写给你最深情的告白书。十五篇故事，是告白，亦是陪伴。
定价：29.80元

《对方正在输入中》
简介：那些爱与被爱的故事。年少时的懵懂酸涩，成熟后的感人至深；是心头的一枚朱砂痣。
定价：29.80元

《你是年少的欢喜，喜欢的少年是你》
简介：古风天后吾玉，初涉现代爱情，打造都市轻风之作。
定价：29.80元

《从此晚安我自己》
简介：95后男神作者何家豪首部青春成人礼童话，16个故事，说给长成大人的你！
定价：29.80元

意林精品图书推荐

"多味之恋"系列

《别来无恙，我的小初恋》
简介：销量超百万作家沈嘉柯暖心力作，陪你一起挥别青春，再出发。
定价：29.80 元

《喜欢你这句话，我憋住了整个青春》
简介：数十篇青春伤感故事，带你领略成长、青春、爱恋的阴晴圆缺。
定价：29.80 元

《遇见你，就是最对的时候》
简介：青罗扇子、周德东等作家用文字演绎纸上电影。时光远去，我们永远青春。
定价：29.80 元

《我记得你说过的每句美好》
简介：独木舟、夏七夕、七微等名家用真挚的笔触探究青春的色彩。
定价：29.80 元

"深夜暖心"系列

《这世间所有的纸短情长》
简介：织梦人张芸欣在深夜为你点一炉青莲之香，寻找渐渐远去的青春与年少。
定价：29.80 元

《世界那么大，命中注定遇见你》
简介：每个人都会接触形形色色的人，又会和一些人聚聚散散，马叛说：这些相遇都是命中注定。
定价：29.80 元

《我不怀念你，我只怀念有你的往昔》
简介：继《左耳》之后深入骨髓的疼痛青春，每个人都可以在她的故事中找到最原始的自己。
定价：29.80 元

《花与巡夜人》
简介：国内一本填色减压故事书，抚触你的心灵，治愈现代人的都市病症。
定价：36.90 元

"十八而志"系列

《少年从不等风来》
简介：关于年轻人的追梦故事，他们用自己的特立独行，创造属于自己的天地。
定价：29.80 元

《你的人生不需要别人点赞》
简介：大人物从这里起步，成就了丰盈的人生。数百篇故事告诉你成功者的秘密。
定价：29.80 元

《逆光飞翔，微芒盛放》
简介：名人的磨难被晾晒成坚强，带给你十八而志的青春励志的正能量。
定价：29.80 元

《像明星一样去战斗》
简介：数十位明星的奋斗史。逆袭背后，都是平凡生活中的伟大梦想。
定价：29.80 元

"大阅读"系列

《脑洞君，请收下我的膝盖》
简介：理科的严谨与文科的怀，二者你都能拥有。
定价：28.90 元

《我心有猛虎，而你只要一枝蔷薇》
简介：量身为中学生打造的心灵读本！
定价：28.90 元

《一生心事只得一人来解》
简介：与名家碰触思想上的火花，快乐成为阅读的领跑学霸。
定价：28.90 元

《好男孩上天堂 坏男孩走四方》
简介：毕业于剑桥大学的才女陈叠邀您围观世界名校男神！
定价：29.80 元

"初心讲义"系列

《把你所有的不安都交给我来暖》
简介：讲给你听，117 个如同心灵抱抱的故事。
定价：29.80 元

《所有人的坚强，都是柔软生的苗》
简介：玻璃心的朋友们，看这里！讲给你听，125 个含泪奔跑的人生故事。
定价：29.80 元

《生命中除了爱，其他都是行李》
简介：讲给你听，召唤小确幸的 111 个故事。
定价：29.80 元

《都道初心不可负，而初心是何物》
简介：133 个初心故事，既有明星大家，又有平凡人物，从故事里闪耀初心的光芒。
定价：29.80 元